Minerva Spencer

Minerva Spencer est originaire du Canada mais vit aujourd'hui au Nouveau-Mexique. Elle a exercé différents métiers, comme professeure, barmaid ou encore procureure, avant de se consacrer à plein temps à l'écriture de romances.

Espionne et mercenaire

DE LA MÊME AUTRICE AUX ÉDITIONS J'AI LU

Les parias

1 – *La femme aux yeux verts*
2 – *Le forban des mers*
3 – *Et Sarah se libéra*

Les gentilshommes rebelles

1 – *Un soir, au jardin d'hiver*

Whitechapel

1 – *Un étrange destin*
2 – *Le passé de Mlle Tremblay*

MINERVA
SPENCER

WHITECHAPEL – 3

Espionne et mercenaire

Traduit de l'anglais (États-Unis)
par Julie Guinard

J'AI LU

J'AI LU
POUR elle

Titre original
THE CUTTHROAT COUNTESS

Éditeur original
KENSINGTON BOOKS,
published by Kensington Publishing Corp., New York
Cet ouvrage a été publié avec l'aimable collaboration
de Kensington Publishing Corp., New York, et
La Nouvelle Agence, Paris

Pour Brantly, l'être que j'aime le plus au monde

PARTIE 1

En France

1

France, mars 1815

Elliot ne comptait plus le nombre de coups qu'il avait encaissés.

Chaque fois qu'il perdait connaissance, l'un des trois hommes lui jetait un seau d'eau glacé dessus et le secouait jusqu'à ce qu'il se réveille.

Puis ils recommençaient à le frapper et à lui poser la même question, en français :

— Pour qui travaillez-vous ?

Également en français, avec un accent impeccable, Elliot répondait alternativement « je ne sais pas ce que vous voulez dire », « je ne travaille pour personne » ou « vous devez me confondre avec un autre ».

Cela durait depuis des jours. Ce matin-là, curieusement, les hommes semblaient plus en colère.

— On commence à perdre patience, salopard d'Anglais !

Un poing entra en collision avec la mâchoire d'Elliot, et il s'effondra sur le côté. Tout devint gris et flou. Des mains rugueuses lui secouèrent les épaules jusqu'à ce que ses dents s'entrechoquent.

— Réveille-toi, sale porc !

Les paupières d'Elliot étaient comme lestées de plomb, ce dont il se félicita, car il préférait ne pas voir ce qu'on lui ferait ensuite.

Une voix perça l'épais brouillard :

— Je le cogne encore ?

— Si ça continue, il ne pourra plus parler du tout, ajouta une autre voix.

Ces paroles furent suivies par un éclat de rire gras, et un nouveau coup violent à la mâchoire. Ses os craquèrent.

Des explosions aveuglantes et insoutenables envahirent son crâne, lui donnant l'impression qu'il vivait ses derniers instants.

Puis il sombra dans le néant...

*

* *

— Smithy ?

Une voix, cette fois-ci grave, calme et féminine, s'infiltra dans le brouillard aussi timidement que la faible lueur de l'aube éclairant les ténèbres.

C'était la première fois depuis des jours qu'il entendait parler quelqu'un sans que ce soit accompagné d'un coup.

— Smithy, il faut se réveiller.

Elliot ne parvint à ouvrir qu'une paupière.

Devant lui se trouvait un visage crasseux encadré de cheveux gris filasse, le visage d'une inconnue. Il plissa les yeux, et ce simple mouvement lui arracha un petit cri de douleur. Sa tête palpitait et des larmes brouillèrent sa vision.

— C'est moi, siffla l'inconnue. Jo.

— Jo ?

Seul son regard la trahissait, car il y avait une chose qu'elle ne pouvait dissimuler : des yeux pâles et opalescents qu'il aurait reconnus n'importe où.

— Ça alors, Joséphine Brown en personne, se moqua-t-il.

Du moins, il essaya. Mais sa voix ressemblait à un grincement fêlé et sa mâchoire était trop enflée pour qu'il forme les mots correctement.

— Pouvez-vous marcher ? demanda Jo, impassible.

Il émit un petit rire rocailleux.

— Pour sortir d'ici, je marcherais sur les mains s'il le faut.

Jo, ou la Sabreuse, comme à peu près tout le monde l'appelait à la Foire aux Femmes Fantastiques Farnham, le cirque dans lequel ils travaillaient tous les deux, aida Elliot à s'asseoir, puis elle lui fit passer un bras par-dessus son épaule et lui attrapa le poignet.

— À trois, nous allons nous lever, murmura-t-elle. Un... deux... trois.

Ils se hissèrent ensemble, mais Elliot devait reconnaître que ce fut davantage l'effort de Jo que le sien qui le mit debout. Il avait la sensation que sa tête était un aquarium rempli de liquide en train de tourner, et qui clapotait si violemment que c'était un miracle si rien ne lui sortait par les oreilles.

— Pouvez-vous tenir debout ? chuchota-t-elle.

À peine.

— Oui, ça va, mentit-il.

Elle redressa son épaule et resserra sa prise autour du poignet d'Elliot.

— Prêt ?

Non.

— Oui, mais il va falloir me guider, je crois, je vois tout flou.

En guise de réponse, elle fit un pas.

L'estomac d'Elliot imita sa tête, se soulevant dans tous les sens. Cela lui rappela sa détestable traversée de la Manche pour venir en France, souvenir dont il se passerait volontiers.

Le premier pas fut le pire, mais le suivant ne valait guère mieux. Au bout d'une dizaine, il frissonnait et des filets de sueur coulaient sur sa peau. Ses muscles se contractaient si violemment qu'il avait un mal fou à contrôler ses jambes. Il marchait en titubant à côté d'elle, et manqua la faire tomber.

La honte se mêla à la nausée tandis qu'elle bataillait pour les maintenir debout et les faire avancer tous les deux.

— Je suis désolé, marmonna-t-il. Vous devriez me laisser, Jo. Je ne suis bon qu'à vous ralentir.

Elle ne répondit pas, ne montra même pas qu'elle l'avait entendu. Elle continua à progresser, son corps mince et fort soutenant un peu plus du poids d'Elliot à chaque mouvement.

« Encore cinq pas », s'ordonna-t-il.

Après quatre pas supplémentaires, ils marquèrent une pause afin qu'elle ouvre une porte.

Quelqu'un gisait sur le sol. Elliot aperçut d'abord les semelles usées de bottes, puis l'homme auquel elles étaient rattachées. C'était l'un de ses ravisseurs, celui qui avait toujours un rictus aux lèvres pendant qu'il le tabassait. Il ne souriait plus, semblant plutôt surpris, les yeux agrandis et aveugles, la gorge tranchée d'un horrible trait écarlate.

Jo lui fit enjamber l'individu.

— Soulevez les pieds.

Il obéit, impatient de dépasser le cadavre. Il avait haï son agresseur, mais ne parvenait pas à se réjouir à la vue de son corps mutilé.

— Nous y sommes presque, lui indiqua Jo.

Elliot ordonna à ses membres de coopérer, de l'aider, mais lorsqu'il leva le pied, son genou opposé se déroba. Jo poussa un grognement étouffé et s'affaissa sous son poids, mais elle ne tomba pas.

— Encore un petit effort, Elliot.

Il cligna des yeux en entendant son prénom. Comment le connaissait-elle ? Il ne lui avait jamais révélé son vrai nom. Il avait dit à tout le monde, à la Foire, de l'appeler Smithy.

Il était si intrigué par ce mystère qu'il avança sans s'en apercevoir.

— Seulement quinze pas jusqu'à la porte, dit-elle. Vous pouvez le faire, plus que quinze.

Elliot ferma les paupières et compta dans sa tête. *Un, deux, trois, quatre...*

Quelque part entre cinq et neuf, il dut perdre conscience ; ce fut la voix de Jo qui le réveilla.

— Accrochez-vous à moi, Elliot, plus que quatre.

Un, deux, trois, quatre.

Il s'obligea à rouvrir les yeux en remarquant qu'ils marchaient encore.

— Ça fait quatre. Pourquoi ne... ?

— J'ai menti. Continuez. Vous pouvez le faire.

Elliot souffla de dérision face à son ordre.

— Je ne sais pas ce que vous...

Une main – beaucoup plus grande que celle de Jo – se saisit de son bras libre, et une autre épaule se glissa dessous, nettement plus haute et plus large que celle de Jo. Elliot était à peine assez conscient pour être mortifié de n'avoir même pas entendu arriver le nouveau venu.

— Il y a des marches, maintenant, Elliot, il va falloir soulever les pieds.

Des marches ?

Elliot cligna des yeux rapidement, bataillant pour éloigner les ténèbres, et obéit. Cette fois, ses deux jambes se dérobèrent.

Une voix masculine jura en français et dit :

— Lâche-le, la Sabreuse, je vais le porter.

Deux bras solides le soulevèrent, positionnant Elliot comme s'il était une poupée. Il poussa un cri lorsque ses pieds quittèrent le sol et que le haut de son corps se retrouva soudain en bas. Un bras s'agrippa autour de ses cuisses, et une épaule dure se pressait contre son ventre.

Quand le néant revint le chercher, Elliot se laissa volontiers sombrer.

2

Joséphine Brown – ou du moins c'était le nom qu'elle utilisait depuis huit mois – observa l'honorable Elliot Wingate. Tandis qu'elle examinait son visage séduisant mais sérieusement meurtri, elle était en proie à des émotions inconnues et perturbantes.

Elle avait fait un détour pour le secourir. Au lieu de le contempler endormi, elle aurait dû se trouver à des centaines de miles, en train d'exécuter son travail très bien rémunéré.

« Laisse-le, ma poulette, résonnait dans sa tête la voix de Mungo. Tu en as déjà bien assez fait pour lui. Rien ne doit te détourner de ta mission. »

Certes, Elliot avait ralenti sa « mission », comme Mungo qualifiait pompeusement leurs services, mais elle n'aurait jamais pu l'abandonner aux mains de ses brutaux ravisseurs.

Cela avait été une folie imprudente et dangereuse de reprendre Elliot aux Chats rouges, une milice omniprésente dans la campagne française déchirée par la guerre, qui terrifiait les pauvres provinciaux.

Bien que les hommes qui avaient torturé et interrogé Elliot ne soient pas des militaires, le gouvernement français rétribuait souvent les renseignements que pouvaient se procurer les Chats rouges pendant qu'ils violaient et pillaient à tort et à travers dans la campagne livrée à elle-même.

Quoi que fasse réellement Elliot en France, un agent du ministère de l'Intérieur anglais devait rapporter un joli pactole. L'avenir d'Elliot aurait été très sombre – et probablement très bref – si Jo et sa petite troupe de voyous ne l'avaient pas libéré. Du reste, cela n'avait pas exigé beaucoup d'adresse ni d'agilité, car les Chats rouges aimaient trop l'alcool et les prostituées pour laisser plus d'un gardien surveiller la cellule dans laquelle ils détenaient Elliot.

Pendant cinq jours, ils avaient martyrisé cet Anglais mince et noueux et celui-ci n'avait pas craqué, ce qui impressionnait Jo tout autant que cela l'horrifiait. Mais elle connaissait beaucoup trop l'efficacité des tortures. Tôt ou tard, Elliot aurait fini par donner à ces hommes toutes les informations qu'ils voulaient, malgré ses talents d'agent secret.

Et dès lors que les Chats rouges auraient appris son identité, ils auraient vite fait le rapprochement avec la Foire aux Femmes Fantastiques Farnham, puis avec celle que Jo était censée protéger : Marianne Simpson.

Ainsi elle pouvait prétendre qu'en secourant Elliot elle avait réglé un petit problème avant qu'il en devienne un gros risquant de menacer sa mission.

« Tu sais très bien que l'intérêt que tu lui portes ne peut aboutir sur rien, ma fille », insista la voix de Mungo dans sa tête, tout comme elle aurait persisté s'il avait encore été en vie. Jo n'avait pas été assez sotte pour se laisser aller à s'amouracher de quelqu'un, pendant toutes les années où elle avait côtoyé Mungo.

Je crois que le mot que tu cherches est « obséder », ma poulette.

Jo leva les yeux au ciel. Soit, c'était une obsession.

Avec Mungo, ils n'habitaient jamais assez longtemps au même endroit pour cela.

« Il faut reprendre la route. »

Tel avait été son mantra, et ils y étaient restés fidèles tous les deux pendant la plus grande partie des vingt-huit années de Jo. Du moins, aussi loin que remontaient ses souvenirs.

Et elle continuait, même en l'absence de Mungo.

Depuis presque six mois qu'il était mort, la douleur de sa perte lui semblait toujours aussi tranchante que les lames des six couteaux qu'elle gardait secrètement sur elle en permanence.

Elliot gémit et remua sur sa couche, papillonnant des paupières. Il promena son regard dans la pièce, le front plissé. Enfin, il posa les yeux sur Jo. La tension parut déserter son corps, et ses traits, crispés quelques secondes plus tôt, s'adoucirent légèrement, bien qu'une physionomie aussi anguleuse que celle d'Elliot Wingate ne puisse jamais avoir l'air douce.

— J'ai cru que j'avais rêvé de vous, dit-il d'une voix râpeuse.

À ces mots, le cœur de Jo s'emballa. Puis son visage s'enflamma lorsqu'elle comprit qu'il n'avait pas voulu dire cela de la manière dont elle l'avait interprété. Il n'avait pas *rêvé d'elle*, mais rêvé de cette évasion.

— Combien de temps ? demanda-t-il comme elle gardait le silence.

— Trois jours.

Il écarquilla les yeux et grimaça. Bien que son œil tuméfié ait déjà dégonflé, Jo savait que ce devait être douloureux.

— Où sommes-nous ?

— Non loin de Charleville.

La tension revint instantanément.

— Les hommes qui m'ont enlevé étaient basés à...

— Ils ne vous retrouveront pas, le rassura-t-elle calmement. J'ai demandé à mes gens de les envoyer sur une fausse piste. Nous sommes en sécurité ici pour le moment.

Il poussa un soupir.

— Merci.

Jo hocha la tête, et utilisa le bas de sa chemise pour essuyer l'huile de la lame qu'elle venait d'affûter.

Le regard d'Elliot descendit vers le couteau. L'éclair d'émoi dans ses yeux fut si furtif et si infime qu'elle faillit ne pas le remarquer : il se rappelait certainement le Chat rouge dont elle avait tranché le cou lorsqu'elle l'avait secouru.

Il savait qu'elle avait commis un meurtre pour le libérer.

— Ne vous inquiétez pas, dit-elle. Il n'est pas mort à cause de vous.

Il l'observa.

— J'aurais pu simplement l'assommer, mais j'ai délibérément voulu le tuer, et je recommencerais si l'occasion se présentait.

Non seulement pour ce qu'il avait fait à Elliot, mais aussi pour la quantité de victimes innocentes que tous les Chats rouges avaient semées dans leur sillage depuis des années.

Elliot respira un grand coup, comme s'il avait besoin de beaucoup d'air pour ce qu'il s'apprêtait à dire.

Mais avant qu'il puisse parler, il entendit frapper à la petite fenêtre. Le corbeau de Jo, Angus, se tenait sur le rebord. Elle souleva la guillotine, et il sauta à l'intérieur.

— Bravo, mon beau, dit-elle doucement en cherchant un morceau de sucre dans sa poche pour le lui tendre.

Il était rare que Jo lui donne des gourmandises, mais il avait énormément volé au cours des trois derniers jours, et il le méritait.

Angus poussa deux brefs croassements et ébouriffa ses plumes, ce qui était sa façon polie de réclamer des caresses, tout en prenant délicatement le sucre entre ses griffes.

Jo lui grattouilla le cou et se retourna vers Elliot, prête à écouter ce qu'il semblait se préparer à lui dire. S'agirait-il d'un jugement, d'une condamnation ou, peu probablement, de gratitude ?

Mais déjà, sa tension l'avait déserté, et il se contentait de les étudier Angus et elle avec intérêt.

Jo était tellement soulagée qu'il n'insiste pas à propos du Chat rouge assassiné que cela l'inquiétait, mais elle avait l'habitude d'écarter ce genre de préoccupation. Elle déclara simplement :

— Marianne et les autres ne sont qu'à quatre ou cinq heures devant nous.

— Comment le savez-vous ?

— Angus vient de me le dire.

Elliot laissa échapper un petit bruit en soufflant par le nez.

Jo fouilla dans sa sacoche en cuir bouilli et en sortit une pomme, un croûton de pain et un talon de jambon fumé. Après qu'elle eut posé la nourriture sur la table branlante, Angus se servit aussitôt.

— Il est parti tôt ce matin, et il fait presque nuit. Il avait pour instruction de suivre la route, et je peux deviner approximativement quelle distance il a parcourue en me basant sur la durée de son absence et sur sa faim. Ce n'est pas précis, mais l'heure de son retour m'indique qu'ils sont à moins d'une journée.

— En quoi son appétit vous permet-il de mesurer la distance ?

— Il a faim, ce qui signifie qu'il ne s'est pas arrêté pour se nourrir. Parfois, il peut lui falloir des heures pour trouver quelque chose à manger. Je le répète, ce n'est pas une science exacte.

— C'est Marianne que vous protégez, n'est-ce pas ? Quelqu'un vous a engagée pour cela.

Jo ne lui demanda pas comment il le savait ; c'était son travail que d'être au courant de ce genre de chose-là. Elliot Wingate était un espion au service de Sa Majesté. Il officiait dans un de ces départements secrets du ministère de l'Intérieur dont la plupart des gens n'avaient jamais entendu parler.

— En ce qui concerne sa protection en ce moment, je ne suis guère efficace, fit-elle remarquer avec amertume.

— Vous avez pris du retard, parce que vous m'avez aidé.

— J'avais d'autres affaires à régler qui m'ont fait faire un détour.

Pas autant que pour venir au secours d'Elliot, mais cela ne servait à rien de le faire culpabiliser.

— Je devrais me lever et…

Il écarta les couvertures avant de les rabattre vivement sur son corps.

— Euh… peut-être pas. Apparemment, je suis nu.

— Vos vêtements empestaient et ne valaient pas la peine d'être sauvés.

Jo vit à son expression qu'il comprenait ce qu'elle sous-entendait. Il rougit violemment, bien que, de l'avis de la jeune femme, il n'y ait aucune honte à se souiller lorsqu'on avait enduré des jours de torture insoutenable.

— Qui m'a déshabillé ? souhaita-t-il savoir.

Ses hautes pommettes saillantes empourprées contrastaient avec sa peau claire couverte d'entailles et d'ecchymoses.

— Moi.

Jo se détourna pour accorder un moment à son orgueil blessé. Elle attrapa une autre pomme dans son sac, tira un couteau de sa botte, l'éplucha rapidement, ôta le cœur et la trancha en quartiers avant de rengainer le couteau.

Lorsqu'elle pivota de nouveau vers lui, Elliot était encore rouge, mais il s'était ressaisi. Elle lui tendit le fruit.

— Merci, dit-il en prenant un quartier.

— Je l'ai épluchée et évidée pour vous. Prenez tout.

Jo s'essuya les doigts sur son pantalon et montra la main gauche d'Elliot.

— Pourrez-vous manger un sandwich si je vous en prépare un ?

Il contempla silencieusement l'auriculaire et l'annulaire brisés que Jo et Étienne avaient redressés alors qu'il était inconscient, et qui reposaient dans une petite attelle. Il avait crié pendant l'horrible processus, mais, heureusement, il ne s'était pas réveillé.

— C'est également à vous que je dois cela, je suppose ?

Elle acquiesça d'un hochement de tête.

— Merci, encore une fois, murmura-t-il en fléchissant ses trois doigts libres, ce qui ne lui arracha qu'une grimace. Oui, je peux tenir quelque chose.

Jo s'activa à lui préparer à manger plutôt que de dévisager l'objet de sa fascination, ce qu'elle avait fait beaucoup trop souvent ces derniers jours. Elle aurait dû se sentir coupable du plaisir qu'elle avait éprouvé à le dévêtir. Tout de même, il était meurtri, lacéré, crasseux, tel un tableau de maître saccagé par des vandales. Mais ces mauvais traitements n'avaient pas suffi à dissimuler son physique magnifique. Elliot Wingate était, de l'avis de Jo, la perfection au masculin.

Non que son opinion soit d'un quelconque intérêt, naturellement.

— Je vous fais perdre du temps, déclara-t-il.

Elle haussa les épaules.

— Je sais que vous suivez Marianne et les trois roulottes qui voyagent avec elle, poursuivit-il. Ce que j'ignore, c'est pourquoi.

En entendant sa frustration, Jo esquissa un sourire narquois. Dans la mesure où son métier consistait à recueillir des renseignements, un tel aveu devait lui rester en travers de la gorge.

Avec un petit rire ironique, il ajouta :

— Vous n'allez pas me le dire.

Ce n'était pas une question, aussi ne répondit-elle rien. Elle donna un morceau de fromage à Angus avant de remballer le reste. Après avoir versé un verre de babeurre tiré d'une cruche en terre cuite, elle se retourna et l'apporta avec le sandwich à Elliot.

— J'espère que vous aimez le babeurre, commenta-t-elle.

— Oui, bien que je n'en aie pas bu depuis ma plus petite enfance. Merci, dit-il en prenant le sandwich. Je passe mon temps à vous remercier.

Sans relever, Jo déclara :

— Je repars demain matin. Je paierai la chambre pour toute la semaine et je vous laisserai suffisamment d'argent pour que vous puissiez rentrer chez vous.

Il abaissa le sandwich intact.

— Je pars avec vous.

Au lieu de discuter, Jo parcourut du regard son corps allongé. Quand elle remonta à son visage, il s'empourprait, et ses lèvres ne formaient qu'un pli mince et crispé.

— Ne vous inquiétez pas, je ne vous ralentirai pas, assura-t-il.

— Je ne suis pas inquiète, mais je ne veux pas de vous avec nous.

C'était à la fois un mensonge et la vérité : Jo souhaitait qu'il l'accompagne, mais elle n'aurait pas dû en avoir envie.

— Inutile de prendre des gants, rétorqua-t-il avec ironie. Vous n'avez aucun désir de vous encombrer de moi, mais soit vous m'embarquez, soit je vous suivrai. Nous allons dans la même direction et nous avons le même but.

Jo en doutait, mais elle ne discuta pas. Avec un haussement d'épaules, elle dit :

— D'accord.

Il parut abasourdi par la facilité avec laquelle elle avait accepté.

— Malheureusement, je vais devoir vous emprunter de l'argent, dit-il. Les Chats rouges m'ont tout pris, y compris mon cheval, mais j'ai encore de l'argent caché dans notre roulotte.

Il parlait de la roulotte dans laquelle lui-même et ses deux amis aristocrates voyageaient en faisant semblant d'être des ouvriers de la Foire aux Femmes Fantastiques Farnham. Elliot avait réussi à se confondre avec les autres employés, mais ses deux compagnons, le duc de Staunton et le marquis de Carlisle, étaient passés aussi inaperçus que des perroquets tropicaux au milieu d'une nuée de pigeons. Jo savait qu'ils étaient venus en France pour secourir le frère du duc. Elle était également au courant qu'Elliot agissait vraisemblablement sans l'approbation de son employeur, le ministère de l'Intérieur, mettant en danger son travail pour donner un coup de main à ses amis.

Soudain, Angus vola jusqu'au lit d'Elliot et se posa sur les couvertures à côté de sa hanche. Elliot émit un petit bruit surpris, mais ne bougea pas.

Ce fut à Jo d'être stupéfaite : il était rarissime qu'Angus s'intéresse aux gens.

— Il doit vouloir une bouchée de votre sandwich, dit-elle.

Mais lorsque Elliot en coupa un morceau pour le lui tendre, l'oiseau tourna la tête et ébouriffa ses plumes.

Jo ricana de façon incrédule, et Elliot lui lança un regard interrogateur.

— Que suis-je censé faire ?

— Je crois qu'il vous réclame une caresse, admit-elle à contrecœur.

Elliot haussa un sourcil étonné et avança timidement la main vers le corbeau. Sa lèvre enflée et fendue s'ourla sur un sourire lorsque Angus ronronna exactement comme un chat, bruit qu'il avait appris à imiter auprès des deux félins qui vivaient dans le théâtre londonien abritant le cirque féminin.

Jo considéra Angus en plissant les yeux, mais il évita son regard. Angus et Jo se côtoyaient depuis presque huit ans, et pas une fois l'oiseau n'avait manifesté la moindre curiosité pour une autre personne qu'elle. Pas même pour Mungo, qu'il avait toléré, mais dont il n'avait jamais réclamé l'attention.

Alors pourquoi son corbeau s'intéressait-il soudain précisément à l'homme auquel Jo essayait, aussi vainement que pitoyablement, de résister ?

3

Jo était impressionnée.

Depuis dix jours qu'ils avaient quitté Charleville, non seulement Elliot avait réussi à tenir le rythme soutenu de son petit groupe, mais il avait gravi des échelons dans la hiérarchie en démontrant ses exceptionnels talents d'agent de renseignements. Il était incroyablement doué pour soutirer des informations, qu'il parvenait mystérieusement à obtenir à l'insu de ses interlocuteurs.

— C'est comme s'il était capable de se fondre dans le décor, quel qu'il soit, avait dit Jean-Louis à Jo en revenant d'une expédition de reconnaissance dans une auberge du minuscule village de Mouzon. J'ai pensé qu'il avait quitté l'établissement, mais il était là, installé au milieu d'un groupe de six ou sept gars du coin, comme s'il les avait toujours connus, avait-il ajouté, aussi émerveillé que respectueux.

Après cela, Jo avait envoyé Elliot ratisser la région et s'assurer que l'armée privée du baron Strickland n'était pas plus étoffée que l'avaient suggéré leurs propres renseignements initiaux.

Les hommes qui avaient détenu Elliot, une milice appelée les Chats rouges dirigée par un certain Broussard, étaient les mêmes que ceux engagés par Strickland, sur la piste duquel était Jo.

Elliot avait découvert que Broussard avait été payé pour le capturer, mais le commanditaire du brutal chef de la milice ne lui avait pas révélé sa véritable identité.

Jo était quasiment sûre que l'employeur de Broussard était le baron Dominic Strickland, celui responsable d'avoir entraîné non seulement Marianne dans ce périple, mais aussi les trois aristocrates qui s'étaient débrouillés pour voyager avec le cirque. Si Elliot et ses deux amis étaient venus en Europe, c'était parce que Strickland prétendait détenir captif le frère du duc de Staunton et lui réclamait une rançon.

Pour sa part, Jo ne croyait pas que Strickland séquestrait le frère du duc, porté disparu alors qu'il effectuait une mission d'espionnage pour Wellington en personne. Elle pensait que le frère de Staunton était mort il y a plus d'un an à l'occasion d'une opération militaire secrète qui avait mal tourné. Jo aurait pu expliquer au duc la raison de ses soupçons et lui éviter peut-être, ainsi qu'à ses deux amis, la traversée jusqu'en France, mais cela ne faisait pas partie de sa mission.

Tu n'as pas non plus à emmener M. Wingate, pas vrai, ma poulette ?

Jo chassa le fantôme de Mungo avec un soupir agacé. Elle était en paix avec elle-même, concernant Elliot Wingate. Le tirer des griffes des hommes de Broussard n'avait pas demandé beaucoup de temps et d'efforts, et ne l'avait guère fait dévier de son itinéraire. Elle rejoindrait Strickland largement à temps pour s'assurer que Marianne était en sécurité, et pour trouver les documents incriminants ainsi que les autres articles que son employeur l'avait payée pour récupérer.

Tout allait bien.

Tout se déroulait conformément au plan.

Se présenter chez Strickland en avance ne ferait qu'accroître le risque d'être découverts. Le baron Strickland n'était pas idiot. Il devait avoir posté des gens pour surveiller les activités entourant le château Himmelhause et le minuscule village prussien où celui-ci était implanté. Si Jo et sa bande arrivaient trop tôt et s'attardaient dans la région, ils attireraient immédiatement l'attention.

Elle finit d'aiguiser son couteau préféré, en testa la lame et le glissa dans l'un des fourreaux de ses bottes.

— Une petite faim ?

En levant les yeux, Jo découvrit Monique, l'un des quatre agents de son groupe – ils étaient cinq désormais en comptant Elliot –, qui lui tendait un bol de soupe fumant.

— Merci, murmura Jo en français.

Elle dîna en regardant vaguement les autres mais sans se joindre à leur conversation, qui portait – ô surprise – sur la récente évasion de Napoléon Bonaparte de l'île d'Elbe.

Les quatre Français et Elliot étaient lancés dans une discussion animée concernant le traité d'alliance contre Napoléon que les puissances de la coalition européenne avaient ratifié quelques jours auparavant seulement. Une chose était évidente, la guerre était imminente. Restait à savoir quand et où exploserait la poudrière… et qui sortirait victorieux des hostilités.

Jo s'étonnait que deux de ses quatre employés français soient royalistes, tandis que les deux autres étaient sympathisants de la cause de Bonaparte, ou au moins des chances qu'il avait de vaincre les forces alliées. Elle travaillait avec les quatre depuis plusieurs années et n'avait jamais été au courant de leurs opinions politiques. En quelques jours, Elliot les connaissait déjà plus intimement qu'elle.

Les amis, c'est pour les autres, ma poulette.

Jo soupira. *J'en ai conscience, Mungo.*

Ce n'était pas parce qu'elle n'avait pas le droit d'avoir des amis qu'elle ne pouvait pas les écouter et apprécier ce débat enthousiaste.

— Tu parles, persifla Jean-Louis lorsque Arlette évoqua les promesses de Napoléon quant à une réforme constitutionnelle. Il est dos au mur. Alors, naturellement, il est prêt à promettre tout et n'importe quoi pour rallier des soutiens.

Monique hocha la tête en signe d'approbation vis-à-vis de son collègue et amant, tout en remplissant de vin les timbales des uns et des autres.

— Le cinquième et le septième corps le suivent, même Ney, qui avait pourtant affirmé que Bonaparte devrait être exhibé dans Paris enfermé dans une cage. Et ce n'est pas à cause des serments qu'il leur fait, mais parce qu'on sait tous à quoi ressemble la vie sous ce Bourbon poltron, déclara Arlette en tendant un nouveau bol de soupe à son mari, Étienne, un colosse qui semblait manger en permanence sans jamais être rassasié.

— Qu'est-ce que vous en pensez, Smithy ? s'enquit Étienne auprès d'Elliot, qui terminait méthodiquement son deuxième bol.

Lui aussi avait un solide appétit, mais elle se demandait ce que faisait son corps mince et musclé de toute cette nourriture.

— Bonaparte tiendra-t-il ses promesses ?

Elliot s'essuya la bouche du revers de la manche, puis répondit :

— C'est possible, mais pour le moment les gens ont d'autres préoccupations. Il est d'abord obligé de concentrer tous ses efforts sur un autre objectif, avant de pouvoir apporter des changements dans son pays.

Jean-Louis hocha la tête.

— Le Bourbon lâche ne lui a laissé qu'une toute petite armée. Il va lui falloir un temps fou pour lever des troupes. Les promesses de réformes, c'est juste une concession pour s'attirer les faveurs du peuple.

Étienne, Jean-Louis, Arlette et Monique n'étaient pas les seuls agents avec lesquels Jo avait travaillé au fil des années. Les missions de Jo et de Mungo les avaient conduits jusqu'à Lisbonne, et même une fois jusqu'à Moscou. Son père avait tissé des réseaux d'associés efficaces et chevronnés d'un bout à l'autre de l'Europe, et Jo en avait en grande partie hérité.

Naturellement, les choses avaient changé à mesure que la guerre s'éternisait. Les gens disparaissaient, mouraient, s'engageaient dans une armée ou une autre – souvent sans le souhaiter –, et beaucoup de ses anciens associés n'étaient plus disponibles. Elle avait été soulagée de découvrir que ces quatre-là, ses préférés, étaient encore en vie, en bonne santé et libres.

Jo porta la dernière cuillerée de soupe à sa bouche et envisageait de se servir un deuxième bol lorsque Elliot vint s'asseoir à côté d'elle sur le tronc d'arbre couché.

Elle dirigea vers lui un regard interrogateur.

— Pourrions-nous faire un petit tour ? J'ai besoin de vous parler de quelque chose, dit-il d'une voix si basse qu'elle l'entendit à peine.

Elle observa les autres, mais la discussion s'était échauffée, et ils ne semblaient leur prêter aucune attention.

Jo acquiesça et se leva. Angus, qui somnolait sur une souche juste à côté, se redressa. Ses yeux noirs brillaient à la lueur du feu. Il attendait le signal de Jo lui demandant de la suivre. Comme elle ne l'appelait pas, il remit la tête sous son aile et reprit son somme.

De nature, les corbeaux étaient diurnes, mais Angus s'était peu à peu adapté aux habitudes de Jo, en particulier depuis qu'elle travaillait à la Foire, et il se couchait souvent bien plus tard qu'un corbeau sauvage ne l'aurait fait. Même sauvages, cependant, les corbeaux étaient capables de rester vigilants pendant de brefs laps de temps la nuit si nécessaire.

Certes, ce qu'Angus jugeait nécessaire n'était pas toujours ce que Jo considérait comme important, comme la fois où un chat s'était aventuré dans un arbre où il dormait. Angus s'était réveillé, alerté par un sixième sens lui annonçant qu'un prédateur était à proximité. Un oiseau assoupi constituait une proie facile pour un chat domestique, mais un corbeau réveillé, pesant presque deux livres, était un cauchemar pour un félin, même quatre fois plus lourd qu'Angus.

Le malheureux chat de gouttière avait probablement passé la nuit la plus longue et la plus pénible de sa vie, piégé dans l'arbre tandis qu'Angus jouait sans relâche avec lui, le chassant de haut en bas, d'une branche à l'autre, refusant de le laisser s'échapper.

Jo aurait pu abréger ses souffrances, bien sûr, mais il n'était pas question qu'elle s'interpose pendant qu'Angus donnait une leçon.

Elle suivit Elliot à l'écart du feu de camp et vers les chevaux, qui étaient attachés près d'une rivière méritant davantage la qualification de ruisselet.

— Cela vous ennuie si je fume ? demanda-t-il en montrant un petit cigare foncé.

— Non.

Elle s'assit sur une souche et le regarda sortir une pierre à feu de sa poche et allumer son cigare.

Mungo aussi aimait bien parfois « en griller une », comme il disait, habitude qu'il avait acquise en travaillant aux Amériques.

Elliot inclina la tête en arrière, ferma brièvement les paupières, et une expression frisant la volupté se peignit sur son visage avant qu'il exhale lentement un filet de fumée argentée.

Il lui adressa un sourire légèrement gêné.

— Pardon, cela fait longtemps que je ne m'étais pas offert ce plaisir.

— Mon oncle adorait ces cigares, déclara-t-elle, stupéfaite de délivrer ce renseignement spontanément.

Tu blablates pour faire durer le moment.

Elle aurait bien aimé contester l'accusation, mais c'était la vérité.

— Ah bon ? dit-il, adossé à un arbre, une seule moitié de son visage éclairé par une lune gibbeuse qui nimbait la campagne d'une lueur bleutée. Votre oncle était-il militaire ?

— Pourquoi cette question ?

— Simple supposition. Est-ce lui qui vous a élevée ?

Elliot avait certainement enquêté sur ses origines tout autant qu'elle l'avait fait vis-à-vis de lui, pendant qu'ils étaient à Londres, parce qu'il faisait partie du ministère de l'Intérieur, bien qu'elle ne sache pas exactement quelle agence, ses sources de renseignements étaient forcément meilleures que les siennes.

— Vous savez très bien qui m'a élevée, non ? répliqua-t-elle.

Une volute de fumée dériva vers elle, et elle l'inspira. L'odeur lui faisait penser à Mungo.

Elle vit luire les dents blanches d'Elliot.

— Je connais l'histoire officielle, celle qui est dans votre dossier.

Jo médita un instant cette révélation. Où voulait-il en venir en admettant qu'il savait qui elle était, et que leur gouvernement s'était renseigné sur ses antécédents ? Espérait-il gagner sa confiance ? L'avertir ? Dans quel but ?

— Qu'est-ce qui vous fait croire qu'il existe une version officieuse ?

— Simple intuition.

— Par curiosité, quelle est l'histoire officielle ?

— Et si vous me la racontiez ?

Jo ne put s'empêcher de sourire de sa réponse évasive.

— La seule histoire que je connaisse est la vraie, mentit-elle. Je suis née et j'ai grandi dans une ferme du Yorkshire jusqu'à l'âge de douze ans. Elle a été réduite en cendres par un incendie dans lequel ont péri mes parents et mes frères et sœurs, tout le monde... sauf moi. J'ai échappé à la mort, parce que j'étais sortie sans prévenir personne pour aller voir le poulain qui venait de naître ce jour-là. Mon oncle Mungo Brown, seul membre de ma famille à l'exception de mes grands-parents âgés, avait récemment quitté l'armée, et il s'est occupé de moi. Il gagnait sa vie en faisant tous types de travaux chez les gens, de sorte que nous voyagions d'un lieu à un autre.

Elliot hocha la tête lentement, inspirant une nouvelle et longue bouffée de son cigare.

— Oui, c'est ce que dit la version officielle.

— Mais ?

— Mais cela ne m'explique pas d'où vous vient votre... hum, votre talent pour manier le couteau.

Jo n'était pas étonnée qu'Elliot soit au courant de cette histoire. Après tout, c'était un agent du gouvernement. Elle n'était pas surprise non plus qu'il ne croie pas à ce récit concocté des années auparavant par Mungo – qui était en réalité son père et non son oncle – pour des raisons connues de lui seul.

Jo avait toujours trouvé la prudence de son père excessive et superflue. Cependant, quelques mois avant sa mort et juste après leur emménagement en Angleterre, ils avaient tous les deux été emmenés pour un interrogatoire par des hommes appartenant à une agence placée sous l'égide du ministère de l'Intérieur. On les avait questionnés sur une mission qu'ils avaient effectuée pour la marine britannique trois ans auparavant. Jo avait été stupéfaite que ces hommes ne sachent pas qu'ils avaient travaillé à l'époque pour un amiral britannique. Mungo lui avait souvent répété que le gouvernement pouvait être terriblement frustrant en matière de transparence, mais jusqu'à cet interrogatoire – de plus en plus agressif et qui avait duré plus de deux semaines – elle n'avait pas compris à quel point la main gauche ignorait ce que faisait la droite.

Heureusement, l'enquête n'avait jamais abouti, à cause d'une absence de renseignement ou de preuve. Mais si les choses étaient devenues sérieuses, si le gouvernement avait décidé de les incriminer, Mungo et elle, il aurait été inutile d'appeler à l'aide l'officier supérieur pour lequel ils avaient travaillé. Ils avaient conscience, en acceptant cette mission, que l'amiral affirmerait ne pas les connaître et n'avoir jamais eu vent de l'opération en question. Si on les avait trouvés coupables, personne ne serait intervenu en leur faveur.

Cela ennuyait Jo, toutefois, qu'Elliot la prenne pour le même genre de mercenaire égoïste que l'homme vers lequel ils se dirigeaient, Dominic Strickland. Mais elle n'avait aucun moyen de lui prouver qu'elle n'était pas traître et qu'ils étaient dans le même camp.

De toute façon, Jo avait l'habitude que ses actes soient jugés sans ménagement.

Elliot traça un demi-cercle dans la poussière avec la pointe d'une de ses bottes avant de se tourner vers elle.

— L'histoire officielle me laisse également perplexe quant à la manière dont vous et votre… oncle… avez réussi à rencontrer des collègues comme vos quatre acolytes, étant donné que vous avez passé vos années de formation en Angleterre.

Jo ne s'étonna pas que son récit bancal le rende sceptique.

— Où voulez-vous en venir avec cette conversation ? s'enquit-elle.

— Vous voulez dire à part découvrir la vérité vous concernant ?

— Qu'est-ce que cela peut faire ?

— Il se trouve que j'aime bien savoir à qui j'ai affaire.

— Vous êtes libre de partir à tout moment.

— Je ne veux pas partir, et je suis désolé si ce que j'ai dit paraît... suspicieux.

— Mais vous êtes suspicieux, non ? demanda-t-elle sans cacher son exaspération. Nous avons risqué nos vies pour vous extirper des mains de Broussard. Cela ne suffit-il pas à vous prouver que je ne suis pas le bandit pour lequel vos collaborateurs du ministère de l'Intérieur semblent me prendre ?

Il ne faisait pas assez clair pour qu'elle voie s'il rougissait, mais elle reconnut l'expression de regret qui traversa son visage habituellement impassible.

— J'ai lu votre dossier, Jo. Je sais quelles preuves ils possédaient à propos de vos activités à Paris en 1812. Elles étaient...

— Accablantes.

— Absolument. Je ne veux pas croire à ce qu'indiquent ces preuves.

— Vous voulez dire la haute trahison ?

Elle ricana et poursuivit sans lui laisser le temps de répondre :

— Ma parole suffirait-elle à vous convaincre, Elliot ?

— Oui.

Il n'avait pas hésité, ce qui était à la fois rassurant et surprenant.

— Sérieusement ? Vous me croiriez sur parole si je vous disais que je ne suis pas coupable de trahison ?

— Oui.

— Je ne peux pas affirmer que je n'ai pas vendu de renseignements au gouvernement français.

Le visage d'Elliot devint dur et tendu.

— Mais absolument aucun n'a pu nuire à nos soldats.

Il plissa le front, perplexe, à juste titre. Malheureusement, Jo n'était pas en mesure de clarifier ses propos et de dissiper sa confusion.

— Pourquoi me posez-vous cette question précisément maintenant ? l'interrogea-t-elle.

— J'ai mes raisons.

— Je crois que la raison principale est que vous possédez des renseignements que vous aimeriez transmettre, mais vous craignez que je ne fasse ingérence. Vous n'êtes pas certain de pouvoir me faire confiance.

— Quelque chose dans ce goût-là, en effet.

Elle essaya de ne pas s'offusquer de sa méfiance, en vain.

— Si vous cherchez un messager, je peux vous recommander quelqu'un à Metz.

Il entrouvrit les lèvres et la dévisagea, ses pupilles immenses dans la lumière faible. Enfin, il hocha la tête.

— Merci, j'y penserai.

— Autre chose ? demanda-t-elle en se levant.

— Eh bien, oui, en fait.

Jamais Elliot n'avait regardé un autre être humain dans les yeux en le comprenant aussi peu qu'en cet instant précis. Joséphine Brown – ou quel que puisse être son vrai nom – était la personne la plus impénétrable qu'il ait jamais rencontrée.

Cela aurait dû le rendre particulièrement soupçonneux.

Au contraire, inexplicablement, il lui faisait confiance. Bien sûr, c'était peut-être parce que son sexe commandait son cerveau, car il lui avait fait confiance avant même qu'elle lui donne sa parole et avant qu'elle le sauve de la torture et d'une mort certaine.

Pour une raison mystérieuse, il était incapable de croire qu'elle trahissait son pays, malgré le dossier du gouvernement qu'il avait lu renfermant la preuve du contraire. Elliot lui faisait confiance, et il souhaitait désespérément qu'elle lui fasse confiance en retour.

— J'aimerais connaître le plan, dit-il.

— « Le plan » ?

Il reconnaissait cette réaction qu'elle avait souvent : cette façon de répéter les mots d'un air perplexe, de sorte que la personne qui s'adressait à elle soit baissait les bras, frustrée, soit révélait des informations qu'elle n'avait eu aucune intention de livrer.

Elliot avait observé la chose à maintes reprises. Les gens sous-estimaient Jo en la croyant simple d'esprit, ou se disaient qu'elle ne prenait pas la peine d'essayer de comprendre.

— Oui, le plan impliquant Marianne, expliqua-t-il, bien qu'elle sache pertinemment ce à quoi il faisait référence. Pourquoi demeurons-nous avec plusieurs jours de retard par rapport au reste du groupe ? Nous aurions pu les rattraper depuis longtemps. Si vous la protégez, pourquoi n'êtes-vous pas avec elle ? Si vous avez conscience que Broussard en a après Marianne, pourquoi ne pas la prévenir ainsi que les autres ? Sin et Guy pourraient nous aider à contrecarrer les machinations de Broussard et à le capturer.

Elle esquissa un sourire si infime et fugace qu'Elliot douta l'avoir vraiment vu.

— Je suppose que je peux vous exposer le plan, répondit-elle. Du moins, la partie qui vous concerne ainsi que vos deux amis. Peut-être accepteriez-vous de me parler d'eux ?

Elliot fit un petit bruit nasal.

— Vous savez certainement déjà tout ce qu'il y a à savoir.

— Je sais que Staunton a rendez-vous avec Dominic Strickland, parce qu'il croit que le baron séquestre son frère.

— Oui, cela résume à peu près la chose. Est-ce Marianne qui vous l'a raconté ?

— Non.

Elliot aurait voulu lui demander comment elle pouvait bien savoir ce qui était arrivé au frère de Staunton, mais à ce stade, cela n'avait pas vraiment d'importance. Aussi dit-il :

— Puisque vous paraissez si bien renseignée, savez-vous si Strickland détient réellement Benjamin ?

Son expression moqueuse fut remplacée par un semblant de tristesse.

— Bien que personne n'ait retrouvé son corps, le frère de Staunton est mort dans cette escarmouche l'année dernière, comme l'ont rapporté les autorités.

Il produisit un bruit incrédule.

— Depuis combien de temps en êtes-vous informée, Jo ?

— Un bout de temps, avoua-t-elle.

— Et vous ne trouviez pas que Sin avait le droit de savoir que son frère n'est plus en vie ?

Elle haussa les épaules.

— Je n'en ai aucune preuve. Pensez-vous qu'il aurait cru sur parole une inconnue ?

— C'est possible, si vous étiez suffisamment convaincante. Et il n'aurait pas eu besoin d'entreprendre ce voyage, et Marianne ne serait pas obligée d'affronter son ancien amant.

— Ce deuxième point est sujet à débat. Strickland aurait utilisé n'importe quel stratagème nécessaire pour revoir Marianne. Il se trouve que le subterfuge choisi a été d'impliquer votre ami.

— Ce qui me ramène à ma première objection, insista-t-il. Vous auriez pu épargner à Sin cette angoisse mentale, ainsi qu'une dangereuse expédition.

— Je suis navrée, mais ce n'est pas ce pour quoi on me paie.

— Cela aurait été humain et charitable.

Elle le dévisagea longuement, et alors qu'il pensait qu'elle s'abstiendrait de répondre, elle continua :

— Si cela n'avait pas interféré avec ma mission, j'aurais dit à Staunton ce que je savais sur son frère. Mais je ne pouvais pas le faire : ma loyauté va en premier lieu à mon employeur. Si je m'en étais mêlée, le baron Strickland aurait pu deviner que quelqu'un avait compris ce qu'il manigançait. La personne qui me paie veut récupérer des documents incriminants qui sont entre les mains de Strickland. S'il apprend que je suis au courant de ce qu'il mijote, il risque de disparaître, et mes renseignements avec lui.

— Quels genres de documents ?

— N'ayez crainte, rien qui se rapporte à l'espionnage ou la vente de secrets.

Après un silence, elle reprit :

— Vous travaillez pour le gouvernement dans des contextes sensibles. Vous n'ignorez pas que parfois, vous devez faire des choses qui ne vous plaisent pas afin d'atteindre votre objectif.

— La fin justifie les moyens.

— Exactement. Bien, vous vous demandiez pourquoi je garde mes distances ? Strickland n'a pas seulement engagé Broussard et sa bande pour vous capturer : il a payé Broussard pour qu'il amène avec lui un quart de sa milice, ce qui correspond à environ vingt-cinq hommes. Pour une raison que j'ignore, le baron veut une armée privée. Il doit rétribuer généreusement, car Broussard ne se contente pas d'embaucher n'importe quelle crapule, il recrute les hommes les plus doués qu'il trouve, mais aussi les plus brutaux, dénués de tout scrupule.

— Alors, pourquoi ne l'en empêchons-nous pas maintenant, avant qu'il ait mobilisé cette terrible armada ?

— Nous l'en empêcherons, ne vous inquiétez pas, mais si j'agis précipitamment, cela reviendra aux oreilles de Strickland, et...

— Il se terrera quelque part en emportant avec lui les renseignements dont vous avez besoin, termina Elliot.

— Voilà.

Il lança d'une pichenette son mégot dans le ruisseau, et des étincelles volèrent dans la nuit.

— C'est pourquoi nous restons patiemment à l'affût, pendant qu'un homme dangereux comme Broussard rassemble d'autres hommes dangereux pour converger sur nos amis.

— Oui.

Il éclata d'un petit rire amer.

— Est-il nécessaire de vous faire remarquer que vous vous livrez à un jeu très imprudent, Jo ?

— Non, c'est inutile.

Elle s'écarta de l'arbre contre lequel elle était adossée et s'approcha d'Elliot.

— D'une part, ce n'est pas un jeu pour moi, c'est ce que je fais pour gagner ma vie. D'autre part, ajouta-t-elle avec un sourire qui révéla presque toutes ses dents, je suis plus dangereuse que Broussard et Strickland réunis.

4

Elliot observa la jeune fille habillée en garçon s'éloigner du bosquet où Jo l'avait entraîné pour qu'il la rencontre.

— C'est une enfant, dit-il, incapable de détacher son regard de Fabiana, qui était arrivée pieds nus et vêtue de haillons.

— Elle a vingt ans, objecta Jo d'une voix vaguement amusée.

— Elle n'a pas de chaussures.

Jo rit, et Elliot se retourna pour la dévisager.

— Qu'y a-t-il ? demanda-t-elle.

— Je ne vous avais jamais entendue rire.

— Eh bien, vous ne pourrez plus jamais dire cela, n'est-ce pas ? répliqua-t-elle.

Il sourit et lui emboîta le pas tandis qu'elle repartait vers le village, non loin de là. Ils avaient laissé Jean-Louis à l'unique auberge aux alentours pendant que les trois autres avaient disparu pour quelques jours, Dieu seul savait où. Elliot avait appris à ne pas demander à quelles activités se livraient les employés de Jo, ou, du moins, à ne pas attendre de réponse.

— Alors, dit-il, irons-nous à Metz demain matin ?

La réunion entre Dominic Strickland, Marianne et l'ami d'Elliot Sin était prévue dans seulement quelques jours.

— De mon côté, je pars à Metz demain, oui, mais vous irez avec Jean-Louis rejoindre Elliot, Arlette et Monique, qui sont déjà en route.

— En route pour quelle destination ?

— Le quartier général de Strickland est un château appelé Himmelhause, environ à une journée et demie du lieu de rendez-vous.

— Vous saviez depuis tout ce temps où il se trouvait ? s'enquit-il sans cacher sa contrariété.

— Non. C'est ce qu'Étienne a découvert pendant sa dernière reconnaissance, lorsqu'il a intercepté un messager envoyé par Broussard chez Strickland.

— Dominic ne s'étonnera-t-il pas qu'il n'y ait pas de réponse ?

— Soyez tranquille, Strickland a reçu un message, mais pas celui qu'aurait transmis Broussard. *Idem* concernant l'émissaire.

Elliot préférait ne pas savoir ce qui était advenu de l'homme une fois qu'Étienne en avait fini avec lui. Il avait déjà eu la preuve de ce qu'était capable Jo, la nuit où elle l'avait sauvé.

— Vous dites que je vais rejoindre les autres. Vous venez avec nous, n'est-ce pas ? l'interrogea-t-il.

— Non, je dois d'abord m'occuper de Broussard, ensuite j'irai à l'endroit où Marianne et Sin ont rendez-vous avec Dominic.

— Attendez, vous y allez seule ? Et que sous-entendez-vous par « m'occuper de Broussard » ?

Elle poussa un soupir exaspéré.

— Contentez-vous de faire ce que je vous demande et de partir avec Jean-Louis.

Elliot posa une paume sur son épaule pour l'immobiliser afin qu'ils mènent cette conversation face à face.

En un quart de seconde, il sentit la pointe d'un couteau effleurer son menton.

— Retirez ça ! siffla-t-il entre ses dents serrées, n'osant pas ouvrir la mâchoire de crainte d'être empalé.

Il leva les mains pour former le geste universel de la reddition.

Jo le contempla, le regard étrangement vide. Sous ses yeux, elle revint de là où elle était, semblant se rendre compte de ce qui s'était passé. Un éclair d'irritation effleura son visage tandis qu'elle baissait la main tenant le couteau.

— Ne me surprenez plus jamais ainsi, dit-elle.

Elliot s'aperçut que ses propres mains étaient encore levées et il les laissa retomber lentement.

— Que vouliez-vous ? s'enquit-elle en enfonçant son couteau si brutalement dans l'un des fourreaux renforcés cousus dans son pantalon qu'il fut étonné de ne pas le voir traverser le cuir.

— Vous demander pourquoi vous partiez seule.

— Parce que.

— « Parce que », répéta-t-il d'une voix sans timbre.

— Oui, parce que. C'est moi l'employeur, et je décide qui va où et quand. Vous êtes l'employé, et vous faites ce que je vous dis.

— Mais vous ne me payez pas.

À ces mots, elle plissa le front. C'est alors que, soudain, Elliot comprit.

— Vous allez vous « occuper » de Broussard et de sa bande de voyous, puis vous irez au lieu de rendez-vous avec Strickland, un traître reconnu et un assassin probable, seule.

— Voilà.

— Non, déclara Elliot en croisant les bras.

Ses sourcils pâles, de la couleur du duvet d'oie, se haussèrent, et elle s'offusqua :

— Je vous demande pardon ?

— J'ai dit non. Je ne suis pas votre employé et je n'ai pas à obéir à vos ordres. Je vous accompagnerai parce que, croyez-le ou non, il est possible que vous ayez besoin d'un peu d'aide pendant que vous vous apprêterez à éliminer une bonne trentaine de mercenaires français.

— Ils ne seront pas une trentaine, quelques-uns tout au plus.

— Quelques-uns, répéta-t-il en secouant la tête et en levant brièvement les yeux au ciel. Je viens avec vous.

Elle inspira profondément, l'image de la femme poussée à bout par la stupidité masculine. Puis elle relâcha rapidement son souffle et répondit :

— Entendu.

Elliot cligna des yeux.

— Hein ?

— J'ai dit « entendu ».

— Qu'est-ce qui est entendu ?

— Entendu, vous pouvez venir. Avons-nous terminé, maintenant ?

— Ou...

Il n'eut même pas le temps de finir le mot que, déjà, Jo tournait les talons et repartait d'un pas décidé.

— Je vous ai permis de m'accompagner, mais vous attendez ici, chuchota Jo en observant la chaumière dans laquelle Broussard et trois de ses hommes, ainsi que plusieurs prostituées, s'étaient mis à l'abri pour la nuit.

C'étaient les premières paroles qu'elle prononçait depuis des heures, et comme Elliot ne répondait pas, elle pivota vers lui, les sourcils froncés.

La mâchoire contractée et la bouche pincée, Elliot semblait sur le point de protester, mais il se contenta de hocher la tête. Elle le laissa tapi derrière un grand olivier et avança discrètement vers l'arrière de la maison, où un lieu d'aisances était aménagé à côté d'une petite grange dans laquelle les mercenaires avaient mis leurs canassons.

Au fil des années, Jo et Mungo avaient brièvement vu Luc Broussard – d'assez loin pour n'avoir rien à craindre – une demi-douzaine de fois, et elle avait entendu parler des ravages que ses hommes et lui causaient à tous ceux qui avaient eu le malheur de croiser leur route.

C'était la première mission rémunérée de Jo qui concernait directement Broussard, ce qu'elle considérait comme un bonus, et cela faisait des semaines qu'elle le surveillait en attendant une occasion de trancher la tête de cette pourriture.

Non seulement Broussard et sa bande étaient cupides, vicieux et cruels, mais ils choisissaient remarquablement mal leurs montures. En vérité, pour des individus dont la vie dépendait des chevaux, elle était dégoûtée par le peu d'argent et d'efforts qu'ils consacraient pour acquérir leurs animaux et les entretenir afin qu'ils restent en bonne santé et résistants. En outre, ils ne s'entraînaient pratiquement jamais au tir, et la plupart d'entre eux étaient soit trop corpulents pour parcourir plus d'un quart de mile à pied sans être essoufflés, soit, comme Broussard, maigres au point d'être émaciés... ce qui était le fruit d'une vie d'excès.

Jo et sa petite escouade auraient probablement pu tendre une embuscade à toute l'armée de Broussard lorsqu'ils convergeraient sur Himmelhause, mais les devancer en attaquant avant qu'ils entreprennent leur raid serait beaucoup plus propre et tiendrait le plus gros des mercenaires à l'écart de Marianne.

Elle n'eut qu'un quart d'heure à attendre, et l'un des hommes sortit. Comme les cochons qu'ils étaient tous, il ne prit pas la peine de se rendre jusqu'au lieu d'aisances pour se soulager. Il ouvrit son pantalon et urina contre le mur de la chaumière.

Jo était presque sur lui lorsqu'une brindille craqua. Elle maudit sa précipitation. S'il s'était retourné simplement au lieu de vouloir refermer hâtivement sa culotte, il aurait pu se battre. Mais son hésitation laissa à Jo tout le loisir de glisser les mains autour de lui, une plaquée sur sa bouche, l'autre lui tranchant rapidement et profondément la gorge. Il se secoua dans tous les sens, mais n'eut même pas le temps d'émettre un grognement de surprise.

Il était beaucoup trop lourd et violent pour qu'elle le maintienne debout, aussi le lâcha-t-elle. Il tomba sur le sol, la fixant de ses yeux agrandis et désespérés tandis que la vie désertait son corps. Il ouvrit la bouche, mais sa blessure empêchait tout son d'en sortir. Jo attendit qu'il se ramollisse, puis elle passa les mains sous ses aisselles et commença à le tirer.

Presque aussitôt, Elliot surgit et, sans rien dire, souleva les bottes de l'homme, allégeant de moitié le fardeau.

— Où ? chuchota-t-il.

Elle désigna de la tête l'arrière de la remise à bois plutôt que l'écurie. D'après son expérience, les chevaux s'agitaient quand ils sentaient le sang.

Lorsqu'ils eurent allongé le cadavre derrière une pyramide de bûches superposées de façon désordonnée, Jo reprit son poste derrière le lieu d'aisances. Elliot lui emboîta le pas, elle fut tentée de lui dire de retourner dans les bois, mais en vérité, il pourrait bien se révéler utile.

Ne laisse pas ton orgueil avoir le dessus, ma poulette.

Non, ce serait idiot.

Ils s'adossèrent à la petite structure en pierre et attendirent.

— Avez-vous l'intention de tous les tuer, même les femmes ? demanda-t-il au bout d'un moment, d'une voix basse et tendue.

— Non. Je renverrai les femmes au village à pied. Ce n'est qu'à quelques kilomètres, et il ne fait pas froid. Mais les hommes ? Oui. Je les éliminerai jusqu'au dernier. Et si cela vous pose un problème, je vous conseille de déguerpir, tout de suite.

Il ouvrit la bouche, puis la referma.

La lune était presque pleine, et elle le voyait distinctement. Son expression réprobatrice fit fuser une étincelle de colère à travers tout le corps de Jo.

— Ces hommes ont mis le feu à six maisons dans un village non loin de Cambrai, simplement parce que les habitants refusaient de les payer pour qu'ils les protègent. Qu'ils les protègent *d'eux* ! Lorsque les occupants sont sortis pour fuir les flammes, les Chats rouges ont obligé les maris et les enfants à rester à l'intérieur en leur tirant dessus. Ils n'ont laissé que les femmes s'échapper. Et quand celles-ci ont compris que leurs maris et leurs enfants étaient enfermés et qu'elles ont voulu retourner chez elles, c'était trop tard. Vous imaginez le calvaire qu'elles ont enduré en compagnie de trois douzaines de ravisseurs. Après les avoir violées toute la nuit, ils les ont assassinées. Six femmes, deux hommes – les autres maris étaient partis se battre pour la gloire de la France – et dix-sept enfants sont morts cette nuit-là. Alors oui, Elliot, je tuerai autant des acolytes de Broussard que possible. Mon seul regret est de ne pouvoir prendre le temps de les faire souffrir davantage.

*

*   *

Au bout d'un moment, un deuxième gaillard sortit en titubant à la recherche du premier. Jo s'en débarrassa aussi efficacement que de son compère. Puis une femme apparut, et Elliot l'accompagna vers la route. Elle fila sans demander son reste. Il était en train de revenir lorsque la porte arrière se rouvrit et que le chef des Chats rouges en personne sortit de la maison.

Elliot constata à sa posture mal assurée que ce dernier avait bu énormément.

— Vous êtes tous les deux tombés dans le trou, espèces d'imbéciles ? cria Broussard avec un rire gras avant d'avancer encore de quelques pas pour scruter les ténèbres. Olivier ? Gulli...

Seul un léger sifflement et un éclat argenté annoncèrent la lame qui s'enfonça silencieusement dans sa poitrine. Il produisit un son qui ressemblait étonnamment à un gloussement de poule et, par réflexe, porta une paume à son cœur. Il glapit lorsque ses doigts touchèrent le couteau.

Une deuxième lame suivit promptement la première, et une troisième cloua la main de Broussard à son torse.

La lumière passant par la porte ouverte fut assombrie momentanément tandis qu'un dernier homme jaillissait, attiré par le cri, torse nu et une main crispée autour de son pantalon, un pistolet dans l'autre.

— Broussard ! hurla-t-il en se précipitant vers son chef, affolé.

Il tourna la tête dans tous les sens en agitant frénétiquement son fusil. Broussard s'écroula contre lui et une détonation retentit tandis qu'un nouveau couteau volait de derrière le lieu d'aisances. La lame frappa le nouveau venu avec une telle force qu'il recula d'un pas.

Une partie du cerveau d'Elliot lui signala qu'il n'avait pas bougé d'un pouce pendant que Joséphine Brown exécutait systématiquement les deux individus.

Une autre partie beaucoup plus clinique lui fit remarquer qu'il ne servirait qu'à l'encombrer s'il essayait d'intervenir. Cette femme était une machine à tuer, un ange vengeur, et elle n'avait aucun besoin de son aide.

L'homme au fusil s'affaissa et, pendant un long moment, l'air fut rempli de gargouillis, de soupirs et de râles.

Deux autres femmes en petite tenue sortirent en courant, et un hurlement fendit la nuit. Elliot se dirigea vivement vers les hommes égorgés et écarta le pistolet d'un coup de pied avant de pivoter vers elles.

— Retournez à l'intérieur, dit-il doucement mais fermement en français.

La femme qui ne hurlait pas recouvra ses esprits la première, saisit le bras de son amie et l'entraîna si brutalement qu'elle manqua la faire tomber.

Elliot referma la porte derrière elles.

Agenouillée à côté de Broussard, Jo retirait calmement ses couteaux en les essuyant à l'aide de la chemise du scélérat avant de les ranger dans leur fourreau.

Broussard essaya de tendre une main, mais ses mouvements n'étaient plus seulement ceux d'un homme ivre, mais ceux d'un homme qui ne possédait plus toute sa lucidité, et il respirait laborieusement.

Ignorant ses pitoyables râles, Jo se tourna vers le deuxième. Il perdait beaucoup de sang, mais il aurait pu survivre, si on le soignait.

Elle sortit le couteau planté dans sa poitrine et passa la lame en travers de son cou d'un geste si rapide qu'Elliot comprit ce qu'elle avait fait uniquement en repérant l'entaille sombre sur sa gorge.

Elle nettoya la lame, se redressa et leva les yeux vers lui. Elliot referma la bouche.

— Sans Broussard et ses deux lieutenants, les autres ne sauront pas où aller ni quoi faire. Il ne faisait jamais suffisamment confiance à ses hommes pour révéler ce genre de détail. Il avait trop peur qu'ils ne le tuent pour s'approprier la mission, expliqua-t-elle.

À présent, nous n'avons plus à craindre que l'armée privée de Strickland ne nous mette des bâtons dans les roues à chaque étape.

C'était difficilement contestable.

Jo se dirigea vers la route.

— Vous ne voulez pas enterrer les corps ?

— Non. Qu'ils transmettent un message à quiconque les verra.

Elliot battit des cils.

— Et les femmes ? cria-t-il dans son dos.

— Elles n'ont rien à craindre. Mieux vaut les laisser dans la maison. À moins que vous ne souhaitiez leur donner l'occasion de revoir votre visage.

Il hésita, mais Jo avait raison. Les deux prostituées passeraient une mauvaise soirée, mais elles seraient en sécurité à l'intérieur et pourraient se sauver lorsqu'il ferait jour.

Il dut presser le pas pour rattraper Jo, qui regagnait l'endroit où ils avaient attaché leurs chevaux. Son esprit s'agitait dans tous les sens tandis qu'il repensait aux événements écoulés. Elle avait tué quatre hommes, rapidement, efficacement, et sans hésitation. Hormis la moralité douteuse de ses actes – ce à quoi Elliot refusait de réfléchir pour l'instant –, il devait admettre qu'elle n'avait réellement pas eu besoin de son aide.

Il aurait pu partir avec les autres, et il aurait ignoré ce qui s'était passé. À l'heure qu'il était, il ignorerait sereinement ce dont elle était capable.

Il avait honte de reconnaître qu'il aurait préféré faire exactement cela.

Tu savais qu'elle avait éliminé au moins un homme lorsqu'elle t'a libéré des tortionnaires de Broussard.

C'était vrai, mais entre savoir une chose et la voir se produire...

— Avez-vous déjà tué un homme ?

Il fit volter sa tête. Jo regardait droit devant elle, son profil d'une beauté surnaturelle au clair de lune.

— Non, avoua-t-il.

Il s'était toujours estimé heureux de n'avoir jamais dû commettre de meurtre dans le cadre de ses missions.

— Vous trouvez que ce que j'ai fait est mal, que je suis un monstre.

Elliot accorda à la question la réflexion qu'elle méritait avant de répondre :

— D'une certaine façon, c'est la justice, d'un point de vue biblique.

— Mais *vous*, vous considérez que c'est mal.

— Je pense que nous aurions pu régler l'affaire en laissant derrière nous moins de cadavres.

Elle ricana.

— Vous trouvez que nous devrions permettre à des violeurs et à des assassins de semer tranquillement la destruction dans leur sillage ?

— Non, bien sûr, mais nous aurions pu les remettre aux autorités de la région, quelles qu'elles soient.

Cette fois, elle s'esclaffa franchement, mais son rire n'était pas amusé.

Elliot méritait sa dérision ; la France était un pays ravagé par des décennies de guerre, et qui avançait à pas chancelants vers un nouveau conflit.

— Broussard et ses hommes sont la seule autorité dans la région, dit-elle. Ou plus exactement, ils l'étaient.

— Un autre homme remplacera Broussard à la tête de la milice.

— Indubitablement, mais ce ne sera plus notre problème.

Ils cheminèrent en silence jusqu'à la grange dans laquelle se trouvaient leurs chevaux et quelques affaires. Bien que les conditions climatiques aient été agréables ces dernières semaines, ils essayaient habituellement de dénicher des abris couverts, ne serait-ce qu'un cabanon.

Cette dépendance était bien entretenue et renfermait deux veaux, une vache, quelques chèvres et une stalle occupée par une douzaine de poules pondeuses. Elle était remplie de paille fraîche et douce – remuée à la fourche par Elliot lui-même – et était de toute évidence nettoyée régulièrement.

Le paysan avait accepté de leur donner un endroit pour dormir en échange de quelques sous et du travail de fourche susmentionné. La ferme était suffisamment éloignée de la grange pour qu'ils aient pu aller et venir sans se faire trop remarquer.

Elliot alluma la lanterne suspendue à l'extérieur, puis il ouvrit la porte. Lorsqu'ils furent dedans, il accrocha la lampe au poteau le plus loin possible du foin.

En déboutonnant son manteau, Jo fronça les sourcils devant sa main tachée de sang.

— Si vous voulez vous laver, je suis allé chercher de l'eau tout à l'heure avant notre départ.

Elliot montra le grand seau en bois non loin de leur litière.

Elle se débarrassa du vieux vêtement rapiécé et le jeta avant d'examiner le reste de ses habits. Jo, comme les deux autres femmes de sa troupe, préférait porter des vêtements d'homme. Elliot les comprenait. Le travail qu'elles effectuaient était déjà difficile et dangereux pour un homme ; l'accomplir empêtrée dans une jupe serait non seulement peu commode, mais une véritable folie.

Soudain, elle se tourna vers lui.

— Allez-vous me dénoncer quand nous serons rentrés à la maison ? M'accuser de meurtre ?

Il ouvrit la bouche, aussi surpris par ses paroles que par son air hostile.

— Non, pas du tout.

— Cela vous rend complice de ces meurtres.

— Je peux vivre avec cela.

— Il est possible que je fasse des choses avec lesquelles vous ne pourrez pas vivre, lorsque nous serons arrivés à Himmelhause.

— Qu'essayez-vous de dire, Jo ?

— Que vous devriez repartir et me laisser terminer. Vous n'avez pas à vous inquiéter pour Sin et Guy ; je vous promets de m'assurer que vos amis rentreront en Angleterre sains et saufs.

Son ton n'était pas tant dédaigneux que las, infiniment las.

Elliot fit un pas vers elle. Il voyait parfaitement ses pupilles complètement étrécies à la lueur de la lanterne derrière lui, exposant ses iris insolites. De loin, on les aurait crus d'un gris uniforme, mais de près, ils embrassaient tout le spectre, de l'ardoise à l'argent d'une pièce récemment frappée, des centaines de nuances de gris, encerclées d'anthracite.

— Je pense que je vais poursuivre avec vous, si cela ne vous ennuie pas, déclara-t-il en baissant les yeux vers sa bouche lorsqu'elle soupira et que ses lèvres rose pâle s'entrouvrirent.

— Que faites-vous, Elliot ? demanda-t-elle d'une voix plus douce qu'il ne lui avait jamais entendue, presque hors d'haleine.

C'est alors qu'il se rendit compte qu'il s'était encore approché. Il sentait les battements de son cœur tambouriner et le sang se bousculer dans ses veines.

Il arracha son regard de sa bouche.

Des mèches de sa chevelure presque blanche dansaient au clair de lune, l'air de fêter leur succès, heureuses d'avoir échappé à l'affreux bonnet grossièrement tricoté qu'elle portait pour dissimuler son éblouissant casque d'or.

D'une main, elle se coiffa en laissant filer dans ses cheveux ses doigts fuselés, élégants malgré les ongles rongés et la myriade de coupures et de cicatrices.

Elliot se repaissait de cette vision, de sa beauté froide et de la perfection de son nez aquilin, de ses pommettes saillantes et hautes, de sa peau si pâle qu'il aperçut un réseau de veines bleues sur ses tempes.

— J'aime bien la façon dont vous prononcez mon nom, dit-il d'une voix enrouée, la voix d'un homme qui mourait de soif.

De fait, il avait soif ; une seule chose aurait pu le désaltérer.

— Que voulez-vous de moi ? demanda-t-elle encore plus bas qu'à l'accoutumée.

Elle déglutit dans le lourd silence. Elliot ne savait pas quelle heure il était, mais la nuit était avancée. C'était cette heure tardive à laquelle les mauvaises idées paraissaient parfois bonnes.

— Vous, Jo, répondit-il. C'est vous que je veux.

Peut-être s'approcha-t-il ; peut-être fut-ce Jo.

Quoi qu'il en soit, le résultat fut le même.

5

Jo avait imaginé des centaines de fois la sensation que devait procurer le corps d'Elliot, tout en muscles, en os et en tendons ; sa souplesse, sa dureté, son énergie pure.

Il était tout cela et davantage lorsqu'il se plaqua contre elle. Sa chaleur et sa force lui semblèrent presque choquantes dans l'air froid de la nuit.

— Jo, murmura-t-il.

Sa bouche recouvrit la sienne, et Jo sentit sa retenue céder.

Elle passa les mains autour de son cou, se lova contre lui et s'offrit à lui.

On l'avait déjà embrassée, et même davantage, mais jamais ainsi, jamais avec de la douceur mêlée à de la révérence. Les lèvres d'Elliot étaient souples mais fermes, son cœur battait contre le sien, rapide et puissant. Sa bouche était tendre, et il avait un léger goût semblable à celui du romarin, dont elle l'avait vu mâchonner plus d'une fois des brins.

Il encadra son visage tout en s'écartant, ses yeux de marbre noir, ses lèvres entrouvertes, son expression émerveillée.

— Vous m'avez ensorcelé.

Plus que ses mots, ce furent son ton et son regard affamé qui la rendirent muette. Que répondre à une telle déclaration ? Jo avait toujours préféré l'action aux paroles, et ce fut elle qui reprit sa bouche.

Il s'ouvrit à elle sans se faire prier, sa langue brûlante et humide. Ses vêtements et ses cheveux sentaient le feu de bois et le cheval, le cuir et l'air frais de la nuit. Comment avait-elle pu ne jamais remarquer que la nuit n'avait pas la même odeur que le jour ?

Elle avait vaguement conscience de leurs respirations haletantes entre deux baisers, comme si ni l'un ni l'autre ne pouvaient supporter d'être séparés assez longtemps pour qu'ils remplissent correctement leurs poumons, comme s'ils risquaient de revenir sur terre s'ils reprenaient leur souffle.

Leurs mains se rencontrèrent entre leurs corps tandis qu'ils retiraient leurs bottes. Encore une fois, impossible de savoir qui des deux défit le premier un bouton, ôta le premier son manteau, son gilet ou sa chemise.

Elliot recula et tomba à genoux sur l'une des paillasses qu'ils avaient utilisées la veille. La sienne ? Celle de Jo ? Quelle importance ?

Il leva les yeux vers elle tout en s'escrimant sur les agrafes du pantalon de Jo. Le sien était déjà en tapon par terre. Il avait un corps si athlétique qu'il paraissait sculpté dans du marbre ainsi agenouillé devant elle, son érection majestueuse au creux d'une toison brune et bouclée.

Elliot lui retira son pantalon et ses sous-vêtements, soulevant ses pieds l'un après l'autre pour libérer les habits emmêlés, ouvrant de ce fait ses jambes.

Leurs regards se croisèrent pendant un long moment chargé de tension tandis qu'il faisait glisser ses mains lentement, délibérément, le long de ses cuisses, jusqu'à ce que ses doigts s'ensevelissent dans ses replis intimes.

Il baissa les yeux, et ils l'observèrent tous les deux l'écarter avec ses pouces.

— Mon Dieu, vous êtes magnifique, murmura-t-il avant de courber la tête pour mettre sa bouche brûlante et humide sur son sexe.

Ce fut au tour de Jo de gémir tandis que sa langue explorait et caressait, légère et taquine, jusqu'à ce qu'elle agrippe ses cheveux pour mieux le plaquer contre elle et le positionner comme elle le voulait ; elle écarta encore les jambes.

Il leva les yeux et elle lui adressa un petit sourire narquois avant qu'il reprenne son bourgeon sensible dans sa bouche. Le corps de Jo trembla de désir lorsque ses lèvres se refermèrent sur cette partie la plus névralgique de son être ; il la suçotait, jouait avec et l'entraînait vers une extase quasi instantanée.

Il la rattrapa au moment où ses genoux se dérobaient et l'allongea sur la couverture en caressant doucement son ventre, y décrivant des cercles apaisants.

En ouvrant les paupières, Jo constata qu'il l'observait avec le sourire.

— Me suis-je endormie ?

— À peine une minute.

Il était étendu sur le côté, la tête appuyée sur sa main, l'autre posée sur le ventre de Jo, le petit doigt contre son mont de Vénus, comme une promesse.

— J'ai eu envie de vous dès que je vous ai vue, déclara-t-il.

Une bouffée de chaleur inonda son abdomen, et la paume d'Elliot se raffermit sur la peau délicate, comme s'il sentait le tumulte qu'avaient causé en elle ses paroles.

— Je rêvais de *ceci*.

Il glissa un doigt entre ses replis sensibles et enflés, et la caressa, prenant soin de ne pas toucher son bourgeon trop stimulé.

— Vous êtes parfaite, absolument parfaite.

Jo déglutit difficilement. Sa respiration devint saccadée et irrégulière devant son regard affamé. Elle baissa les paupières lorsqu'il enfonça une main en elle, son entrée facilitée par sa moiteur, mais l'invasion de ses doigts étira son fourreau. Cela faisait longtemps – depuis cette période infernale à Paris presque quatre ans plus tôt – qu'elle n'avait pas couché avec un homme.

Il bourdonnait de plaisir tandis qu'il allait et venait, lentement mais profondément. Dans un souffle, il dit :

— Comme vous êtes étroite... Je veux vous sentir.

Jo écarta encore les cuisses en guise d'invitation silencieuse.

Il retira sa main et son regard la cloua sur place tandis qu'il enfonçait ses doigts humides dans sa bouche pour les lécher. Ses joues se creusèrent pendant qu'il les suçait.

Jo vibrait de désir. Son fourreau vide se contractait inutilement, envoyant d'insupportables frissons de plaisir à toutes les parties de son corps.

— S'il vous plaît, chuchota-t-elle en cambrant les hanches vers lui. Je vous veux.

Elle n'eut pas besoin de le dire deux fois.

Avec la grâce et l'aisance qui le caractérisaient, Elliot se positionna à l'orée de son sexe et s'appuya contre elle. Sa chair humide était brûlante lorsqu'il la pénétra d'un seul coup de reins.

Jo gémit sous la sensation d'étirement presque douloureuse, mais elle enroula les pieds autour de ses cuisses et inclina son pelvis pour l'accueillir encore plus loin.

Il la garda ainsi, remplie et empalée sous lui, pendant un long moment, son regard tendre et adorable contrastant avec l'acte primitif et dominateur.

— C'est fabuleux, Jo...

Il commença à onduler des hanches, d'abord doucement, l'emplissant complètement à chaque coup de reins, leurs yeux rivés l'un à l'autre.

Jo le serrait et se détendait, trouvant une cadence.

— Oui, gémit-il en se hissant sur un bras pour passer une main entre eux et caresser du pouce la source magique de son plaisir. Allez-vous jouir encore pour moi, Jo ?

Ces paroles érotiques venant d'un homme aussi réservé qu'Elliot constituaient un aphrodisiaque stupéfiant. Jo émit un cri et explosa, surprise elle-même de son orgasme foudroyant.

Elliot se mit alors à imposer un rythme de plus en plus rapide, presque sauvage, et soudain, il se retira, la laissant affreusement vide.

Jo eut vaguement conscience du grondement qu'il poussa et sentit des giclées chaudes et humides sur son ventre. Ses muscles intérieurs se contractaient. Bien que la partie d'elle embrasée regrette cette vacuité, elle lui fut reconnaissante d'avoir pensé à elle alors que la petite mort prenait possession d'eux.

*

*   *

Jo s'était rendormie.

Elliot souriait bêtement malgré lui. Jamais il n'avait connu une maîtresse qui sombrait immédiatement après le coït. Il éprouva un sentiment de fierté, même si la vitesse à laquelle elle s'était assoupie résultait probablement davantage de l'épuisement et de la pression des responsabilités que de ses extraordinaires compétences sexuelles.

Il s'assit sur les talons pour l'admirer un moment, puis se leva. L'eau lui venait à la bouche à la vue de ses petits seins et de leurs mamelons roses dressés, qu'il avait à peine caressés avant de s'enfouir en elle, comme si la luxure l'avait rendu fou.

Il fallait dire que sa dernière maîtresse remontait loin, presque à un an, et il s'était jeté à table avec un appétit d'affamé...

Mais Jo aussi.

Il avait été soulagé de découvrir qu'elle n'était pas vierge. Ses avances se seraient arrêtées aux baisers si elle avait laissé le moindre doute sur son inexpérience. Il avait beau rêver d'elle au point d'en être obsédé, il était contraire à ses principes de déflorer une jeune fille.

Dans son sommeil, elle ne faisait pas ses vingt-huit ans. Pendant la plus grande partie de leur voyage, elle avait dissimulé sa couleur de cheveux exceptionnelle et son harmonieux visage sous des épaisseurs de crasse et de cendres qu'elle frottait dans ses cheveux pour les rendre gris et ternes. Elliot savait par expérience que personne ne tenait à s'approcher d'un individu réellement sale, et lui-même avait employé cette technique plus d'une fois au fil des années.

La veille, après leur arrivée à la grange, elle avait disparu pendant une heure et était revenue si immaculée et si belle qu'il l'avait observée les yeux ronds, comme un imbécile heureux. Les joues de Jo avaient fini par s'empourprer.

— La rivière n'est pas si froide, avait-elle dit en grimaçant tandis qu'elle essayait de passer un peigne dans ses cheveux.

Il avait compris l'allusion. De fait, il ne sentait pas la rose et il avait été content de pouvoir nettoyer la crasse et la poussière accumulées par des semaines sur la route.

Elliot soupçonnait qu'ils reprendraient tous les deux leur déguisement le lendemain, aussi refusait-il d'éprouver de la culpabilité en se repaissant de la vue de son corps rosi par la passion et de ses cheveux blonds soyeux.

Elle n'était pas voluptueuse, mais souple et ferme, son ossature délicate soutenue par des muscles fuselés et élégants. Bien que pâles, ses mains et son visage avaient été hâlés par le soleil. Le reste de sa peau était de la couleur de la crème fraîche.

La beauté de Joséphine Brown était discrète et racée. Si elle était née à une autre époque et dans une autre vie, elle aurait pu orner les toiles de peintres tels que Watteau ou Reynolds, bien qu'il lui manque le côté joueur théâtral des modèles du premier, ou la fausse coquetterie de ceux du second.

C'était une fascinante contradiction ambulante, à la fois gracieuse et forte, fragile et farouche.

Elle se tourna et ouvrit les paupières, et un éclair de terreur abjecte traversa son visage, comme un rayon de soleil sur de l'eau miroitante.

— Que se passe-t-il ? demanda-t-elle en se redressant vivement.

— Rien, rien, dit-il d'une voix apaisante. Tout va bien. Je reviens tout de suite, murmura-t-il en lui laissant le temps de se ressaisir pendant qu'il allait chercher un linge, qu'il plongea dans le seau d'eau fraîche.

À son retour, elle s'était hissée sur les coudes et contemplait son ventre, où commençait à sécher la preuve de sa luxure.

Il rougit violemment et s'agenouilla à côté d'elle.

— Je vous aurais nettoyée plus tôt, mais je ne voulais pas vous réveiller. Ce sera peut-être un peu froid, avertit-il en posant le linge humide sur son ventre, heureux qu'elle l'autorise à s'occuper d'elle.

Elle l'observa à travers ses yeux impénétrables pendant qu'il la lavait et la séchait. Quand il eut terminé, il jeta le chiffon et souleva le coin de la couverture.

— Venez, dit-il.

Elle hésita une seconde, puis se glissa sous la couverture et resta silencieuse quand Elliot la rejoignit, alors qu'ils avaient une deuxième couverture déjà sortie et prête de leur nuit précédente.

Cette fois encore, il s'allongea sur le côté et tendit lentement une main vers elle. Il la posa sur sa taille, ravi et surpris qu'elle ne se dérobe pas.

— Jo ? Qu'est-ce qui vous...

— Je vais bien, l'interrompit-elle. Ce n'était rien, ça va.

Son ton tranchant aurait dû le blesser, mais il trouva cela étrangement amusant. Il rit doucement.

— C'est bien noté.

Elle pivota vers lui, l'expression aussi atone que l'avait été son timbre de voix.

— Je suis sérieuse.

— Je sais.

Elliot était soit intrépide soit stupide... ou les deux, car il se risqua à caresser son ventre lisse et plat, en ayant l'impression de jouer avec un dangereux félin de la jungle.

— Décontractez-vous et savourons ce moment, voulez-vous ? Demain, et les jours qui suivent, nous n'aurons le temps pour aucun plaisir.

Il sentit son corps se raidir, mais elle ne s'éloigna pas ni ne le menaça d'un couteau.

Enfin, au bout d'une dizaine de secondes qui lui firent l'effet de dix minutes, elle acquiesça imperceptiblement de la tête et ses muscles se détendirent.

Enhardi, Elliot poursuivit ses massages circulaires, augmentant leur circonférence jusqu'à ce que ses doigts effleurent non seulement sa douce toison, mais le dessous soyeux de ses seins.

Au lieu de l'étriper, elle se cambra légèrement, pour mieux s'offrir à sa paume.

— Je ne vous demanderai pas qui vous êtes réellement ni d'où vous venez, promit-il. Mais je veux savoir depuis combien de temps vous faites ce genre de travail toute seule.

Elle contracta la mâchoire, et son ventre se tendit.

— Pour votre information ? Ou pour vos employeurs ? dit-elle en le contemplant dans les yeux.

Il réfléchit.

— Vous avez raison de poser la question. Je n'ai pas l'intention de divulguer quelque renseignement que ce soit à votre sujet, mais si mes supérieures m'interrogeaient...

— Vous leur répondriez, termina-t-elle, ne semblant pas en colère.

— Oui.

Elle plissa légèrement le front, et son regard devint vague, comme si elle consultait quelqu'un qui n'était pas dans la pièce avec eux. Il eut l'impression qu'elle se livrait un combat intérieur, et il n'espérait plus rien de sa part lorsqu'elle ouvrit la bouche et déclara :

— Cela fait six mois, depuis la mort de mon oncle.

*

* *

Jo fut stupéfaite de s'entendre prononcer ces mots, non seulement cela, mais elle se sentait physiquement épuisée de les avoir prononcés. C'était comme si elle avait été emprisonnée dans une sorte d'étau invisible dont elle venait subitement de s'affranchir. La sensation était déchirante, aussi puissante que si la Terre échappait soudain à l'attraction gravitationnelle de la Lune.

Elle sourit devant cette analogie exagérée, mais c'était pratiquement la première fois qu'elle divulguait à quelqu'un une vérité sur elle.

Plus de deux décennies d'existence aux côtés de Mungo l'avaient rigidifiée dans sa posture, comme un arbre défini par le sens du vent.

Se dresser contre le vent n'était pas facile.

Alors, pourquoi jeter aux orties l'entraînement de toute une vie ? Était-ce uniquement à cause de leur proximité physique ? Une chose aussi basique que le contact humain, la main sur son ventre, la caresse de son corps à côté du sien ? Le souvenir agréable de son sexe élargissant le sien ?

Jo refusait de croire que c'était aussi simple. Elle avait déjà eu des amants, davantage que quelques-uns, et jamais elle ne leur avait révélé ne serait-ce que son nom. Mungo ne lui avait jamais dit quoi que ce soit à ce propos, mais il avait certainement deviné les ébats furtifs qu'elle avait connus au fil des ans.

Cependant, Elliot Wingate était différent de ces autres hommes.

Il lui avait avoué l'avoir désirée dès leur première rencontre. Elle comprenait exactement de quoi il parlait, car elle avait éprouvé le même émoi, une attirance impétueuse et instantanée qui lui avait donné le vertige, et dont l'intensité l'avait inquiétée et laissée perplexe. Cette sensation devait être extrêmement rare. En tout cas, elle n'avait elle-même jamais rien connu de tel auparavant.

Objectivement, Jo savait qu'Elliot n'était pas le plus beau spécimen qu'elle avait jamais croisé, ni le plus riche ou le plus puissant, mais il incarnait tout ce qu'elle respectait et aimait chez la gent masculine : il était intelligent, compétent, maître de lui et humain. Il était bon, mais pas faible. Il avait l'esprit pratique, mais n'était pas dénué de sensibilité.

— Qu'est-il arrivé à votre oncle ? demanda-t-il en immobilisant sa main, la pointe du pouce reposée sous le renflement de son sein.

Une fois de plus, tout en elle se rebellait à l'idée de lui révéler quoi que ce soit, mais quelle différence cela faisait-il à ce stade ?

— Un accident, le genre d'enchaînement d'événements qui ne se produirait jamais même si on essayait de le réitérer, répondit Jo, disant pour une fois la stricte et entière vérité.

Toute sa vie, Mungo avait craint une mort violente des mains de ses ennemis. Finalement, son décès avait été le résultat d'un malheureux coup du sort.

— Il marchait dans la rue lorsqu'une charrette est passée. Son essieu s'est brisé, et plusieurs tonneaux s'en sont échappés. L'un d'eux a roulé jusqu'au trottoir. Le tonneau en lui-même lui aurait seulement causé quelques ecchymoses et égratignures, peut-être un orteil cassé, mais il a manqué mon oncle et percuté un homme qui tendait une corde soulevant une palette de tuiles en plomb. Ce dernier a lâché prise, et la palette est tombée. Mungo est mort sur le coup, la tête écrasée.

Elliot passa un bras autour de sa taille et l'attira contre lui.

— Je suis désolé, murmura-t-il tout contre ses cheveux. C'est terrible.

Un tel drame était affreux en tout état de cause, mais ce coup du sort était particulièrement cynique pour quelqu'un qui vivait depuis presque trente ans en surveillant constamment ses arrières.

Jo déglutit, les yeux brûlants, et battit des cils.

— À moi de vous poser une question.

Elliot l'embrassa une dernière fois avant de la relâcher et prit appui sur son coude.

— Je vous écoute, déclara-t-il avant de pouffer. Mais quelque chose me dit que vous ne devez pas ignorer grand-chose à mon sujet.

— Parlez-moi de votre famille.

— Ma famille ?

— Pourquoi êtes-vous surpris ? Pensez-vous que j'allais essayer de vous tirer les vers du nez pour connaître les secrets de Sa Majesté ?

L'humour fit briller ses yeux pâles et argentés, et le léger sourire sur ses lèvres était affreusement séduisant. En cet instant précis, Elliot lui aurait révélé tout ce qu'elle aurait voulu savoir.

— Quoi, ma famille ?

— Je sais que vous avez un frère aîné, le comte de Norriton. D'autres frères et sœurs ?

— Oui, je suis le benjamin d'une fratrie de quatre enfants.

— Des filles, des garçons ?

— Seulement quatre garçons, à la grande et inconsolable déception de ma mère.

— Y en a-t-il d'autres qui travaillent ?

— Pas exactement, mais ils vous diraient l'inverse. Le cadet était dans l'armée, mais il a démissionné après... eh bien, quand nous avons tous cru que la guerre était terminée. Le suivant, Nigel, aurait dû entrer dans les ordres, mais il n'avait pas le tempérament pour cela, aussi lui a-t-on confié la direction d'un des domaines secondaires de notre frère aîné.

Il hésita, et ajouta :

— Mes parents auraient voulu que je prenne la place de Nigel et que je devienne prêtre, mais j'ai choisi de servir mon gouvernement plutôt que Dieu. Pourquoi ce sourire ironique ?

— Je vous visualisais dans une chaire en train de prêcher.

Elliot rit.

— Vous avez une imagination plus fertile que la mienne, car je n'ai jamais pu me le représenter. À mon tour maintenant. Où et quand avez-vous rencontré Angus ?

Elle leva un regard affectueux vers le plafond, où Elliot remarqua soudain l'oiseau perché sur une poutre.

— Croyez-vous qu'il nous a observés pendant que... enfin, vous voyez ? s'enquit Elliot, ne plaisantant qu'à moitié.

— Non, Angus est mieux élevé que cela.

Il pouffa.

— Je vois.

— En outre, il préfère largement dormir plutôt qu'espionner nos folies humaines.

Elliot contempla la silhouette noire, certain d'avoir aperçu l'éclat révélateur d'un œil en bouton de bottine.

— C'était encore un oisillon quand je l'ai trouvé, non loin d'un nid tombé. J'y ai constaté la preuve qu'il avait eu au moins un autre frère, ou une sœur. Il s'était réfugié sous un tas de foin pour se cacher de deux pies qui l'attaquaient, et il poussait des piaillements pitoyables. Mungo a dit qu'il ne survivrait pas, et pourtant... le voilà, des années plus tard, en pleine forme.

— Mungo ?

— Non, vous avez eu votre question, c'est à moi.

Elliot s'amusait de son enthousiasme.

— Allez-y, dit-il en recommençant à lui caresser le ventre.

— Dominic Strickland était votre ami. Que s'est-il passé ?

Le sourire d'Elliot se volatilisa. Il n'avait absolument aucune envie – jamais – de parler de Dominic, mais le sujet n'étant ni politique ni sensible d'un point de vue militaire, il n'avait pas de raison de l'éluder.

— Nous étions proches, Sin, Guy, Dominic et moi, ainsi qu'un autre de nos amis, Daniel Norris, qui était militaire et a péri lors de l'assaut dans lequel a disparu le frère de Sin, Benjamin. Nous étions tous dans la même année d'étude.

Avec un petit rire ironique, il ajouta :

— Nos camarades de classe nous appelaient la Fraternité pour se moquer de notre amitié si indéfectible.

— Strickland ne me fait pas l'effet du genre d'homme susceptible d'être votre ami, tout comme

Staunton ou Guy, que les journaux qualifient de « débauché invétéré ».

En parlant de Guy, Jo faisait allusion à Gaius Darlington, la coqueluche de la haute société.

— Guy est peut-être libertin, mais au moins, il a des valeurs, répliqua Elliot avec un sourire en coin.

Puis il soupira lorsque ses pensées revinrent vers son ami d'autrefois.

— Il faut avoir connu Dominic pour comprendre l'attrait magnétique qu'il exerçait.

Elliot cherchait un moyen juste de décrire celui-ci, et la raison pour laquelle lui, Jo et tous leurs amis risquaient ce jour-là leur vie en voyageant dans un pays déchiré par la guerre.

— Il est le genre de personne qui exsude le charisme.

Il lui jeta un rapide coup d'œil.

— Vous connaissez certainement le lien entre Dominic et Marianne ?

— Je sais qu'ils ont été brièvement amants, d'où son surnom de Baronne Boxeuse, et je suis au courant qu'il lui a menti.

Jo hésita, puis ajouta :

— J'avoue être surprise qu'une femme aussi intelligente que Marianne ait pu s'éprendre d'un homme comme lui.

— Dom est le genre de personne capable de charmer les serpents, mais uniquement quand il a besoin d'eux, pour une raison ou une autre. Étant celui de notre petite « fraternité » qui avait le moins d'argent et le statut social le plus modeste, j'ai eu des aperçus de la véritable nature de Dom bien avant qu'il la révèle à Sin, Guy ou Daniel.

Il haussa les épaules.

— Nous nous sommes tous éloignés de lui longtemps avant de quitter Eton, bien que Sin, avec sa propension à vouloir sauver les gens, lui ait donné maintes et maintes fois une nouvelle chance, même lorsqu'il était déjà évident que Dominic avait dépassé le stade de la rédemption.

— Quel a été l'événement qui a rendu cela évident ?

— Non, à mon tour. Comment êtes-vous devenue si douée avec les armes blanches ?

Il sentit son corps se tendre sous sa main, et crut que cela signifierait la fin de leurs confidences sur l'oreiller. Mais soudain, Jo déclara :

— C'est mon oncle qui m'a tout appris. C'était... enfin, pas exactement un jeu, mais un passe-temps, je suppose. Il a compris assez vite que j'avais des aptitudes.

Elliot rit de l'euphémisme.

— Si je voulais qu'il m'emmène, je devais devenir assez habile pour me défendre.

— Pourquoi emmènerait-il une toute jeune fille lors de missions dangereuses ?

Elle cligna des yeux, comme s'il avait dit quelque chose de curieux, mais se ressaisit vivement.

— Il n'y avait personne d'autre pour s'occuper de moi. Il ne m'a jamais mise en danger, ajouta-t-elle, vaguement belliqueuse.

Elliot n'en croyait pas un mot.

— À moi, dit-elle en se tournant sur le côté pour imiter sa posture.

Il posa une paume sur la hanche de Jo ; il n'avait pas envie de rompre le contact avec elle. Comme elle le laissait faire, il sourit et la nargua :

— Eh bien, quelle est votre question ?

Elle mordilla sa lèvre inférieure.

— J'ai besoin d'un moment pour y réfléchir.

Un éclair d'émotion, quelque chose de plus complexe que le simple désir, le frappa assez durement pour que son cœur en soit endolori. Elliot n'était pas idiot. Il reconnaissait au moins en partie ce qui lui arrivait : il avait envie d'elle, et pas seulement de son corps. Pour la première fois de sa vie, il avait envie de quelque chose, ou plutôt de quelqu'un, farouchement, viscéralement. Et il était tombé sur la femme la plus fuyante qu'il ait jamais rencontrée.

Son ami Guy s'esclafferait s'il avait connaissance de ces pensées délirantes ! Heureusement, ce diable ne découvrirait jamais la vérité...

— Vous auriez pu entrer dans la diplomatie, l'armée ou la marine, dit Jo, le tirant de ses réflexions. Mais vous avez choisi un moyen de servir votre patrie qui est généralement méprisé par les gens de votre acabit. Pourquoi ?

Avec un sourire ironique, il répéta :

— « De mon acabit » ?

Mais elle se contenta de le dévisager, refusant de le laisser faire diversion. Elliot soupira.

— Il est vrai que le renseignement – l'espionnage – n'est pas considéré comme un loisir de gentilhomme. Heureusement pour moi, l'opinion des autres m'est d'ordinaire égale, en particulier lorsque ce qu'ils pensent est idiot.

Il haussa les épaules.

— Mes amis savent ce que je fais et me respectent, et cela me suffit bien. À mon tour.

Elle secoua la tête et posa une main sur son torse. Ses doigts frais et rendus rugueux par le travail effleurèrent ses tétons.

— Plus de questions.

— Non ?

Il fronça les sourcils, et son pouls s'accéléra quand il vit les pupilles de Jo se dilater.

— Non.

Elle fit glisser les doigts sur son ventre et les referma autour de son sexe, qui avait durci depuis qu'ils étaient allongés l'un à côté de l'autre.

Elliot déglutit laborieusement et laissa descendre sa propre main. La respiration de Jo devint entrecoupée, et elle releva un genou en signe d'invitation. Il enfonça un doigt entre les pétales moites de son sexe, et le replia.

Un gémissement sourd s'échappa de sa bouche entrouverte, et elle caressa sa verge de haut en bas, puis de bas en haut.

Les lèvres d'Elliot s'ourlèrent en un sourire gourmand tandis qu'ils se donnaient mutuellement du plaisir. Leurs caresses exploratoires trouvèrent leur cadence à mesure qu'ils découvraient ce qu'aimait l'autre. Jo gémit encore quand il ajouta un autre doigt, et cambra les hanches. Elliot grinça des dents et siffla lorsque, de la peau rugueuse de son pouce, Jo effleura la fente sensible de son gland.

Plus son plaisir grandissait, plus il avait du mal à poursuivre ses attouchements érotiques, à ne pas perdre le fil de ses besoins à elle.

Au bout d'un moment, cela devint trop difficile, et Elliot se retira précautionneusement avant de rouler sur le dos et d'écarter la main de Jo.

— Chevauchez-moi, Jo.

Elle baissa les paupières et rougit, mais elle l'enfourcha en soutenant son regard tout en le positionnant à l'orée de son sexe.

Fasciné, Elliot la dévisagea, soulevant les hanches pour venir à sa rencontre tandis qu'elle s'écrasait sur lui.

— Mon Dieu ! grogna-t-il en attrapant sa poitrine.

Elle se pencha pour mieux s'offrir à sa disposition, arc-boutée sur les bras, tout en le gardant profondément enfoui en elle.

Il prit un téton dur dans sa bouche et le suça.

Jo tressaillit, et ses yeux devinrent vitreux tandis qu'il alternait ses attentions sur un sein, puis l'autre, mordillant et léchant jusqu'à ce que tout le corps de la jeune femme se mette à onduler.

— Oui, dit-il dans un souffle en passant une main entre eux et en la caressant jusqu'à ce qu'elle atteigne l'orgasme, avant qu'un deuxième, encore plus puissant, lui succède.

Ses contractions fiévreuses entraînèrent Elliot vers son propre plaisir avec une hâte déplorable. Il aurait voulu désespérément jouir en elle, c'était le désir primitif de l'emplir de sa semence, de la marquer comme étant à lui. Il eut un mal fou à revenir à la raison et se retira avant de se répandre.

Cette fois, ce fut lui qui sombra dans l'oubli.

6

Joséphine et Elliot rejoignirent le reste de leur petit groupe deux jours après le carnage dans la chaumière de Broussard.

Bien sûr, ce n'était pas le seul carnage qui avait eu lieu cette nuit-là. Jo s'en voulait de sa conduite imprudente et préjudiciable vis-à-vis d'Elliot.

Préjudiciable, oui, pour elle, car elle l'appréciait bien plus qu'elle ne l'aurait dû pour son bien. Elle avait regardé avec horreur Marianne céder à son attirance pour le duc de Staunton et Cécile baisser la garde vis-à-vis du marquis de Carlisle, au cours des dernières semaines.

Et elle venait de faire exactement la même chose.

Bien que Jo ne les connaisse pas très bien, elles étaient ce qui se rapprochait le plus d'amies dans sa vie, et l'idée qu'en rentrant de cette brève expérience hors du temps en France elles auraient toutes les deux le cœur brisé la désolait.

En effet, c'était inévitable. Et voilà qu'elle venait de faire preuve de la même imbécillité inconsciente.

Jo ignorait tout des us et coutumes de la haute société, mais les nobles du royaume – et leurs descendants – n'épousaient pas des artistes de cirque.

« Et surtout pas des meurtrières et des traîtresses supposées, ma poulette », ajouta Mungo pour faire bonne mesure.

Oui, surtout pas.

Jo songea que cela lui était égal si Elliot était dégoûté par elle, s'il la prenait pour un monstre inhumain. Il n'avait pas vu les ruines fumantes des maisons dans les villages ni entendu les hurlements de leurs voisins traumatisés par le cauchemar que leur avaient fait subir les hommes de Broussard.

À l'époque, Mungo et elle n'avaient rien pu faire pour aider ces victimes, mais il avait insisté pour qu'ils restent et soient témoins de leur mort.

— Un jour, nous aurons peut-être l'occasion de venger ces pauvres gens, lui avait-il déclaré sans cacher les larmes qui coulaient le long de ses joues.

Tout le monde dénonçait la brutalité et la cruauté, mais pratiquement personne n'irait jusqu'à tuer pour y mettre un terme. Jo était capable de se regarder en face sans éprouver la moindre culpabilité vis-à-vis des hommes qu'elle avait supprimés. Cela valait mieux que de penser à ce que ces individus auraient fait s'ils étaient restés en vie.

Elle entendit le sabot d'un cheval à côté d'elle et devina qu'il arrivait sans même avoir besoin de se retourner.

Jo évitait Elliot comme la peste depuis qu'ils avaient quitté la grange du fermier, trois jours plus tôt. Elle s'était réveillée avant l'aube et glissée hors de la couche qu'ils avaient partagée telle une voleuse fuyant la scène de son dernier crime.

Cela avait été un soulagement de rejoindre les autres, car tous les quatre, habitués à son absence de sociabilité, la laissèrent simplement tranquille, attirant Elliot dans leur orbite et le tenant à l'écart d'elle.

Il s'éclaircit la voix, et elle pivota vers lui, agacée de sentir son cœur battre déjà plus vite.

— Oui ?

— Nous approchons du lieu de rendez-vous, l'auberge du Casque de Fer, n'est-ce pas ?

— Oui.

— Je ne peux pas m'empêcher de remarquer que nous sommes fort peu armés et que nous détenons très peu de munitions.
— J'en ai conscience.
Ils chevauchèrent un moment en silence, puis il poussa un grand soupir.
— Pourriez-vous me faire part de votre plan, Jo ?
— Nous allons utiliser les armes à feu que vous, Guy et Sin avez cachées dans le faux plancher de votre roulotte.
Il laissa échapper un petit rire surpris.
— Je ne devrais pas m'étonner que non seulement vous connaissiez l'existence de ces armes, mais que vous vous sentiez en droit de tout simplement les prendre alors qu'elles ne vous appartiennent pas.
— En effet, vous ne devriez pas vous en étonner.
Il plissa les yeux.
— Êtes-vous fâchée après moi ?
— Non.
— Parce que vous avez l'air d'être en colère.
Joséphine se tourna sur sa selle. Les autres étaient loin derrière, Jean-Louis et Arlette engagés dans une discussion impliquant beaucoup de rires et de gesticulations.
— Ne vous inquiétez pas, ils ne peuvent pas nous entendre, la rassura Elliot.
— Je suis en colère contre moi-même, dit-elle en regardant droit devant.
— Ah.
Elle pivota vivement la tête.
— Qu'est-ce que cela signifie ?
— Rien de particulier, juste « ah ».
— Il n'y aura pas d'autre nuit.
— Vous l'avez déjà dit.
Il parlait avec une douceur qui la rendait encore plus irritable. Jo grinça des dents. Pourquoi se conduisait-elle comme une écolière sentimentale ?
Parce que tu as des sentiments pour lui, ma poulette.

Va te faire voir, Mungo.

— Ne vous est-il pas venu à l'esprit que Guy et Sin avaient peut-être des projets pour l'utilisation des armes qu'ils se sont donné le mal d'apporter jusqu'ici ? demanda-t-il.

— Il est plus prudent pour eux – et pour tous les autres – qu'ils ne rencontrent pas Dominic Strickland en étant armés.

Elliot ouvrit la bouche comme pour protester, mais à la surprise de Jo, il dit :

— Eh bien, figurez-vous que je suis d'accord avec vous, mais imaginez qu'ils aient déjà retiré les armes à notre arrivée là-bas ?

— Dans ce cas, nous volerons des fusils ailleurs.

Il rit.

— Qu'est-ce qui vous amuse autant ?

— Que vous soyez si certaine de trouver d'autres armes, sans parler de votre absence de remords à la perspective de les voler.

— Après deux décennies de guerre ininterrompue, l'Europe est un vaste arsenal. Si quelqu'un n'est pas capable de se procurer un fusil maintenant, il ne mérite pas de s'en servir.

— C'est juste, en convint-il, mais les armes à feu coûtent cher, et généralement leurs propriétaires les surveillent de près.

— Les soldats ivres sont les mêmes dans le monde entier : ils oublient toute précaution en présence de femmes et de vin.

— Que voulez-vous dire ?

— À votre avis ?

Les lèvres fines et ourlées d'Elliot se retroussèrent aux commissures.

— Espérons que les armes seront dans la roulotte et que vous n'aurez pas à persuader des soldats ivres de vous remettre les leurs.

— Pourquoi ?

— Parce qu'il est dangereux de séduire des soldats ivres, riposta-t-il avec une mine qui lui donnait justement l'air quelque peu dangereux.

— Ça, ce sont mes affaires, pas les vôtres.

Il fronça les sourcils au-dessus de son nez patricien, jusqu'à ce qu'ils forment un V menaçant.

— Si vous croyez que...

Soudain, il s'interrompit, écarquilla les yeux, puis éclata de rire.

— Ça y est, j'ai compris.

— Qu'avez-vous compris ?

— Vous rêvez d'une bonne joute oratoire.

— Quoi ?

— Parfaitement.

— Pas du tout.

— Mais si.

Il lui adressa un sourire narquois satisfait qui lui donna envie de le gifler.

Non, ma poulette, ça te donne envie de l'embrasser pour faire disparaître son sourire.

Zut.

Dégage, Mungo.

*

* *

Elliot pouffa en regardant Jo donner à Angus un canif qu'il garda entre ses griffes, et l'envoyer vers leurs amis. Comme on pouvait s'y attendre, Dominic avait trahi Marianne, Sin et les autres. Au lieu de se contenter de discuter avec Marianne, ce qu'il lui avait promis dans sa lettre, il avait capturé tout le groupe et l'avait enfermé dans les oubliettes du plus petit château du monde.

— J'aimerais bien voir la réaction de Guy quand il découvrira ce canif, dit Elliot.

Un rare sourire traversa le visage de Jo.

— Si je leur en envoie un plus gros, je crains qu'ils ne s'en servent pour se battre et s'échapper.

Elle avait raison. Le canif et l'apparition d'Angus étaient uniquement censés transmettre à leurs amis un signal : ils n'étaient plus seuls. D'après Jo, tout se passait conformément au plan, plan dont elle ne lui avait confié aucun détail, bien entendu.

Jean-Louis émergea silencieusement des arbres et les rejoignit derrière leur amas rocheux. Il s'accroupit à côté de Jo.

— Tu avais raison, Strickland compte sur Broussard et ses hommes. D'après le jeune gars que nous avons capturé, on leur a annoncé qu'on n'aurait bientôt plus besoin de leurs services, que les vrais soldats arriveraient sous peu et que ce seraient eux qui garderaient Strickland pendant son voyage vers je ne sais quel endroit où il a prévu d'aller après son départ d'ici.

Il s'éclaircit la voix, observa Elliot et ajouta :

— Il a aussi dit que les soldats s'occuperaient de ceux qui sont enfermés dans le cachot.

Jo regarda Elliot.

— Qu'ils s'en « occuperaient », répéta ce dernier. Je n'aime pas ce mot. Pour vous, Dominic n'a pas l'intention de libérer Sin, Marianne et les autres, n'est-ce pas ? dit-il après un silence pesant.

— Non.

— Et vous, qu'en pensez-vous ? demanda Elliot à Jean-Louis.

Ce dernier secoua la tête.

— Je crois que Strickland comptait faire éliminer tout le monde par Broussard. Les gens qui gardent vos amis pour le moment sont de simples villageois, dont la plupart sont employés comme domestiques au château ; ce ne sont pas des mercenaires. Ils ne sont pas du genre à tuer de sang-froid ni à cautionner ce type de crime.

L'inquiétude et le dégoût soulevèrent le ventre d'Elliot. Il était écœuré de voir ce qu'était devenu Dominic, et immensément soulagé que Jo soit mêlée à cette affaire. Sans son intervention... il préférait ne pas songer à ce qui leur serait arrivé, à lui, à ses amis et à Marianne. Il n'aimait pas le reconnaître, mais sans Jo, Elliot croupirait lui aussi dans une cellule en attendant la mort, à l'heure qu'il était.

— Je ferais mieux de me préparer, déclara Jo en allant mettre le déguisement qu'elle avait choisi.

Après son départ, Elliot se tourna vers l'édifice juché au sommet d'un escarpement rocheux. Il n'avait jamais vu un château si minuscule. Il était à peine plus grand qu'une gentilhommière, mais doté de tourelles. Ô surprise, il était habité par un roi, en quelque sorte... Le royaume de ce monarque se limitait à ce château et à la quinzaine de domestiques qu'il employait.

Elliot avait eu l'impression d'entrer dans les pages d'un roman gothique lorsqu'il avait appris que l'occupant de cette mini-citadelle n'était autre que le roi de Suède déchu, Gustave IV Adolphe.

Il avait demandé à Jo ce que pouvait bien signifier cette rocambolesque péripétie, mais naturellement elle n'avait pas daigné lui expliquer ce que l'ancien roi de Suède et Dominic Strickland voulaient à Marianne Simpson, simple artiste de cirque.

— Ce n'est pas à moi de vous raconter l'histoire, s'était-elle contentée de répondre.

Comme l'avait prédit Jo, les armes à feu que Sin, Guy et lui avaient dissimulées dans le faux plancher de leur caravane étaient exactement là où elles étaient censées être. De même, également comme Jo l'avait prédit, ils avaient bigrement bien fait de s'emparer de ces armes, car Dominic avait kidnappé les amis d'Elliot, et il aurait été fâcheux que ces fusils et ces pistolets tombent entre ses mains.

En arrivant à Metz, Elliot et Jo avaient découvert que Dominic leur avait coupé l'herbe sous le pied. C'était presque comique : il espionnait Sin, Marianne et les autres tandis qu'Elliot et Jo l'espionnaient.

Quoi qu'il en soit, le baron avait tendu son piège avant de se montrer. Au lieu de ne séquestrer que Marianne, il avait capturé tout le groupe.

Jo et Elliot les avaient pistés, impuissants, jusqu'à cette minuscule forteresse dans la forêt.

Et ce soir, d'une manière ou d'une autre, l'histoire connaîtrait son dénouement.

Au retour de Jo quelques minutes plus tard, Elliot ne l'aurait jamais reconnue. Elle portait les habits propres mais simples d'une fille de cuisine, ses cheveux étaient d'un gris terne. Le dos voûté, elle avait épaissi son corps grâce à plusieurs couches de vêtements. La seule chose identifiable était le corbeau géant juché sur son épaule.

Angus sauta sur le rocher où Jean-Louis mangeait son ragoût. Le Français rit et posa la gamelle devant lui.

— Tiens, tu peux finir, petit gourmand.

Angus déclina un piaillement poli et entreprit de nettoyer le bol presque vide.

— C'est l'heure, Jean-Louis, le prévint Jo.

Celui-ci hocha la tête et se leva en lui tendant sa main. Jo lui saisit l'avant-bras et dit :

— N'oublie surtout pas de ne...

— ... ne blesser personne, termina Jean-Louis avec un grand sourire. Depuis des années qu'on travaille pour toi et ton oncle, ma chère amie, on sait ce que tu penses des blessés civils. Nous ferons attention.

Jo acquiesça, et Jean-Louis alla informer les autres que le moment d'agir était venu. Elliot avait déjà chargé deux pistolets et un fusil, et il en tendit un à Jo.

— Non, merci, je m'en tiens à mes couteaux.

Il ne discuta pas, bien qu'il eût été moins inquiet de la savoir munie d'une arme à feu. Mais tout de même, il l'avait vue se débarrasser de quatre hommes en n'utilisant que quelques couteaux.

— Quel est le rôle d'Angus dans le plan ? s'enquit-il en glissant un pistolet dans son manteau, un autre à l'arrière de son pantalon, et en passant le fusil en bandoulière.

Angus redressa la tête de sa gamelle en entendant son nom. Son grand bec noir était couvert de sauce épaisse.

— Angus va rester ici, déclara Jo en toisant sévèrement l'oiseau.

Il fit un bruit avec son bec avant de retourner à ses agapes.

Jo adressa à Elliot un regard interrogateur et lui demanda :

— J'imagine que vous n'accepteriez pas...

— ... de tenir compagnie à Angus ? dit-il avec une exaspération amusée. Non, je ne demeurerai pas les bras croisés à dévisager votre corbeau. Je viens avec vous et j'aiderai, mais ne craignez rien, je vous promets de ne pas être dans vos pattes. Vous m'avez donné mes ordres, Jo. Je ne ferai rien d'idiot.

— Ni d'héroïque.

— Ni d'héroïque, que Dieu m'en préserve.

Elle émit un vague grognement évasif, puis elle ouvrit la longue-vue et se retourna vers le château.

— Vous voyez quelque chose ? l'interrogea-t-il.

— Il y a du mouvement et des lumières aux fenêtres des étages supérieurs, mais je ne distingue pas qui sont les gens.

— Tel que je connais Dominic, il voudra se livrer à quelques effets théâtraux avec son public captif. À l'heure qu'il est, j'imagine qu'ils sont en train de s'habiller pour le dîner, enfin, peut-être pas tous, mais assurément Sin et Marianne.

Elliot ignorait où en étaient les relations entre Marianne Simpson et Strickland, qui avait autrefois été son amant. Néanmoins, il savait que Dominic haïssait viscéralement Sin. Et en tout état de cause, il ne manquerait pas cette occasion d'éclabousser son ancien ami d'une supériorité triomphante.

Sin devait avoir compris, à présent, songea Elliot avec un pincement au cœur, que son frère Ben – la raison même de ce voyage en France – était réellement mort dans l'embuscade, un an plus tôt. C'était déjà abominable de faire son deuil d'un être aimé, mais le perdre deux fois... Dominic méritait d'être châtié ne serait-ce que pour cette cruauté.

— Elliot et Jean-Louis sont en train de faire franchir le pont aux domestiques pour les emmener au château, l'informa Jo à voix basse en refermant la longue-vue qu'elle glissa dans une poche de sa robe.

Elle pivota vers Elliot.

— Êtes-vous prêt à faire ceci ?

— Aussi prêt que je le serai jamais.

*

* *

Lorsqu'ils s'approchèrent du château, la sentinelle âgée qui montait la garde depuis l'arrivée de Strickland avait disparu.

Elliot suivit Jo en surveillant du coin de l'œil d'éventuels retardataires tandis qu'ils traversaient le minuscule vestibule, presque risiblement luxueux, compte tenu de sa dimension.

Derrière le large escalier courbe, une porte étroite devait mener au cachot.

Ils ne croisèrent personne en descendant les deux étages taillés dans la pierre.

La voix reconnaissable entre toutes de l'amie de Jo, Cécile Tremblay, monta jusqu'à eux tandis qu'ils atteignaient le bas des marches. Devant eux se trouvait une seule porte.

— Vous n'avez qu'à le fourrer là-dedans, Guy !

— Bon sang, Cécile, c'est déjà trop exigu pour trois corps, alors sept !

— Arrêtez de vous chamailler tous les deux et finissez-en, dit sèchement Barnabas Farnham.

Le propriétaire de la Foire aux Femmes Fantastiques Farnham n'était pas exactement un homme placide, mais le ton de son ancien employeur sembla plus perçant que jamais aux oreilles de Jo.

— Si vous voulez vous en charger, Barney, vous n'avez qu'à venir et...

Jo ouvrit la porte, interrompant Cécile.

— Elliot ! s'exclama Guy en poussant les autres du coude pour serrer son ami dans ses bras.

— Chut ! sifflèrent Jo, Elliot, Cécile et Barnabas.

— Dieu soit loué, tu es en vie ! chuchota Guy, presque aussi fort que s'il avait crié.

— Tu m'empêches de respirer, couina Elliot en se dégageant de l'étreinte de Guy.

Ce dernier éclata de rire et le lâcha avant de se tourner vers Jo. Il semblait sur le point de la soumettre au même traitement enthousiaste.

— Je ne te le conseille pas, l'avertit aussitôt Elliot avec calme.

— Ah, non, bien sûr.

Guy tendit les mains, paumes levées, comme s'il voulait montrer qu'il n'allait pas l'écraser.

— Merci d'avoir envoyé votre oiseau à notre secours.

Il sortit de sa poche le minuscule couteau.

— Je crois que ceci vous appartient ?

Jo attrapa le canif sans rien dire et le glissa dans l'un des étuis cousus à l'intérieur de son hideux manteau de laine grossière.

— Vous deviez seulement vous en servir pour ouvrir d'éventuelles menottes, pas pour vous échapper.

Avec un grand sourire, il répondit :

— Lorsque notre gardien s'est endormi, c'était trop dur de résister.

Jo poussa un grognement. C'est alors que Cécile claqua la porte, s'épousseta les mains et se tourna vers elle avec un sourire en coin.

— Je savais que tu viendrais.

Avant que Jo puisse l'en empêcher, elle la prit dans ses bras et la serra contre elle.

— Merci, mon amie, lui chuchota Cécile à l'oreille avant de l'embrasser sur les deux joues et de libérer son visage enflammé.

— Euh... pas de quoi, marmonna Jo en fusillant du regard Guy et Elliot, qui ricanaient comme des écoliers.

Arlette apparut silencieusement sur le seuil, laissa échapper un éclat de rire devant la cellule encombrée, puis se tourna vers Jo.

— C'est bon, Jo. Tout le monde est en sécurité. Il ne reste plus en liberté dans le château que le duc, Marianne, Strickland et le roi. Ils sont au troisième étage, dans la salle à manger. C'est la seule pièce qui a une double porte. D'après la servante, il y a au moins deux pistolets à l'intérieur. L'un est sur le manteau de la cheminée, et l'autre était sur la table en face du roi, mais elle ne sait pas exactement où il se trouve maintenant. Elle a parlé d'un genre de balcon, une mezzanine qui surplombe la salle à manger.

Jo pivota vers Cécile.

— C'est là que tu devrais te positionner, ça me paraît idéal, mais uniquement si tu te penses capable de tirer pour tuer au cas où ce serait nécessaire, précisa-t-elle, ne voulant pas placer la jeune femme dans une situation gênante.

Avec un ricanement moqueur, Cécile déclara :

— Quoi ? Tu as peur que je n'aie des remords si j'élimine accidentellement Strickland ou son complice imbécile, qui allaient de toute évidence tous nous exécuter ?

Jo acquiesça de la tête, et Cécile sourit d'un air sombre.

— Qu'on me donne un fusil.

Elliot désigna celui qu'il avait en travers de la poitrine.

— Cela vous irait ? Ou ceci ? ajouta-t-il en montrant les pistolets.

— Je crois que le fusil sera plus adapté.

— Je viens avec vous, annonça Guy lorsque Elliot eut remis l'arme à Cécile et qu'elle l'eut vérifiée.

Comme Cécile ne répondait pas, Guy pivota vers Jo et déclara :

— Je monte avec Cécile.

— Si vous voulez, mais ne la gênez pas, dit Jo sans se soucier de son grognement vexé.

Puis elle continua en s'adressant à Arlette :

— Reste en bas avec ces messieurs pour veiller à ce qu'ils ne s'attirent pas d'ennuis.

Arlette sourit, sortit un pistolet de quelque part sous ses jupons et se tourna vers les sept hommes entassés dans le minuscule cachot.

— Compte sur moi.

Elliot descendit l'étroit escalier en poussant Sonia, la maîtresse de Barnabas Farnham depuis longtemps, devant lui.

— Nous avons trouvé celle-là cachée dans l'office, Jo.

— C'est elle qui nous a tous vendus à Strickland, annonça Cécile en baissant le canon du fusil, menaçante.

— Je sais, dit Jo.

Cécile, Guy et Barnabas se tournèrent vers elle, les yeux ronds.

— Vous étiez au courant que cette morue travaillait pour Strickland et vous n'avez jamais rien dit ? s'écria Guy.

Jo s'apprêtait à riposter quelque chose, mais Elliot la devança.

— Guy, intervint-il d'un ton aussi froid que l'était son expression, tu devrais attendre de tout savoir avant de juger.

Guy se rembrunit mais il se tut.

— Que faut-il en faire ? demanda Elliot en désignant Sonia. Il n'y a plus de place dans la cellule.

— Emmenons-la avec nous, déclara Jo après un instant de réflexion.

Puis elle se tourna vers Sonia, qui était non seulement revêche mais traîtresse.

— Si vous ouvrez la bouche ne serait-ce que pour couiner, si vous mettez en danger Marianne de quelque façon que ce soit, je vous tranche la gorge. Compris ?

Sonia écarquilla ses yeux cerclés de rouge et fit oui de la tête.

Jo se rendit compte que Cécile et Guy la dévisageaient, aussi choqués l'un que l'autre. Heureusement, avant qu'ils puissent dire quoi que ce soit ou poser des questions qui l'auraient mise mal à l'aise, Monique les rejoignit, rouge et essoufflée.

— Sa Majesté est en train de tirer la corde pour appeler les domestiques ! Ils veulent le dessert. Vous feriez mieux d'y aller avant que Strickland ou lui comprenne que quelque chose cloche.

Jo hocha la tête, inspira profondément et pivota vers Elliot.

— Prêt ?

— En route, dit-il.

*

* *

« Attendez mon signal », se répéta Elliot en allant et en venant devant la double porte décorée de feuilles dorées à l'or fin. C'était tout ce que lui avait dit Jo avant d'entrer dans la salle à manger quelques instants plus tôt.

Elle n'avait pas pris la peine d'ajouter quoi que ce soit, par exemple pour préciser ce que pouvait être ce satané signal, elle avait simplement...

— Nous devrions y aller, déclara Barnabas en faisant un pas vers la porte.

Elliot le retint par le col.

— Fermez-la et faites ce qu'on vous dit, gronda-t-il, son visage habituellement amical absolument terrifiant.

Sonia posa une main sur le bras de Barnabas.

— Marianne n'a rien à craindre. Viens avec...

Barnabas dégagea son avant-bras et la fusilla du regard.

— Ne me touche plus jamais, espèce de... espèce de...

Un hurlement - masculin - couvrit ses mots, et ils firent tous un pas vers la porte, mais personne ne s'aventura à l'ouvrir.

— Était-ce le signal ? demanda Elliot à Monique.

Elle haussa les épaules.

— Comment Jo aurait-elle su qu'un homme allait crier ? Sûrement, ce...

— Les mains en l'air !

La voix familière de Guy retentit, si forte qu'on l'entendit à travers la porte.

— Cette fois, cela me suffit comme signal, grommela Elliot en entrebâillant la porte pour jeter un coup d'œil avant de se glisser dans la pièce.

Il aurait probablement pu faire irruption brutalement en chantant à tue-tête un air d'opéra, personne ne l'aurait remarqué, car tous les regards étaient rivés à Strickland, à l'autre bout de la salle à manger.

— Espèce de garce !

Le visage crispé par la douleur, Dominic serrait son bras ensanglanté.

— Jo ! s'écria Marianne.

— Bonjour, Marianne, dit Jo sans s'émouvoir.

Les autres se précipitèrent derrière Elliot, le poussant dans la pièce. On ne lui prêta pas davantage attention qu'aux quatre personnes avec lui.

— Vous m'avez entaillé la main ! gémit Dominic en fusillant Jo du regard.

Elle tournait le dos à Elliot.

— Oh, mon pauvre, ça fait mal ? demanda Marianne d'un ton moqueur en s'approchant de Strickland, la voix dégoulinante de haine.

— À ton av...

Le premier coup que Marianne donna à Dom fut assez fort pour le faire tomber sur les fesses.

— Vous aviez eu raison de me ligoter, Dominic, dit-elle en secouant la main.

Elliot sourit et avança dans la pièce.

— Je confirme, elle a un excellent crochet du droit.

Sin sourit à son ami, de l'autre bout de la table.

— Content de te revoir, vieux frère !

— Content d'être là. Je reconnais que l'avenir s'annonçait quelque peu critique, à cause de notre ami Dominic ici présent.

L'intéressé se redressa en position assise ; il continuait à ménager son bras en sang.

— Comment diable as-tu réussi à échapper à Broussard ? Il a trente-cinq hommes armés !

— Grâce à une aide précieuse.

Elliot observa la Sabreuse, qui ôtait son déguisement superposé à son vieux pantalon, son manteau élimé et ses bottes, une panoplie qui lui était désormais familière.

— Une seule bonne femme ? railla Dominic.

— Elle n'a pas perdu de temps pour te mettre à terre, fit remarquer Elliot.

Dominic le foudroya du regard et essaya de se relever en tenant son bras.

— Je ne...

À cet instant, Barnabas écarta Elliot et Jo et se rua sur Dominic, qu'il renversa de nouveau par terre.

— Maudit salopard de menteur !

Il enfourcha son corps pourtant plus large, empoigna les revers de sa veste et lui cogna la tête contre le sol en pierre.

— On avait passé un marché ! Je t'aidais à mettre en scène ta mort et à te faire sortir d'Angleterre, et tu étais censé me donner ce maudit cahier. Mais tu...

Elliot et Jo se placèrent de part et d'autre de Barnabas et soulevèrent ce dernier, furibond et gesticulant, pour le remettre debout. Dominic se releva tant bien que mal et lança à Barnabas un regard haineux.

— Comment oses-tu lever les mains sur moi, espèce de...

Il se jeta sur Barnabas comme s'il allait le frapper, mais au dernier moment il lui passa son bras blessé autour du cou, le coude serré, tandis que son autre main agrippait un couteau qui semblait avoir surgi de nulle part.

— Reculez ! Que tout le monde sorte d'ici ! gronda Dominic en entraînant Barnabas avec lui à reculons vers la cheminée, où un inconnu mince et brun observait la scène, la mâchoire décrochée.

Ce devait être le roi de Suède déchu, supposa Elliot.

— Je veux qu'on fasse préparer la chaise de poste de Son Altesse royale, et qu'on y charge la malle remplie d'argent, ordonna Dominic d'une voix blanche.

— Ou sinon ? cria Guy du haut du balcon.

— Sinon je tue Barnabas.

Au moins trois personnes éclatèrent de rire en entendant cette mise en garde.

Une expression surprise traversa le visage de Dominic, jusqu'à ce que lui aussi comprenne ce que sa menace avait de comique. Il esquissa un rictus.

— Ce n'est certes pas un otage de choix, mais je sais qu'aucun d'entre vous n'est un assassin...

— Pardon pour tout, Marianne, dit Barnabas d'une voix étrangement calme en regardant sa nièce, tandis qu'il glissait une main dans la manche opposée, dont il tira un couteau.

— Mon oncle, non ! hurla Marianne lorsque Barnabas enfonça la lame dans le flanc de Dominic.

Ce dernier poussa un cri et se débattit en remuant le bras de telle façon que le couteau dont il menaçait Barnabas se ficha dans le cou de celui-ci. Au même moment, une détonation fracassante retentit dans la pièce. La tête de Dominic vola en éclats.

— Non ! s'exclama Sonia tandis qu'elle-même et Marianne couraient vers l'endroit où était tombé Barnabas.

Du sang jaillissait d'une plaie béante à sa gorge. Il chercha à tâtons la main de Marianne et prononça quelque chose, mais Elliot ne put comprendre quoi, Sonia pleurait trop bruyamment.

Il se rendit compte qu'il avait retenu son souffle et le relâcha.

— C'est terminé, dit-il à Jo.

— Pas tout à fait encore, murmura-t-elle.

7

Il était presque minuit quand ils eurent fini d'enterrer Dominic et Barnabas dans le petit cimetière situé non loin de Himmelhause.

Elliot avait aidé Étienne et Jean-Louis à charger les deux corps dans une charrette, et ils s'étaient rendus au village avec Sonia pour donner les renseignements nécessaires au prêtre local.

Il avait discuté de l'affaire avec Sin et Guy, et ils avaient décidé de mentir à propos de l'identité de Dominic Strickland. Ce n'était pas par respect pour sa mémoire, mais pour sa veuve et son enfant, qu'il avait tous deux abandonnés en Angleterre après avoir mis en scène sa propre mort.

Après les obsèques, Elliot était allé à pied jusqu'à leur campement, laissant la charrette à Sonia. Il n'avait jamais apprécié la maîtresse de Barnabas Farnham au cours des semaines pendant lesquelles il avait travaillé pour le cirque, et il trouvait à présent sa compagnie insupportable, en particulier ses pleurs bruyants et hypocrites pour un homme qu'elle trahissait depuis des années.

Il avait prévu de récupérer ses affaires et son cheval et de rester dormir à Himmelhause, mais lorsqu'il s'approcha du campement, il découvrit qu'il n'était pas abandonné.

Jo redressa lentement les yeux, le regard si vitreux qu'il crut un moment qu'elle dormait assise, jusqu'à ce qu'il voie la bouteille par terre entre ses pieds.

Seuls ses traits légèrement affaissés lui indiquèrent que Joséphine la Sabreuse était saoule.

— Que faites-vous ici ? demanda-t-elle d'une voix un peu pâteuse.

— J'arrive du village, dit-il, ce qui ne répondait pas exactement à sa question.

— Hmm.

Elle leva la bouteille, un excellent brandy qui devait venir tout droit des caves de Sa Majesté, et la posa devant lui.

— Vous en voulez ?

— Merci, dit Elliot en cherchant du regard une des petites timbales en étain qu'ils transportaient toujours avec eux.

C'est alors qu'il remarqua que les bagages renfermant habituellement leur nourriture et diverses fournitures avaient disparu.

— Où sont tous les autres ?

— Ils vont passer la nuit à l'auberge.

— Voulez-vous venir dormir à Himmelhause ? Cécile m'a dit qu'il y avait quelques chambres vides.

— Non.

Il fronça les sourcils et s'accroupit.

— Qu'est-ce qui ne va pas, Jo ?

Elle tendit une main pour récupérer la bouteille.

— Rien.

Il la retint un instant, mais la lâcha en voyant que Jo se crispait. Elle en but une gorgée avant de s'essuyer la bouche du revers de la main.

Elliot lui retira précautionneusement la bouteille à demi pleine et s'assit sur l'une des souches qu'ils utilisaient en guise de sièges. Il posa l'alcool à l'écart avant de déclarer :

— Vous n'avez pas l'air dans votre assiette.

Elle haussa les épaules.

Avait-il jamais rencontré une personne à laquelle il était aussi difficile de parler ? Si tel était le cas, il n'en avait pas de souvenir.

— Guy et moi avons fait en sorte que les roulottes soient prêtes à partir demain matin à l'aube. Marianne dit qu'elle veut laisser à Sonia celle de Barnabas.

Il se rembrunit. Au lieu de récompenser Sonia, il trouvait pour sa part qu'ils auraient dû ramener cette femme de force en Angleterre. Elle aurait dû être jugée pour ses décennies de trahison au profit des Français alors qu'elle vivait sur le sol anglais, mais Sin avait préféré que Marianne prenne la décision.

— Je me disais que je pourrais..., commença Elliot.

Soudain, Jo se tourna, lui saisit le col et l'attira à elle avant d'écraser sa bouche contre la sienne.

Les instants qui suivirent ne furent qu'une pagaille de baisers, d'étreintes, de vêtements arrachés et de boutons qui sautaient. Puis Jo murmura, se levant maladroitement et entraînant Elliot :

— Je veux...

— Que voulez-vous, Jo ? demanda-t-il en l'accompagnant vers un arbre, non loin de là.

Elle le poussa contre le tronc, ouvrit brutalement le devant de son pantalon et arracha les boutons avant de le faire descendre, ainsi que sa culotte, sur ses cuisses. Puis elle empoigna son érection.

Elliot étouffa un cri et s'escrima sur le pantalon de Jo comme s'il avait deux mains gauches.

Enfin, le vêtement tomba à ses chevilles, et elle leva un pied, puis l'autre, pour se libérer. Gardant ses bottes, elle resserra les jambes autour des hanches d'Elliot pour l'amener jusqu'à son sexe. Il la fit pivoter, et ce fut elle qui se trouva adossée au tronc. Alors, il la pénétra d'un coup de reins si puissant qu'il la souleva presque de terre.

Jo empoigna une mèche de ses cheveux courts et s'y cramponna, son regard sombre et intense.

— Seulement cette nuit. Compris ?

Non. Non, il ne comprenait rien, mais ce n'était pas le moment d'organiser un débat, aussi répondit-il :

— Entendu, seulement cette nuit. Ne voulez vous pas vous allonger sur un…

Elle se laissa retomber durement sur lui, telle une vague se fracassant sur une plage.

Elliot grogna et la garda immobile, son sexe dressé. Le fourreau de Jo était si brûlant et étroitement serré autour de lui qu'il savait que cela ne durerait pas longtemps.

— Elliot, chuchota-t-elle dans son oreille en resserrant les jambes et en unissant leurs hanches davantage encore.

Elle suça le lobe de son oreille et l'aspira, tout en fléchissant le bassin d'une manière à ne lui laisser aucun doute quant à ce qu'elle souhaitait.

Il raffermit sa prise sur ses fesses et commença à onduler contre elle. Elle lui mordit doucement l'oreille.

— Oui, marmotta-t-elle. Prenez-moi fort.

Sa requête crue fit céder une digue quelque part en lui, sa dernière retenue de conduite civilisée, et il la chevaucha avec une absence de contrôle passionnée qui aurait dû lui faire honte.

Et cela lui ferait honte, mais plus tard.

Pour le moment, Elliot écarta toute pensée autre que le désir de la faire jouir.

De son côté, Jo n'était pas en reste. Elle venait à sa rencontre, coup de reins pour coup de reins, ses talons s'enfonçant dans son postérieur et ses doigts agrippant ses épaules au point de les meurtrir. C'était charnel, déchaîné, furieux et primitif.

Ce fut seulement lorsqu'elle eut crié son orgasme et qu'il se fut enfoui le plus loin possible en elle qu'il se rappela qu'il n'avait pas songé à se retirer.

Même dans l'état confus d'extase où il se trouvait, il savait ce que cela signifiait. Il suffisait d'une fois pour concevoir un enfant.

*

* *

Jo n'était pas tout à fait sobre à l'arrivée d'Elliot au campement, mais maintenant qu'elle avait fini de se jeter sur lui en hurlant comme une dévergondée, elle avait soudain les idées douloureusement claires.

Qu'ai-je fait ?

Une fois leur passion retombée, Elliot l'avait soulevée comme un bébé et portée jusqu'à ses couvertures avant de s'allonger à côté d'elle. Sa voix était douce dans les ténèbres.

— Je sais que vous êtes réveillée, Jo. Je vous entends pratiquement regretter ce qui vient de se passer.

— Ce qui est fait est fait.

Il éclata de rire.

— Vite fait, je l'admets, mais pas si mal fait, compte tenu des circonstances.

Non, cela n'avait pas été mal du tout. Cela avait été beaucoup trop bon, effroyablement bon. Elliot était l'homme le plus parfait qu'elle avait jamais rencontré.

La seule chose chez lui qui n'était pas parfaite était son héritage. Il n'y avait aucun avenir possible pour le fils d'un comte et une mercenaire meurtrière.

Il poussa un soupir.

— Pourquoi faut-il que ce ne soit que cette nuit, Jo ? Pourquoi ne pourrions-nous...

— Taisez-vous. Je refuse d'être une poule entretenue.

Elle se détourna et fixa le feu ; ses paupières la picotaient. Sans doute à cause de la fumée, ou peut-être un grain de poussière...

— Jo.

Il lui redressa fermement le menton pour le tourner vers lui.

— Regardez-moi, dit-il comme elle résistait.

Elle fit pivoter vivement sa tête.

— Quoi ? demanda-t-elle en fronçant les sourcils, heureuse que le feu se soit presque éteint et ne lui permette pas de distinguer clairement son visage.

— Vous savez bien que ce n'est pas ce que je sous-entendais, déclara-t-il d'une voix mécontente où perçait la douleur.

Jo inspira profondément et relâcha lentement l'air contenu dans ses poumons, plusieurs fois de suite, jusqu'à ce qu'elle se sente plus calme.

— Pardonnez-moi, oui, je sais.

— Vous vous dites que nous n'avons pas d'avenir possible, parce que vous croyez que nous sommes trop disparates socialement ?

Jo continua à fixer le feu. Un éclair de mortification traversa le beau visage d'Elliot.

— Seigneur, encore faudrait-il que vous ayez des sentiments pour moi, n'est-ce pas ? Vous devez me prendre pour un individu arrogant et insupportable...

— Je vous trouve parfait.

Il en resta bouche bée.

Ça alors, elle devait vraiment être ivre, songea Jo.

— Je... J'essayais juste de dire que vous me plaisez, bredouilla-t-elle en voyant qu'il la dévisageait, les lèvres entrouvertes et les yeux arrondis.

Puis, comme cela ressemblait trop à une toquade d'adolescente, elle ajouta tout à trac :

— Ce que je veux dire, c'est que vous êtes un homme bien, un homme respectable.

Il inclina la tête, les sourcils froncés.

— Vous ne parlez pas à tort et à travers, vous ne faites pas toute une histoire pour un rien, et nous voyageons agréablement ensemble sans forcément... Zut, gémit-elle en s'apercevant que ces paroles devaient paraître très étranges. J'ai l'air idiote.

Elliot rit.

— Vous avez l'air adorable.

— « Adorable », voilà un qualificatif qu'on n'a jamais utilisé me concernant.

— Il était grand temps de remédier à cette négligence.

Le visage de Jo s'enflamma devant son expression passionnée et sincère. Miséricorde, cet homme ne serait satisfait que lorsqu'il l'aurait fait pleurer ! Elle s'appliqua à ne pas regarder ses yeux bleus beaucoup trop perçants.

— Vous m'avez considéré avec incrédulité quand j'ai parlé de nos différences de rang, mais la situation n'est pas aussi dramatique que vous pourriez le croire, vous savez. Certes, je suis le quatrième fils d'un comte, mais ma famille n'attend rien de moi : je n'ai pas besoin de faire un beau mariage pour sauver notre patrimoine, par exemple. Et je n'attends rien de ma famille. Je ne reçois même pas de rente. S'ils n'approuvent pas la personne avec qui je choisirai de vivre, tout ce qu'ils peuvent faire, c'est montrer leur réprobation. C'est exactement ce qui s'est passé, du reste, lorsque j'ai décidé d'embrasser cette carrière, et nous avons enduré la tempête en restant proches les uns des autres. Les choses seraient peut-être un peu délicates au début, ou du moins il pourrait régner une certaine gêne, mais dès qu'ils feraient connaissance avec vous...

— Ah oui ? Vous pensez que votre famille m'accepterait dès qu'ils sauraient comment je gagne ma vie ? Que j'ai été élevée par un sergent-chef en disgrâce ?

Que j'ai fréquenté des criminels toute mon existence ? Que je suis actuellement employée dans un cirque ?

Jo marqua une pause, avant de conclure :

— Que je suis une meurtrière ?

Il fronça les sourcils.

— En disgrâce ? Comment cela ?

Elle ne put s'empêcher d'éclater d'un petit rire amer.

— C'est ce que vous retenez de tout ce que j'ai dit ?

Il lui attrapa la main et la garda dans la sienne.

— S'il vous plaît. Ne voulez-vous pas me dire ce que vous fuyez ?

— Je ne fuis rien, mentit-elle en dégageant sa main.

Elle s'assit et remonta la couverture jusqu'à sa poitrine.

— Cela m'est égal si votre oncle a été déshonoré. Quant à vos fréquentations criminelles, à qui croyez-vous que j'aie eu affaire depuis que j'ai commencé à travailler pour le ministère de l'Intérieur ?

Il se rapprocha d'elle.

— Et si par « meurtrière » vous voulez dire que vous tuez des hommes tels que Broussard et consorts, eh bien, c'est un service que vous rendez à l'humanité.

Jo cligna des yeux. Il profita de sa surprise pour gagner encore un peu de terrain.

— Il n'y a rien dans votre passé qui pose un réel problème, Jo.

— Vous ne comprenez pas ce que vous dites !

Sa voix tremblait, essentiellement de peur. Elle était terrifiée d'être à ce point tentée de jeter toute précaution aux orties pour saisir le bonheur, alors que cela ne pouvait que mal se terminer.

Elliot lui attrapa les deux mains.

— Alors, faites-le-moi comprendre.

Le désir de se confier à quelqu'un, de se soulager de ce fardeau, était irrésistible. De toute façon, qu'est-ce que cela pouvait faire, maintenant ? Tous ceux qui risquaient d'être menacés par sa confession étaient morts et enterrés. Personne ne pouvait plus rien lui faire. Elle n'avait pas commis de crime, du moins pas en Angleterre, ni contre l'Angleterre. À qui porterait-elle préjudice si elle lui avouait la vérité ?

Tu veux dire à qui d'autre que toi, ma poulette ? Crois-tu qu'il ne te regardera pas avec dégoût si tu lui révèles la vérité ?

La voix de Mungo était si forte qu'elle eut l'impression qu'il était là, à lui chuchoter à l'oreille.

— S'il vous plaît, Jo. Ayez confiance en moi. Je vous jure que je ne ferai jamais rien qui puisse vous léser, insista Elliot.

Elle ferma brièvement les yeux. *Je dois le dire, Mungo, je ne supporte plus de garder ça pour moi. Je me sens trop seule, maintenant que tu es parti.*

Il n'y eut pas de réponse, bien sûr.

Jo rouvrit les paupières et croisa le regard d'Elliot.

— Je vais vous révéler la vérité à mon sujet, mais vous devez me donner votre parole que vous ne le raconterez à personne d'autre, je dis bien personne.

Il plissa le front, mais acquiesça de la tête.

— Je vous promets que ce que vous direz restera entre nous.

— Même si vos employeurs vous posaient la question ?

— Oui, même si c'était le cas, rétorqua-t-il sans hésitation.

Après une grande inspiration, Jo demanda :

— Avez-vous entendu parler du major John Townshend ?

Elle comprit aussitôt qu'il avait reconnu le nom, car une expression de haine intense traversa son visage, et il déclara :

— Le traître de Yorktown.

Jo hocha la tête, bien que ce terme lui fasse l'effet d'un coup de fouet dans le dos.

— Que savez-vous ?

— Seulement ce que tout le monde sait aux Renseignements. Il a vendu des secrets aux colons pendant la rébellion, ce que les Américains appellent leur « guerre d'Indépendance ». Il allait être exécuté pour haute trahison, mais un de ses hommes, son sergent, dont les autorités pensent qu'il espionnait également, l'a aidé à s'échapper. Les traîtres se sont enfuis, mais ils ont été tués par une tribu d'Indiens à la solde des Anglais. Je crois qu'on les appelle des Creeks.

Elle avait la gorge si sèche qu'elle n'arrivait pas à parler. Il plissa les yeux.

— Que voulez-vous me dire, Jo ?

— Je veux dire que Mungo Brown n'était pas mon oncle, mais mon père. Et son nom n'était pas Mungo Brown, mais Callum Mungo Brown… le Callum Brown qui était l'officier d'ordonnance du major lord John Townshend, l'un des deux hommes dont tout le monde pense qu'ils sont coupables d'avoir fait perdre à l'Angleterre la guerre contre les colonies américaines.

8

À ces mots, Elliot eut la chair de poule, comme si la foudre était tombée trop près de lui.

Jo hocha la tête bien qu'il n'ait rien dit, et ses yeux redevinrent opaques.

— Vous comprenez, maintenant ?

— Attendez... Quelque chose m'échappe. Ces hommes ont été appréhendés et exécutés peu après leur évasion. Et c'était il y a plus de trente ans, or vous n'avez que vingt-huit ans.

— L'histoire que vous connaissez n'est pas celle qui s'est réellement passée. Au cours de la guerre, mon père avait sympathisé avec certains guerriers creeks. Beaucoup de ces tribus s'étaient rangées du côté des Anglais, mais plus par commodité que par véritable loyauté envers le roi. Le major Townshend et mon père étaient appréciés de tous, aussi le chef creek les a-t-il laissés partir. Il a gardé leurs uniformes pour prouver qu'ils étaient morts dans une escarmouche. L'armée britannique a accepté cette version, heureuse de clore le chapitre d'un épisode laid et honteux.

— Vous voulez dire que ces hommes sont encore vivants ? demanda-t-il.

Cette fois, il eut franchement envie de vomir. Seigneur ! Il lui avait promis de ne révéler à personne, mais si Townshend et Brown étaient toujours en vie, alors...

— Non, ils sont morts tous les deux.

Il fut balayé par le soulagement, puis discerna la douleur dans les yeux de Jo et s'en voulut terriblement. Quoi qu'aient pu faire ces individus, Brown avait été son père.

— Je comprends ce que vous ressentez, dit Jo, qui lisait en lui bien plus qu'il ne l'aurait souhaité. Vous auriez été obligé de rompre la promesse que vous m'avez faite si l'un ou l'autre avait été encore en vie, j'en suis consciente.

Elliot n'essaya pas de nier.

— Vous avez donc grandi en Amérique ?

— Uniquement les premières années. Tous deux se sont installés dans un État appelé la Géorgie.

Elle esquissa un sourire amer.

— Ce qui est quelque peu ironique, car cela a commencé comme une colonie pénitentiaire, de sorte que c'était l'endroit idéal pour des criminels en cavale. Apparemment, ils n'ont pas eu de difficulté pour trouver un gagne-pain : les employeurs ne se souciaient guère du passé des gens qu'ils embauchaient. Ils avaient simplement besoin de mains compétentes et de dos solides pour la cueillette du coton ou du tabac. Townshend est mort en 1787, quand une épidémie a fauché la plantation où il vivait et travaillait. C'est la même fièvre qui a emporté ma mère lorsque j'avais à peine un an. Mon père a économisé suffisamment pour payer une traversée à destination de la France. Par sécurité, il a utilisé son deuxième nom, Mungo, plutôt que Callum. Malheureusement, la situation s'est dégradée à Paris peu de temps après notre arrivée, aussi avons-nous de nouveau déménagé. Et il n'a cessé de changer de lieu par la suite. Lorsque la guerre a été déclarée, il a fallu qu'il évite les endroits où des troupes britanniques étaient stationnées, de crainte d'être reconnu.

— Mon Dieu ! Vous n'étiez qu'une enfant. Comment a-t-il pu vous élever dans de telles circonstances ?

— Il y a toujours eu des femmes qui se sont occupées de moi, en échange d'un peu d'argent. Quand j'ai eu douze ans, Mungo a commencé à m'emmener.

Elliot retint son souffle.

— Ce devait être dangereux.

— Il n'avait guère le choix.

— Que voulez-vous dire ?

— Un jour, je l'ai suivi, je préférais cela à rester les bras croisés à la maison.

Elle pouffa.

— Je lui ai dit que je recommencerais la fois suivante, et même s'il me donnait une fessée. Du reste, ajouta-t-elle, il m'avait appris depuis le début à être à l'aise avec les fusils et les couteaux. Il m'a toujours dit la vérité, du moins partiellement : que nous nous cachions d'hommes qui l'emmèneraient loin de moi s'ils nous attrapaient. Donc, vous voyez, je n'ai jamais eu une enfance ordinaire, de toute façon.

Le cœur d'Elliot se serra, mais il perçut à l'éclat farouche dans ses yeux gris clair qu'elle ne voulait surtout pas de sa pitié.

— Et comment vous êtes-vous retrouvés en Angleterre ?

— Nous n'avions pas prévu d'y retourner, mais il a reçu plusieurs propositions de travail par le biais de ses relations diverses, et elles semblaient toutes se trouver en Angleterre.

Jo haussa les épaules.

— Aussi, nous sommes revenus à Londres, et il s'est renseigné sur les différentes offres. La mission qui impliquait Marianne était si bien payée que mon père n'a pas pu résister. Nous avions beaucoup économisé au fil des années, en vivant de rien, et il espérait que cela suffirait pour que nous n'ayons plus besoin de passer notre temps à mener cette existence nomade et précaire. Le plan consistait à retourner en Amérique pour acheter un terrain où nous pourrions devenir fermiers et cesser de fuir. Il pensait pouvoir revenir en Angleterre sans craindre de se faire prendre. Après tout, il avait beaucoup vieilli. La dernière fois qu'il avait vu une personne susceptible de le reconnaître, c'était plus de vingt ans auparavant. Ses cheveux avaient blanchi, ils n'étaient plus de ce roux caractéristique, et il s'était laissé pousser la barbe.

Elle haussa les épaules.

— Il a fait tout ce qui était possible pour se déguiser, et se sentait en sécurité pour revenir en Angleterre accomplir cette dernière mission. Et il avait raison, il ne ressemblait plus du tout à celui qu'il avait été. Un jour, il a croisé un homme qui avait été un de ses compagnons à l'armée pendant des années, et qui ne l'a même pas reconnu.

Avec un petit ricanement, Jo ajouta :

— Et voilà que, juste avant le début de notre nouvelle vie, il a été tué à cause d'une barrique de bière.

Elliot garda le silence ; que dire qui ne soit pas insultant ou blessant ?

Elle redressa la tête au bout d'un moment, et son regard dans le vague redevint concentré.

— Je sais ce que vous pensez : c'était une fin plus miséricordieuse que ce que méritait un traître comme lui.

Il sentit son visage s'enflammer mais ne nia pas. Elle hocha la tête, soudain amère.

— Il m'avait bien dit que personne ne croirait jamais la vérité.

— Quelle vérité ? s'enquit Elliot, bien qu'il devine ce qu'elle s'apprêtait à dire.

— Qu'ils étaient tous les deux innocents.

Il essaya de dissimuler son scepticisme, mais en voyant sa mine rembrunie, il comprit qu'il n'avait pas réussi.

— Vous trouvez que je suis idiote de croire cela, n'est-ce pas ?

Sans relever, Elliot demanda avec douceur :

— Que pouvait-il dire d'autre à sa fille, Jo ? Qu'il était coupable d'avoir trahi son propre pays ?

— Voilà, exactement.

Elle écarta la couverture et bondit sur ses pieds, vers l'endroit où leurs vêtements étaient éparpillés.

— Jo.

Elle fit la sourde oreille et se pencha pour ramasser une chemise, qu'elle passa si brutalement par-dessus sa tête qu'il entendit l'étoffe se déchirer.

— Jo.

Elle pivota vers lui.

— Qu'attendez-vous de moi, Elliot ? Je vous avais prévenu que tout ne pouvait que commencer et s'arrêter ce soir, et vous voyez bien maintenant que j'avais raison. Si vous pensez que je vais vous écouter dénigrer mon père, sachez que...

— Racontez-moi le reste.

— Quel reste ?

— Votre père a dû vous expliquer ce qui s'était passé. Il ne vous a certainement pas dit « nous sommes innocents » sans autre éclaircissement.

Elle le foudroya du regard.

— Qu'est-ce que cela peut vous faire ? Vous vous êtes déjà forgé la conviction qu'ils étaient coupables. Ne mentez pas.

— Je reconnais que c'est ce que je crois, mais uniquement en raison de ce que j'ai entendu dire. Cela ne signifie pas que je ne suis pas disposé à vous écouter.

Elle ouvrit et referma la bouche, et il discerna le désir qu'elle avait d'exonérer son père batailler avec son emportement.

— Il y avait un homme, un officier traitant qui travaillait au ministère de l'Intérieur, il se servait du major Townshend pour fournir des renseignements aux colonialistes.

— Vous voulez dire que Townshend était un agent double ? l'interrogea Elliot en se redressant et en cherchant son pantalon.

Elle acquiesça et le regarda pendant qu'il s'habillait.

— Pourquoi cet officier traitant n'est-il pas venu témoigner lorsque Townshend a été accusé d'espionnage ?

— Parce qu'il était mort.

Elliot secoua la tête.

— Peu importe, il devait bien exister des traces de ce contrat, une preuve quelque part attestant que...

— Tout l'intérêt de ce qu'il faisait consistait précisément à démasquer un véritable espion au sein du ministère de l'Intérieur. L'homme qui a organisé l'infiltration de Townshend et de mon père chez les colons ne pouvait faire confiance à personne, car il savait qu'un membre de son personnel était déloyal, mais il ignorait qui.

— Qui était cet officier traitant ? Comment s'appelait-il ?

Elle fronça les sourcils.

— Quel mal y a-t-il à me révéler son identité ?

— Il s'appelait sir David Patton. Avez-vous entendu parler de lui ?

— Oui.

Patton avait été à la tête des Services secrets – le département dans lequel exerçait Elliot – pendant la plus grande partie de la décennie durant laquelle les Britanniques avaient combattu les colonialistes. La réputation de cet homme était irréprochable. Elliot ignorait quand il était mort exactement, mais c'était quelque temps avant la fin de la guerre. Elliot n'avait jamais entendu la moindre rumeur de trahison au sein du ministère de l'Intérieur, mais si Patton avait craint qu'une personne travaillant pour lui ne soit déloyale, il était possible, bien que fortement improbable, qu'il ait utilisé Townshend pour ce genre d'opération top secret.

— Votre père vous a-t-il dit un jour si Townshend avait découvert qui vendait les renseignements ?

Elle secoua la tête.

— Non, le major pensait qu'il n'y avait pas qu'une seule personne impliquée. D'après lui, il y avait un coupable dans les colonies et un autre à Londres, et peut-être même plus de deux individus. S'étant retrouvé exilé au fin fond de l'Amérique après la guerre, Townshend avait du mal à recueillir des renseignements, mais il restait quelques personnes qui lui demeuraient fidèles.

En le voyant ouvrir la bouche, elle secoua de nouveau la tête.

— Et non, je ne sais pas qui sont ces gens, vous ne pourrez donc pas m'extorquer leurs noms ni les accuser d'avoir conspiré à trahir.

Elliot garda le silence ; il ne pouvait nier que c'était exactement ce qu'il aurait fait. Tout complice de Brown ou de Townshend serait coupable de trahison également.

— De sorte que Townshend n'avait aucune preuve ? demanda-t-il.

— Mon père disait que Townshend pensait à plusieurs suspects avant que sa couverture soit démasquée, mais qu'il n'avait aucune preuve, malheureusement.

— Tout un réseau d'espionnage au sein des Services secrets..., dit Elliot sans prendre la peine de dissimuler son scepticisme.

Elle lui lança un regard furieux.

— C'est vous qui souhaitiez savoir, répliqua-t-elle en s'éloignant à grands pas pour aller chercher le reste de ses vêtements.

Elliot se sentit complètement idiot. Il la rejoignit et posa les mains sur ses épaules pendant qu'elle boutonnait son gilet.

— Jo.

Elle fit volte-face et se dégagea.

— Laissez-moi tranquille.

Quand elle voulut passer devant lui, il se mit en travers de son chemin et posa de nouveau les mains sur ses épaules, doucement.

— S'il vous plaît... Je suis désolé de vous avoir donné l'impression que je ne vous croyais pas...

— Parce que c'est le cas.

— Je suis tout disposé à vous croire. À notre retour à Londres, je tirerai quelques ficelles et...

— Non.

Il fronça les sourcils.

— Je peux mener une enquête sans que...

— Non ! Vous m'avez promis que vous ne feriez rien.

Avec un soupir exaspéré, il déclara :

— Vous n'espérez tout de même pas que je vais...

— Quoi ? Êtes-vous déjà prêt à trahir votre parole ? le nargua-t-elle en se dérobant jusqu'à ce qu'il laisse retomber ses mains.

— Pourquoi refusez-vous que je mène une enquête ? Si ce que vous dites est vrai...

— Si c'est vrai, il y a peut-être davantage qu'un seul vrai espion - encore en vie - qui ne rêve que de me retrouver pour me faire taire.

Elliot ouvrit la bouche et resta la mâchoire pendante.

— Eh oui, vous n'aviez manifestement pas songé à cette éventualité.

— Mais puisque vous n'avez aucune preuve, en quoi pourriez-vous constituer un danger pour quelqu'un ?

— Croyez-vous que des gens passibles de pendaison se soucient de ce détail ?

Il s'apprêta à répliquer quelque chose, mais se ravisa, et Jo hocha la tête.

— Les hommes impliqués là-dedans ont déjà forcé le major Townshend et mon père à s'exiler. S'ils sont encore en vie, je pense qu'ils n'apprécieraient guère de me voir réapparaître en Angleterre et de clamer l'innocence de Townshend. J'ai fui toute mon existence, Elliot, et j'aimerais arrêter, peut-être même rester à Londres et continuer à travailler chez Farnham. Si vous commencez à « tirer quelques ficelles », je devrai repartir en cavale. Donc, je vous en prie, ne me faites pas regretter de m'être confiée à vous.

Cette fois, lorsqu'elle passa devant lui, Elliot n'essaya pas de l'arrêter.

— Alors, c'est fini ? demanda-t-il.

Elle remonta une chaussette et enfonça le pied dans sa botte.

— C'est fini. N'espérez pas que ceci se reproduira, déclara-t-elle en désignant la couchette froissée. Demain, nous partirons à destination de Reims. Vous conduirez une roulotte, et moi l'autre. Plus que quelques semaines à tenir, et ensuite nous n'aurons plus jamais besoin de nous revoir.

Elle enfila sa seconde botte, attrapa son manteau et s'éloigna dans les ténèbres.

— Où allez-vous ? cria-t-il dans son dos en cherchant précipitamment ses chaussettes.

— Ailleurs, lança-t-elle par-dessus son épaule.

— Jo ! Ne partez pas. Vous pouvez dormir ici. Je ne vous dérangerai pas.

Mais il n'y eut pas de réponse, pas même un bruissement de feuilles.

Et quand il leva les yeux vers l'endroit où dormait Angus au-dessus de leurs têtes, il découvrit que l'oiseau n'était plus là.

PARTIE 2

À Londres

9

Jo l'observait.

Encore une fois.

Était-ce seulement la veille qu'elle s'était promis de ne plus jamais recommencer ?

Oui, ce n'était que la veille. Et l'avant-veille également. Et le jour d'avant. Et ainsi de suite…

Après tout, pourquoi sa fascination pour Elliot Wingate la surprenait-elle ? Jo avait vécu presque trente ans sans jamais rien ressentir pour aucun homme. Il semblait à présent que tout ce désir et tout cet intérêt inutilisés avaient décidé de se manifester en même temps. Ainsi se découvrait-elle profondément, passionnément et désagréablement subjuguée par lui.

Et il était probablement le seul, ou presque, qu'elle ne pouvait avoir.

C'est une obsession, ma poulette, en bonne et due forme.

Jo soupira. *Laisse-moi tranquille, Mungo.*

— *Croa, croa.*

En levant les yeux, elle vit Angus perché dans le grand chêne. Elle fit claquer sa langue doucement pour montrer qu'elle l'avait vu, mais reporta le regard sur l'objet de son obsession.

Elliot se promenait en compagnie d'une jeune femme. C'était la troisième fois ce mois-ci que Jo les espionnait tous les deux tandis qu'ils flânaient dans le parc.

Elle se disait que cela lui était égal, mais c'était un mensonge, bien sûr, sinon elle n'aurait pas passé ses moments libres à le suivre.

Or, ces derniers temps, cela représentait beaucoup de moments. Bien qu'elle continue à exécuter son numéro de lancer de couteaux six soirs par semaine à la Foire aux Femmes Fantastiques Farnham, Jo n'avait pas repris de nouvelle mission supplémentaire, depuis qu'elle était rentrée de France l'année précédente. Elle se disait qu'elle ferait mieux de ne pas y aller tant que le continent était secoué par le retour de Bonaparte, mais c'était un mensonge. Elle n'avait tout simplement pas envie de quitter la ville où elle avait le plus de chances de poser les yeux sur Elliot Wingate.

Tout en le regardant sourire et converser avec la jolie jeune fille féminine, qui s'appelait lady Elizabeth Dryer, elle ne pouvait s'empêcher de regretter que Mungo n'ait pas vécu suffisamment longtemps pour le rencontrer. Elle était convaincue que tous deux se seraient bien entendus.

Ça ne change rien, ma poulette. Il faut que tu tournes la page, Jo. Nous autres, nous ne sommes pas du genre à nous poser.

Oui, il lui aurait certainement reproché d'avoir décidé de rester à Londres, et il aurait été furieux qu'elle continue à travailler à la Foire aux Femmes Fantastiques Farnham.

Mais elle était lasse de déménager, de passer son temps à surveiller ses arrières. Depuis dix-huit mois que Mungo était mort, Jo n'avait changé d'appartement qu'une fois, et seulement pour aller s'installer à l'autre bout de Londres. Elle ne fuirait plus.

Non seulement elle aimait bien son travail au cirque, mais elle appréciait beaucoup ses collègues.

En dehors de Mungo, elle n'avait jamais côtoyé de près qui que ce soit, et elle en avait assez de se sentir isolée et seule.

Après le décès de Barnabas Farnham à Himmelhause l'année précédente, sa nièce, Marianne Simpson, avait repris la direction du cirque. Mais quelque temps après, elle avait surpris toute l'Angleterre en épousant le duc de Staunton au début de l'année.

Lorsque Marianne avait décidé de se marier, elle avait vendu ses parts de la Foire à Cécile Tremblay, et la vie au cirque était encore plus agréable à présent, sous la gouverne vigilante et pragmatique de la Française.

Cécile avait immédiatement augmenté les salaires de tout le monde, engagé davantage d'employés, et réinvesti une partie des bénéfices dans la vieille bâtisse, que Barnabas avait négligée pendant des années, préférant dépenser son argent au jeu. Le théâtre était devenu un lieu de travail plus propre, plus sûr et beaucoup plus lucratif.

En rentrant de France, Jo s'était dit qu'elle ne demeurerait avec la Foire que jusqu'à ce que Marianne ait pris ses repères et n'ait plus besoin de son numéro. Mais Marianne était partie, alors elle avait souhaité attendre que Cécile puisse la remplacer. Cependant, elle était toujours là, presque quatre mois après la reprise par Cécile.

Le reste du temps, tu espionnes Elliot, tu te languis de lui et tu espères qu'il va faire... quelque chose.

Cette voix-là n'était pas celle de Mungo, mais le bon sens de Jo qui essayait d'entrer de force sous son crâne.

Retourne en France. Tu trouveras facilement du travail là-bas, tu pourras faire absolument tout ce qui te plaît. Tu n'as pas besoin d'argent, fais-toi plaisir. Pourquoi rester ici à ruminer ton chagrin ? Elliot t'a oubliée. Il s'intéresse à quelqu'un qui a les mêmes valeurs que lui. Tu devrais en faire autant.

Jo se rembrunit. Elle aurait bien aimé que la voix se taise et la laisse en paix. Non seulement c'était exaspérant, mais c'était faux. Elliot ne l'avait pas complètement oubliée. Il se rappelait parfaitement qui elle était. D'ailleurs, il était lui-même venu trouver Jo quelques semaines plus tôt.

Mais pas pour te parler de toi, il voulait te confier un travail.

Ma foi... c'était vrai. Il lui avait demandé d'enquêter pour Guy Darlington, qui n'était plus le marquis de Darlington ni un pair du royaume.

Le pauvre Guy avait régressé dans le monde, sous le choc du retour de son cousin en Angleterre, qui avait revendiqué le duché que Guy avait été élevé pour assumer.

Guy était désormais simplement M. Darlington.

Ô stupeur, il était même revenu travailler à la Foire, dans l'espoir de regagner le cœur de Cécile Tremblay. Ils avaient tous deux été amants l'année précédente, en France. Jo savait qu'ils s'étaient quittés en mauvais termes, du moins du côté de Cécile, lorsque Guy lui avait proposé de devenir sa maîtresse.

Quoi qu'il en soit, Guy avait besoin que quelqu'un mène une enquête pour lui, dont une partie concernait le passé de Cécile. Il s'était d'abord adressé à son ami Elliot, mais ce dernier passait trop de temps à faire la navette entre Londres et Paris pour accepter, aussi Elliot avait-il confié la mission à Jo.

Le revoir lui avait causé un choc, mais pas désagréable.

Il l'avait surprise alors qu'elle quittait le théâtre un soir après son numéro. Elle s'était amusée de constater qu'il était tapi dans la ruelle où les soupirants transis attendaient chaque soir, espérant apercevoir une des artistes et lui offrir des fleurs, des bijoux ou toutes sortes de propositions plus ou moins respectables.

— Si je comprends bien, avait dit Jo après avoir forcé son cœur, qui s'était stupidement emballé, à se calmer, vous voulez que j'espionne Cécile, mon amie et employeuse ?

— Je ne vous demande rien de tel, avait-il protesté en lui emboîtant le pas, comme s'il avait l'intention de la suivre jusque chez elle.

Aussi Jo avait changé de destination et s'était dirigée vers le pub où les gens du théâtre se rassemblaient souvent. La dernière chose qu'elle souhaitait, c'était laisser le fils d'un comte voir son modeste logis, même si elle soupçonnait qu'il savait vraisemblablement déjà où elle habitait.

— Alors, que voulez-vous de moi ? avait-elle demandé grossièrement.

— Je vous dis simplement que Guy a besoin de quelqu'un pour découvrir certaines choses relatives au passé de Cécile. Si vous ne l'aidez pas, il va probablement faire gaffe sur gaffe et semer le chaos. Il ne cherche rien à utiliser contre elle, Jo, avait-il ajouté comme elle ne répondait pas. Tout ce qu'il veut, c'est lui rendre service.

— Dans ce cas, pourquoi ne s'adresse-t-il pas directement à Cécile ?

Elliot avait éclaté de rire, et à juste titre. Les relations entre Guy et Cécile se caractérisaient par des échanges bruyants et émotionnels de part et d'autre.

Cécile avait accepté d'engager Guy à la Foire, après qu'il avait perdu son titre, sa maison et son argent, uniquement dans le dessein de l'humilier et le martyriser. Sa distraction préférée du moment consistait à faire ramper Guy aussi souvent que possible.

À son crédit, Guy passait beaucoup de temps à ramper, et le plus souvent le sourire aux lèvres. Cela crevait les yeux, il était follement amoureux de

Cécile. Mais il lui avait fait énormément de mal, et Cécile – dont Jo était pratiquement convaincue qu'elle aimait Guy autant qu'il l'aimait – était trop furieuse, trop terrifiée ou trop orgueilleuse pour lui laisser une deuxième chance de briser son cœur déjà très meurtri.

Jo comprenait qu'Elliot ait ri lorsqu'elle avait suggéré que Guy et Cécile se conduisent comme deux adultes. Cela arriverait peut-être un jour, mais ce jour-là était lointain.

— S'il vous plaît, demandez au moins à Guy ce qu'il veut avant de refuser, l'avait suppliée Elliot. Quel mal y a-t-il à cela ?

— Soit, j'irai parler à Guy, avait concédé Jo.

Comme Elliot continuait à marcher à côté d'elle, elle avait dit :

— Y avait-il autre chose ?

— Comment vous portez-vous, depuis tout ce temps ?

— Bien.

— Irez-vous au bal de Marianne et Sin ?

— Quoi ?

Elle s'était immobilisée pour se tourner vers lui.

— Ils donnent un bal, ce sera le premier de Marianne en tant que duchesse de Staunton.

— Et alors ? Je les vois mal inviter une artiste de cirque.

— Ce n'est pas ce que m'a dit Sin.

Jo avait été troublée par la sensation de chaleur qui s'était répandue dans son ventre à ces mots. Marianne souhaitait-elle vraiment l'inviter à ce qui était probablement l'événement le plus important de sa nouvelle vie de duchesse ?

Au lieu de contester la vraisemblance d'une invitation, Jo s'était remise à marcher sous une bruine qui se transformait en pluie.

— Irez-vous, si vous êtes invitée ? avait insisté Elliot en s'adaptant sans difficulté à sa cadence.

— Non.

— Pourquoi ?

— Pensez-vous que ce serait bénéfique pour Sin ou Marianne de recevoir la Sabreuse chez eux ?

— Et pourquoi donc ? Personne ne sait qui vous êtes. Sur scène, vous portez un masque.

— Était-ce tout ce dont vous vouliez me parler ? De Guy et ce bal ?

— Ma foi... euh, oui. Mais ne voulez-vous...

— Je parlerai à Guy, je n'irai pas au bal. Voilà. À présent, adieu, monsieur Wingate.

Et Jo ne lui avait plus jamais reparlé, mais elle l'avait beaucoup espionné.

Finalement, Jo était bien allée s'entretenir avec Guy et, malgré toutes ses réticences et son discernement, elle avait accepté de se renseigner sur l'affaire dont il lui avait parlé, essentiellement parce qu'Elliot avait raison : s'il se mêlait des affaires de Cécile, Guy ne ferait pas dans la dentelle. Et au vu de ce qu'elle avait découvert, Jo se réjouissait d'avoir entrepris cette mission.

Quoi qu'il en soit, l'enquête, qui n'avait pas été difficile et ne lui avait pas pris longtemps, était terminée, et elle n'était plus occupée que le soir, ce qui lui laissait beaucoup trop de temps pour espionner Elliot, par exemple maintenant.

Mais cela ne servait qu'à la faire souffrir, souffrance qui s'aggravait chaque fois qu'elle le regardait avec lady Elizabeth, car Elliot courtisait cette dernière. Cela crevait les yeux, même si jamais personne ne lui avait fait la cour, Jo voyait bien ce qui se passait.

Il a essayé de te courtiser, ma grande. Il a même fait de son mieux.

Cela, Mungo ne l'aurait pas dit dans la vraie vie, car il ne l'encourageait jamais à s'attacher à qui que ce soit. Non, c'était son esprit perfide qui fabriquait des pensées et utilisait la voix de Mungo pour la convaincre de courir après Elliot, de se jeter à ses pieds, de le supplier de lui pardonner son attitude de mégère et de la reprendre... même si ce n'était que pour être sa maîtresse.

Heureusement, Jo était trop maligne pour écouter la voix.

Chaque fois qu'elle se sentait faiblir, il lui suffisait de se rappeler l'expression d'Elliot quand elle avait assassiné Broussard et ses acolytes, ou lorsqu'elle lui avait révélé que Mungo était son père.

Il faudra que tu dissimules tes talents au commun des mortels, ma poulette, car aucun homme ne peut comprendre une femme capable de faire les choses que tu sais faire.

Jo regrettait de ne pas avoir suivi ce conseil, peut-être les choses ne seraient-elles pas allées aussi loin si Elliot l'avait uniquement connue comme artiste de cirque. Mais une fois qu'elle l'avait libéré de Broussard, il s'était montré beaucoup trop curieux vis-à-vis d'elle... et avait été beaucoup trop proche pour qu'elle résiste. Elle aurait dû le délivrer et le laisser poursuivre sa convalescence à l'auberge. Elle aurait dû...

Jo soupira. Elle aurait dû, elle aurait pu... Quelle différence, à présent ?

Elle s'adossa contre un tronc d'arbre et regarda Elliot et lady Elizabeth. Ils formaient un beau couple, on aurait dit qu'ils étaient faits l'un pour l'autre : deux beaux jeunes gens sveltes et bruns, issus de la même classe sociale.

Lady Elizabeth semblait être une personne douce et bonne, toujours aimable avec les domestiques qui la secondaient pour monter dans son élégante calèche ou en descendre, généreuse avec les mendiants, les balayeurs de rues et les gens moins privilégiés qu'elle.

Jamais on ne verrait lady Elizabeth trancher la gorge d'un homme ou l'empaler avec un couteau. Jamais on ne verrait lady Elizabeth si crasseuse que les honnêtes gens traversaient la rue pour l'éviter.

Et jamais on ne verrait lady Elizabeth ramper sur le corps d'Elliot comme un singe escaladant un arbre et le supplier de la baiser.

Elliot méritait une jeune femme comme elle, jolie, douce et gentille.

Jo s'était comportée en véritable harpie avec lui, lors de leur dernière nuit ensemble, comme s'il était un monstre de ne pas ajouter foi à ce qu'elle avait révélé du bout des lèvres à propos de l'innocence de Townshend et de Mungo. Elle s'était mise en colère non parce qu'il ne l'avait pas crue, mais parce qu'elle ne pouvait pas réellement lui en vouloir.

Ce n'était pas parce qu'elle était persuadée de l'innocence de Mungo que tout le monde devait en faire autant.

Absolument rien ne prouvait l'existence de tout un réseau d'espionnage, et personne n'avait probablement jamais traqué Mungo, bien qu'il ait passé les trente dernières années de sa vie à rester constamment sur ses gardes. Elle ne pensait pas qu'il lui avait menti, non, il était viscéralement convaincu que le major John Townshend avait été innocent : ce dernier avait servi son pays et payé ce service en perdant sa réputation, sa famille et, en dernier lieu, sa vie.

Un rire masculin familier arracha Jo à ses réflexions, et elle battit des cils pour chasser le passé.

Elliot s'esclaffait de ce qu'avait dit lady Elizabeth, et ce bruit produisait des choses étranges dans la poitrine de Jo. Il était à la fois fascinant et douloureux de le contempler badiner avec une belle femme. C'était fascinant parce qu'elle ne pouvait tout simplement pas s'imaginer être aussi libre et aussi naturelle avec qui que ce soit, et douloureux parce qu'elle aurait aimé le faire rire ainsi.

Le couple revint lentement vers la jolie voiture dans laquelle ils étaient arrivés. Elle appartenait au frère aîné d'Elliot, le comte de Norriton. Elliot lui-même ne possédait pas de voiture, ni même de chevaux. Il n'était pas le genre d'homme à jeter de la poudre aux yeux ou à se livrer à des extravagances. En vérité, il n'essayait jamais de prétendre être autre chose que ce qu'il était. Il ne jouait jamais la comédie. Lorsqu'il l'avait contemplée, cette dernière nuit, elle avait discerné une affection sincère dans son regard. Il n'avait pas tenté de la lui dissimuler. Gagner l'estime d'un homme comme lui avait rendu Jo fière, et cela avait été un supplice de la piétiner.

Elle était impressionnée qu'il puisse paraître aussi à l'aise assis dans une petite auberge miteuse de la France rurale qu'en se promenant dans Hyde Park, vêtu d'une tenue chic et coûteuse. Il était à sa place partout. C'était cette faculté-là, le talent particulier d'Elliot Wingate : avoir l'air dans son élément où qu'il soit, éviter d'attirer l'attention.

N'importe qui aurait pu être berné par sa façade. Il était assurément l'homme le plus remarquable qu'elle ait jamais rencontré. Bien sûr, il n'était pas aussi beau que ses deux plus proches amis, Sin et Guy, qui étaient physiquement imposants, mais il accrochait le regard, il était intelligent, énergique et incroyablement... stratifié. Oui, c'était le terme qui lui convenait. Il se composait de strates superposées les unes aux autres. Que pouvait-il y avoir au cœur de toutes ces couches ? Jo brûlait de le savoir.

Malheureusement, par sa propre faute, elle ne le découvrirait jamais.

10

Après avoir ramené lady Elizabeth chez ses parents à Berkeley Square, il remonta dans la voiture de son frère et se dirigea vers ses appartements, beaucoup plus humbles.

Ses pensées ne se tournaient pas vers la jeune femme qu'il venait de quitter, bien que lady Elizabeth soit intelligente, charmante et ravissante, mais vers celle qui l'avait espionné à Hyde Park.

Du moins, Elliot supposait que Joséphine Brown était quelque part dans les environs, puisqu'il avait vu voler Angus.

Il esquissa un sourire. Bien que Jo soit capable de se fondre dans n'importe quel décor, son oiseau noir avait plus de mal à passer inaperçu à Londres que dans les forêts de France et de Prusse.

Il ne l'avait pas recroisée depuis des semaines, depuis qu'il avait bondi sur le prétexte d'aller lui parler de la part de Guy.

Guy avait été content de son travail, et Elliot savait qu'elle l'avait accompli correctement, dénichant autant de renseignements, sinon davantage, qu'il aurait pu le faire lui-même.

Il avait eu beau tenter d'extirper Jo de son esprit, et de son cœur, Elliot pensait à elle tous les jours.

Et tous les jours, il essayait de trouver une raison d'aller lui parler.

Il avait été soulagé de partir deux semaines en France, non pour ne plus songer à elle, car il l'avait fait tout autant, voire davantage, mais parce que là-bas, il ne risquait pas de traverser tout Londres pour aller à sa rencontre et se ridiculiser.

Le soir de son retour, quelques jours auparavant, il avait été tellement tenté d'assister à son numéro à la Foire, pour le seul fait de la voir, qu'il s'était aussitôt rendu à la campagne pour s'empêcher de se comporter comme un imbécile.

Du reste, cela faisait bien longtemps qu'il n'avait pas rendu visite à sa grand-mère, la comtesse douairière de Norriton. C'était une très vieille dame, et bien qu'elle soit encore en assez bonne santé, elle était fragile et ne vivrait pas indéfiniment.

Elliot avait toujours été son chouchou, pour la simple raison que, davantage que n'importe lequel de ses oncles, frères ou cousins, c'était lui qui ressemblait le plus à son grand-père. Le mariage de ses grands-parents avait été l'une des rares grandes histoires d'amour de leur époque. Ils avaient grandi dans des propriétés mitoyennes et se connaissaient depuis le berceau. Ils s'étaient mariés dès qu'ils avaient fait leurs débuts en société, et avaient défié les conventions en affichant leur amour dans une haute société qui semblait privilégier l'infidélité au grand amour. C'était le genre de mariage qu'Elliot avait toujours espéré avoir, mais auquel il avait fini par renoncer… jusqu'à ce qu'il rencontre Jo. Certes, ils ne s'étaient pas connus enfants, mais jamais auparavant il n'avait côtoyé une personne, homme ou femme, avec qui il se sentait aussi à l'aise.

En tout état de cause, cela lui avait fait plaisir d'aller voir sa grand-mère à Foxglove, sa propriété à la campagne, pour différentes raisons, non seulement parce que cela enchantait la vieille dame, mais également parce que cela lui avait rappelé le devoir qu'il avait envers ses proches.

Il avait beau être obsédé par Jo Brown, pour ne pas dire éperdument amoureux, ils ne pourraient jamais se marier. Cela nuirait trop à la réputation de sa famille et aux rapports qu'il entretenait avec eux tous. En effet, il aurait peut-être pu tirer son épingle du jeu en épousant une ancienne artiste de cirque, mais jamais sa famille ne le lui pardonnerait s'il épousait la fille d'un traître notoire.

Elliot devait oublier Jo. Il devait cesser de l'espionner. Eh oui, elle n'était pas la seule à le surveiller discrètement... mais c'était l'unique moyen qu'il avait trouvé pour garder un lien avec la femme mystérieuse, fuyante et sur la défensive qui avait ravi son imagination et refusait de la lâcher.

Aller à Foxglove ne lui avait pas seulement évité de suivre Jo dans Londres, mais cela l'avait obligé à réfléchir à la requête de sa grand-mère.

Il sourit au terme « requête ». En fait, c'était une exigence : si Elliot voulait hériter Foxglove, qui était véritablement une propriété charmante où il pourrait vivre dans un luxe confortable sans avoir de comptes à rendre à qui que ce soit, il fallait qu'il épouse une jeune fille figurant sur la liste de celles approuvées par sa grand-mère.

— Ce serait idiot de ne pas accepter, Elliot, lui avait dit son frère aîné, Charles, le comte de Norriton, la dernière fois qu'ils avaient dîné ensemble à Londres. Foxglove est magnifique, et c'est une propriété d'une coquette valeur. Tu serais tranquille pour la vie. À trente-quatre ans, tu n'es plus un jeune coq. Il est grand temps que tu te maries, de toute façon.

En effet, Elliot n'était plus un jeune coq, et il n'avait rien contre l'idée de se marier.

Mais les femmes qui plaisaient à sa grand-mère n'étaient pas de ces créatures qui faisaient accélérer les battements de son cœur. En réalité, une seule en était capable, or en aucun cas Joséphine Brown, lanceuse de couteaux hors pair, ne saurait obtenir l'approbation de sa grand-mère, en supposant que Jo consente à l'épouser et qu'elle ne soit pas la fille d'un traître.

Elliot partit d'un petit rire amer. Jo condescendait à peine à lui adresser la parole, le mariage n'était résolument pas dans le domaine du possible.

Cela ne lui ressemblait pas de s'enticher ainsi... Il soupira et concéda encore une fois avec irritation : de « tomber amoureux ». En fait, il n'avait jamais auparavant éprouvé une telle fascination. Cela tenait peut-être au fait que cette femme constituait une énigme, car les choses qu'Elliot adorait, c'étaient les mystères, les casse-tête et les énigmes.

Mais quelle raison épouvantable pour s'intéresser à une femme ! Simplement parce qu'elle était une énigme.

Non ?

Ce n'était pas pire cependant que courtiser lady Elizabeth parce qu'elle était la fille d'un comte et la sœur d'un comte et que sa lignée remontait à Guillaume le Conquérant !

Elliot fronça les sourcils, soulagé que la voiture s'arrête devant chez lui. Il sauta à terre et fit un signe aux deux valets en livrée qui venaient descendre le marchepied.

— Merci, Edward, Thomas, dit-il en se tournant vers le cocher, qu'il connaissait depuis qu'il était en culottes courtes.

— Tenez, partagez cela comme bon vous semblera, John.

— Merci, Monsieur Elliot, dit le cocher.

Elliot donnait toujours aux domestiques de son frère de généreux pourboires pour les petits services qu'ils lui rendaient. Étant le seul Norriton à travailler, au grand dam de sa famille, il entretenait de bons rapports avec la classe laborieuse.

Ses appartements se trouvaient au premier étage d'un immeuble rénové qui n'accueillait que des célibataires, et consistaient en une vaste succession de pièces qu'il avait partagée avec son ami Guy jusqu'à quelques mois auparavant. Il aurait probablement dû s'installer dans un logement plus petit maintenant que Guy était parti, mais il pouvait payer le loyer tout seul, et il préférait avoir une chambre à coucher supplémentaire plutôt que prendre un nouveau colocataire.

Comme d'habitude, son valet, Bevil Crisp, devina mystérieusement qu'il rentrait et ouvrit la porte avant qu'il ait le temps de glisser la clef dans la serrure.

— Bonsoir, Monsieur, dit Crisp en évaluant son maître du regard.

Il lui donnait l'impression de ne pas l'avoir vraiment cru lorsqu'il avait dit qu'il allait se promener avec une demoiselle à Hyde Park, de s'être imaginé qu'Elliot allait revenir blessé, ensanglanté et dépenaillé.

Elliot pouvait difficilement lui en vouloir, car c'était arrivé plus d'une fois depuis le début de leur longue association.

Crisp le délesta de son chapeau, de ses gants et de sa canne, puis il l'aida à retirer son pardessus.

— Quelque chose d'intéressant s'est passé pendant que j'étais sorti ? demanda Elliot.

Crisp lui tendit une enveloppe en papier blanc raffiné scellée par un cachet rouge sang.

— Une invitation du duc de Staunton, Monsieur.

— Ah, je l'attendais. Ce sera la première réception officielle de la duchesse depuis leur mariage.

— Ce sera très probablement somptueux, Monsieur. Je pense que cette fois-ci vous irez, n'est-ce pas ?

Crisp s'offusquait comme d'une affaire personnelle qu'Elliot n'accepte pas davantage d'invitations dans le beau monde ou qu'il n'ait pas de raisons de porter plus souvent d'élégants vêtements.

— Oui, j'irai certainement.

Et Jo ? La verrait-il là-bas ?

Lady Elizabeth sera là.

Il grimaça. Seigneur… Il avait complètement oublié la femme qu'il était censé courtiser. Ces semaines en France ne l'avaient pas aidé à oublier Jo. Cela n'avait servi qu'à la lui faire désirer plus que jamais.

*

* *

Jo contempla l'élégante invitation rectangulaire en parchemin que Cécile lui avait fourrée dans les mains dès qu'elle était entrée dans le bureau encombré de son amie.

— Qu'est-ce que c'est ? demanda-t-elle, bien que son ventre se soit noué lorsqu'elle avait remarqué le cachet ducal. C'est pour moi ?

— Oui, pour toi.

Elle leva les yeux.

— Tu es sûre ?

Cécile eut un petit rire ironique.

— C'est ton nom dessus.

Oui, *Joséphine Brown* était noté en travers, d'une écriture en lettres moulées exquise.

— Marianne est venue la déposer pour toi. C'est sa première vraie réception dans le monde.

Elliot avait donc eu raison à propos du bal et des intentions de Marianne. Elle avait certainement l'esprit embrouillé pour convier une employée de cirque, et son mari était beaucoup trop amoureux de sa nouvelle épouse pour avoir le bon sens de l'en empêcher. Dans leur intérêt, Jo devrait décliner cette invitation aimable, mais malavisée.

— Ne laisse pas cet oiseau la manger, fit remarquer Cécile.

— Non, Angus n'aime pas le papier, marmonna Jo, le front plissé. Mais… pourquoi ?

Cécile poussa un soupir.

— Parce qu'elle t'apprécie, Jo. Et je suis sûre qu'elle t'est reconnaissante de toute l'aide que tu lui as apportée l'année dernière en France.

Elle pouffa.

— Je sais que *moi*, je te suis reconnaissante de nous avoir sauvées.

— Je ne faisais que mon boulot... ce pour quoi on me payait.

Cécile poussa un nouveau soupir, nettement plus exaspéré.

— Quelles que soient les raisons de Marianne, elle m'a dit qu'elle aimerait que tu viennes. C'est le premier événement qu'elle va organiser en tant que duchesse de Staunton. Je crois qu'elle a besoin de s'entourer de ses amies.

— Amies, répéta Angus en frottant sa tête contre la joue de Jo.

Celle-ci ne put s'empêcher de sourire devant son geste de réconfort. Son corbeau devinait toujours quand il lui fallait un peu de soutien moral. Elle le gratouilla avec affection sous le bec et objecta :

— Je ne sais pas danser.

Cécile afficha un large sourire espiègle, particulièrement frappant sur son beau visage.

— Il se trouve que j'ai sous la main l'un des meilleurs danseurs d'Angleterre.

— Guy ? fit Jo avec un petit rire.

— Qui d'autre ?

— Tu penses qu'il va aller au bal, même après... tout ça ?

Jo n'imaginait pas que le pauvre homme avait envie de voir en face les gens qui venaient se moquer de lui sur scène tous les soirs.

Cécile haussa les épaules.

— En fait, je ne lui ai pas posé la question – j'ai été tellement prise par la formation d'Helen que je n'ai plus le temps de rien. Mais je ne vois pas pourquoi ce ne serait pas le cas.

Helen Keeble était la femme qu'avait engagée Cécile pour lui servir d'assistante et de gouvernante pour Cat, la fillette abandonnée à la rue que Cécile et Guy avaient secourue et recueillie.

Elle n'avait rien divulgué d'autre que ce prénom, Cat. De l'avis de Jo, elle dissimulait probablement des informations sur son milieu – elle reconnaissait le regard évasif et méfiant dans les yeux de la fillette – mais ce n'était pas à elle de s'en mêler. En outre, Cat et son chien George étaient heureux maintenant. Cécile et Guy, malgré leurs différends, s'occupaient merveilleusement bien d'elle. De fait, ils s'étaient nettement rapprochés depuis qu'ils avaient recueilli la fillette.

— Ça fait des semaines qu'il se produit ici ; tu ne penses pas que ce serait gênant pour lui de se retrouver au milieu de tous ces gens qui le connaissaient en tant que duc ?

— Je ne sais pas, dit Cécile. Mais même s'il n'y va pas, il peut toujours nous apprendre à danser.

Jo arqua un sourcil.

— Nous ?

Cécile haussa les épaules, mais ses joues prirent une coloration rose.

— Tu ne sais pas non plus ? demanda Jo, incapable de dissimuler son incrédulité.

— Où voudrais-tu que j'aie appris à danser ? répliqua sèchement Cécile.

Jo redevint sérieuse. Qui aurait cru que Cécile Tremblay, si obsédée par tout ce qui se rapportait à la haute société, aux bals et aux réceptions, ne savait pas danser ? Il aurait été amusant de la taquiner un peu, mais elle constata que Cécile était mortifiée par cet aveu.

— Tu penses qu'on a le temps d'apprendre ? s'enquit Jo.

— Deux semaines ? Je pense, oui.

Jo retourna l'invitation entre ses mains et passa le pouce sur le cachet de cire rouge.

— Iras-tu avec moi, Jo ? demanda Cécile après un silence.

Il fallut un moment à Jo pour identifier la bulle d'émotion qui semblait gonfler à l'intérieur d'elle : c'était l'excitation. Elle pouvait apprendre à danser, et peut-être... peut-être... danserait-elle avec Elliot.

Elle leva les yeux vers Angus, qui l'observait avec tellement d'intensité qu'elle aurait pu jurer qu'il avait compris la conversation.

— Qu'en penses-tu, Angus ? Tu veux apprendre à danser ?

*

* *

Le couteau de Jo s'enfonça en plein milieu de la carte à jouer et la cloua à la planche, à côté de son assistant. Le public s'enflamma ; c'était toujours le cas à ce moment-là du numéro, quand elle lançait les couteaux les yeux bandés. Jo arracha le foulard noir qui couvrait son masque, avant de se tourner vers la foule en délire et de saluer.

Elle devina en entendant les rires qu'Angus avait accompli son rôle, qui consistait à donner des coups de bec dans les fesses de l'assistant – Guy, ce soir-là – pendant que celui-ci se penchait pour ramasser son chapeau.

L'oiseau revint se poser sur son épaule, et il remua de haut en bas, comme s'il saluait, pour le ravissement des bruyants spectateurs. Jo fit sa sortie pendant que le public riait encore et réclamait un bis. Une bonne moitié des hommes scandait le nom de Guy.

Son numéro était le dernier de la soirée, aussi y avait-il beaucoup moins d'employés en coulisse. Elle était à mi-chemin de la loge quand Guy l'appela.

Jo s'arrêta et pivota vers lui.

— Pouvez-vous lui dire de cesser de me picorer les fesses aussi durement ? protesta Guy en fusillant Angus du regard.

Le corbeau fit claquer son bec devant Guy, qui le montra du doigt.

— Constatez vous-même son expression... Il sait pertinemment de quoi nous parlons ! Je suis prêt à le jurer.

L'animal et l'homme se mesurèrent du regard ; ce fut bref mais intense.

Jo résista à l'envie de sourire.

— Je vais voir ce que je peux faire.

— Cette bestiole a failli arracher un morceau de mon postérieur, marmonna Guy en frottant distraitement le postérieur en question, moulé dans une livrée en velours vert faisant ressembler l'ancien duc à un valet aussi immense que magnifique.

Sans doute Cécile avait-elle l'intention de l'humilier quand elle avait insisté pour l'affubler de cette panoplie.

— Autre chose ? s'enquit Jo.

— Eh bien... justement, Cécile m'a dit que vous alliez prendre des leçons de danse aussi.

Il rit devant l'expression qu'afficha brièvement Jo avant de se ressaisir.

— Je vois que cela vous enchante.

— Essayez de lui faire entendre raison, lança Jo tout à trac.

— Que voulez-vous dire ?

— Que ma présence au bal de Sin et Marianne va entacher leur réputation.

— Personne ne vous reconnaîtra, puisque vous portez ce masque sur scène. En outre, ajouta-t-il en pouffant, il vous serait très difficile d'éclipser ma notoriété ou celle de Cécile, or nous y allons tous les deux, alors n'espérez pas que ce prétexte vous permettra de vous dérober à ce bal.

Jo se rembrunit, mécontente d'elle-même à cause de la bouffée de joie qu'elle éprouva, davantage qu'à cause des paroles de Guy.

— Si je dois faire de vous deux des danseuses accomplies, nous devrons nous entraîner tous les jours, d'ici la date du bal.

Il lui adressa un sourire sadique et répéta en détachant les mots :

— Tous. Les. Jours.

Jo gémit.

— Tous les jours ?

— Il reste à peine deux semaines, la Sabreuse. Ce n'est pas de trop pour vous inculquer l'étiquette d'un bal ; nous devrons être appliqués.

— Vous auriez dû vous reconvertir en maître de danse plutôt qu'en employé de cirque, déclara-t-elle.

Il la considéra en plissant les yeux.

— Ma foi, vous avez peut-être raison. Je devrais vous faire payer mes services au lieu de vous les proposer gratuitement.

— Euh, non, pardon, dit-elle précipitamment.

Elle n'avait pas envie de prendre des leçons de danse, et encore moins de payer pour une chose qui ne lui servirait qu'une fois.

— Merci, Guy, je vous suis très reconnaissante.

— Reconnaissante, répéta Angus, prouvant une fois de plus son intelligence.

Guy lui lança un regard noir, comme s'il soupçonnait qu'Angus se moquait de lui.

— Je vous apprendrai à danser, à vous, mais pas à cet oiseau.

À ces mots, elle éclata d'un petit rire surpris.

— Désolé, Angus, pas de leçons de danse pour toi, dit-elle avant de lui faire un clin d'œil, le signal convenu pour que l'oiseau croasse.

Son cri perçant et agressif fit sursauter Guy, qui se rembrunit en voyant comment il avait réagi.

— Vous êtes hilarants, tous les deux. Si vous continuez comme ça, je vais quand même vous faire payer.

— Je suis désolée, mentit Jo. Alors, à quelle heure, les leçons ?

— Cécile a décidé que midi était l'horaire idéal. Helen nous jouera la musique.

— Ah.

Sur le sujet particulier d'Helen, Jo n'osait rien hasarder d'autre.

Malgré cela, Guy s'esclaffa.

— Oui, c'est comique, n'est-ce pas ?

Il jeta un coup d'œil alentour pour s'assurer que personne ne les entendait, puis ajouta :

— Mon ancienne fiancée qui m'aide à apprendre à danser à l'amour de ma vie.

Jo sourit. Il était en effet assez cocasse que l'ancienne fiancée de Guy – c'était elle qui avait rompu les fiançailles – soit venue travailler à la Foire sous un nom d'emprunt. Apparemment, Helen n'appréciait pas que son père la manipule comme une pièce d'échecs, et elle s'était enfuie pour éviter d'épouser le cousin de Guy, le nouveau duc de Fairhurst.

— À propos, Cécile voulait que je vous rappelle que vous irez toutes les deux acheter des robes de bal demain, juste après votre première leçon de danse.

— *Quoi ?*

Avec un ricanement vengeur, Guy répondit :

— Oui, vous avez bien entendu : vous allez essayer des robes.

Et cette fois, le sourire s'effaça du visage de Jo.

11

En promenant son regard tout autour du somptueux vestibule, Jo essaya de ne pas garder la bouche ouverte. Elle savait que le duc de Staunton était l'un des aristocrates les plus riches du pays, mais l'opulence de son hôtel particulier était stupéfiante.

— Tu as vu comme Marianne est magnifique ? chuchota Cécile.

Jo jeta un coup d'œil à l'autre bout de la file d'invités, où Marianne accueillait les hôtes aux côtés de son mari et d'une élégante femme plus âgée qui devait être la tante du duc de Staunton, lady Julia Powell, la marraine de Marianne durant sa première saison des mondanités en tant que duchesse de Staunton. Marianne portait une robe couleur vieil or qui lui allait merveilleusement bien. Le sourire qu'elle affichait était un peu tendu, et Jo songea qu'elle avait l'air plus nerveuse qu'avant de monter sur le ring pour disputer un match de boxe.

— Elle a vraiment une allure de duchesse, s'enthousiasma Cécile comme Jo ne répondait pas.

— Elle *est* duchesse, objecta cette dernière.

Guy, qui se tenait à côté de Cécile, pouffa.

Vous voilà mouchée, chérie.

— Ne m'appelez pas comme cela, protesta Cécile, plus par habitude que par conviction.

Elle jetait de petits regards furtifs partout, comme si elle ne voulait rien rater. Guy et Jo échangèrent un sourire amusé. Observer les réactions de Cécile était plus distrayant que la soirée elle-même.

Bien qu'elle ait trente-six ans, c'était le premier bal de Cécile, et elle était beaucoup plus excitée par l'événement que les débutantes de dix-huit ans blasées qui faisaient la queue pour présenter leurs hommages au maître et à la maîtresse de maison.

Depuis longtemps, Cécile suivait les rubriques des mondanités d'une demi-douzaine de journaux. Jo savait que cette soirée – un grand bal chez un duc ! – était pour elle un fantasme devenu réalité. Et même si Cécile ne l'avouerait jamais, arriver à la réception très sélecte des Staunton au bras de Gaius Darlington, la coqueluche de la haute société, rendait parfaite une soirée déjà spectaculaire. Bien que Guy ne soit plus un duc cousu d'or, il avait indéniablement reçu charme et beauté en abondance à la naissance.

— J'ai discuté avec Elliot aujourd'hui, murmura Guy à l'oreille de Jo tandis que Cécile continuait son examen émerveillé.

Jo n'aima pas la façon dont son cœur s'accélérait en entendant ce nom, aussi fit-elle la sourde oreille en priant silencieusement pour que Guy ne s'arrête pas de parler.

— Il vient de rentrer à Londres, enchaîna Guy, répondant à ses prières.

— Ah bon ? finit-elle par dire comme il ne semblait pas poursuivre.

— Il m'a confié qu'il avait hâte de venir ce soir, et il voulait que je vous demande de lui réserver une danse, et même deux d'ailleurs.

Jo releva la tête et aperçut l'expression moqueuse de Guy.

— Qu'est-ce qui vous chiffonne ? la questionna-t-il comme elle le fusillait du regard.

Ils avancèrent un peu dans la queue.

— Il est revenu quelques jours plus tôt exprès pour participer à ce bal, ajouta Guy tandis que Jo recommençait à l'ignorer.

— Il ne voulait certainement pas vexer Sin ou Marianne, dit-elle.

— Non, certainement pas.

Elle pivota la tête vers lui face à son ton goguenard. Comme elle s'y attendait, il était assorti d'un sourire non moins goguenard.

Jo refusait de l'encourager chaque fois qu'il semblait espérer un rapprochement entre elle et son ami Elliot. Elle avait déjà dû écouter l'avis de Cécile à ce sujet maintes et maintes fois, jour après jour et mois après mois. Apparemment, endurer des conseils sentimentaux malvenus faisait partie intégrante du fait d'avoir des amis.

Heureusement, avant que Guy puisse poursuivre ses insinuations et ses taquineries, ils arrivèrent tous les trois devant leurs hôtes.

— Je suis enchanté que vous ayez pu venir, déclara le duc de Staunton.

Ses yeux verts si frappants étaient chaleureux tandis qu'il s'inclinait devant elle. Les gens qui les entouraient gardaient un silence de mort, et Jo comprit que tout le monde tendait l'oreille pour espionner leur échange, pas seulement à cause de Guy – qui n'avait pas manqué de faire jaser lorsqu'il avait franchi le seuil de la maison – mais aussi parce qu'un bon nombre d'entre eux avaient certainement reconnu Cécile, rendue célèbre par son fameux numéro de tireuse d'élite à la Foire.

Grâce au masque qu'elle portait sur scène, personne n'associerait Jo à la Sabreuse, la prodigieuse lanceuse de couteaux de la Foire aux Femmes Fantastiques Farnham. Elle n'était que Joséphine Brown.

Marianne, debout à côté de son magnifique mari, était tout aussi majestueuse que le duc. Les pierres qui étincelaient autour de son cou – des diamants, supposait Jo – étaient les plus grosses qu'elle ait jamais vues.

Jo porta machinalement une main à sa gorge et aux perles qu'elle arborait pour la première fois de sa vie. Elles avaient appartenu à sa mère ; du moins, voilà ce que lui avait raconté Mungo en les lui offrant pour son dix-huitième anniversaire. Elle se rappela s'être demandé, en contemplant les boucles d'oreilles et le collier, à quelle occasion elle pourrait parader avec ce genre de bijou. Quand elle était jeune, jamais elle n'aurait imaginé qu'elle se rendrait un jour à un bal, et encore moins chez un duc.

Jo aurait aimé que Mungo la voie ce soir, habillée comme une dame de la haute société et parée des perles de sa mère. Elle savait même danser, grâce au zèle et au talent de Guy. Et si elle n'était pas tout à fait convaincue d'éblouir l'assemblée par sa grâce sur la piste de danse, au moins, elle ne se ridiculiserait pas.

Le duc attrapa la main de Jo et s'inclina dessus.

— Vous êtes ravissante ce soir, mademoiselle Brown.

Son regard l'intimida. Bien qu'elle ait voyagé avec lui pendant des mois, sans parler des couteaux qu'elle lui avait régulièrement lancés dans le cadre de son numéro, il ne lui avait jamais semblé aussi magnifique qu'aujourd'hui, duc jusqu'au bout des ongles.

— Merci, Votre Grâce. C'est un plaisir de vous revoir.

Un sourire éclaira son beau visage.

— J'espère que vous passerez une bonne soirée.

Marianne lui prit une main ainsi qu'une de Cécile et les serra presque douloureusement.

— Je suis tellement heureuse que vous soyez venues, toutes les deux.

Jo apprécia la joie que manifestait son amie en les apercevant, du moins en voyant Cécile et Guy. Elle continuait à soupçonner Cécile, malgré les dénégations vigoureuses de cette dernière, d'avoir insisté auprès de Marianne pour qu'elle invite Jo.

Bien qu'elle ait passé une grande partie de l'année précédente à protéger Marianne, elles n'étaient pas vraiment attachées l'une à l'autre. Malgré leurs rapports cordiaux, ce n'était pas, de son avis, ce qu'on qualifiait de « vraies amies ». Jo n'avait jamais souhaité devenir trop proche de Marianne, car elle mettait toujours un point d'honneur à préserver un certain degré de retenue vis-à-vis de ses clients, même lorsque les clients en question avaient conscience qu'elle les protégeait.

Marianne se pencha légèrement et dit d'une voix plus douce :

— Elliot est arrivé quelques minutes avant vous.

Avant qu'elle puisse répondre – du reste, elle aurait eu du mal à répliquer –, Marianne effleura des doigts le collier de Cécile ; Jo savait que Guy le lui avait offert.

— Mais quelle splendide monture ! Magnifique et singulière.

Les joues de Cécile adoptèrent une jolie teinte rose.

— Merci.

Dans un chuchotis, Marianne ajouta :

— Nous vous avons réservé des places à notre table pour le dîner.

Puis elle laissa aller la main de Jo et sourit, reprenant son masque.

— J'espère que vous passerez une bonne soirée.

Jo et Cécile comprirent l'allusion subtile et s'éloignèrent de la file. Guy insinua son large corps entre elles deux et leur tendit un bras à chacune.

— Si vous voulez bien, mesdames ?

— Je ne pense pas que ce sera nécessaire, résonna une voix familière.

— Ah, Elliot, toujours aussi ponctuel, je vois, lança Guy en souriant à son ami. Tu pourrais peut-être escorter Mlle Tremblay. Mlle Brown m'a promis sa première danse.

Elliot adressa à son ami une expression indéchiffrable avant de se tourner vers Cécile.

— Me ferez-vous l'honneur de m'accorder une danse ? lui demanda-t-il sans attarder son regard davantage qu'un instant sur Jo.

— Avec plaisir, dit Cécile.

Celle-ci se retourna ensuite, puis, pour une raison inexplicable, fit un clin d'œil à Jo.

Mais que manigançaient donc ces deux-là ?

Elliot prit le bras de Cécile pour monter l'impressionnant escalier, et ils pénétrèrent dans la salle de bal.

— Qu'est-ce que Guy mijote, ce soir ?

— Il mijote quelque chose ? fit Cécile, beaucoup trop innocemment pour être convaincante.

— Il avait une étincelle dans le regard.

— Eh bien, je préfère encore que cette étincelle vous soit destinée à *vous* plutôt qu'à moi, ce soir, dit-elle d'un ton acerbe, avant de se pencher pour lui chuchoter à l'oreille : Est-ce que je me fais des idées ou bien les gens nous regardent ?

— Non, vous ne vous faites pas d'idées ; ils nous regardent.

— Vous pensez qu'ils savent qui je suis ? s'enquit-elle, à la fois résignée et nerveuse.

— Certains d'entre eux, peut-être, mais il est plus probable qu'on vous contemple parce que Joséphine et vous êtes toutes deux des femmes sublimes. Et bien sûr, tout le monde observe Guy.

Cécile éclata de rire et promena les yeux dans l'immense salle de bal, son excitation un peu visible, mais charmante.

— Je suis nouvelle dans tout ça, précisa-t-elle.

— Les bals ?

— La danse.

— Ah. Souhaitez-vous rester en retrait pour l'instant ?

— Pas du tout. Guy nous a appris un bon nombre de figures.

Elliot éclata de rire.

— Vous n'auriez pas pu avoir de meilleur professeur.

Il l'emmena vers l'extrémité opposée de la salle.

— Il y aura moins de monde loin de l'entrée, expliqua-t-il. Cette première danse devrait être facile pour vous – il s'agit de *Drops of Brandy*. Voulez-vous…

Cécile déplia son éventail et le lui montra. Elliot sourit en constatant que sur le papier étaient inscrites les instructions pour les pas de danse les plus classiques.

— Bien vu.

— C'est une idée de Guy.

Guy et Jo prenaient également place sur la piste. Elliot essaya de ne pas s'agacer que son ami lui ait dérobé la première danse ; après tout, il y en aurait d'autres, ce soir.

Cécile se pencha vers lui.

— Il lui a demandé sa première danse pour s'assurer qu'elle ne soit pas laissée de côté. Il savait que moi, je saurais m'amuser, qu'on me demande de danser ou pas. Mais Joséphine…

Elle haussa les épaules.

— Eh bien, disons que la danse de salon n'est pas une chose qu'elle s'imaginait pratiquer un jour.

— Je suis stupéfait que vous ayez réussi à la convaincre de venir. Elle est...

Cécile arqua un sourcil espiègle.

— Oui ?

Curieusement, le regard qu'elle lui jeta fit rougir Elliot.

— C'est moi qui l'ai emmenée acheter sa robe, l'informa Cécile. N'est-elle pas adorable ?

Elliot laissa glisser ses yeux vers Jo et Guy qui bavardaient. Adorable ? Elle était tout bonnement époustouflante ! On aurait dit un ange, dans sa robe de mousseline blanche cousue de fil argenté, à la fois simple mais élégante. Ses cheveux semblaient plus courts, plus à la mode, et les magnifiques perles autour de son cou n'avaient rien à envier à l'éclat de sa peau laiteuse.

Elle était divine.

— Eh bien ? dit Cécile.

— Euh, oui. Elle est... elle est vraiment adorable, tout à fait adorable.

Il bredouillait, ce qui ne lui était pas arrivé depuis son adolescence. Il s'éclaircit la voix, sentant ses joues en feu. Cécile pouffa, et Elliot se rendit compte qu'il fixait des yeux une autre femme en ignorant sa cavalière.

Seigneur ! Où étaient passées ses bonnes manières ? Il se tourna vers la superbe jeune femme qu'il avait devant lui.

— Vous êtes ravissante aussi, ce soir.

Cécile éclata de rire et lui tapota le bras avec son éventail, les yeux brillants.

— Pauvre Elliot.

L'orchestre entama le morceau et lui évita de se ridiculiser encore plus. Heureusement pour l'esprit égaré d'Elliot, Cécile était trop occupée à se concentrer sur la danse pour l'obliger à entretenir la discussion, ce qui lui permit de couler des regards dérobés vers Jo.

Guy, cette charmante canaille, pouvait tout en même temps flirter, danser, et probablement conjuguer des verbes en latin. Quant à Jo, Elliot fut à la fois surpris et content de constater qu'elle semblait détendue, capable de converser avec son cavalier tout en exécutant les pas de danse.

Elle était d'une beauté éclatante, et malgré tous ses efforts, il ne parvenait pas à cesser de l'observer. Il savait, comme tout le monde, que contempler quelqu'un dans une salle de bal était le plus sûr moyen de voir son nom associé à la personne dans la presse le lendemain matin. Doux Jésus ! Si sa grand-mère en entendait parler...

Il s'obligea à ramener son regard vers sa cavalière, et dut se le répéter à plusieurs reprises. Quand ils quittèrent enfin la piste, Elliot était surtout préoccupé par la jalousie qu'il sentait grandir dans son ventre. Jamais il n'avait éprouvé une telle sensation de possessivité vis-à-vis d'une femme, même lorsqu'il était tout jeune homme.

Cette sensation était fort déplaisante.

— C'était très agréable, déclara joyeusement Cécile sans remarquer ses souffrances. Mais il est beaucoup plus difficile de bavarder en dansant que je ne m'y étais attendue... du moins sans entrer en collision avec d'autres danseurs. Et il y a tant de bruit !

Il y avait un monde fou, et il régnait en effet dans la salle un brouhaha indescriptible. Marianne et Sin pouvaient être fiers de leur succès.

— Vous vous en êtes remarquablement bien sortie, murmura Elliot en l'accompagnant sur le côté.

— Qu'en savez-vous ? Vous avez passé votre temps à regarder ailleurs, le taquina-t-elle.

— Pardonnez-moi. Je ne...

— Allons, taisez-vous. Je suis ravie que vous soyez aussi fou d'elle qu'elle l'est de vous.

Il trébucha légèrement, sans raison.

— Euh... croyez-vous ? demanda-t-il d'un ton qu'il aurait voulu sophistiqué mais qui était presque tremblant.

En guise de réponse, Cécile éclata de rire.

— Comment était-ce ? s'enquit Guy tandis qu'ils le rejoignaient. Est-ce qu'Elliot vous a renversée ou a déchiré votre robe ?

— C'est un danseur exquis, déclara Cécile, bien plus gentille qu'Elliot ne le méritait.

Felix Lorimer, un beau et très jeune homme blond qui était l'héritier du marquis de Dorsey, apparut à côté de Guy et posa un regard admirateur sur Jo.

— Ma foi, Fairh... euh ! Je veux dire, Darlington, pouvez-vous me présenter votre amie ?

Guy lui adressa un grognement féroce.

— Non, Lorimer, je n'en ferai rien. Retournez batifoler avec les autres gamins.

Cécile émit un rire de gorge et même Jo sourit lorsque le jeune homme battit en retraite précipitamment, aussi furtivement qu'une souris. L'autorité de Guy était très impressionnante. Mais il avait eu raison : c'était un grave manquement à l'étiquette que de demander une présentation avec cette désinvolture.

— Bien joué, Guy, dit Elliot. Mieux vaut étouffer ce genre de comportement dans l'œuf.

Il se tourna vers Jo.

— Voudriez-vous m'accorder la prochaine danse et celle du souper si vous n'avez pas déjà jeté votre dévolu sur ce voyou ? dit-il en désignant Guy du menton.

Jo lui lança un regard malicieux.

— Avec plaisir.

Un sourire idiot lui éclaira le visage.

— Puis-je ajouter que vous êtes éblouissante ce soir, mademoiselle Brown ?

Les joues de Jo s'enflammèrent, mais elle répondit avec calme :

— Je crois que vous venez de le faire, monsieur Wingate.

Guy jeta la tête en arrière et éclata de rire, et Elliot sourit encore comme l'imbécile heureux qu'il était.

Le cœur de Jo ne battait pas aussi vite pendant qu'elle apprenait la valse avec Guy, et sa respiration n'était pas aussi inégale. Et il avait été beaucoup plus facile de contempler la cravate de Guy que les yeux bleus d'Elliot.

Jo était réservée, mais elle n'avait jamais été timide. Cependant, en voyant comment Elliot l'observait, jusqu'au fond de son âme, elle avait l'impression d'être une écolière, non qu'elle soit réellement allée à l'école, ou qu'elle ait ne serait-ce que porté une robe quand elle était petite.

— Alors, dit Elliot après quelques minutes de danse silencieuse. Où en est l'enquête dont Guy vous a chargée ?

À cette question, elle fut soulagée qu'il ne lui en ait pas posé d'autres telles que : repensez-vous parfois à cette nuit dans les bois près du château Himmelhause ? Envisagez-vous de recommencer un jour ? Avez-vous...

— J'ai déjà remis à Guy le plus gros de mes découvertes.

Constatant qu'il arquait un sourcil, elle demanda poliment :

— Quoi ?

— Vous êtes très rapide.

Jo haussa une épaule, ne souhaitant pas reconnaître qu'elle n'avait rien d'autre que le travail dans la vie pour combler le temps, surtout lorsque Elliot n'était pas en ville, et qu'elle ne pouvait pas s'humilier en le prenant en filature.

— Que sous-entendez-vous par « le plus gros » ?

— Une partie de mes découvertes est d'ordre privé, et si Guy désire les connaître, il n'a qu'à s'adresser directement à Cécile.

Jo continuait à se sentir coupable et déloyale d'avoir accepté la mission, mais Guy lui avait assuré qu'il aimait Cécile et qu'il voulait simplement la tirer d'une situation financière difficile. Jo ne lui avait révélé que les renseignements qui n'auraient pas pu l'offenser, *elle,* si un homme amoureux d'elle les avait un jour appris, bien qu'il soit très compliqué d'imaginer un homme amoureux d'elle.

Elliot évita adroitement un très jeune couple dont la danse était plus enthousiaste qu'élégante.

— Vous êtes un excellent danseur, dit-elle, décidant que c'était à elle de faire la conversation.

Elliot lui sourit, et elle fondit sous son charme ravageur.

— Merci. Vous êtes une très bonne danseuse aussi.

— Pff !

— Mais si, c'est vrai.

— Je me débrouille à peu près.

— J'ai cru comprendre que vous aviez appris récemment seulement.

— Deux semaines, je suppose que c'est récent, en effet.

— Vous dansez comme si vous aviez des années d'expérience.

Jo leva les yeux au ciel devant sa flatterie.

— Je suis sincère. Pour ma part, jamais je n'aurais voulu m'exhiber en public au bout de seulement deux semaines.

Jo ne lui raconta pas qu'elle avait été un peu mortifiée d'apprendre à danser presque à trente ans, mais dans la mesure où elle n'avait aucun risque de recommencer...

— J'imagine que vous vous êtes beaucoup plus amusée à apprendre avec Guy que moi à l'école, reprit Elliot. Notre maître de danse à Eton nous donnait des coups de canne quand nous rations un pas. Guy était son chouchou, naturellement.

Jo pouffa et déclara avec ironie :

— Je n'ai aucun mal à le croire.

Elle baissa légèrement la voix pour ajouter :

— Guy m'a dit que vous étiez en France. Quelle est la situation, là-bas ?

Le sourire s'effaça du visage d'Elliot.

— Sinistre et chaotique, et probablement pour un long moment. Oh, continua-t-il, son expression s'éclairant, vous ne devinerez jamais qui j'ai croisé lorsque je suis allé à Versailles !

Comme elle secoua la tête, il précisa :

— Étienne et Jean-Louis.

— Ça alors ! Qu'est-ce qu'ils pouvaient bien fabriquer là-bas, tous les deux ? Un cambriolage ? Leurs visages ornent tellement d'affiches réclamant leur tête qu'ils feraient mieux de se tenir à l'écart de la capitale. Ils ne devraient même pas rester en France.

Si Jo respectait les compétences de ses collègues, elle ne pouvait nier qu'ils les avaient acquises essentiellement en enfreignant la loi.

— Nous avons partagé quelques bouteilles de vin, avec Arlette et Monique aussi, et Étienne m'a raconté que tous leurs méfaits avaient été... effacés, disons, et que maintenant ils travaillaient pour le roi, c'est fou, non ?

Jo éclata de rire.

— Complètement fou, mais je suis contente qu'ils soient retombés sur leurs pieds.

— Ils m'ont demandé de vous transmettre leur gratitude pour avoir dit un mot en leur faveur à l'oreille de votre ancien employeur.

Il marqua une pause, et ajouta :

— Ils pensent que sans vous, ils travailleraient encore dans l'ombre.

Jo haussa une épaule, et son visage se réchauffa légèrement devant ces louanges inattendues.

— Cela ne m'a rien coûté de les aider.

Cela avait même donné à son ancien employeur, rien de moins que la nouvelle reine de Suède, de quoi meubler ses longues journées. La reine avait rencontré les deux scélérats, et comme elle avait un faible pour les beaux garçons plus jeunes qu'elle, elle avait été heureuse de les recommander au roi Bourbon, qui avait désespérément besoin de serviteurs dignes de confiance.

— Et où en sont Guy et Cécile ? s'enquit Elliot.

Elle afficha un sourire narquois. Vraiment, ces trois-là, le duc, Guy et Elliot étaient pires que des vieilles commères, dès lors qu'il s'agissait de leurs vies amoureuses respectives.

— Allons, la supplia-t-il avec ce petit sourire qui creusait une fossette sur sa joue gauche.

Jo n'aurait jamais pensé qu'une fossette pouvait être plus convaincante qu'un bon couteau bien aiguisé.

— J'ai l'impression que Cécile est un peu plus tolérante vis-à-vis de lui, admit Jo avant d'ajouter : Mais avec ce que rapporte Guy sur scène six soirs d'affilée, je ne suis pas certaine qu'elle trouvera l'envie de faire la paix avec lui.

Elliot rit. Son rire était presque aussi dangereux que sa fossette.

— Oui, j'ai entendu dire que le spectacle fait vite salle comble, ces derniers temps.

Il baissa la voix et continua :

— Il paraît que Cécile a une nouvelle employée, une certaine Helen Keeble, qu'elle a engagée comme gouvernante pour la petite fille qu'elle a récemment adoptée ?

Jo lui adressa un regard moqueur.

— Êtes-vous sûr que vous êtes réellement parti en France, Elliot ? Je vous trouve remarquablement bien informé sur tout ce qui se passe à la Foire.

— Guy me tient au courant, reconnut-il avec un sourire. Il m'a expliqué que vous saviez déjà qui est en réalité Mlle Keeble, avant qu'il vous le révèle.

Jo haussa une épaule. Cela n'avait été qu'une coïncidence, si elle connaissait la véritable identité d'Helen Keeble, qui n'était autre que la fameuse héritière Helen Carter. Jo l'avait rencontrée une fois, à l'occasion d'un rendez-vous qu'avaient eu Mungo et elle avec Jacob Carter, le père d'Helen, peu après leur arrivée à Londres, lorsqu'ils cherchaient du travail.

M. Carter avait souhaité les embaucher pour qu'ils espionnent ses concurrents, mais Mungo avait pris en grippe l'arrogant industriel parvenu, et ils n'avaient pas accepté la mission. Peu après ce rendez-vous, Mungo s'était vu proposer de protéger Marianne. S'ils avaient collaboré avec Carter, Jo n'aurait jamais connu Marianne, Cécile… ou encore Elliot. Mungo n'aurait peut-être pas traversé cette rue particulière ce jour-là, quelque temps plus tard, et serait peut-être encore en vie. Peut-être…

— Jo ?

Une vague d'émotion subite et inattendue menaçait de l'étouffer.

— Jo ?

Elle battit des cils et s'arracha à ses souvenirs de cette journée atroce, quand la police était venue dans l'appartement qu'elle partageait avec Mungo pour lui demander d'identifier son corps.

Le regard de Jo se fixa lentement sur l'homme devant elle. Alors seulement, elle remarqua que la musique s'était arrêtée.

— La danse est finie, Jo, dit-il en fronçant les sourcils. Quelque chose ne va pas ?

— Il fait chaud, non ? rétorqua-t-elle d'une voix enrouée d'une émotion mal étouffée. Pourrions-nous...

— Bien sûr.

Elliot lui attrapa le bras et l'emmena à l'écart de la piste de danse.

— Il y a une terrasse, à l'arrière. Sortons prendre un peu l'air.

12

Elliot jeta un coup d'œil inquiet à Jo tandis qu'il l'emmenait vers les portes-fenêtres. Que lui était-il arrivé ? Elle avait semblé aller bien, et soudain, elle était devenue livide. Il aurait pu jurer qu'elle avait les larmes aux yeux. Jo, pleurer ? C'était inconcevable.

L'une des hautes portes avait été laissée ouverte, et une douzaine de couples se trouvait déjà sur la grande terrasse.

Elliot fit descendre les marches à Jo et la conduisit dans le parc, qui était l'un des jardins privés des plus magnifiques de la ville.

Des lanternes en papier éclairaient les allées. Il était venu dans cette maison des centaines de fois et connaissait parfaitement tous les chemins, même sans lumière supplémentaire. Il la guida à l'écart du passage éclairé jusqu'à une roseraie abritant une pagode miniature.

Avec son mouchoir, il épousseta le banc.

— Voilà, asseyez-vous.

Elle obéit en restant silencieuse.

— Que se passe-t-il, Jo ? demanda-t-il en s'accroupissant à côté d'elle.

— Rien, je vais bien. Je ne sais pas ce qui m'a pris, peut être la chaleur.

Elliot fit claquer sa langue.

— Qu'est-ce qui ne va pas ?

Elle retint son souffle un long moment, avant de le relâcher lentement.

— J'étais seulement en train de penser à la raison pour laquelle je sais qui est Helen.

— Et comment le savez-vous ?

— Peu de temps avant la mort de mon père, il a eu un entretien avec Jacob Carter, qui voulait nous confier une mission pour lui, mais Mungo l'a immédiatement détesté.

Elliot considérait comme étrange qu'elle appelle son père par son prénom, mais il s'abstint de commentaire.

— Qu'est-ce qui lui a déplu chez cet homme ?

— Carter est froid et arrogant, et il me regardait comme si j'étais un insecte, et a demandé pourquoi Mungo avait amené une fille à la réunion. J'ai bien vu que Mungo était furieux et trouvait Carter idiot. Nous avons pris congé et croisé une demoiselle, sa fille Helen, qui rentrait tout juste à la maison. Même cette brève rencontre m'a suffi pour constater qu'elle était gentille, avenante et aimable, tout l'inverse de son père.

Elliot n'énonça pas ce qu'il pensait, à savoir qu'il se demandait comment un homme qui avait vendu des secrets à l'ennemi et trahi son pays avait pu élever une fille aussi honorable que Jo.

— Peu après ce rendez-vous, poursuivit-elle, nous avons accepté la mission consistant à protéger Marianne. Je me disais tout à l'heure que si nous n'avions pas fait ce choix, Mungo serait peut-être encore en vie.

— Ce genre de raisonnement peut vous rendre fou, déclara Elliot.

Elle hocha la tête.

— Et… vous acceptez toujours du travail ? Je veux dire en dehors de la Foire ?

— J'ai accepté la mission de Guy.

— Oui, mais je voulais dire…

— N'êtes-vous pas indiscret, Elliot ?

Il rit.

— Peut-être un peu.

— Non, je n'ai plus accepté aucun travail depuis, mais je devrais, ajouta-t-elle en soupirant.

— Pourquoi ? Je croyais que Cécile payait mieux que Barnabas.

Elle lui adressa un regard appuyé.

— Quoi donc ?

— M'auriez-vous espionnée ?

— Pas du tout, mentit-il. Guy a dû me le mentionner un jour.

— Hmm.

— Pourquoi dites-vous que vous devriez reprendre des missions ? demanda-t-il, jugeant prudent de poursuivre la conversation.

Elle haussa les épaules en fixant des yeux un papillon de nuit voletant autour d'une lanterne.

— Je vais rester en ville quelque temps... Cela ne suffira-t-il pas à vous occuper ? la taquina-t-il.

Jo tourna lentement vers lui non seulement son visage, mais tout son corps.

— Je vous demande pardon ?

— Je sais que vous m'avez suivi.

C'était peut-être la première fois qu'il la voyait totalement prise au dépourvu.

— Mais... j'ignore ce que vous voulez dire.

— Vraiment ?

Elliot retira un de ses gants et attrapa une jolie boucle blond cendré entre ses doigts. On aurait dit de l'argent au clair de lune, mais elle était aussi douce que de la soie filée.

— Vous êtes si belle, Jo...

Elle entrouvrit les lèvres, et Elliot ne put résister davantage.

Elle vint à moitié à sa rencontre ; son odeur familière et son goût envoyèrent une onde de désir à travers le corps d'Elliot.

Ils s'entrechoquèrent comme deux êtres affamés. Elliot eut vaguement conscience d'avoir crispé les bras autour d'elle beaucoup trop fort, comme s'il pouvait la garder là, comme s'ils pouvaient rester sur ce banc pour toujours.

Jo ouvrit la bouche, prit et donna, conquit et se soumit. C'était un cliché, mais il avait sincèrement l'impression d'être un homme privé d'eau pendant des mois qui pouvait enfin étancher sa soif.

Il gémit quand elle se dégagea, mais ce fut seulement pour mieux libérer ses bras et les passer autour de son cou. Elle enfouit ses doigts gantés dans ses cheveux, qu'il avait laissés repousser au cours de cette année.

— Ils sont beaucoup plus longs, murmura-t-elle lorsqu'ils reprirent leur respiration. Et bouclés. Je ne m'y attendais pas.

Il sourit et déposa des baisers sur son oreille, dont il mordilla le lobe.

— Je n'aime pas avoir les cheveux longs, confessa-t-il. J'allais demander à mon valet de me les couper ce soir, mais je n'ai pas eu le temps.

— J'aime bien.

— Dans ce cas, je les garderai longs juste pour vous.

— Sommes-nous à l'abri des regards ici ? chuchota-t-elle en embrassant à son tour son cou avant de se mettre debout devant lui.

— Je crois que nous sommes suffisamment à l'écart de tout.

Elliot l'observa dans les yeux, sachant que son cœur était probablement transparent.

— À quoi pensez-vous ? s'enquit-il. Quelque chose de coquin, j'espère ?

— Est-ce coquin ceci ? demanda-t-elle, les yeux presque noirs tandis qu'elle soulevait ses jupes et posait un genou sur le banc à côté de sa hanche pour l'enfourcher.

Elliot gémit.

— Mon Dieu, dites-moi que je ne suis pas en train de rêver, Jo. Dites-moi que je ne vais pas me réveiller dans mon lit, seul.

— Vous ne rêvez pas, murmura-t-elle en approchant ses mains de son pantalon en satin.

Elliot la laissa manœuvrer, retira son autre gant, puis glissa les mains sous ses jupes.

— Bon Dieu, jura-t-il tandis que ses doigts rencontraient sa chair chaude. Vous êtes tellement douce, c'est si bon, dit-il en caressant le haut de ses bas, et en remontant jusqu'à ce qu'il atteigne des replis, puis une peau humide.

Ils retinrent tous deux leur souffle lorsqu'elle referma la main sur son sexe durci.

— Vous m'avez manqué, avoua-t-il en glissant un doigt à l'intérieur de son sexe.

Elle ondula des hanches pour lui permettre de mieux entrer et le caressa.

— Je vous veux en moi, dit-elle en retirant la main d'Elliot pour le positionner.

— Mon Dieu, Jo, grogna-t-il tandis qu'elle se laissait lentement descendre sur lui, l'absorbant jusqu'à ce qu'il soit enfoui en elle.

Il dut se mordre la langue quand elle commença à aller et venir, de plus en plus vite. Elle attrapa son visage et plongea les yeux dans les siens.

— Avez-vous pensé à moi ? À ceci ? s'enquit-elle d'une voix enrouée.

— Je n'ai pensé qu'à cela.

Et tant pis si c'était l'aveu d'un homme au bord du gouffre, il l'était. Il crevait d'envie non seulement de la toucher et lui faire l'amour, mais de se réveiller à côté d'elle le matin et de passer au moins une partie de la journée avec elle, au quotidien.

Il grogna tandis qu'elle l'entraînait, beaucoup trop vite. Il eut à peine la présence d'esprit de glisser une main sous sa robe pour trouver la source du plaisir de Jo.

— Elliot ! gémit-elle dans un souffle tandis qu'il la caressait.

Elle le chevauchait avec une ferveur qui le fit jouir beaucoup trop rapidement. Une fois de plus, il s'oublia dans son plaisir et se répandit en elle.

— Ah, Jo..., marmonna-t-il, ébloui, tandis qu'elle s'abandonnait à son propre orgasme.

Ils s'immobilisèrent dans un enchevêtrement de membres, leur respiration couvrant les bruits lointains de la maison. Elliot glissa les bras autour d'elle et la serra fort contre lui.

— Je ne peux pas vous laisser partir. Cela ne peut pas être la dernière fois. Je vous aime, Jo.

Le corps de Jo se raidit, mais il ne regrettait pas sa déclaration. Elle avait besoin de savoir ce qu'il ressentait.

Et il avait besoin qu'elle le sache.

Les paroles d'Elliot résonnaient dans l'esprit de Jo tandis qu'ils rajustaient leurs vêtements.

« Je vous aime, Jo. »

Elle n'avait jamais entendu de mots aussi doux ni aussi tristes.

— Jo ?

Elle s'obligea à croiser son regard, et il lui prit la main.

— J'ai parlé sincèrement, Jo, ce n'était pas seulement dans le feu de la passion.

Il retroussa le coin des lèvres, d'une manière à la fois étonnamment juvénile et charmante.

— Cela m'a certes probablement encouragé à m'exprimer, mais c'est la vérité : je vous aime. Stupidement, j'imaginais que mes sentiments s'émousseraient, comme une sorte de grippe qui finirait par passer. Mais cela fait un an, et je suis plus... atteint que jamais.

Il fit glisser un pouce sur le dos de sa main, qui, c'était risible, était toujours sagement gantée, malgré ce qu'ils venaient de faire.

— Je sais que vous m'avez vu en compagnie de lady Elizabeth.

Une pointe de jalousie la cingla à l'évocation de ce nom, et Jo s'obligea à hocher la tête.

— En lui faisant la cour, j'espérais parvenir à tourner la page et aller de l'avant. Mais ce n'était pas juste vis-à-vis d'elle, de vous ou de moi. Je ne lui ferai pas ma demande, pas plus qu'à qui que ce soit d'autre. C'est vous que je veux.

— Nous ne pourrons jamais nous marier, Elliot, vous le savez bien. Je vous en prie, ne faites pas comme si c'était un détail vis-à-vis de votre famille, et même pour vous. Vous seriez obligé de quitter le ministère. Vous seriez tous déshonorés par ricochet.

— Ce ne serait pas facile, mais nous trouverions un moyen de...

Jo lui saisit les mains et les pressa si fort qu'il grimaça.

— Non, Elliot. *Non*.

— Je ne peux plus me passer de vous. Je préfère encore...

— Je veux bien devenir votre maîtresse, c'est tout ce que je peux accepter, mais uniquement si vous me promettez une chose.

Il entrouvrit les lèvres, et elle vit l'espoir batailler avec la peur dans ses yeux.

— Laquelle ?

— Vous ne devez jamais faire pression sur moi pour que je vous épouse, s'il vous plaît. C'est un conte de fées, pas un avenir pour les gens comme moi. Je serai votre maîtresse, telle est ma proposition. Acceptez-la, et nous trouverons une forme de bonheur. Si vous ne pouvez y consentir, alors je quitterai Londres et...

— J'accepte, Jo, dit-il avec une précipitation flatteuse. Une partie de vous, c'est mieux que rien du tout. Mais moi aussi, j'aimerais que vous me promettiez quelque chose.

Elle fronça les sourcils.

— Quoi donc ?

— Vous avez l'immense talent de vous volatiliser en un rien de temps. Je vous demande de ne pas disparaître sans me prévenir. Promettez-moi au moins cela. Cela a été l'une de mes pires hantises. Je sais que vous avez quitté votre appartement précédent, et j'ai cru que mon cœur allait cesser de battre quand je me suis rendu compte que vous aviez fort bien pu partir pour de bon.

Avec un petit rire faible, il ajouta :

— J'ignore encore où vous habitez.

Jo sourit.

— Je prends cela comme l'accomplissement d'un exploit.

Elliot l'attira à lui et l'embrassa avec ferveur.

— Ne disparaissez pas du jour au lendemain. Promettez-le-moi.

Elle hésita, mais finit par acquiescer de la tête.

— Je vous préviendrai toujours avant de partir.

— Et vous me direz où vous allez ?

Jo se mordit la lèvre, mais elle acquiesça de nouveau.

— C'est bien.

Il sembla se reprendre.

— Je suppose que nous devrions retourner au bal.

— Je n'ai pas envie d'y retourner.

Elliot rit.

— Vous n'avez dansé que deux fois.

— C'est déjà énorme.

Il saisit son visage entre ses mains ; elles étaient chaudes et rugueuses contre ses joues.

— Je vais vous avouer une chose : je n'aime pas vous imaginer danser avec un autre homme. J'ai eu envie de tuer Guy.

Jo éclata de rire, stupéfaite.

— Vous étiez jaloux de Guy ?

— Jamais je ne me suis senti aussi possessif de toute ma vie. Je vous voulais toute à moi.

Il l'embrassa avec passion et tendresse. Jo aurait souhaité que cela ne cesse jamais, mais Elliot s'écarta et dit doucement :

— J'ai l'impression de rêver.

— Moi aussi, confessa-t-elle.

Il sortit sa montre à gousset et grimaça.

— Nous nous sommes absentés très longtemps. Il vaudrait peut-être mieux nous attarder encore un peu, puis revenir pendant que tout le monde s'installera pour souper. Notre retour passera inaperçu.

— Croyez-vous que des gens nous ont regardés ?

— Oh, il y a toujours des gens qui regardent, dans un bal.

— Qui ?

— Les chaperons, pour commencer. Et puis, il y a ici l'une des plus chères et plus vieilles amies de ma grand-mère, lady Trentham. Elle doit me surveiller pour tout lui raconter ensuite.

— Aurez-vous des ennuis ?

Avec un petit rire, il répondit :

— Disons que je vais devoir supporter une inquisition assez peu différente de la fameuse Inquisition espagnole.

— Cela ne va pas lui faire plaisir d'apprendre que vous avez disparu avec une inconnue.

Il haussa les épaules.

— Et lady Elizabeth ? N'est-elle pas là ce soir ?

Il le confirma d'un hochement de tête.

— Ne lui avez-vous pas promis de danser avec elle ? demanda Jo bien qu'elle n'ait aucune envie de connaître la réponse.

— Elle n'était pas encore arrivée quand je vous ai vus tous les trois. Je ne suis engagé pour aucune autre danse. Cela signifie que je peux m'éclipser sans vexer qui que ce soit.

Il hésita.

— Mais nous n'échapperons pas à l'interrogatoire de Guy et Cécile.

Jo gémit.

— Ils vont être insupportables.

— Nous n'aurons qu'à leur raconter que nous avons été retenus dans la salle de jeu.

À ces mots, le visage de Jo s'éclaira, et Elliot sourit.

— Appréciez-vous les jeux de cartes ?

— Plus que la danse.

— Nous pourrions nous faufiler dans la salle de jeu et attendre le souper, et ainsi nous n'aurons même pas à mentir.

— Bonne idée. Cela empêchera peut-être les deux autres de laisser libre cours à leur imagination.

Elliot se leva et lui tendit la main.

— Êtes-vous prête ?

Elle lui permit de l'aider à se redresser.

— Je ne vous ai pas posé la question. Comment saviez-vous que je vous observais, au parc ? l'interrogea-t-elle tandis qu'ils revenaient lentement vers la maison.

— J'ai vu Angus.

— Tss. Attendez que j'aie une petite conversation avec lui.

— Je crois qu'il voulait que je le remarque.

Tout comme Jo. Angus avait résolument un faible pour Elliot.

— Nous allons emprunter une porte latérale, et nous pourrons nous glisser dans la salle de jeu sans que personne s'en aperçoive, dit Elliot en lui faisant prendre un autre chemin au lieu de la ramener à la terrasse.

— Vous semblez bien connaître cette maison.

— J'y ai passé énormément de temps, quand j'étais jeune, lui confia-t-il en ouvrant une porte donnant sur une salle plongée dans l'obscurité.

— Voici le salon de musique.

Sa voix résonna alors qu'il lui faisait traverser promptement et sûrement une pièce immense. À l'autre bout, il entrouvrit la porte et jeta un œil derrière le battant.

— Personne.

— Devons-nous vraiment prendre autant de précautions ? s'amusa Jo.

— La réputation d'une dame peut être irrémédiablement gâchée si on la voit seule en compagnie d'un gentilhomme, déclara-t-il en la guidant dans le couloir.

— Je crois que vous avez simplement peur de la réaction de votre grand-mère si elle apprend que vous avez fait des bêtises avec une inconnue.

Il rit.

— Oui, aussi.

Il ouvrit une porte et lui fit signe d'entrer. Des tables avaient été dressées, la plupart occupées par des messieurs, mais il y avait également quelques femmes, bien qu'elles soient pour la plupart plus âgées. Elliot la conduisit jusqu'à une table où se trouvaient deux sièges vides.

L'un des hommes leva les yeux des cartes qu'il battait et sourit.

— Bonsoir, Wingate. Vous voilà donc revenu de voyage.

Le regard interrogateur de l'homme passa sur Jo, avant de revenir vers Elliot.

— Cela me fait plaisir de vous voir, Markham, dit Elliot, avant de hocher la tête devant les deux autres en disant : Edwards, Fisk.

Jo se détendit en comprenant que personne n'exigerait de connaître son nom ni ne demanderait ce qu'elle faisait là.

Durant l'heure qui suivit, ils jouèrent au vingt-et-un. La quantité d'argent qu'ils avaient le droit de miser était appelée à juste titre un enjeu de poule mouillée, et la partie était de ce fait bon enfant, avec beaucoup de bavardages paresseux entre les joueurs.

Jo préférait largement écouter que parler – qu'avait-elle à dire à ces gens ? –, et Elliot semblait la comprendre et la protéger de toute question indiscrète.

Ils distribuèrent chacun leur tour, même elle. Elliot, sans surprise, était un excellent joueur. Les deux autres, trop impulsifs, misaient bien souvent plus qu'ils ne l'auraient dû.

Des joueurs entrèrent et sortirent, et quand on annonça le souper, la pièce s'était presque entièrement vidée. Lorsque leurs deux partenaires s'excusèrent, Elliot se tourna vers Jo.

— Êtes-vous prête à...

— Ah, Wingate.

En levant les yeux, ils aperçurent un monsieur plus âgé au regard bleu perçant et aux cheveux poivre et sel qui leur souriait. Elliot inclina la tête et se redressa.

— Pardonnez-moi, sommes-nous...

— Non, nous ne nous connaissons pas, du moins pas encore. Je suis Stanley Gray.

Ce fut seulement parce qu'elle scrutait attentivement Elliot que Jo remarqua le léger raidissement dans sa posture.

— Enchanté, sir Stanley.

L'homme sourit, puis observa Jo. Il fronça les sourcils et la considéra en agrandissant les yeux. Le silence s'étira. De toute évidence, il attendait des présentations, et de toute évidence, Elliot n'avait pas l'intention de les lui procurer.

Enfin, sir Stanley dissipa la gêne momentanée.

— J'ai entendu dire qu'il y avait un duo imbattable, ici, lança-t-il d'une voix enjouée en s'installant en face d'eux. Je me suis dit que j'allais tenter ma chance. À moins que vous ne partiez souper ?

Elliot jeta à Jo un rapide coup d'œil éloquent, et elle haussa les épaules avec indifférence. Ils venaient de se dérober à une présentation, ils pouvaient difficilement s'en aller et laisser cet individu sans que cela éveille des soupçons, même elle s'en rendait compte.

Elliot s'assit et fit signe à un domestique d'apporter un nouveau paquet de cartes. Un autre valet apparut avec un plateau rempli de coupes de champagne.

— Monsieur ? fit Elliot en désignant leur nouveau compagnon.

— Ma foi, oui, je vais en prendre une.

Quand Elliot eut fini de servir le champagne, les nouvelles cartes étaient arrivées. Il fit glisser le paquet vers Jo.

— À vous de distribuer.

Elle apprécia qu'il lui donne quelque chose à faire pendant que les deux hommes bavardaient de leurs connaissances communes. Lorsqu'elle releva la tête, elle surprit le regard interrogateur de sir Stanley.

— Pardonnez-moi, dit-il la troisième fois qu'elle le découvrit en train de l'observer. Mais votre visage m'est vraiment familier.

Il plissa les yeux en la contemplant.

— Je suis certain que nous nous sommes déjà rencontrés.

— Je ne pense pas, commenta-t-elle en battant les cartes. Je n'habite à Londres que depuis peu de temps, précisa-t-elle pour adoucir sa réplique quelque peu brutale.

— Oh ? Et d'où venez-vous, si je peux me permettre ?

Elle aurait préféré qu'il ne se le permette pas, mais elle pouvait difficilement le lui signifier sans ambages.

— De Bruxelles.

C'était assez anodin, la moitié de l'Angleterre avait voyagé à Bruxelles quand la guerre s'était terminée, la première fois.

— Ah.

Gray était un excellent joueur et les quelques levées suivantes se déroulèrent rapidement. Jo perdit trois des cinq donnes. Ce fut à Elliot de distribuer, et quand ils eurent fini, de nouveaux joueurs étaient revenus du souper, et la table était pleine.

Elliot adressa à Jo un regard interrogateur, et elle acquiesça de la tête.

— Si vous voulez bien nous excuser, sir Stanley, déclara-t-il en faisant glisser les cartes vers ce dernier, nous allons vous laisser vous occuper de la table.

Il leur sourit.

— C'était un plaisir de vous rencontrer tous les deux.

Ils repartirent par le même chemin qu'ils avaient emprunté, au lieu de prendre la porte donnant directement sur la salle de bal.

— Souhaitez-vous m'accompagner pour prendre congé de Sin et de Marianne ? l'interrogea Elliot lorsqu'ils furent dans le couloir. Ou bien je fais un saut à l'intérieur et je leur dis au revoir de notre part à tous les deux ?

— Cela vous ennuie ?

— Pas du tout. Vous n'avez qu'à aller chercher vos affaires et demander à un domestique d'approcher une voiture. Je vous rejoins dans le vestibule.

Jo était soulagée de ne pas avoir à débiter des adieux gênés. Elle devrait déjà subir un feu roulant de questions le lendemain au travail, lorsque Cécile voudrait savoir où elle avait disparu.

Un domestique l'aidait à mettre sa cape au moment où Elliot descendait l'escalier.

— Vous avez fait vite, murmura-t-elle tandis que le domestique allait chercher son manteau.

— Je n'ai pas essayé de m'approcher de Sin ou Marianne, ils étaient déjà submergés, alors j'ai prévenu Guy. Il m'a indiqué qu'il leur transmettrait le message... après m'avoir grondé pour mon escapade avec vous.

Elle grimaça.

Elliot sourit.

— Oui, vous pouvez vous préparer à un interrogatoire en règle demain.

La porte s'ouvrit, et un groupe de jeunes gens bruyants fit irruption dans le vestibule. Elliot les fusilla du regard en les voyant observer Jo un peu trop longuement. Quand ils furent dehors, elle lui adressa un sourire narquois.

— Aurais-je remarqué une attitude protectrice vis-à-vis de moi ?

— Il faut bien que quelqu'un enseigne les bonnes manières à ces blancs-becs, grommela-t-il.

— N'étiez-vous pas comme eux à leur âge ?

— Non. Peut-être.

Avec un petit rire gouailleur, il ajouta :

— Probablement.

Un fiacre les attendait, stationné entre les somptueux carrosses et calèches.

Jo laissa Elliot lui abaisser le marchepied, bien qu'elle soit parfaitement capable de sauter à l'intérieur sans aide. Pourquoi ne pas jouer à la dame le temps d'une soirée ?

— Quelle adresse dois-je donner ? s'enquit-il, debout à côté de la portière.

— C'est votre façon de savoir où j'habite, n'est-ce pas ?

— Je vous promets de garder le secret.

Elle inclina la tête sans rien dire. Au bout d'un moment, Elliot soupira et déclara :

— Prenez ce fiacre. J'en trouverai un autre. Bonne nuit, Jo.

— Montez, Elliot.

— Êtes-vous...

— Montez avant que je recouvre la raison.

Elliot grimpa avec une telle hâte qu'elle sourit, et le cocher ouvrit la petite cloison pour demander :

— Quelle adresse ?

Lorsque Jo répondit, Elliot resta bouche bée.

— Qu'avez-vous ? Vous ne croyez pas que je peux m'offrir des appartements dans ce quartier de la ville ?

— C'est que...

Elle éclata de rire.

— N'ayez pas peur de me vexer. Pour tout vous avouer, je ne pourrais pas me l'offrir si je n'avais pas rendu un service au propriétaire de l'immeuble. Il m'a généreusement proposé une chambre dans son grenier... parce qu'elle était trop petite pour que quiconque s'en contente, je le soupçonne.

— Ce n'est pas tant l'adresse que le fait que...

— Qu'elle n'est qu'à quelques rues derrière la vôtre ?

Elliot éclata de rire.

— Comme espion, je me pose là, n'est-ce pas ? Je vous ai cherchée dans toute la ville, alors que vous n'étiez qu'à une centaine de mètres.

— Rassurez-vous, je ne le dirai à personne, affirma-t-elle, incapable de retenir un sourire moqueur.

13

Elliot suivit Jo jusqu'au quatrième étage. Arrivé au dernier, il avait le souffle court. Il vit deux portes sur le palier, mais une minuscule lanterne était suspendue à un crochet en fer forgé à côté d'une seule des deux.

— Grands dieux, quelle expédition !

— Vous passez trop de temps assis derrière un bureau, lui fit remarquer Jo.

Elliot était trop essoufflé pour discuter. Elle ouvrit la porte et s'apprêtait à entrer lorsqu'un grognement sourd surgit de l'obscurité. Il lui saisit le bras.

— Il y a quelqu'un à l'intérieur.

Jo fit claquer sa langue et souleva la lanterne.

— Angus, petit fripon, gronda-t-elle.

Le corbeau était juché sur un perchoir à côté de la fenêtre. Il claqua son bec et produisit un bruit de rire rouillé.

— Ça alors ! On aurait vraiment dit un tigre ou un lion...

— Il a appris à reproduire ce son lorsque Mungo et moi avons brièvement voyagé avec une ménagerie, en Prusse. Ils avaient un pauvre vieux félin auquel il restait à peine quelques dents. Parle comme Teddy, Angus.

Le corbeau rugit assez fort pour ébranler l'unique fenêtre que comptait la pièce.

Elliot pouffa.

— Vos voisins doivent adorer cela.

Jo lança son réticule et son châle sur une petite table.

— Par chance, l'autre moitié du grenier ne sert qu'à entreposer des objets, et personne n'habite à l'étage situé sous le mien. Il est loué par un groupe d'avocats qui ne l'occupent que dans la journée.

Elle se saisit du chapeau d'Elliot et le posa à côté de ses affaires. Quand elle dégrafa sa cape, il la souleva de ses épaules.

— Merci, murmura-t-elle en la lui prenant des mains pour aller la suspendre à une patère.

Il y aperçut sa cape en laine grise et le vieux manteau élimé qu'elle avait porté à travers toute la France. Il déboutonna son manteau en jetant un coup d'œil autour de lui tandis que Jo remplissait de charbon le petit poêle.

L'appartement consistait en une pièce relativement grande assortie d'un minuscule cagibi qu'elle devait utiliser comme lieu d'aisances.

Qualifier le confort de « spartiate » était un euphémisme. Il y avait un lit étroit, un placard pour les vêtements, un bureau, une étagère chargée d'une douzaine de livres, une table, une seule chaise, et une malle au pied du lit.

— Voulez-vous boire quelque chose ? proposa-t-elle.

— La même chose que vous.

Jo lui désigna la chaise.

— Asseyez-vous.

Il fixa des yeux l'unique siège.

— Allez-y, l'encouragea-t-elle en sortant du fromage, du pain et une bouteille de vin d'un petit garde-manger.

Elliot obéit et se délecta de l'observer. Bien qu'elle porte une robe de bal, si simple soit-elle, curieusement elle était parfaitement à l'aise en s'affairant dans la minuscule cuisine.

— Avez-vous apprécié votre premier bal ? demanda-t-il.

Elle haussa les épaules en posant sur la table une miche de pain noir et un gros morceau de Stilton.

— Ce n'est pas le genre de soirée où j'aimerais me rendre trop souvent, mais cela m'a fait plaisir de voir où habite Marianne.

Elle lui tendit la bouteille et un tire-bouchon, et se retourna vers la planche à pain pour découper une pomme ainsi qu'un petit morceau de jambon fumé. Puis elle sortit un verre, une assiette et un couteau du placard.

— Je n'ai qu'un exemplaire de chaque, nous allons devoir partager notre assiette et notre verre, dit-elle en plaçant le tout sur la table.

Après avoir débouché la bouteille, Elliot se leva.

— Prenez la chaise, et...

Sans lui prêter attention, elle tira la poignée de la malle et la traîna dans la pièce avant même qu'il ait le temps de reposer la bouteille.

— Voilà, dit-elle en s'asseyant dessus et en attrapant un quartier de pomme.

Elliot remplit le verre de vin et le lui tendit. Ils partagèrent le casse-croûte qu'elle avait concocté, et la nourriture disparut rapidement.

Il lui resservit ensuite du vin.

— Vous aviez faim. Nous n'aurions pas dû sauter le souper. Je suis sûr que Sin et Marianne avaient fait préparer des mets délicieux pour leurs invités.

— Je me suis plus amusée en jouant aux cartes que si j'avais passé une heure à table, dit-elle en tranchant en deux le talon de jambon et en poussant un morceau vers lui tandis qu'elle mangeait l'autre. Qui est sir Stanley ? Et pourquoi m'observait-il d'un œil aussi perçant ?

Elliot secoua la tête.

— Je n'en ai aucune idée. C'est l'un de mes supérieurs au ministère de l'Intérieur. Il n'est pas dans le même service que moi, mais très haut dans la hiérarchie. Pour être honnête, je suis étonné qu'il ait su qui j'étais.

Elle parut pensive.

Il adorait la regarder réfléchir. Son cerveau était remarquablement agile, et il avait été impressionné par la vitesse à laquelle elle avait formulé des plans et leur élégance pendant leur séjour en France. Cependant, il ignorait ce à quoi elle réfléchissait.

Et il adorait cela aussi.

En vérité, il devait admettre qu'il aimait tout chez elle, excepté sa réticence à essayer de rendre leur union permanente.

Mais il se contenterait pour l'instant de son caractère temporaire. Il prendrait ce qu'on lui offrait, et avec reconnaissance.

Elliot se leva et lui tendit la main, l'extrayant de ses pensées.

— Venez là, dit-il.

*

* *

Elle frissonna en discernant l'intonation impérieuse dans la voix douce d'Elliot, et ce qu'elle reconnut en filigrane : un désir brut.

Elle tendit la main à son tour, et Elliot l'attira contre lui. Il encadra sa mâchoire et posséda sa bouche en l'embrassant comme ils n'avaient jamais eu le temps ni l'occasion de le faire auparavant.

Jo céda à la tentation et explora son corps, touchant les muscles contractés de sa taille, caressant ses fesses. Il gémit lorsqu'elle enfonça les doigts dans son postérieur et en massa les nœuds avec ses pouces.

— Jo, murmura-t-il en ondulant des hanches et en jetant son sexe dur contre son ventre. Vous avez trop de vêtements.

Il s'écarta à regret.

— Je veux vous voir ne rien porter d'autre que ceci, dit-il en effleurant ses perles du doigt.

La respiration de Jo devint irrégulière devant la luxure qu'exprimait son regard assombri, et elle hocha la tête.

— Tournez-vous, que je dégrafe votre robe.

Soit il avait une grande expérience pour débarrasser les femmes de leurs vêtements, soit il était naturellement doué, car elle se trouva debout face à lui en bas et jarretelles en une fraction du temps qu'il avait fallu à l'habilleuse chez Cécile pour lui faire enfiler la robe.

Il la prit par les épaules et la retourna lentement vers lui. Elle n'était pas la seule à avoir du mal à respirer normalement. L'expression impassible d'Elliot avait disparu, remplacée par un désir non dissimulé. Ses yeux voletèrent le long de son corps, se posèrent sur ses seins et s'y fixèrent.

Jo gémit et fit retomber sa tête en arrière quand il effleura de ses paumes brûlantes ses mamelons durcis, la caressant et la tourmentant jusqu'à ce que son dos se cambre, à la recherche de son contact.

Elliot la fit reculer jusqu'au lit étroit.

— Allongez-vous, ordonna-t-il avec un grognement approbateur lorsqu'elle se laissa aller sur le matelas et ouvrit les cuisses.

Il s'agenouilla et, de son corps, lui écarta les jambes avant de refermer la bouche sur un de ses tétons. Il la suçota et la mordilla jusqu'à ce que chaque sein soit sensible et lourd, et des éclairs de désir la traversèrent, convergeant vers son sexe. Jo souleva les hanches, et ils gémirent ensemble lorsqu'elle frotta son mont de Vénus impatient contre le ventre dur d'Elliot.

— Vous sentez-vous négligée ? la taquina-t-il.

Elle perçut son souffle chaud contre la peau délicate de ses seins, et il ajouta :

— Avez-vous besoin de *ceci* ?

« Ceci » se révéla être sa main, les coussinets un peu rugueux de ses doigts l'écartant, un doigt s'enfonçant en elle tandis qu'il utilisait sa paume pour masser le petit noyau de nerfs qui devenait de plus en plus exigeant.

L'orgasme de Jo la prit au dépourvu, par sa rapidité et sa férocité. Elle tressaillait encore lorsqu'il se redressa entre ses cuisses, la verge dure, luisante et rouge tandis qu'il se caressait.

— J'ai besoin d'être en vous.

Elle remua sur le lit pour mieux se positionner, et il s'abaissa au-dessus d'elle. Jo enroula les jambes autour de ses hanches, et bientôt, il la pénétrait d'une poussée. Elle vit ses yeux papillonner pendant qu'il l'emplissait entièrement.

— J'ai l'impression que je ne serai jamais assez loin en vous, Jo.

Excitée par le désir fervent dans sa voix, elle l'attira davantage pour mieux s'offrir à lui.

Elliot contemplait ses yeux aux paupières alourdies sans cesser ses coups de reins puissants et mesurés.

Ses lèvres étaient ourlées sur un léger sourire tandis qu'elle le regardait, faisant filer ses mains de haut en bas sur ses hanches. Ses doigts solides le pétrissaient et l'exploraient avec une assurance croissante.

Elliot se retira jusqu'à ce que seule l'extrémité sensible de son gland l'emplisse, et les muscles tendus de l'orée de son sexe le serrèrent délicieusement. Il s'enfonça doucement, les frustrant tous les deux un moment avant de s'enfouir profondément, touchant quelque chose au plus profond d'elle qui la fit trembler et se contracter encore autour de lui.

— Je suis au paradis, chuchota-t-il.

« Contrôle-toi, s'ordonna-t-il. Tu as toute la nuit », promit-il à son corps, excité de se dire qu'elle avait accepté de le prendre, sinon comme compagnon de vie, du moins comme amant.

Bien qu'il soit heureux de sa décision, sa joie était tempérée par le regret qu'ils ne puissent s'engager davantage l'un envers l'autre.

Il chassa sa mélancolie et se concentra sur le moment, sur le plaisir qu'il voulait lui procurer. Sous ses coups de reins, Jo ondulait et se cambrait, encore et encore et encore, jusqu'à ce qu'elle gémisse à chaque poussée, les talons enfoncés dans ses fesses, réclamant davantage, plus dur, plus loin.

Elliot glissa les mains sous les cuisses de Jo et lui releva les genoux. Elle était presque pliée en deux lorsqu'il se redressa au-dessus d'elle, inclinant son corps de telle façon que le coup de boutoir suivant leur arracha un cri à tous les deux.

— Oui, lâcha-t-elle, comme ça, exactement comme ça.

— Vous voulez la manière forte, Jo ?

Ses narines palpitèrent, et ses muscles intérieurs se resserrèrent autour de lui. Elliot éclata de rire.

— Je considère cela comme un oui, dit-il en se retirant avec une lenteur insoutenable, avant de se plaquer de nouveau contre elle et en elle.

La pièce était remplie des bruits de leurs chairs qui s'entrechoquaient, de leurs grognements et de leurs jurons assourdis.

— Touchez-vous, ordonna-t-il tandis que ses hanches commençaient à tressauter plus sauvagement.

Elle laissa filer ses doigts pâles sur son ventre, et la voir caresser son joli bourgeon rose faillit le faire basculer. Elle devait déjà osciller au bord du précipice, car sa colonne vertébrale se tordit soudain, et elle rejeta la tête en arrière, tressautant sous la puissance de son orgasme.

Elliot se retira avant de perdre le contrôle, et couvrit son ventre de jets brûlants.

Il batailla contre l'appel du sommeil et cligna des yeux. Le lit était si étroit que le seul endroit où il pouvait s'écrouler était pile au-dessus d'elle, aussi se leva-t-il, étourdi, pour aller en chancelant vers la petite alcôve. Comme il l'avait supposé, il y avait un pot de chambre caché derrière un paravent ainsi qu'une commode sur laquelle était posée une bassine d'eau froide. Il attrapa un linge à côté et l'humidifia. Avant de retourner vers le lit, il le jeta sur le minuscule poêle. Lorsque celui-ci siffla et fuma, il pivota pour regarder Jo. Contrairement à ce qui s'était passé en France, elle ne s'était pas endormie.

Hissée sur un coude, la tête appuyée sur sa main, elle suivait ses faits et gestes. Elliot reprit le linge et s'approcha d'elle.

— Laissez-moi vous nettoyer, murmura-t-il en utilisant le gant de toilette tiède pour essuyer ce qu'il avait fait, avant de le jeter sur le sol.

Elle roula sur le côté, tira la couverture de sous son corps et la souleva.

— Venez. Il y a la place.

Elliot se glissa à côté d'elle, et elle abaissa le bras pour les recouvrir tous les deux. Il se tourna sur le côté pour ne pas risquer de tomber du lit.

— Quel confort, dit-il en s'approchant encore, jusqu'à ce que son sexe ramolli soit en contact avec la toison de celui de Jo.

— C'est la première fois que nous sommes deux dans ce lit.

Elliot savoura cette remarque. Il savourait tout ce qu'elle disait, de même que les petits bruits affamés, sensuels, douloureusement érotiques qu'elle produisait lorsqu'elle jouissait. C'était la seule fois où elle perdait entièrement le contrôle, pas seulement la modulation de sa voix, mais cette maîtrise qu'elle avait toujours de ses émotions. Là, il voyait la vraie Jo, celle qui était profondément enfouie sous des années de dissimulation.

— Un ennui mortel.

Il revint à la réalité et écarquilla les yeux pour la regarder.

— Je vous demande pardon ?

— Le bal... C'était d'un ennui mortel, dit-elle en le fixant.

— Eh bien, merci, Jo. Je ne me souviens pas avoir entendu un plus beau compliment.

Elle leva les yeux au ciel et fit un petit geste entre leurs deux corps proches et nus.

— Naturellement, je ne parlais pas des moments partagés avec vous.

— Ah, rétorqua-t-il, amusé. De quoi parliez-vous alors ?

— Je voulais juste dire, tout ce... Je crois qu'on appelle cela « l'étiquette » : ne pas pouvoir inviter quelqu'un à danser si on n'a pas été présentés, n'être présenté que par l'intermédiaire de certaines personnes et pas d'autres...

Elle haussa ses épaules élégantes.

— Les robes et les bijoux étaient jolis, et la maison du duc est... d'un luxe scandaleux.

Une expression qui ressemblait énormément à de la timidité traversa son visage.

— Mais hormis la valse avec vous, j'ai trouvé les danses plutôt... fades.

— Figurez-vous que je suis d'accord avec vous.

Elle arrondit les yeux.

— Mais oui, je crois que ce n'est pas sans rapport avec la façon dont nous menons le reste de notre existence. C'est difficile de s'enthousiasmer pour un bal quand on a sillonné l'Europe en plein milieu d'une guerre.

Elliot fit glisser la main sur sa hanche, et le contact de sa peau chaude et satinée déclencha aussitôt une réaction dans son sexe ramolli mais gourmand.

— Parlez-moi de votre vie en Europe, ajouta-t-il, lorsque vous travailliez avec votre père.

— Que voulez-vous savoir ?

— Tout ce que vous souhaiterez bien me dire.

Elle contracta la mâchoire, réfléchissant à sa question, puis elle répondit :

— Il avait un ami, un homme qu'il avait rencontré pendant la guerre civile en Amérique, un mercenaire hessois, qui travaillait sur le continent depuis des années. Vous vous en doutez, c'était le mouton noir d'une famille cossue et il disposait de beaucoup de relations. Il accomplissait n'importe quel genre de mission. Il offrait sa protection, organisait la mise à l'abri de femmes et d'enfants, et il gagnait beaucoup d'argent simplement en vendant… des choses.

— Des choses ?

— Apparemment, les riches n'aiment pas être vus chez un prêteur sur gages.

— Je vous le confirme ! s'esclaffa Elliot.

— Parfois, ils vendaient des objets de valeur, parce qu'ils vivaient au-dessus de leurs moyens, mais le plus souvent, parce qu'ils s'apprêtaient à s'enfuir et ne désiraient pas que les gens soient au courant.

Elle lui coula un regard et ajouta :

— Vous savez comment cela se passait, là-bas.

Oui, il le savait. La guerre était la meilleure façon de niveler bien des inégalités. Lorsque deux armées, ou davantage, convergeaient dans une région, les riches comme les pauvres étaient pris en étau. Bien sûr, les riches, s'ils étaient malins, s'exilaient avant, mais il était stupéfiant de constater que bien souvent, les gens ne voulaient tout simplement pas imaginer que cela allait leur arriver, à eux. Aussi restaient-ils, essayant stupidement d'apaiser un camp ou – pire – de croire qu'ils pourraient dresser les factions en guerre l'une contre l'autre.

— Quand les Prussiens ont commencé à espionner pour le compte des différentes armées alliées, nous avons levé le camp, et Mungo est parti de son côté. Il ne voulait pas se retrouver à travailler pour un gouvernement, quel qu'il soit. Mais avec sa réputation, il était très convoité, et nous ne manquions jamais de travail.

— Pourquoi l'appelez-vous par son prénom ?

Elle cligna des yeux, de ce lent battement de cils songeur annonçant généralement une question en réponse à une question.

— Je ne sais pas. Pourquoi cette interrogation ?

— C'est singulier, c'est tout.

— Vous voulez dire : contrairement au reste de ma vie ? ironisa-t-elle.

Elliot pouffa.

— Bien vu.

Elle lissa le bord de la couverture, le regard lointain.

— C'était plus facile de l'appeler par son nom, à partir du moment où j'ai travaillé avec lui.

— Et cela remonte à quand, exactement ?

Elle releva les yeux, un léger sourire aux lèvres.

— Êtes-vous en train de me demander quel âge j'avais ?

— Oui, sans doute.

— Vous ai-je déjà raconté que j'ai commencé à le suivre en douce quand j'avais douze ans ?

— Oui.

Il grimaça en songeant à la petite fille errant toute seule en Europe.

— Nous avons conclu un marché : il pouvait partir travailler en solo, mais à dater de ce moment-là, il devait toujours me prévenir où il allait, afin que je ne m'inquiète pas. Mais il a continué à refuser de m'emmener en mission et j'ai dû attendre d'avoir quatorze ans avant de l'accompagner et d'y prendre part.

Son sourire devint sarcastique.

— Je vois à votre expression horrifiée que vous êtes choqué.

— Oui, cependant je n'ai pas à approuver ni à réprouver.

— Je crois qu'il choisissait précautionneusement ses missions, en songeant toujours à moi, et les premières années il ne m'a jamais rien emmené faire de particulièrement dangereux. Par exemple, le premier travail que j'ai effectué avec lui consistait à transporter des chevaux de chasse pour je ne sais quel noble qui avait été trop idiot – et trop optimiste – pour les vendre ou les déplacer avant qu'une bonne partie de l'armée russe campe sur le pas de sa porte.

Elle adressa à Elliot un regard presque espiègle.

— Je devais monter un magnifique cheval. Ces chasseurs étaient les plus belles montures que j'aie jamais chevauchées.

Il sourit.

— Cela vous a-t-il donné envie de vous mettre à la chasse à courre ?

— Non, mais cela m'a permis d'apprécier les belles montures.

Il se rappela qu'elle avait toujours eu des bêtes de qualité, bien que peu spectaculaires, pour elle et ses gens, en France.

— Mungo a attendu que j'aie quinze ans pour m'emmener systématiquement, et même alors, il essayait constamment de me protéger.

Son expression se durcit.

— J'ai tapé du poing sur la table quand il a failli se faire tuer, parce qu'il avait fait confiance à un ivrogne pour faire le guet, et après cela, nous avons toujours collaboré.

Elliot brûlait d'envie de lui parler de la mission qu'ils avaient exécutée et qui avait attiré l'attention du ministère de l'Intérieur, mais il soupçonnait que s'il évoquait le sujet, elle le chasserait de chez elle à coups de pied. Il préféra s'en abstenir, car elle lui avait déjà donné sa parole de n'avoir jamais fait quoi que ce soit relevant de la trahison, mais la vérité n'était pas si simple. Il voulait être avec elle en tant qu'homme, pas en tant qu'espion. Il ne savait pas trop ce qu'il ferait s'il apprenait un jour qu'elle avait commis des actes contraires à sa bonne conscience. Mieux valait ne pas poser de question plutôt qu'être obligé d'oublier les réponses.

— J'ai encore envie de vous, avoua-t-il.

Ses yeux s'obscurcirent, et elle déclara :

— Alors, prenez-moi.

Elliot glissa une main autour de sa taille et la plaqua sur sa fesse pour l'attirer plus près de lui, jusqu'à ce que son érection se dresse contre le sexe de Jo. Elle attrapa son pénis, souleva la cuisse et l'accueillit dans son corps.

Il la pénétra lentement, et la sensation de sa chaleur moite lui arracha un gémissement. Lorsqu'il arriva tout au fond, il s'immobilisa.

Jo poussa un grognement sourd de plaisir et se contracta autour de lui.

— Ce lit vous conviendra-t-il ?

— Je l'aime de plus en plus à chaque instant.

Elle rit.

— Cela ne va pas vous causer des ennuis si je viens vous rendre visite ici ? demanda-t-il.

— Personne ne s'en soucie. D'ailleurs, avec mes horaires, je croise rarement les autres habitants de l'immeuble.

Elle passa les bras dans son dos, empoigna son postérieur de ses mains solides et l'attira contre elle pour l'enserrer à l'intérieur d'elle. Elle faillit avoir raison du peu de cerveau qui lui restait.

— En êtes-vous certaine ? s'enquit-il d'une voix tendue, louchant presque de l'effort de parler normalement. Je ne suis pas richissime, mais je peux louer un endroit où nous ne serions connus ni l'un ni l'autre. Je ne veux pas que...

— Chut, ordonna-t-elle avant d'onduler les hanches.

Elliot gémit, et toutes ses réflexions volèrent en éclats.

Mais quelque chose le tracassait encore. Il chercha son regard.

— Vous pensiez vraiment ce que vous avez dit tout à l'heure, chez Sin ? Que vous ne partirez jamais sans me prévenir ?

Elle n'hésita qu'une fraction de seconde avant de hocher la tête.

— Oui, je le pensais. Je vous le dirai.

Elliot sentait que sa réponse ne le satisfaisait pas totalement, mais cette fois, lorsqu'elle commença à onduler, il n'eut pas la volonté de l'en empêcher.

14

Jo avait redouté les taquineries que ne manqueraient pas de lui infliger Cécile et Guy pour avoir disparu si prématurément du bal, mais les événements se déroulèrent d'une telle façon que leur absence pendant le souper et la fin du bal fut complètement éclipsée par d'autres nouvelles.

En vérité, leur petite mésaventure personnelle n'était rien en comparaison de ce qui s'était passé entre leurs amis.

— Racontez-le-moi encore, ordonna Jo.

Elliot sourit de toutes ses dents. Sa réjouissance lui donnait l'air juvénile, il ne faisait pas du tout ses trente-cinq ans.

— Encore ? Je vous ai déjà tout décrit trois fois.

— Je veux l'entendre encore, insista-t-elle.

Ils étaient nus et en sueur, allongés sur l'étroit lit de Jo. Il faisait toujours jour dehors, et ils étaient seuls : Angus avait préféré disparaître avec dégoût plutôt qu'écouter les bruits de leurs ébats. Il avait beau apprécier Elliot, il était devenu un peu jaloux.

— Bon, une dernière fois, déclara Elliot en soupirant, ce qui contracta délicieusement les muscles ciselés de son abdomen.

Était-elle superficielle, parce qu'elle adorait regarder son corps ? Si tel était le cas, Jo décida que cela lui était égal.

— Je buvais un verre chez White avec un de mes amis du ministère de l'Intérieur…

— Pour échanger des ragots à propos du remaniement survenu récemment, ne put-elle s'empêcher de l'interrompre.

Il la considéra en fronçant les sourcils, mais ses yeux pétillaient.

— Et comment êtes-vous au courant du remaniement au ministère de l'Intérieur ?

— J'ai mes informations.

— Avez-vous mis votre joli nez là où vous n'auriez pas dû le faire ?

— Je ne suis pas sûre qu'un tel endroit existe.

Elliot éclata de rire.

— Ce n'est pas parce que vous *pouvez* faire quelque chose que vous *devez* le faire.

Cette fois, ce fut Jo qui éclata de rire.

— Merci, ô grand sage. J'y songerai à l'avenir. Poursuivez.

— Je prenais un verre avec…

— Vous l'avez déjà dit.

Il se pencha pour l'embrasser avec passion, sa langue agile la caressant d'une telle manière qu'elle en oublia tout le reste.

Puis il s'écarta.

— Mais…, protesta Jo en gémissant.

— Hmm, voyons, où en étais-je ? Ah oui, j'étais chez White en train de boire un verre lorsqu'une rumeur faisant état d'une femme ayant franchi l'enceinte sacro-sainte du club s'est répandue telle une messagère aux pieds ailés.

Jo leva les yeux au ciel devant sa formulation et articula silencieusement « pompeux ». Elliot lui adressa un grand sourire.

— Je me suis levé, comme tout le monde, et j'ai suivi la source de la rumeur. Et là, qui ai-je vu ? Notre chère Cécile Tremblay, debout au milieu d'un des salons en face de son cousin, cette fouine de Curtis Blanchard, qui s'empiffrait gaiement en lisant un journal.

— Je ne comprends toujours pas comment elle a pu entrer.

— Croyez-le ou non, il lui a suffi d'écarter les pans de sa cape. En voyant son étui et ses pistolets, le domestique à la porte s'est enfui au pas de course.

— Grand bien lui en a pris, à mon avis, dit Jo.

Elle était elle-même excellente tireuse, mais Cécile avait des talents surnaturels.

— Absolument, concéda Elliot. Mais revenons à mon histoire. En apercevant sa cousine, Blanchard a bondi sur ses pieds. « Bon Dieu ! Qu'est-ce que ça signifie, Cécile ? » Cécile a fait un pas vers lui et, comme le misérable lâche qu'il est, il a reculé si violemment qu'il a chuté sur son propre siège. On aurait entendu une mouche voler, tout le monde s'est tu pour ne pas perdre une miette de ce qu'elle disait : « Je suis ravie que vous me le demandiez, Curtis. »

Jo imaginait parfaitement la scène. Cécile avait dû être magnifique !

— Elle était magnifique, confirma Elliot comme s'il avait lu ses pensées. Elle portait des gants de cuir noir absolument gothiques assortis de manchettes cloutées, qu'elle a retirés avec lenteur. Je ne sais quel domestique courageux et abruti a osé s'approcher et menacer de la mettre dehors, mais Cécile a pivoté sur ses talons et tout le monde a retenu son souffle avant de pousser des cris à la vue de ses pistolets.

Elliot déclara alors en prenant l'accent français :

— « Lâchez-moi ! »

Ce fut plus fort qu'elle, Jo éclata de rire.

— Vous imitez tellement bien Cécile que c'en est dérangeant.

Elliot lui adressa un clin d'œil et poursuivit :

— Le domestique a détalé, terrorisé.

— Et c'est alors que vous êtes intervenu, lança Jo.

Elliot bomba le torse.

— « Laissez-la », ai-je tonné d'une voix de stentor. Et ils ont tous eu tellement peur que leurs genoux s'entrechoquaient.

Jo plaqua une main sur sa bouche pour étouffer le spectre d'un ricanement à l'idée que son pacifique Elliot avait pu « tonner ».

— « Laissez-la s'exprimer », ai-je ajouté, et Cécile s'est retournée vers Blanchard, qui s'était suffisamment ressaisi pour retrouver l'usage de la parole : « Vous commettez une terrible erreur, Cécile. Venez avec moi et... » Mais Cécile avait retiré un gant, qu'elle tenait par les doigts, et paf ! Elle a souffleté son cousin avec tant de force qu'un des clous lui a écorché la joue. « Je vous provoque en duel au pistolet demain à l'aube », a-t-elle annoncé. Blanchard a éclaté d'un petit rire incrédule et pitoyable, et a promené son regard autour de lui – la pièce était remplie des hommes les plus puissants du royaume – comme s'il espérait que quelqu'un l'aide.

Après une courte pause théâtrale, Elliot continua :

— Comme personne ne disait rien, il a couiné : « En duel ? De quoi parlez-vous donc ? » Cécile a demandé avec sarcasme : « Voulez-vous réellement que j'expose mes doléances en public, Curtis ? » Tout le monde a bien vu que sa question avait terrorisé Blanchard, parce qu'il a levé les mains et s'est exclamé : « Non ! Mais... vous ne comprenez pas... Vous ne pouvez pas choisir l'arme : selon l'étiquette, dans la mesure où c'est vous qui êtes venue me provoquer, vous ne pouvez pas... » Elle l'a interrompu : « Je me fiche de vos stupides règles. Retrouvez-moi à l'aube avec vos pistolets ou tous les hommes présents dans cette pièce sauront quel lâche sans scrupule vous êtes réellement. »

— C'est alors que vous avez proposé à Cécile d'être son témoin, intervint Jo.

— Exactement.

— Puis, tel un chevalier servant, vous l'avez raccompagnée dehors.

Elliot plissa les yeux.

— Pourquoi ai-je l'impression que vous vous moquez de moi ?

— Loin de moi cette idée !

Il la considéra un long moment, puis, avec une soudaineté qui la surprenait toujours, il roula au-dessus d'elle.

— C'est très vilain de se moquer de son chevalier servant.

Elle se tortilla sous son corps, mais il l'immobilisait.

— Je crois que vous devez être punie pour votre insolence, chuchota-t-il avant de passer les doigts avec légèreté sur son flanc.

— Non ! cria Jo en éclatant de rire. Par pitié ! Pas de chatouilles.

— Hmm, fit-il en arrêtant ses mains. Je ne suis pas certain que vous ayez compris la leçon.

— Si, promit-elle. Jamais plus, au grand jamais, je ne vous révélerai un secret aussi dangereux.

— Vous ne m'avez pas réellement révélé que vous étiez chatouilleuse ; ce secret, j'ai dû vous le soutirer sous la torture.

La torture en question avait consisté pour Elliot à la faire jouir plusieurs fois d'affilée, jusqu'à ce qu'elle le supplie de cesser. Il avait réclamé un secret en échange. Pour une torture, Jo était disposée à l'endurer tous les jours. Malheureusement, Elliot devait s'en aller une heure plus tard, et Jo partir à la Foire.

— Croyez-vous réellement que Blanchard va rembourser à Cécile l'argent qu'il lui doit ? demanda Jo.

Elliot enroula une mèche de ses cheveux autour de son doigt, songeur.

— Il aurait tort de ne pas le faire. Elle réclame beaucoup moins que ce qu'il lui doit en vérité. Mais cet homme est de toute évidence un imbécile… en plus d'être un escroc, au vu de ce qu'il a fait à Cécile.

Curtis Blanchard avait peu ou prou volé l'entreprise familiale d'armurerie que possédait Cécile lorsqu'elle était jeune, pauvre et effrayée. C'étaient les recherches de Jo dans le passé de Cécile – le fameux travail que Guy lui avait confié – qui avaient mis au jour l'ampleur de la cupidité et de la malhonnêteté de Blanchard.

Jo ne pouvait en vouloir à Cécile, mais elle aurait préféré que son amie choisisse un moyen de s'opposer à son cousin qui ne lui fasse pas mettre sa vie en péril. On pouvait s'attendre qu'un individu aussi corrompu que Blanchard réagisse tel un animal acculé : dangereusement.

— Craignez-vous qu'il n'accepte pas de la rembourser ? s'enquit Elliot, qui avait le don terrifiant de deviner ses pensées.

— Si Blanchard se présente au duel, vous savez bien que ce sera périlleux, malgré toute la virtuosité de Cécile.

— En effet, ce n'est pas toujours la meilleure gâchette qui l'emporte, mais les choses n'iront pas si loin. Blanchard a tellement peur d'elle, et le montant qu'elle réclame est risiblement raisonnable.

Elliot soupira et attrapa sa montre, qu'il avait posée par terre à côté du lit.

— Zut, je ferais mieux de partir si je veux arriver là-bas à l'heure.

« Là-bas » signifiait chez Cécile, où on avait besoin de lui en sa capacité de témoin – même si, du moins l'espérait-il, aucun coup de feu ne serait tiré.

Jo remonta les couvertures sur sa poitrine en observant avec intérêt Elliot ramasser ses vêtements éparpillés. C'était la deuxième fois en deux jours qu'il venait dans son minuscule logis. Elle devait reconnaître que c'était agréable d'avoir quelque chose d'autre à attendre hormis le travail et le sommeil.

Elliot s'assit sur la chaise unique et enfila ses chaussettes.

— Que diriez-vous d'une petite escapade à la campagne ?

— Comment cela ?

— Rien de terriblement excitant, juste quelques jours au bord de la mer. J'ai une maison, une simple chaumière inoccupée. Il ne s'agit pas de ce que Sin ou Guy qualifieraient de « maison de campagne », à savoir un manoir de cinquante pièces. Cela fait un moment que je n'y suis pas allé. Elle est isolée, et la seule personne que vous risqueriez de croiser serait le vieux gardien, mais j'en doute, car il est intimidé par les inconnus.

Il se leva et enfila sa culotte et son pantalon en daim.

— Alors, qu'en dites-vous ? Prête pour de petites vacances ?

— Je n'ai jamais pris de vacances, avoua Jo.

— Jamais ?

— Jamais.

— Je me demande pourquoi cela m'étonne, vous travaillez tout le temps.

Il passa sa chemise par-dessus sa tête, couvrant malheureusement son corps délicieux.

— Nous partirions combien de jours ? l'interrogea-t-elle.

— Une demi-journée de route, une demie pour revenir, et deux nuits à la chaumière ?

Jo se mâchouilla la lèvre tandis qu'il rentrait sa chemise dans son pantalon, mettait son gilet et allait nouer sa cravate devant le minuscule miroir accroché à côté de la porte.

Elle adorait le contempler s'habiller presque autant qu'elle adorait le regarder se dévêtir. Rapide et efficace, il faisait toujours tout sans effets de manche.

— Eh bien ? dit-il en se tournant vers elle alors qu'il boutonnait son gilet. Avez-vous envie d'y aller ?

— Il faudrait que j'en parle d'abord à Cécile, pour m'assurer qu'elle a un numéro pour me remplacer, mais c'est très tentant. Attention, Angus viendra aussi, ajouta-t-elle vivement.

Elliot rit.

— Naturellement.

En fin de compte, Jo n'eut pas besoin de demander des journées de congé, car le surlendemain, Cécile accorda à toute la Foire un mois de vacances.

Une fois de plus, ce fut Elliot le porteur de la bonne nouvelle. Tandis que Jo le dévisageait, les yeux écarquillés, il éclata de rire.

— Je commence à remettre en question vos talents d'espionne.

Jo se préparait à aller voir Cécile au théâtre lorsqu'il était apparu à sa porte.

— Que faisiez-vous chez Cécile ? Ne devriez-vous pas être au travail à cette heure-ci ? s'enquit-elle.

— J'y étais, mais j'ai soudain reçu un message de Guy tout à fait fascinant.

Jo retira son écharpe et ses mitaines, qu'elle posa sur la table.

— J'ai l'impression que cette nouvelle va requérir du thé.

— Oh oui, au moins un litre.

Jo ouvrit la seule fenêtre de la pièce et siffla. Angus, perché sur un lampadaire et déjà prêt à l'accompagner, revint à tire-d'aile sur le rebord de la fenêtre. Parfois, ses expressions étaient si humaines qu'elle en était émerveillée. Le grand oiseau noir repéra Elliot, et ce dernier aurait pu jurer qu'il avait levé les yeux au ciel avant d'aller sur son perchoir, d'un air résigné.

— Arrête de bouder, le gronda Jo. Ça signifie que tu vas avoir des gâteaux.

— Gâteaux, croassa Angus.

— Et ce n'est pas tout, mon pépère, annonça Elliot en sortant un petit paquet de sa poche et en déballant un morceau de fromage.

Jo secoua la tête tandis que le corbeau allait se poser sur l'épaule d'Elliot.

— Vous le gâtez, dit-elle, mais elle était secrètement contente qu'ils s'entendent bien tous les deux.

Jamais Angus ne s'était perché sur quelqu'un d'autre qu'elle, pas même Mungo.

— Mon Dieu ! s'exclama Elliot en lui tendant le fromage. Il pèse beaucoup plus lourd que je ne l'aurais imaginé. Comment supportez-vous cela ?

— Question d'habitude, dit-elle en plaçant la bouilloire sur la minuscule cuisinière et en ajoutant quelques morceaux de charbon.

Lorsqu'elle sortit deux tasses, dont l'une était toute neuve, Elliot pouffa.

— C'est pour moi ?

Jo se sentit rougir. Elle avait acheté la tasse, ainsi qu'une cuillère, une fourchette et une assiette supplémentaires en se rendant au travail, la veille.

— Je ne veux pas partager ma tasse, parce que vous prenez votre thé trop sucré, marmonna-t-elle.

Elliot s'approcha d'elle et mit les mains sur sa taille.

— Quoi ? demanda-t-elle en promenant ses yeux n'importe où pour éviter son visage.

Il lui souleva le menton et l'obligea à le regarder.

— Merci, dit-il simplement avant de déposer un baiser léger sur ses lèvres.

Angus, ce judas, observait la scène avec une expression positivement narquoise.

— Et maintenant, racontez-moi tout, ordonna-t-elle en se détournant avec brusquerie pour préparer le thé.

— Je n'en crois pas mes oreilles, murmura Jo.

Elliot avait le visage fendu d'un grand sourire.

— Cela fait quatre fois que vous le dites.

Jo secoua la tête, stupéfaite.

— Comment ai-je pu ne pas découvrir que Cécile était duchesse lorsque j'ai enquêté sur elle ? s'écria-t-elle en jetant les mains en l'air. C'est inouï ! Je suis abasourdie qu'un tel renseignement ait pu m'échapper.

Jamais Elliot ne l'avait vu manifester autant d'émotion, hormis lorsqu'ils étaient au lit.

— Il ne faut pas vous en vouloir, Jo, ni Guy ni moi ne le soupçonnions non plus.

Son regard de dédain incrédule lui donna envie de rire.

— Je constate à votre expression charmante que cela ne vous étonne pas, que vous vous classez largement au-dessus de nous deux.

— Me classer au-dessus de Guy n'est pas très ambitieux, vous m'avouerez.

— En effet.

— Quant à vous ? Ma foi, vous êtes obligé d'opérer dans les limites du droit, du moins le droit anglais, ajouta-t-elle avec un petit sourire moqueur. Je parie que vous avez fait des tas de choses illégales, en France.

Elliot n'avait pas envie d'en discuter. Au lieu de cela, il appuya une hanche contre la table et prit sa main dans les siennes.

— Maintenant que Cécile a fermé le cirque pour un mois, vous pouvez m'accompagner à Corton et rester un peu plus longtemps.

— C'est le nom de la ville où se trouve votre chaumière ?

— Ce n'est même pas une ville, c'est à peine un village. Je crois qu'il s'est créé pour répondre aux besoins dc Somerleyton Hall, mais cela fait des années que le château n'est plus occupé, de sorte que la maigre population s'est encore plus clairsemée.

Il lui serra les mains.

— Alors ? Acceptez-vous de partir quelques jours avec moi ?

Elle continua à se mordre la lèvre, puis croisa son regard.

— Laissez-moi parler à Cécile pour m'assurer qu'elle ne requière pas ma présence. Si tel est le cas, je serai prête à partir quand vous le désirerez.

*

* *

Une heure plus tard, Jo, Cécile et Helen étaient assises dans l'accueillante cuisine de la maison de Cécile.

— Je suis bien contente que tu sois venue, dit Cécile, qui semblait épuisée. J'imagine que tu as entendu des rumeurs... croustillantes et que tu te demandais lesquelles sont fondées ?

— Tu es une riche duchesse française, dit Jo, abrégeant ses souffrances.

Avec un éclat de rire surpris, Cécile répliqua :

— J'aurais dû me douter que tu connaissais toute l'histoire. Qui te l'a racontée ? Elliot ?

À quoi bon mentir ?

— Oui.

Cécile poussa un soupir et jeta un coup d'œil à Helen, qui lui adressa un sourire rassurant. Jo trouvait amusant qu'Helen, l'ancienne fiancée de Guy, et Cécile, l'amour de la vie de Guy, soient devenues non seulement colocataires, mais de bonnes amies.

Et à propos de Guy…

— Comment Guy prend-il tout cela ? demanda Jo.

Cécile se rembrunit.

— Comme on peut s'y attendre de la part d'un homme : comme un idiot.

Jo coula un bref regard vers Helen, mais n'insista pas en voyant qu'elle secouait discrètement la tête.

— Mais je ne voulais pas te parler de Guy, dit Cécile, coupant court à toute discussion sur le sujet, ce qui valait certainement mieux.

Jo n'était pas excessivement douée pour prodiguer des conseils à propos des hommes et des problèmes qu'ils causaient.

— Cécile va vendre la Foire, annonça Helen tandis que son amie semblait se plonger dans un accès de rumination, probablement à propos de Guy.

Jo ne s'en étonna pas.

— Tu ne serais pas la première duchesse à vendre le cirque.

Cécile agrandit les yeux, puis elle éclata d'un rire sincère, cette fois.

— Je n'y avais pas songé.

— C'est tout de même singulier, non ? insista Jo. Deux femmes d'une même troupe de saltimbanques qui deviennent duchesses ?

Elle inclina la tête et ajouta :

— Sauf que dans ton cas, tu étais duchesse depuis le début.

Cécile eut la décence de paraître un peu coupable.

— Oui, admit-elle. Depuis mes quatorze ans.

Jo pouffa avec ironie.

— Au temps pour mes talents d'investigatrice.

— Ne t'accable pas, Jo. Personne en Angleterre ne connaissait la vérité concernant cette partie de mon passé. Du reste, seuls quelques individus au monde étaient au courant.

— Pourquoi n'as-tu jamais rien dit à personne ? l'interrogea Helen, ôtant les mots de la bouche de Jo.

Cécile haussa les épaules.

— Je ne disposais d'aucune preuve de mon mariage, car j'avais tout perdu pendant la traversée qui m'a amenée de France. Qui m'aurait crue ? En outre, vous savez comment cela se passe pour les émigrés français, ici. Nous avons envahi ce pays pendant des années. J'ai connu autrefois un duc et une duchesse qui tenaient un établissement de prêt sur gage à Shoreditch ! Alors j'avais conscience que posséder un titre de noblesse ne change souvent rien. Cela m'a paru plus simple de ne pas le mentionner.

Jo la comprenait. Elle n'avait jamais été accusée de trahison, mais elle imaginait comment les gens la regarderaient s'ils découvraient qui était son père. Il valait résolument mieux garder ses secrets.

— Quoi qu'il en soit, déclara Cécile, je voulais avoir une conversation avec vous deux à propos de la Foire.

Elle grimaça.

— Je ne souhaite pas la fermer de façon permanente, mais...

— Je la ferai tourner pour toi.

Cécile et Jo pivotèrent vers Helen, bouche bée, et la jeune femme pouffa devant leur expression.

— Je ne vois pas ce qui vous surprend autant.

— Mais... que fais-tu de Cat ? objecta Cécile. Tu ne veux plus être sa gouvernante ?

— J'adore instruire Cat, dit Helen. Mais maintenant que tu es officiellement duchesse, tu vas évoluer dans d'autres milieux. Des gens risqueraient de me reconnaître.

Cécile grimaça.

— Bien sûr, tu as raison.

Elle jeta un coup d'œil à Jo.

— Aimerais-tu également rester ? Je sais que tu as parlé de déménager...

— J'envisage finalement de rester à Londres, répondit Jo.

Plus que jamais, maintenant qu'elle avait enfin mis de côté ses réticences et pris Elliot pour amant.

— Je souhaiterais racheter la Foire, ainsi que cette maison, annonça Helen. J'ai économisé une petite somme d'argent. Cela ne suffirait pas pour tout payer comptant, mais je pourrais échelonner les paiements.

— J'ai appris récemment que le duc m'avait laissé une immense fortune, figure-toi. Je pourrais tout simplement te donner...

— Je ne veux pas que tu me la donnes, l'interrompit Helen. Non que je n'apprécie pas ta proposition, s'empressa-t-elle d'ajouter.

Cécile partit d'un petit rire ironique.

— Moi non plus, je n'ai pas souhaité accepter la Foire de Marianne, alors je te comprends. Tu as envie de voler de tes propres ailes.

Helen acquiesça de la tête.

— J'ai un peu d'argent, dit Jo.

Toutes deux furent aussi étonnées que l'était Jo d'avoir prononcé ces mots. Elle déglutit, ayant soudain très chaud.

— Enfin, je veux dire, si tu désires une associée.

Helen sourit et l'expression rendit son visage relativement quelconque charmant.

— Absolument !

Cécile fit un grand sourire.

— Eh bien, cela signifie que c'est sûr et certain, tu ne vas pas quitter Londres.

Apparemment, non.

Jo était excitée par la perspective de s'enraciner durablement quelque part, mais son excitation était mâtinée d'une bonne dose d'inquiétude. Combien de temps Elliot se satisferait-il de leur relation ? Et que ferait-elle si un jour il ne s'en contentait plus ?

15

Elliot était penché au-dessus de la vitrine lorsque la porte s'ouvrit dans son dos. Il se redressa et se retourna pour découvrir le nouveau responsable des Services secrets, sir Stanley Gray, qui le regardait.

— Pardon de vous avoir fait attendre, Wingate, déclara-t-il avec un sourire étonnamment chaleureux.

— Cela ne fait pas longtemps que je suis là, répondit-il en rendant son sourire à son supérieur.

Gray montra la vitrine qu'étudiait Elliot.

— Je vois que vous examiniez mes souvenirs américains.

— Vous avez là des choses fascinantes.

Il vint le rejoindre, et ils scrutèrent tous deux les objets ouvragés ornés de perles.

— Il s'agit d'un plastron de cérémonie pour un brave Mohawk, expliqua Gray, avant de désigner les autres vitrines, celles-là fixées au mur.

— Là, vous avez des pointes de flèche, bien que naturellement la plupart des tribus utilisent à présent des armes à feu. Mais lorsque j'étais là-bas, beaucoup de guerriers indiens portaient encore des arcs.

— Quel magnifique artisanat, murmura Elliot, fasciné par la beauté de l'objet. Si je peux me permettre, quand étiez-vous en Amérique, monsieur ?

Gray lui décocha l'un de ses sourires rayonnants.

— Cela fait plus de trente ans, maintenant.

Elliot savait que Gray s'était si brillamment distingué pendant la rébellion contre les autorités coloniales – ou la guerre d'Indépendance américaine, selon celui à qui on posait la question – qu'il avait été promu, lui simple fils de boucher, comme pouvaient rarement s'en targuer les hommes de son milieu.

— Voulez-vous boire quelque chose, Wingate ? demanda Gray en montrant plusieurs flacons.

— La même chose que vous, monsieur.

— Je suis au whisky ; un bon ami m'en a envoyé de l'État américain du Kentucky.

Elliot l'examina tandis qu'il remplissait deux verres d'alcool ambré. Il était un peu plus petit qu'Elliot et encore très athlétique. Ses cheveux autrefois bruns étaient désormais poivre et sel, et il devait avoir entre cinquante-cinq et soixante-cinq ans. Il n'avait entendu que du bien à propos de sir Stanley, depuis dix ans qu'il travaillait pour les différents organes du renseignement du gouvernement de Sa Majesté, il avait été heureux d'apprendre qu'il prenait ce poste.

Gray tendit un verre à Elliot.

— Asseyez-vous, dit-il en s'installant dans son fauteuil derrière le bureau.

Elliot prit place dans l'un des fauteuils à oreilles confortables et but une petite gorgée pendant que Gray ouvrait un dossier posé sur son bureau. Le whisky avait un goût original, il ne ressemblait guère au scotch qu'il aimait habituellement, mais c'était tout à fait délicieux.

Gray releva les yeux.

— Tandis que j'approfondissais quelques dossiers du service, je suis tombé sur un renseignement tout aussi intéressant que troublant. Je l'avoue, c'est l'une des raisons pour lesquelles je vous ai cherché au bal des Staunton la semaine dernière. J'avais hâte de rencontrer l'homme qui allait bientôt travailler pour moi.

J'ai beaucoup entendu parler de vous, Wingate, et toujours en termes très élogieux.

— Merci, monsieur.

— Jusqu'à ce que ma fonction me permette d'accéder à certains dossiers, cependant.

Elliot attendit patiemment la suite.

— Il semble que mon prédécesseur ait caché certains éléments fort intrigants au ministre de l'Intérieur.

Il fit glisser un morceau de papier sur le bureau vers Elliot, qui se pencha pour voir ce qui était écrit. Si les quelques lignes qu'il lut ne l'étonnèrent pas, il fut néanmoins déçu. Il avait espéré – naïvement, apparemment – que sir Humphrey Wardlow aurait enterré toute preuve de ses tribulations illicites en France l'année précédente.

Il s'adossa au fauteuil et avala un peu de whisky qui lui brûla presque la gorge.

— Vous n'avez rien à dire ? demanda Gray.

— Que pourrais-je dire que vous ne savez déjà ? De la fin du mois de février 1815, jusqu'au milieu du mois d'avril de l'année dernière, j'ai entrepris une mission illégale en France pendant une période durant laquelle notre gouvernement était en pourparlers de paix. Logiquement, on aurait dû non seulement m'expulser, mais me jeter en prison.

Gray se rassit, attrapa son verre et le porta à ses lèvres, avec une expression indéchiffrable.

Le silence ne dérangeait pas Elliot, qu'il soit pesant ou non, et il n'avait pas particulièrement envie de le meubler ni de le briser.

— Manifestement, les gouvernants n'apprécieraient pas du tout que les informations concernant votre mission s'ébruitent, dit enfin Gray.

Elliot resta silencieux, se demandant où diable il voulait en venir.

— Votre rapport ne parle jamais d'un agent appelé Joséphine Brown, dite la Sabreuse.

Elliot ayant délibérément omis de mentionner l'implication de Jo dans toute cette affaire, il ne fut pas peu surpris par cette remarque.

— Qu'est-ce qui vous laisse penser que j'aurais dû le faire, monsieur ?

Gray sourit, mais ce n'était plus l'expression chaleureuse et ouverte de tout à l'heure.

— C'est mon métier que de savoir des choses, Wingate.

Avant qu'il puisse réagir, l'autre poursuivit :

— Joséphine Brown était la jeune femme avec laquelle j'ai joué aux cartes l'autre soir ?

Elliot n'hésita qu'un instant, mais Gray partit d'un petit rire et dit :

— Merci, votre réaction est éloquente. Je veux que vous me racontiez en quoi cette femme a été impliquée dans votre intervention visant à secourir le frère du duc de Staunton.

À ces mots, Elliot éprouva l'envie irrésistible de l'envoyer au diable, et tant pis s'il se retrouvait sans emploi... ou en prison. Gray dut le deviner, car il ajouta :

— Nous faisons surveiller son logement depuis des semaines, Wingate. Je sais que vous êtes récemment devenu un... un visiteur.

Elliot se sentit rougir, non de mortification, mais de colère.

— Vous pouvez me parler de Mlle Brown, ou bien je peux l'amener ici et la faire interroger par certains de nos agents.

C'était un moyen poli de dire que Gray était prêt à torturer Jo pour obtenir des réponses. Devant cette menace, Elliot s'obligea à maîtriser sa fureur et s'enquit d'une voix froide et modulée :

— Puis-je vous demander pourquoi vous vous intéressez à elle ?

— Elle est le chaînon manquant dans une affaire que le bureau de la Guerre cherche à élucider depuis des décennies.

— Des décennies ? Joséphine Brown n'a que vingt-neuf ans !

— En fait, elle en a trente et un, Wingate. Mais la question n'est pas là, éluda-t-il d'un geste. Son lien avec l'affaire est secondaire.

Il inclina la tête.

— Peut-être vous a-t-elle révélé l'identité de son père ?

Il esquissa un sourire narquois devant l'expression d'Elliot et ajouta :

— Rassurez-vous, je ne vais pas vous demander de le confirmer. Je vois bien que vous ne seriez guère coopératif, or mon objectif n'est pas de vous aliéner, Wingate.

— Menacer de faire venir Mlle Brown pour la torturer est un étrange moyen de ne pas vouloir m'aliéner, monsieur.

— Vous avez raison, c'était maladroit de ma part.

Il toussota.

— Permettez-moi un petit retour en arrière : je vais vous donner quelques détails qui vous mettront dans de meilleures dispositions vis-à-vis de mes questions.

En en doutant fortement, Elliot hocha tout de même la tête.

— En novembre 1814, Callum Mungo Brown est venu rendre visite à mon prédécesseur.

Elliot haussa les sourcils.

— Oui, je comprends que cela vous surprenne. J'imagine que vous vous demandez pourquoi Wardlow ne lui a pas mis les fers et ne l'a pas jeté dans la geôle la plus profonde et la plus sombre que nous puissions trouver.

Il produisit un petit bruit et ajouta avec ironie :

— S'il l'avait fait, Brown serait peut-être en vie aujourd'hui. Mais pour répondre à la question que vous ne posez pas, cet homme prétendait détenir des renseignements qui l'exonéreraient, ainsi que le major lord John Townshend, également connu sous le nom de « comte de Packenham », de toute forfaiture.

— Sapristi ! s'exclama Elliot, stupéfait.

Gray hocha la tête.

— Comme vous dites. Brown et Wardlow se sont vus ce jour-là mais Wardlow, pour des raisons inconnues, n'a gardé aucune trace de ce dont ils ont discuté. Il a simplement noté qu'il avait planifié un autre rendez-vous afin d'examiner les preuves de Brown. Malheureusement, avant cette deuxième entrevue, Brown a été victime d'un accident de la circulation survenu dans des circonstances insolites. Le temps que Wardlow l'apprenne et envoie des agents chez lui fouiller ses effets personnels, tous les biens de Brown avaient été déménagés. Le propriétaire a fini par admettre qu'il n'avait pas vécu là tout seul, mais avec une jeune femme, qui était sa fille. Il a été incapable de dire où elle était partie. La piste s'est arrêtée ce jour-là, brutalement.

Elliot le considéra sans commenter.

— J'avais cru que c'était la conclusion de l'histoire, continua Gray en se renfonçant dans son fauteuil et en tournant son verre entre ses mains, les yeux sur Elliot. Mais un certain élément, assez significatif, est ressorti de la conversation avec le propriétaire du logement, un détail que personne, au début, n'avait relevé. Voyez-vous, il a raconté que la fille possédait un oiseau apprivoisé.

Elliot déglutit.

— Cela étant dit, beaucoup de gens ont des oiseaux en cage et personne n'a songé à demander au propriétaire davantage de précisions, jusqu'à ce que j'hérite les dossiers de Wardlow.

Il sourit à Elliot.

— Vous devinez ce que j'ai appris en envoyant un homme retourner discuter avec le propriétaire. Même plus d'un an après, il se rappelait l'oiseau de la jeune femme, parce que ce n'était pas une perruche ou un canari, mais un corbeau. J'avais bien sûr entendu parler d'une lanceuse de couteaux qui faisait un numéro avec un corbeau. Quelques pièces généreusement distribuées parmi les membres du personnel de la Foire de Farnham m'ont permis d'apprendre que la Foire avait voyagé en France l'année dernière. Effectuer le rapprochement avec vous et la jeune femme du bal l'autre soir a été simple après cela. Vous comprenez maintenant pourquoi j'aimerais discuter avec Mlle Brown.

— Eh bien non, monsieur, elle n'a rien à voir avec Townshend, enfin, Packenham, Brown, ou ce qui s'est passé dans les colonies avant sa venue au monde. C'est uniquement par un fâcheux hasard de naissance qu'elle est liée à cette affaire.

— C'est exact, et je vous assure qu'il ne lui est absolument rien reproché.

Une expression étrange, presque douloureuse, traversa fugacement le visage de Gray.

— Il faut que vous sachiez une chose, Wingate. John Townshend était jadis un de mes amis proches, et était très cher à mon cœur. Nous étions comme deux frères lorsque nous étions jeunes.

Sans laisser à Elliot le temps de réagir, son supérieur pouffa.

— Vous vous demandez comment un simple fils de boucher a pu devenir l'ami d'un comte.

C'était exactement la question que se posait Elliot, mais il s'abstint diplomatiquement de l'avouer.

— J'étais élève boursier à Harrow.

Il grimaça.

— Vous vous rappelez sûrement ces pauvres garçons de vos années d'école.

— Oui, monsieur. Il y avait des boursiers à Eton.

— Ils étaient soit opprimés, soit raides comme la justice, n'est-ce pas ?

Elliot eut à peine le temps d'ouvrir la bouche.

— Oh, vous pouvez l'admettre, vous savez. C'était diablement inconfortable, mais quelle opportunité phénoménale pour un garçon né au-dessus d'une boucherie ! Certes, ce n'était pas facile tous les jours, et j'ai encaissé pas mal de coups, mais cela aurait sûrement été pire sans John Townshend.

Il sourit avec affection.

— Il faisait partie des rares hommes qui se moquaient de ce que pensent les autres. Il faisait ce qu'il estimait juste.

Son sourire s'effaça, et Gray fit claquer sa langue.

— À mon avis, ce trait de caractère l'a entraîné vers sa chute.

— Vous sous-entendez que c'est la raison pour laquelle il a vendu les secrets de notre nation à l'ennemi.

Gray grimaça de nouveau.

— Formulée de façon si crue, c'est une affirmation implacable. Mais la vérité est que le conflit anglo-américain a divisé ce pays comme aucun autre, excepté notre guerre civile, bien entendu. Les familles se sont déchirées, les frères se battaient entre eux.

— J'ai conscience des divisions qu'a entraînées la guerre, monsieur, mais vendre des secrets militaires n'est pas la même chose que prendre position ouvertement pour un camp et le défendre, objecta Elliot.

— En effet, admit Gray avec tristesse.

Il se ressaisit.

— Quoi qu'il en soit, cette affaire à propos de John me tenait particulièrement à cœur, à l'époque. Tout de même, il affirmait être innocent ! Vous comprenez, étant donné ce que je savais de lui, je suis certain qu'il se serait comporté en accord avec ses principes. John n'était pas un menteur. J'avoue avoir été soulagé qu'il s'enfuie avant qu'un procès ait lieu. Cela aurait été un supplice. Je croyais que l'affaire était close, une tragédie qu'il valait mieux oublier, et voilà que je découvre que Brown possédait une preuve susceptible d'innocenter mon meilleur ami et de laver son honneur ! Vous imaginez mon désarroi en apprenant son décès !

— Oui, monsieur, mais je ne saisis toujours pas en quoi Mlle Brown peut vous aider. Si son père était encore en vie, elle aurait pu lui demander quelle preuve il comptait donner à Wardlow, mais...

— C'est Brown qui détenait la preuve de son innocence, déclara Gray.

— Oui, je sais, rétorqua Elliot sans comprendre l'interruption.

— Mais vous avez dit « son père ».

— Oui, Callum Mungo Brown, le père de Joséphine Brown.

Gray écarquilla les yeux et murmura :

— Elle ne vous l'a pas mentionné.

— Quoi donc ?

— Cette femme n'est pas la fille de Brown, Wingate. Elle s'appelle Élisabeth Joséphine Townshend : c'est la fille du comte de Packenham. Et comme la loi successorale de la famille Townshend autorise l'héritage des filles, elle n'est pas seulement la fille de John, elle est l'actuelle comtesse de Packenham.

16

Jo rinça sa tasse et la posa sur le torchon avant d'aller vérifier pour la cinquième fois le contenu de sa valise soigneusement rangée.

— *Croa, croa.*

Elle se redressa et aperçut Angus qui la regardait d'un air étrangement insistant.

— Je sais que tu me trouves idiote, mais ce sont mes premières vacances, Angus. Et si j'oubliais quelque chose d'important ?

Il se contenta de la dévisager, et Jo se rappela soudain qu'elle était censée être fâchée contre lui. Elle lui fit les gros yeux.

— Je suis très sérieuse à propos des larcins, Angus. Je t'interdis de voler quoi que ce soit à Elliot, ou dans sa maison ou à ses domestiques ou...

Elle leva les mains en l'air.

— Ne vole rien, c'est tout. C'est d'accord ?

Il claqua du bec en agitant la tête. Jamais il n'avait eu une attitude aussi agressive vis-à-vis d'elle. Elle n'y comprenait rien. Heureusement que la Foire avait fermé pour un mois et qu'elle pourrait s'éloigner un peu (ou du moins, éloigner Angus) de certaines de ses collègues, en particulier la magicienne du cirque, Francine. Ou plus exactement, éloigner Angus du lapin de Francine, Henry. Pour une raison mystérieuse, Angus chapardait souvent les jouets du lapin. Il était particulièrement fasciné par une carotte en bois sculpté, le jouet préféré d'Henry.

Jo avait tout essayé pour lui faire passer cette fâcheuse habitude. Elle lui avait même sculpté une carotte identique, mais Angus n'y avait pas touché.

Elle observa l'oiseau qui était son plus proche compagnon depuis des années et soupira.

— Viens là.

Angus n'hésita pas à franchir la distance qui les séparait et se posa sur son épaule avec une grâce délicate qui ne cessait de l'émerveiller. Elle lui sourit et ébouriffa sa collerette.

— Je n'aime pas être en colère contre toi.

Il ronronna. Il savait qu'elle trouvait cela adorable et irrésistible.

— Pourquoi voles-tu des objets ? C'est parce qu'on ne retrouve pas ton os ?

Le corbeau dressa la tête à ce mot qu'il connaissait bien, qualifiant son jouet fétiche. Il s'agissait d'un simple objet en bois que Mungo lui avait sculpté quand il était encore un oisillon. Angus adorait cet os et le transportait partout depuis des années. Ce maudit objet avait disparu peu avant la mort de Mungo. Ce dernier avait promis à Angus qu'il lui en confectionnerait un autre... mais il avait été tué avant de pouvoir tenir sa promesse.

Jo en avait sculpté plusieurs depuis, mais Angus n'y touchait pas, bien qu'ils soient exactement identiques à l'original. Elle supposait qu'Angus aimait son os, parce que c'était Mungo qui l'avait fabriqué.

— Il me manque à moi aussi, Angus, murmura-t-elle.

Elle sourit lorsque l'immense oiseau souleva une mèche de ses cheveux comme si c'était une plume et entreprit de la lisser. Si elle le laissait faire, il toiletterait sa chevelure tant et si bien qu'elle finirait par ressembler à une meule de foin.

— Merci, continua-t-elle. Tu veux une gourmandise ?

C'était le moyen le plus gentil qu'elle connaissait pour qu'il cesse de s'occuper d'elle.

Angus sauta sur le dossier de la chaise, et Jo extirpa un morceau de pain sec du pochon de nourriture qu'elle gardait toujours pour lui. Pendant qu'il picorait gaiement son croûton, elle se retourna vers ses bagages.

Elle envisageait de vérifier encore une fois le contenu de la valise quand elle entendit le pas souple et familier d'Elliot dans l'escalier.

Elle s'inspecta rapidement dans le miroir et aplatit les cheveux ébouriffés par Angus. Elle n'avait pas fermé à clef, et Elliot entra sans frapper. Elle pivota vers lui en souriant déjà comme une imbécile heureuse.

— Je suis prête à...

Elle s'arrêta net en apercevant son visage.

— Que se passe-t-il, Elliot ?

Il tenait ses gants dans une de ses mains crispées. Son expression ordinairement affectueuse était sévère et tendue.

— J'aimerais que vous gardiez la porte fermée à clef lorsque vous êtes seule, Jo.

Ses paroles et son ton mécontent lui firent cligner des yeux.

— C'est mon appartement, et je paie le loyer, répliqua-t-elle, inquiète de son attitude étrange. Je peux laisser la porte grande ouverte si je le veux.

Elliot remplit ses poumons jusqu'à ce qu'ils semblent prêts à exploser, puis il relâcha son souffle d'un coup.

— Pardonnez-moi, c'est vrai, je n'ai aucune raison de vous donner des leçons.

Il retira son chapeau, qu'il jeta négligemment sur la table.

— Qu'est-ce qui ne va pas ? s'enquit-elle, tout en n'étant pas certaine de souhaiter le savoir.

— Je connais la vérité.

— Quelle vérité ? demanda-t-elle, sincèrement perplexe.

— Que vous êtes en réalité Élisabeth Townshend.

Jo fronça les sourcils.

— Quoi ?

Après avoir paru en colère, Elliot semblait désormais incrédule.

— Vous ne pouvez sérieusement pas espérer me faire croire que vous ignorez votre réelle identité.

Angus atterrit sur l'épaule de Jo, ce qui l'apaisa quelque peu.

— Je vous ai dit la vérité.

Soudain, une horrible pensée lui vint à l'esprit. Elle haussa le ton.

— Pourquoi me posez-vous cette question ? Avez-vous parlé de moi à quelqu'un ?

— Je n'ai pas eu le choix, rétorqua-t-il en enfonçant les doigts dans ses boucles brunes et en se tirant les cheveux au point de grimacer.

— Qu'est-ce que cela veut dire ?

— Vous rappelez-vous l'homme que vous avez rencontré au bal de Marianne, sir Stanley Gray ?

— Oui.

— C'est mon nouveau supérieur au ministère.

— Et alors ?

— Il sait qui vous êtes, Jo, qui vous êtes *vraiment*.

— Vous lui avez parlé de moi ? cria-t-elle s'approchant de lui.

Elliot tendit les mains, paumes ouvertes.

— Jo !

La colère submergea Jo.

— Vous m'aviez promis, Elliot ! Vous m'aviez donné votre parole que...

— Jo !

Elle sursauta.

— Quoi ?

— Rangez ce couteau.

Elle découvrit qu'elle avait un couteau à la main. Elle battit des cils. Seigneur ! Comment était-ce arrivé ? Elle releva les yeux, et leurs regards se croisèrent.

— Eh bien, fit-elle, pensez-vous que j'allais vous poignarder ?

Avant qu'il puisse répondre, Jo enfonça la lame dans le fourreau doublant la poche de sa cape. Elle montra ses mains pour qu'il constate qu'elles étaient vides.

— Voilà. Vous sentez-vous mieux ?

L'expression normalement chaleureuse d'Elliot était plus froide que l'océan Atlantique en décembre.

— Figurez-vous que oui.

Jo ouvrit la bouche pour dire quelque chose de blessant, mais soudain elle reconnut une autre émotion dans ses yeux bleus familiers : l'inquiétude. Il ne s'inquiétait pas pour lui, mais pour elle.

Elle s'aperçut alors de l'image qu'elle avait dû donner, armée d'un couteau, avançant sur lui comme s'il était un inconnu. Elle soupira.

— Veuillez m'excuser, c'était superflu.

Elle alla à la fenêtre, l'ouvrit et pivota vers l'oiseau.

— Tu peux sortir, mais reviens vite.

Angus n'hésita pas. Il s'échappa comme si les plumes de sa queue étaient en feu. Jo aurait bien aimé en faire autant. Au lieu de cela, elle se retourna vers Elliot et déclara :

— Vous devriez repartir.

— Je n'irai nulle part tant que je n'aurai pas quelques réponses.

Elle haussa les épaules.

— Soit. Restez tout votre saoul.

Elle attrapa son bagage, jeta un coup d'œil circulaire et marcha vers la porte.

— Où allez-vous ? demanda Elliot.

— Ailleurs.

— Des hommes surveillent cet immeuble. Si vous sortez, vous serez suivie.

Jo laissa tomber sa valise sur le sol.

— Vous avez dit à votre supérieur où j'habite ? Et qui je suis ?

— Gray connaissait déjà votre identité, Jo, et il sait également où vous habitez.

— S'il me prend pour la fille de Townshend, il se trompe. Je ne l'ai jamais rencontré. Il est mort quand j'étais bébé. Mon père, c'était Mungo.

— Non.

Elliot chercha quelque chose dans sa poche, et Jo recula.

Il éclata d'un petit rire sans joie et baissa les yeux vers sa main droite. Elle tenait de nouveau un couteau, avant même qu'elle se rende compte qu'elle l'avait extirpé de l'étui.

— Bon sang de bonsoir ! marmonna-t-elle en le renfonçant à sa place.

— Mon Dieu, Jo ! s'exclama-t-il, la main figée dans son manteau. Je ne vais pas braquer un pistolet sur vous !

— Je sais, admit-elle d'une voix tendue. C'est un simple réflexe.

Elle hocha la tête, et il sortit lentement un petit paquet, qu'il lui montra.

— C'est pour vous.

Jo fixa la liasse.

— Qu'est-ce que c'est ?

— Regardez, ce sera plus simple.

Elle se mordilla l'intérieur de la lèvre et saisit le paquet.

— Ouvrez-le, dit-il en croisant les bras et en s'adossant au mur.

Jo l'observa, mais elle déchira l'épais papier brun. À l'intérieur se trouvait un petit livre en cuir. Non, ce n'était pas un livre, découvrit-elle en l'ouvrant, mais une pochette renfermant deux petites peintures. Elles étaient plus grandes que des miniatures traditionnelles, elles avaient la taille d'une illustration dans un livre.

Elle plissa les yeux devant les jeunes gens représentés et se dirigea vers la fenêtre pour avoir plus de lumière. Les deux hommes se ressemblaient beaucoup. On aurait pu croire qu'ils étaient jumeaux, mais l'un avait les yeux bleus et l'autre les yeux gris ; il s'agissait d'une nuance de gris inhabituel, que Jo n'avait jamais vue que lorsqu'elle se regardait dans le miroir. Ils étaient blonds tous les deux, mais l'homme aux yeux bleus avec des cheveux de la couleur des barbes de maïs, tandis que ceux de l'autre étaient un peu plus dorés. Tous deux lui ressemblaient tellement que cela lui coupa le souffle.

— Jo ?

Elliot avait parlé d'une voix basse, qui la tira de sa torpeur. Elle s'emplit les poumons brusquement.

— Est-ce… ?

— John Townshend et son frère aîné Robert, qui est également décédé.

— Où avez-vous trouvé ceci ?

— Sir Stanley me l'a donné tout à l'heure.

Elle plissa les yeux.

— Pourquoi aurait-il cela en sa possession ? s'enquit-elle en scrutant de nouveau les portraits.

— Il a demandé au cousin de votre père, l'actuel comte de Packenham, Richard Townshend, de lui envoyer ces miniatures.

— Pour quelle raison ?

— Parce qu'en vous voyant au bal de Sin sir Stanley a été frappé par votre ressemblance avec John Townshend. C'est celui qui a les yeux gris.

Oui, elle reconnaissait ses yeux, non seulement leur couleur, mais leur forme.

— Gray était un ami très proche de votre père. De John Townshend, corrigea-t-il vivement lorsqu'elle le fustigea du regard.

— C'est Mungo mon père, le seul que j'aie jamais connu.

— Je comprends ce que vous dites, qu'il est le père de votre cœur, mais d'un point de vue juridique... eh bien, vous êtes indubitablement la fille de John Townshend, son héritière légitime.

Jo ravala sa protestation mécontente. Il aurait fallu être idiot pour ne pas croire qu'elle faisait partie de la famille de ces hommes. Elle ne s'était jamais interrogée sur son absence de ressemblance avec Mungo, supposant qu'elle ressemblait à sa mère, dont elle n'avait pas de souvenirs. Mungo n'avait jamais possédé de portrait d'elle, et elle n'avait aucune idée de quoi avait l'air la femme qui l'avait mise au monde.

Jo leva les yeux.

— Si John Townshend est réellement mon père, alors qui était ma mère ?

— Dorothy Simms Townshend, qui a épousé votre père peu après que Brown et lui ont échappé aux Britanniques. C'est Dorothy et son père, Jacob Simms, qui ont soutenu Townshend et Brown en leur donnant de l'argent et en les mettant en relation avec des gens capables de les assister pendant leur évasion. Simms a organisé le mariage de sa fille avec Townshend et les a aidés à disparaître dans l'intérieur des terres. Votre mère était déjà enceinte au moment du mariage, et elle est morte en couches. Elle et votre père avaient contracté on ne sait quelle fièvre. Brown avait alors une relation avec une femme – apparemment ils ne se sont jamais mariés –, et ils se sont tous les deux occupés de vous pendant que votre père se rétablissait. La maladie l'a considérablement affaibli, mais il a survécu pendant deux ans après votre naissance. À cette époque, il a écrit des lettres et réuni toutes les preuves qu'il pouvait en restant en marge de la civilisation. Il a gardé secrets tant son mariage que votre naissance, sans jamais en parler dans ses courriers. Après sa mort, Brown et sa compagne vous ont emmenée en Europe et... ma foi, vous connaissez la suite.

— Pourquoi Mungo m'aurait-il menti ?

— Cela, je ne le comprends pas. Peut-être pensait-il que c'était plus prudent pour vous ? Vous a-t-il jamais laissé entendre que vous pourriez ne pas être sa fille ?

— Il m'aimait. Il m'a toujours traitée comme si j'étais son enfant, dit-elle, honteuse de son ton chargé d'émotion. Je n'arrive pas à le croire, marmotta-t-elle pour elle-même en reportant les yeux sur les portraits. Pourquoi m'a-t-il caché la vérité ?

Elliot secoua la tête.

— Je l'ignore.

— Si Townshend n'a confié à personne qu'il était marié et avait un enfant, comment Gray a-t-il découvert tout ceci ? s'enquit-elle en refermant l'étui de cuir sur les tableaux beaucoup trop troublants.

— Votre père, je veux dire Mungo, est allé trouver le prédécesseur de Gray en affirmant qu'il possédait des preuves pouvant laver son honneur et celui de Townshend.

— Quoi ? Quand cela est-il arrivé ?

— En novembre 1814, de toute évidence un jour ou deux avant qu'il soit tué.

Jo fixa le mur opposé sans le voir en songeant à cette terrible époque.

Ils s'étaient installés à Londres à peine quelques semaines auparavant. Mungo avait déjà décidé de refuser la mission du père d'Helen, et ils venaient d'accepter celle qui allait la faire travailler à la Foire, puis partir pour la France.

Maintenant qu'elle repensait aux journées ayant précédé sa mort, Jo devait admettre que Mungo avait paru… distrait. Mais elle avait cru que c'était parce qu'ils étaient en Angleterre, et qu'il s'inquiétait qu'on le reconnaisse.

— Je ne savais pas du tout qu'il cherchait à démontrer leur innocence, dit-elle. Il n'abordait plus le sujet depuis des années. Et pour devancer votre question, j'ignore complètement de quelles preuves il pouvait bien parler. S'il dissimulait des choses, il me les dissimulait également.

Elle montra la malle qui lui servait parfois de siège.

— Voici l'intégralité de ses biens. Vous pouvez fouiller dedans à loisir. Il n'y a que quelques vêtements, son pistolet préféré, des livres, et un cahier de poésies – épouvantables – écrites par John Townshend.

Elle esquissa un sourire amer.

— Cela tient dans une malle, et ne la remplit même pas. Quel patrimoine pour toute une existence, n'est-ce pas ?

— *Vous* représentez le genre d'homme qu'il était, Jo. Vous êtes cultivée, intègre, altruiste, intelligente…

— Que vous a encore dit Gray à propos de mon père… que ce soit Mungo ou Townshend ? demanda-t-elle, sans se soucier de l'interrompre impoliment.

Comme il ne répondait pas tout de suite, elle persifla :

— À moins que vous n'ayez pas le droit de me renseigner, Elliot ?

— Je vais vous raconter tout ce que je sais, bien sûr, Jo. C'est avant tout vis-à-vis de vous que je suis loyal, même si vous ne me croyez pas.

Il avait raison, Jo ne le croyait pas. Et s'il avait vent du genre de travail qu'elle avait effectué à Paris quelques années auparavant – bien que cela ait été à la requête de la marine britannique –, il s'enfuirait à toutes jambes aussi loin d'elle que possible.

— D'après Gray, personne au ministère de l'Intérieur ne savait que Townshend et Brown étaient encore en vie... jusqu'à ce que Jacob Simms, votre grand-père maternel, contacte votre cousin Richard, le plus proche parent de votre père, il y a une quinzaine d'années, pour lui avouer ce qui s'était vraiment passé. Simon était mourant et souhaitait que quelqu'un d'autre connaisse la vérité. Il lui a dit qu'il avait cessé de recevoir des lettres de Brown plusieurs années auparavant, et craignait qu'il ne vous soit arrivé malheur. Il lui a fait parvenir les extraits d'acte de mariage ainsi que d'autres effets personnels de votre père qu'il détenait. Après avoir eu la lettre de Simms, votre cousin Richard a embauché un détective privé pour vous retrouver. Ils vous ont cherchée pendant dix ans, allant de fausse piste en fausse piste. Ils ont fini par renoncer il y a cinq ans. Ils ont supposé que Brown et vous étiez morts tous les deux, tout simplement parce qu'on ne disparaît jamais aussi totalement que vous l'avez fait.

— Il y avait donc bien des gens qui nous cherchaient, alors ?

Elliot hocha la tête.

— J'ai honte de reconnaître que j'ai toujours pensé que Mungo s'inquiétait sans raison, que le gouvernement les avait complètement oubliés depuis longtemps, Townshend et lui. Qu'avez-vous dit à Gray à mon sujet ?

— Je ne lui ai rien dit, affirma-t-il, un éclat farouche dans les yeux. Je vous en ai donné ma parole, Jo. Mais... il sait tout de vous, absolument tout. Il sait tout de votre expédition en France l'année dernière, alors que j'avais pris un soin extrême à la cacher dans les rapports que je transmettais à Wardlow, son prédécesseur.

— Comment a-t-il appris tout cela ?

— Il a trouvé un ou une employé de la Foire du genre bavard.

Après tout, Jo n'aurait pas dû s'en étonner. Ils avaient voyagé en France avec la maîtresse de Barnabas Farnham, Sonia, qui les avait trahis tout du long. Pourquoi d'autres n'auraient-ils pas été disposés à les dénoncer ?

Elliot fit un pas vers elle et lui tendit la main.

— Je suis désolé de vous avoir accusée de me mentir à propos de l'identité de votre père.

Jo le considéra longuement, puis elle posa une main dans la sienne. Il lui serra doucement les doigts.

— Vous comprenez ce que cela signifie, n'est-ce pas ?

— Ce que *quoi* signifie ?

— Vous n'êtes pas seule, Jo. Vous avez de la famille, des cousins du côté de votre père, et de la famille en Amérique du côté de votre mère.

Après une brève hésitation, il ajouta :

— Et vous êtes comtesse. Vous êtes lady Packenham ; c'est l'un des rares titres de noblesse qui se transmettent par les femmes. Vous n'êtes plus obligée de travailler à la Foire, Jo. Vous n'êtes plus obligée de travailler du tout.

Elle contempla leurs doigts enlacés, avec l'impression d'avoir la tête qui tournait. Elle semblait incapable de suivre une pensée jusqu'à une conclusion rationnelle. Soudain, plus rien n'avait de sens dans sa vie.

— Vos cousins sont impatients de vous rencontrer.

Elle leva les yeux vers lui.

— Je ne peux pas.

— Pourquoi ?

— Je ne sais pas… parce que.

Il lui adressa un regard interrogateur.

— Je ne comprends pas.

Jo ne comprenait pas non plus. Pourquoi ne pourrait-elle pas rencontrer les membres de sa famille ? Toute sa vie, elle avait envié ceux qui avaient des familles, et voilà qu'elle en avait une. Pourtant, l'idée de les voir lui soulevait le cœur aussi sûrement que si elle était sur le pont d'un navire en pleine tempête.

— Ce sont des gens gentils, dit Elliot en lui massant doucement le dos de la main avec son pouce. Ma mère était amie avec lady Packenham…

Il s'interrompit et grimaça.

— Enfin, je suppose qu'elle est devenue tout simplement Mme Townshend, maintenant.

— Je vais les priver de leur titre, dit Jo.

— Vous ne pouvez pas les priver d'une chose qui ne leur a jamais appartenu. Vous êtes l'héritière des Packenham depuis votre naissance. C'est ainsi, un point c'est tout. Votre père était le troisième fils, aussi personne ne s'attendait qu'il hérite, mais ses deux frères aînés sont morts ; le deuxième, pendant que votre père était en Amérique. En l'apprenant, il avait prévu de quitter le ministère de l'Intérieur pour assumer ses devoirs de chef de famille, mais… vous savez ce qui est arrivé ensuite.

— Comment se fait-il que vous soyez au courant de tant de choses sur ma famille ? Grâce à Gray ?

— En partie, mais les familles aristocrates d'Angleterre forment une communauté assez restreinte.

Il sourit.

— Nous sommes cousins, vous et moi, très éloignés, du côté de ma mère.

Il porta une de ses mains à sa bouche et embrassa sa paume.

— Ne comprenez-vous pas ce que cela signifie, Jo ? Vous n'êtes plus obligée de passer votre vie à fuir. Vos cousins sont tous les deux acceptés en société, personne ne leur bat froid à cause de ce qu'a fait votre père. D'ailleurs, ils sont en ville en ce moment, dans la maison de famille de Berkeley Square.

Il sourit.

— Le berceau de votre famille n'est pas loin de chez Sin et Marianne. Vous serez voisins.

Jo dégagea vivement sa main et se redressa pour faire quelques pas.

— Non, parce que je ne vivrai pas dans cette maison.

Elle se posta à la fenêtre et regarda dehors. Qui l'espionnait ? L'homme corpulent en manteau vert qui frottait la gadoue de ses bottes en s'appuyant contre le mur de l'impasse, de l'autre côté de la rue ? À moins que ce ne soit quelqu'un installé dans l'immeuble d'en face. Il y avait une banque remplie d'employés. Elle les voyait entrer et sortir chaque jour de ce sinistre bâtiment. Peut-être...

Le plancher grinça, et elle sentit Elliot dans son dos.

— Je sais que ce doit être bouleversant, en particulier concernant Mungo, mais...

— Mais il faut que je cesse de me conduire comme une enfant et que je réfléchisse en adulte, et que j'accepte mon passé et mon nouveau présent.

Il rit doucement et posa une main sur sa hanche.

— Je ne l'aurais pas dit tout à fait en ces termes, mais... oui.

Jo soupira et s'appuya contre son corps déjà familier et bien-aimé. Elliot mit les bras autour d'elle et lui embrassa la tempe. Il avait la taille idéale pour elle, et ne la surplombait pas trop. Il était juste assez grand pour qu'elle repose la tête sur son épaule. Comment aurait-elle pu imaginer s'attacher à un détail pareil ?

Ce n'est pas son épaule que tu veux, ma poulette. C'est l'homme.

Toi ! Tu n'as aucun droit d'entrer dans mon esprit après m'avoir menti toute ma vie.

Le rire de Mungo fut la seule réponse qu'elle obtint.

— Cela signifie, je suppose, que je ne pourrai pas m'associer avec Helen et prendre des parts dans la Foire.

Elliot l'étreignit.

— J'ai bien peur que non, mon amour.

— On va attendre de moi que je me conduise comme une grande dame, que j'aille à des bals et... beurk !

Elle se tordit dans ses bras pour le regarder.

— Je ne vivrai pas ainsi, Elliot. Une soirée au bal de Marianne m'a largement suffi.

Il lissa une mèche sur son front et encadra son visage en caressant sa lèvre inférieure avec son pouce. Elle vit ses pupilles se dilater.

— Une soirée ? la taquina-t-il. Je dirais plutôt un quart de soirée.

Il redevint sérieux.

— Vous ne serez nullement obligée de danser jusqu'à l'aube et de vous rendre à trois bals différents tous les soirs, ni même d'alimenter régulièrement les chroniques mondaines comme Guy, mais il y a certains devoirs auxquels vous ne pourrez pas vous dérober.

Jo gémit.

— Oui, j'imagine, mais je n'ai pas envie d'en parler pour le moment. Je suppose que nous annulons nos vacances ?

Il hésita, mais finit par acquiescer de la tête.

— Il ne serait pas raisonnable de quitter Londres maintenant, chérie.

Elle ne prit pas la peine de discuter.

— Accordez-moi ce soir. Demain, j'affronterai mes responsabilités, je rencontrerai mes cousins et je me conduirai comme une adulte. Mais s'il vous plaît, Elliot, emmenez-moi au lit et faites-moi oublier tout ceci pour cette nuit.

Il l'embrassa, lentement, passionnément.

— Je trouve que c'est une excellente idée, déclara-t-il.

Il lui saisit la main et l'entraîna jusqu'à un lit qui – exactement comme le reste de sa vie – ne serait bientôt plus le sien non plus.

17

Ce fut la lumière qui réveilla Elliot ou, plus précisément, le fait qu'il remue pour éviter le rayon de soleil qui entrait par la fenêtre, et s'aperçoive qu'il pouvait se retourner. En effet, cela aurait dû être impossible dans le lit exigu de Jo… à moins qu'elle ne soit pas dedans.

Il prit appui sur ses mains et promena son regard dans la petite pièce.

— Jo ?

Aucune réponse ne vint du cagibi, et le perchoir d'Angus était désert.

— Jo ! cria-t-il plus fort, ce qui était idiot, car l'appartement était si petit qu'on entendait forcément l'autre respirer.

Le cœur battant, Elliot se leva et alla ouvrir le minuscule placard qui renfermait ses quelques vêtements.

Le soulagement qu'il ressentit en voyant qu'il n'était pas vide fut si puissant qu'il faillit se mettre à genoux. Mais aussitôt, une pensée le frappa tandis qu'il inspectait de plus près son contenu : il y avait la robe de bal et une autre marron et jaune assez laide, mais aucune des grises qu'elle privilégiait.

Il fit volte-face et contempla la malle renfermant les affaires de Mungo. Si elle était vide…

Elliot s'accroupit et déboucla les lanières de cuir, les mains tremblantes. Il souleva le couvercle... il n'y avait rien à l'intérieur. Il le rabattit si bruyamment que le bois craqua.

— Bon Dieu, Jo ! Vous m'avez menti ! s'exclama-t-il.

Il attrapa en hâte ses vêtements, l'esprit fonctionnant à toute vitesse. Comment avait-elle pu emballer toutes ses affaires et sortir sans qu'il s'en aperçoive ? Depuis quand était-elle partie ? Où avait-elle pu aller ?

— Vous m'aviez promis, nom de Dieu ! lança-t-il comme un fou.

Il enfila ses bottes, fourra sa cravate dans la poche de son manteau et fut à la porte en deux enjambées. Au moment où il posait la main sur la poignée, elle se tourna sous ses doigts, et la porte s'ouvrit.

Jo tressaillit en le voyant debout, l'air coupable. Dans sa main, la valise qu'elle avait préparée pour leurs brèves vacances était bourrée à craquer. Elle la fit tomber lourdement.

— Ah, j'espérais que vous dormiriez encore.

Elliot croisa les bras, préférant ne pas parler. Cela faisait des années qu'il n'avait pas senti bouillonner en lui une telle colère.

— Je suis désolée, déclara-t-elle.

Il haussa un sourcil.

— Je suis vraiment désolée.

Il ouvrait la bouche pour dire quelque chose, il ne savait même pas quoi, quand on tapa à la fenêtre.

Jo jeta un coup d'œil par-dessus l'épaule d'Elliot et grimaça.

— Euh... une seconde, je le fais entrer.

Il fulmina en silence pendant qu'elle ouvrait la fenêtre et que l'oiseau sautait à l'intérieur. Angus fit à Elliot un regard particulièrement éloquent semblant signifier « tu m'en dois une ».

Jo retira son bonnet et le laissa sur le lit en bataille.

— Vous ai-je dit que j'étais désolée ? demanda-t-elle en lui adressant un de ses sourires extrêmement rares, un sourire penaud. Souhaitez-vous une tasse de thé ?

L'angoisse qui l'avait crucifié n'était pas encore retombée, et Elliot avait vaguement la nausée, mais le thé leur donnerait à tous les deux de quoi s'occuper.

Pendant qu'elle le préparait dans la cuisine de fortune, il fit le lit, accrocha le chapeau de Jo et prit la valise restée sur le seuil de la porte. Puis il s'aspergea le visage d'eau fraîche, coiffa ses cheveux indisciplinés avec ses doigts – sans grand résultat – et noua sa cravate froissée.

Quand il eut terminé, elle plaçait sur la table une assiette de pain, de jambon et de fromage, ainsi qu'un récipient en verre rempli d'un liquide brunâtre.

— Qu'est-ce que c'est ? s'enquit Elliot en montrant la carafe peu appétissante.

À cette question, elle devint plus volubile.

— Oh, c'est la nouvelle méthode pour conserver les aliments, expliqua-t-elle en disposant le lait et le sucre qu'elle gardait juste pour lui.

— Ah oui, j'ai lu quelque chose à propos de cette technique, l'idée d'un Français. Il s'appelle Appert, c'est cela ?

— Oui, c'est lui qui l'a inventée, mais maintenant il y a quelqu'un ici à Londres qui le fait. J'étais au comble du bonheur quand j'en ai vu en vente. Malgré le prix élevé, j'ai pensé que cela valait la peine d'essayer.

Elle lui décocha un regard animé d'une charmante excitation. Elliot avait remarqué que, lors de ses courses au marché, elle s'aventurait souvent à rapporter des aliments qu'ils n'avaient jamais goûté ni l'un ni l'autre. C'était une petite lubie, chez cette femme par ailleurs pratique et sérieuse, qu'il trouvait adorable.

Mais cela ne suffit pas à lui faire oublier qu'elle avait failli le quitter.

Elle tendit un morceau de fromage à Angus, que l'oiseau attrapa avec son habituelle délicatesse. Elliot tira la malle vers la table pour s'asseoir dessus. Il avait prévu d'acheter une seconde chaise cette semaine, mais à présent, cela ne serait plus nécessaire.

— Tenez, prenez la chaise, dit-il alors qu'elle s'installait sur la malle.

Elle obéit et servit le thé pendant qu'Elliot reniflait la mystérieuse substance dans la carafe.

— C'est du bœuf. Ne voulez-vous pas y goûter ? l'interrogea-t-elle en se penchant avec curiosité.

Cela n'avait pas du tout une odeur de bœuf.

— Euh...

— Juste un peu sur du pain.

La viande était étrangement grise, et aussi peu appétissante que... Il ne trouvait rien à quoi la comparer. C'était probablement la chose comestible la plus répugnante qu'il ait jamais vue.

Mais Jo paraissait si excitée qu'il ne souhaita pas la décevoir.

— Oui, je veux bien y goûter. Merci, déclara-t-il quand elle lui tendit un bout de pain coiffé d'un morceau de bœuf grisâtre.

Elle l'observa. Elliot dit une prière et mordit une bouchée. Il eut envie de la recracher aussitôt, mais devant l'air plein d'espoir de Jo, il se retint. Il mastiqua le moins possible et avala.

Déçue, Jo commenta :

— Vous n'aimez pas.

— C'est-à-dire... Je pense que mon palais n'y est pas encore éduqué.

Et il n'avait aucune intention de renouveler l'expérience. Il reposa le pain et but une gorgée de thé bouillant dans l'espoir de faire disparaître le goût infect imprégnant ses papilles.

— Pourquoi êtes-vous partie, Jo ? demanda-t-il en constatant que, de toute évidence, elle n'allait pas soulever le sujet.

— J'ai l'habitude de me sauver pour éviter les ennuis, avoua-t-elle en émiettant son pain, son regard lointain indiquant qu'elle ruminait apparemment le passé. C'est devenu un réflexe. J'ai même déménagé une fois ici, dans Londres, après la mort de Mungo, alors que je n'avais aucune vraie raison de le faire.

Elle releva la tête, et ses yeux d'ordinaire impénétrables exprimaient pour une fois une émotion : l'anxiété.

Elliot tendit une main au-dessus de la table, et elle en fit autant.

— Je suis content que vous soyez revenue.

— Moi aussi.

Elle ne semblait pas contente. Elle avait l'air d'une femme s'apprêtant à endurer une longue marche solitaire vers l'échafaud.

— Je ne sais pas si j'en suis capable, Elliot.

— De quoi ? De rencontrer votre famille ?

— Cela, et d'aller à des bals et des réceptions, et de mener une existence... normale.

— Bien sûr que vous en êtes capable. Vous êtes la personne la plus compétente, hommes et femmes confondus, que j'aie jamais croisée, Jo.

— Compétente, oui, mais être une dame de la haute société, ce n'est pas manipuler des couteaux ou traîner des criminels en justice, ni... faire toutes ces choses qui relèvent de mon domaine de compétence.

Elle lui jeta un regard implorant.

— Vous me connaissez mieux que quiconque, Elliot. Je déteste parler à la plupart des gens, et je fais tout mon possible pour éviter les situations où la conversation est nécessaire. Ces huit dernières années, mon meilleur ami a été un oiseau. Me voyez-vous badiner ou échanger de menus propos soir après soir ?

Un étrange mélange de tristesse, de jalousie et d'empathie étreignit la poitrine d'Elliot. La tristesse, car elle pensait qu'il la connaissait mieux que quiconque et cependant il avait l'impression de la connaître à peine. La jalousie quand il l'imaginait flirter ou bavarder avec d'autres hommes, et l'empathie parce que lui non plus n'aimait pas le tourbillon de la vie mondaine londonienne.

— Vous pourrez vous familiariser avec tout cela aussi lentement qu'il le faudra. Quantité d'autres choses sont plus importantes que le fait que vous vous lanciez immédiatement dans les mondanités, Jo.

— Les « mondanités », grogna-t-elle. Je déteste la sonorité de ce mot. J'ai constaté ce que Marianne est obligée de faire, et croyez-moi, j'en suis tout bonnement incapable. Organiser des dîners et des bals ? Être présentée à la reine dans cette abominable salle du Trône et devoir porter des robes grotesques ?

Elle frissonna, et ce n'était pas une exagération théâtrale.

La présentation au palais ne serait pas le pire des supplices. En tant que membre de la Chambre des lords, même si elle n'occuperait pas le siège, et que pairesse contrôlant également plusieurs sièges à la Chambre des communes, Jo devrait être reçue par le roi. Elliot décida qu'il valait mieux garder pour lui cette information pour le moment.

— Il est probable que la plupart de ces choses-là n'auront pas besoin de se produire tout de suite.

C'était un peu mensonger, mais l'expression farouche dans les yeux de Jo le convainquit que ce petit arrangement avec la vérité était nécessaire. Jamais Elliot ne l'avait vue aussi accablée, et cela le désarmait.

Jamais non plus il ne l'avait entendue parler autant que la veille et ce matin. Elle était sur des charbons ardents, terrifiée, et il devait s'y prendre avec des pincettes. Il n'aimait pas l'idée de la « manipuler », mais il n'était pas question qu'elle s'enfuie. Elle ne pouvait déléguer son titre et ses responsabilités, et maintenant que sir Stanley savait tout à son sujet, son cousin apprendrait son existence, si ce n'était pas déjà fait. Même si elle fuyait, Richard Townshend ne pourrait tout simplement pas reprendre son titre et sa position de chef de famille, la succession de Jo était un fait accompli.

Quant à la question de l'accueil qui lui serait réservé... il n'avait pas été tout à fait honnête à ce propos. Il restait beaucoup de gens qui n'avaient ni oublié ni pardonné la famille Townshend, mais on n'y pouvait rien, elle devrait supporter cette notoriété.

— Allez-vous m'aider ?

Son interrogation tira Elliot de ses pensées, et il lui sourit.

— Bien sûr. De toutes les manières que vous le souhaiterez. Mais que voulez-vous dire ?

Elle esquissa un vague geste global d'une main et haussa les épaules.

— Pour tout cela.

Elliot hésita, et Jo se renfonça sur sa chaise, le visage fermé. Quand elle voulut retirer la main qu'il tenait toujours, il resserra la sienne.

— Calmez-vous, murmura-t-il. Je n'hésitais pas parce que je ne veux pas vous aider. J'hésitais parce que je ne serai guère en position de le faire.

— Que sous-entendez-vous ?

— Les hommes et les femmes aristocrates qui ne sont pas mariés doivent se plier à quantité de contraintes sociales.

Il lui adressa un regard de regret sincère.

— Nous sommes obligés de renoncer au merveilleux arrangement que nous avons eu jusqu'à présent, Jo.

Était-ce mal de sa part de se réjouir à la vue de son expression consternée ? Probablement. Mais de son côté, en plus de le rendre malheureux, la perspective que leur arrangement cesse le rendit imprudent.

— À moins que…

Il s'interrompit et soutint son regard.

— À moins que nous ne soyons davantage que des amants, termina-t-elle.

Ce n'était pas une question, mais il hocha la tête. Cette fois, son air totalement affolé lui donna l'impression d'être une brute. Il ouvrit la bouche pour la rassurer, lui promettre qu'il l'épaulerait de toutes les manières possibles, et plus encore, qu'elle veuille ou non être avec lui, mais elle n'avait pas fini de parler.

— Souhaitez-vous toujours m'épouser, Elliot ?

Jo semblait incapable d'arrêter de se conduire bizarrement. Jamais elle n'avait agi avec autant d'obstination ni d'infantilisme. Et à voir la façon dont les sourcils d'Elliot remontaient presque jusqu'à la racine de ses cheveux, il partageait cet avis.

— Oubliez ma question, ajouta-t-elle vivement.

Il lui adressa un regard qu'elle ne put déchiffrer et secoua la tête.

— Vous vous méprenez une fois de plus.

— Ah ? s'enquit-elle avec raideur.

— Avez-vous oublié que je vous aime ?

Comme si elle pouvait oublier une chose pareille !

— Ou peut-être pensez-vous que je ne parlais pas sincèrement lorsque je vous l'ai dit ?

Il lui serra la main tellement fort que c'en fut presque douloureux.

— Je ne suis pas volage au point de ne plus vous aimer depuis que j'ai fait cette déclaration, mais les choses ont changé radicalement entre nous. Je ne crois pas que vous compreniez tout à fait à quel point. Vous êtes une femme riche, Jo. La fortune des Packenham est colossale.

Jo avait du mal à absorber cette information. Elle était riche ?

— Dans ma famille, je suis le benjamin, je travaille pour gagner ma vie. Non seulement cette disparité existe, poursuivit Elliot, mais vous n'êtes pas du tout dans l'état d'esprit propice à prendre une décision sérieuse pour le moment.

Jo le savait, il disait la vérité, et c'était tout à son honneur, mais cela l'agaça.

— Sous-entendez-vous que vous ne voulez pas m'épouser, parce que je suis « trop bien » pour vous ?

Il lui lança un regard exaspéré.

— C'est vous, il me semble, qui avez décidé de notre arrangement, Jo. Moi, je vous aurais épousée avec joie lorsque vous étiez la fille de Mungo Brown. Et je vous épouserais avec joie maintenant que vous êtes une riche héritière titrée, mais je ne peux m'empêcher de penser que vous marier, que ce soit avec moi ou avec un autre, n'est pas ce que vous souhaitez réellement, *vous*.

Avait-elle envie de se marier avec Elliot ? L'aimait-elle ? Elle adorait être avec lui, mais cela revenait-il au même ? Effectivement, elle n'avait pas les idées claires.

Il lui pressa la main, doucement cette fois.

— Ne vous sentez pas aussi... traquée, dit-il.

Son expression était si gentille et aimante qu'elle eut soudain le désir terrifiant et irrésistible de passer les bras autour de son cou pour verser toutes les larmes de son corps contre son torse.

— Je ne vous abandonnerai pas aux loups de la haute société, conclut-il.

Elle sourit faiblement. Elliot était bien intentionné, mais il n'avait pas entendu Marianne parler de ses premiers pas dans le beau monde. Jo savait que tous ses faits et gestes seraient scrutés. Sans doute la femme de son cousin – ou quelque autre chaperonne – s'attacherait-elle à elle pour la surveiller tel un dragon mythique protégeant son antre.

Ce serait étouffant, démoralisant, et le temps qu'elle pourrait passer avec Elliot serait réduit au compte-gouttes.

Plutôt mourir ! Elle était capable d'endurer une douleur physique immense, mais des obligations sociales oiseuses et futiles ?

Ce fut Jo cette fois qui serra la main d'Elliot.

— Je souhaiterais vous demander... une faveur.

— Tout ce que vous voudrez.

Elle se mordit l'intérieur de la joue au point de la faire saigner.

— Si nous étions fiancés, pourrais-je vous voir davantage ?

— Nous venons d'en discuter, Jo. Je suis...

— Non, vous ne comprenez pas. Je ne parle pas de vraies fiançailles, uniquement d'un engagement... temporaire.

— « Temporaire », répéta-t-il.

Son visage n'exprima soudain plus rien, rien du tout. Elle l'avait remarqué faire cela avec d'autres gens, se fermer de la sorte, mais il n'avait jamais agi ainsi avec elle, du moins pas depuis qu'ils étaient devenus amants.

— Pardonnez-moi, bredouilla-t-elle. Je n'aurais pas dû...

— Qu'entendez-vous par « temporaire » ?

Elle ravala la douleur que lui causa sa question. Bien sûr, il souhaitait savoir combien de temps il devrait faire semblant. C'était son idée à elle, alors pourquoi se sentait-elle vexée ?

— Croyez-vous que je devrai assumer ces... devoirs dont vous avez parlé dès cette saison des mondanités ?

Il hésita, puis hocha la tête.

— La situation est un peu délicate pour vos cousins. Si on apprenait qu'ils avaient connaissance de votre existence et n'avaient pas réagi, cela donnerait l'impression qu'ils essaient de faire perdurer une position qui ne leur appartient plus.

— Je comprends. Dans ce cas, je pourrai me débarrasser de presque toutes les corvées dans les semaines qui viennent ?

Il sourit avec ironie.

— Quand vous dites « me débarrasser », vous voulez dire vous attaquer à tous les devoirs essentiels ?

Elle acquiesça.

— Eh bien, il reste sept ou huit semaines avant que le gratin de la société quitte Londres pour la campagne, aussi cela vous donne largement le temps d'en accomplir une bonne partie, en tout cas toutes les responsabilités associées à votre investiture. Une fois terminée la saison des mondanités, vous pourrez vous reposer.

Il fit une grimace et ajouta :

— Du moins, jusqu'à ce que commence la saison de la chasse. Votre cousin en est très féru, précisa-t-il devant son regard interrogateur. Votre gentilhommière se trouve au nord d'Oakham, en plein cœur de la région de la chasse. Votre cousin Richard organise les chasses à courre les plus célèbres du pays, même le prince régent y participait à l'époque où il était un peu plus actif.

Jo écarquilla les yeux.

— Le Régent fréquente ma famille ? Malgré tout ?

Elliot le lui confirma d'un hochement de tête.

— Il a tout fait pour estomper le déshonneur de votre famille. Et il n'a pas été le seul, du reste, loin de là. La haute société peut être parfois odieuse, mais on sait se serrer les coudes quand il le faut, indépendamment de ses opinions politiques ou de ses positions.

— Chassez-vous ? s'enquit-elle avec espoir.

— J'aime beaucoup ça, mais pas au point d'avoir des chevaux de chasse. J'ai la chance que Sin me prête les montures de son haras, sous prétexte que cela les met en valeur.

Pour avoir traversé la moitié de la France à cheval avec Elliot, Jo avait conscience que le duc de Staunton avait tout intérêt à ce qu'Elliot monte ses chevaux. À l'instar de la plupart des aristocrates, ce dernier chevauchait comme si lui et sa monture ne faisaient qu'un.

Elle le scruta, incapable de déchiffrer ses pensées.

— Je serais nettement plus à l'aise pour supporter tout cela en vous sachant à mes côtés. Pouvez-vous... Voulez-vous...

Elliot sourit, lui prit la main et s'inclina dessus.

— Oui, je serai honoré d'être votre fiancé jusqu'à la fin de la saison.

18

Dans quoi t'embarques-tu, Elliot ?

Cette phrase tournait dans son esprit depuis qu'il avait quitté l'appartement de Jo. Vingt-quatre heures plus tard, il aurait dû être serein par rapport à ce à quoi il s'était engagé, mais depuis sa discussion avec Sin, la veille au soir, il était plus préoccupé que jamais.

Elliot et Jo avaient convenu qu'elle dirait la vérité concernant son identité à Marianne, Cécile et Helen, ses plus proches amies, en fait, et que de son côté il la révélerait à Guy et Sin.

Malheureusement, Guy et Cécile étaient une fois de plus à couteaux tirés.

La veille, ils étaient allés chez Cécile, Jo et elle, pour s'entretenir chacun individuellement avec eux, et avaient découvert que Guy avait vidé les lieux et était parti rendre visite à sa mère et à ses sœurs avant d'embarquer pour Boston.

Cécile fulminait, cachant sa fureur sous un vernis de politesse tendue et hérissée. Jo avait attiré Elliot à l'écart.

— Ce n'est pas le meilleur moment pour que je lui parle, avait-elle chuchoté.

— En effet, avait-il concédé en lui dérobant un rapide baiser et en se moquant de son air surpris. Qu'allez-vous faire ?

— Nous avons élaboré un plan, Helen et moi, avait répondu Jo.

— Quel genre de plan ? avait-il demandé en l'embrassant encore.

— Un plan pour que Cécile et Guy règlent une bonne fois pour toutes leurs différends.

Elliot avait éclaté de rire.

— Ce doit être un sacré plan.

— Faites-moi confiance, avait déclaré Jo avant de l'embrasser, elle, et pas du tout aussi fugacement.

En vérité, ils s'échauffaient très agréablement, et Elliot s'apprêtait à essayer de la convaincre de rentrer chez elle et de remettre au lendemain le reste de leurs courses lorsqu'une petite toux les avait fait brutalement s'écarter l'un de l'autre.

— Pardon de vous interrompre, avait dit Helen avec une étincelle amusée dans les yeux, mais Cécile souhaiterait discuter avec Joséphine et moi du contrat de vente.

Elliot avait adressé à Jo un regard appuyé, et elle avait haussé légèrement une épaule. Elle n'avait pas encore mentionné à Helen sa nouvelle situation.

— Lâche, avait-il articulé silencieusement.

Après cela, il l'avait laissée à sa réunion et à la tâche désagréable de devoir avouer à son amie qu'elle ne pourrait plus gérer la Foire avec elle.

Depuis cet après-midi-là, il ne l'avait pas revue. Il avait voulu retourner lui rendre visite le soir, mais il avait été appelé à travailler sur une affaire inattendue de laquelle il n'avait pu se libérer avant minuit.

Une seule nuit sans elle, et déjà il était à cran. Seigneur ! Comment réagirait-il lorsqu'ils ne pourraient plus se toucher du tout ?

Elliot grimaça à cette pensée insupportable.

Il se rendait au ministère pour raconter à sir Stanley que Jo avait accepté de rencontrer ses cousins.

— Je m'acquitte de la corvée rapidement uniquement parce que sir Stanley les a déjà contactés, l'avait averti Jo. Mais je ne souhaite pas qu'il croie – ni les Packenham – que pour autant je compte immédiatement m'installer chez eux.

— Chez *vous*, avait marmonné Elliot.

Elle avait agité une main agacée.

— Vous savez bien ce que je veux dire.

— Mais Jo, vous comprenez que vous devrez quitter votre gourbi pour vous installer avec votre famille, un jour ou l'autre.

— Un jour ou l'autre, mais pas tout de suite.

Elle lui avait adressé un regard penaud.

— Ne puis-je au moins disposer d'un mois, le temps de me faire à l'idée ?

— Un mois ? Probablement pas, peut-être une semaine, certainement pas plus de dix jours.

Elle avait grimacé.

— J'y réfléchirai, mais je ne souhaite pas prendre de décision pour le moment.

Puis elle avait dit une chose qui l'avait interloqué :

— J'irai parler de Mungo à sir Stanley et je répondrai à ses questions, non que je sache quoi que ce soit. J'étais sincère quand je vous ai proposé de jeter un coup d'œil dans sa malle, Elliot. Elle ne contient rien d'important, je vous en donne ma parole.

Elliot avait brûlé de curiosité de la prendre au mot, mais il lui avait paru goujat de s'empresser de vérifier, aussi lui avait-il dit qu'il inspecterait les maigres possessions de Mungo une autre fois, car il y en aurait une, ils étaient tous les deux bien d'accord là-dessus.

Malheureusement, c'était le devoir d'Elliot que de la convaincre de s'installer sans trop attendre dans la maison familiale de Berkeley Square. Se dérober à l'inévitable était impossible, maintenant que ses cousins la savaient en vie. Ils s'exposeraient à la honte et au ridicule si on apprenait qu'ils avaient laissé leur héritière vivre dans la pauvreté pendant qu'ils occupaient sa maison.

Ils n'étaient pas les seuls à risquer d'être tournés en dérision au cas où la vérité éclaterait. Elliot passerait pour un opportuniste si on découvrait qu'il avait traité Jo comme une courtisane, pire d'ailleurs. Si elle avait été sa maîtresse officielle, il lui aurait au moins procuré une maison correcte et l'aurait inondée de cadeaux. Au lieu de cela, il avait campé dans son minuscule appartement et mangé le pain et le vin qu'elle achetait elle-même, sans contribuer davantage qu'à quelques repas par-ci par-là.

Quant à ces maudites pseudo-fiançailles qu'il avait acceptées, c'était purement et simplement un désastre en devenir.

Mais pour pouvoir passer du temps ensemble, ils n'avaient pas le choix.

Elliot avait déjà tourné et retourné la question dans tous les sens, et Jo avait raison : s'ils n'étaient pas fiancés, il ne pourrait la voir que brièvement lors de réceptions de la haute société. Elle ne s'en rendait peut-être pas compte, mais cela signifiait qu'il n'aurait plus aucune chance avec elle, car, quoi qu'elle imagine maintenant, elle trouverait des choses à apprécier, dans sa nouvelle vie. C'était une héritière et une comtesse, mais elle serait courtisée pour davantage que de l'argent ou un titre. C'était une femme fascinante, et si différente de la plupart des jeunes filles en fleur insipides qui faisaient leur début chaque année qu'elle attirerait les hommes comme des mouches avec du miel, des hommes puissants capables de lui offrir bien davantage qu'Elliot.

Lorsqu'il avait fait part de ses pensées – en des termes bien plus circonspects – à Sin la veille, son ami s'était moqué.

— Jo va vouloir officialiser vos fiançailles, Elliot. C'est probablement déjà ce qu'elle souhaite, mais avec tout ce qui lui est tombé dessus, elle est incapable de réfléchir correctement pour le moment.

L'assurance de Sin l'avait un peu ragaillardi, mais il ne connaissait pas Jo. Bon sang, même Elliot ne la connaissait pas ! Du moins pas bien. Comment savoir de quoi cette femme était capable ?

Il avait souri et dit simplement :

— Elle aura besoin de toute l'aide possible.

— Oui... pour certaines choses, mais elle est éduquée, elle s'exprime parfaitement et elle est très jolie, c'est déjà beaucoup.

De la part d'un homme qui avait épousé une femme ayant travaillé dans un cirque, la confidence de Sin n'était pas anodine.

— Tu as raison, avait concédé Elliot. Mais elle est aussi têtue, pathologiquement réservée, et plus dangereuse qu'un tonneau grouillant de vipères. Tu l'imagines dans un bal, des couteaux apparaissant par magie dans ses mains pour éconduire un jeune imbécile boutonneux qui essaiera de l'embrasser ?

Sin avait éclaté de rire, et Elliot avec lui... mais pas longtemps. Son ami ne savait toujours pas ce que Jo avait fait à Broussard et à ses hommes en France ni comment elle avait réagi quand elle avait cru qu'il avait parlé d'elle à Gray, et Elliot ne souhaitait pas l'en informer. Joséphine Brown n'était pas exactement incontrôlable, mais elle ne se conformait pas aux us et coutumes de la bonne société, cela au moins était certain.

— Tu es sûr que je ne peux pas mentionner tout cela à Marianne ? avait supplié Sin au moment où son ami prenait congé.

— Si cela ne tenait qu'à moi, je te dirais de tout lui raconter, mais ce n'est pas le cas, et il vaut mieux laisser Jo gérer les choses à sa façon.

Cependant, Elliot se demandait si elle mijotait quelque chose. Il s'inquiétait constamment qu'elle se volatilise plutôt qu'affronter sa nouvelle vie. Il ne l'aurait jamais admis devant elle, mais il était heureux que Gray fasse surveiller son appartement. Encore que, si Jo ne souhaitait pas qu'on la suive, il lui faisait confiance pour semer le meilleur des limiers.

Elliot écarta ses inquiétudes tandis qu'il s'approchait de Whitehall, et adressa un signe de tête aux deux soldats de faction à l'entrée.

À l'intérieur, il prit la direction opposée aux bureaux plus augustes occupés par les gros bonnets du ministère de l'Intérieur.

Les couloirs devinrent de plus en plus étroits et de moins en moins luxueux à mesure qu'il marchait, jusqu'à ce qu'il ouvre une porte quelconque au bout de l'escalier – une entrée de service – et descende d'un étage pour pénétrer dans l'antichambre modeste du bureau de sir Stanley.

À l'époque de Wardlow, la pièce contenait un bureau qui était toujours occupé par un secrétaire d'une patience à toute épreuve répondant au nom d'Ogden.

Sir Stanley avait éliminé et le bureau et Ogden, et meublé l'espace avec deux petits canapés en cuir, une chaise et une pile de journaux sur le sport et la chasse. On aurait dit la salle d'attente d'un médecin à Harley Street plutôt que l'antre d'un maître de l'espionnage.

Elliot jeta un coup d'œil à sa montre. C'était l'heure de son rendez-vous, et il frappa à la porte.

— Entrez !

Contrairement à la fois précédente, le bureau de sir Stanley était à présent surchargé de documents. Il sourit à Elliot.

— Servez-nous donc un verre à tous les deux avant de vous asseoir.

Il désigna les amoncellements de papiers et ajouta :

— Je crois que je l'ai bien mérité, aujourd'hui.

— Une préférence ?

— Du whisky, toujours.

Elliot remplit deux verres et en tendit un à son supérieur, qui en avala une rasade, puis poussa un soupir satisfait.

— Ça va déjà mieux, déclara-t-il en posant son verre. Bon, vous vouliez me parler. J'espère qu'il s'agit de lady Packenham ?

L'appellation donna envie de rire à Elliot, mais il savait que cela passerait mal. Toutefois, si sir Stanley essayait de nommer Jo ainsi... cela passerait mal aussi.

— Elle s'adapte à la nouvelle, mais très lentement, monsieur.

Gray écarquilla les yeux.

— Vous sous-entendez qu'elle ignorait qui était son père ?

Elliot s'agaça de son incrédulité, mais il répondit sans broncher :

— En effet.

Gray sembla sur le point de dire quelque chose, mais il haussa une épaule.

— Ma foi, cela ne change pas grand-chose.

Elliot trouvait qu'il avait tort, mais il garda son opinion pour lui.

— Je suppose qu'elle est ravie de découvrir qu'elle est non seulement comtesse, mais très riche.

— Elle s'adapte à cette idée, répéta Elliot.

Gray pouffa.

— Seul un jeune homme peut croire qu'une femme désire autre chose que de l'argent et le respect de ses pairs.

Les paroles de son supérieur l'exaspérèrent une fois de plus. Il ouvrit la bouche pour répliquer une chose qui mettrait probablement fin à sa carrière, mais à sa surprise, Gray fit amende honorable :

— Je suis désolé. C'était maladroit de ma part, Wingate. Vous la connaissez mieux que moi : si vous affirmez qu'elle n'est pas folle de joie à la perspective d'une vie de luxe et de facilité, de belles robes et de bijoux, c'est assurément la vérité.

Elliot fut aussi stupéfait que reconnaissant. Il aimait son travail et n'avait pas envie d'en chercher un autre, mais il valait mieux que Gray ait conscience qu'il ne tolérerait aucun manque de respect vis-à-vis de Jo. Au vu de ses excuses, il l'avait compris sans que la situation s'envenime.

— J'espère sincèrement qu'elle est disposée à renoncer à sa vie d'artiste de cirque pour assumer ses responsabilités.

— C'est le cas.

Elliot n'avoua pas que c'était laborieux et contre son gré. Gray le découvrirait bien assez vite.

— Parfait, parfait. Bien, alors, Packenham…

Gray s'interrompit avec une grimace.

— Bon sang, je vais avoir du mal à m'y faire ! Je voulais dire, Richard Townshend et Mme Townshend sont très impatients de la rencontrer, vous vous en doutez. Je leur ai assuré qu'il suffirait d'affiner un peu ses manières pour qu'elle fasse ses débuts dans le monde.

Il sourit à Elliot, comme s'il attendait qu'il le remercie ou acquiesce. Il risquait d'attendre longtemps.

Gray dut se rendre compte qu'il avait encore gaffé, car il reprit :

— Ils sont déjà en train de préparer sa présentation à la reine et au prince régent, ainsi que d'organiser un bal pour la dernière semaine de la saison.

Il s'éclaircit la voix et se pencha au-dessus du bureau.

— Naturellement, je ne leur ai pas parlé de vos récentes visites nocturnes chez lady Packenham.

— Nous sommes fiancés, monsieur. Mais bien sûr, j'attendrai de me rendre chez M. Townshend pour avoir sa bénédiction avant que nous en fassions l'annonce officielle.

L'expression de sir Stanley fut celle d'un homme qui venait de mettre dans sa bouche une huître avariée et ne savait pas comment s'en débarrasser. Après avoir observé le visage d'Elliot, il dut décider d'avaler la bouchée.

— Ah, je vois. Ma foi, elle a largement dépassé l'âge requis pour y consentir, alors je vous adresse tous mes vœux de bonheur.

— Merci, monsieur.

— Bien, quand pouvons-nous organiser leur rencontre ?

— Mlle Brown a accepté de se présenter à Townshend House dans deux jours, monsieur.

Ce fut au tour d'Elliot de s'éclaircir la voix.

— Elle m'a demandé de l'accompagner.

Cela ne sembla pas ravir sir Stanley, mais il hocha la tête.

— Très bien. Quant à son emménagement là-bas...

— La question n'est pas encore tranchée, monsieur.

Gray le regarda durement.

— J'espère que vous lui avez fait part de l'aspect délicat de cette situation, Wingate.

— Oui, monsieur.

Sir Stanley poussa un soupir exaspéré.

— Bien, bien. Alors, quand viendra-t-elle s'entretenir avec moi ?

— Demain soir à 21 heures, si cela vous convient.

— Oui, parfaitement. Il n'y aura plus personne dans les bureaux à cette heure-là et...

— Euh, pas ici, monsieur. Elle souhaiterait vous donner rendez-vous au Greedy Vicar. Si vous ne le connaissez pas, il s'agit d'un pub à...

— Assisterez-vous également à la réunion ?

— Euh... oui, monsieur, elle me l'a demandé.

Gray grommela.

— Bon, et où se trouve cet endroit, comment s'appelle-t-il déjà ?

— Le Greedy Vicar. Vous n'en avez pas entendu parler ?

— Non.

Son supérieur semblait de plus en plus aigri.

— C'est une taverne où les gens de théâtre se réunissent. Sa présence dans ce genre d'endroit n'attirera pas l'attention, car elle s'y est rendue bien souvent, et il y a toujours des femmes.

— Vraiment ? fit sir Stanley d'un air pincé. Eh bien, voilà qui est très... bohème.

À la surprise d'Elliot, il sourit.

— Cela fait des années que je n'ai pas traîné devant la porte d'un théâtre avec des fleurs et des colifichets pour séduire une jolie actrice.

Elliot espérait ardemment qu'il garderait pour lui ce type de commentaire le lendemain soir, sans quoi il risquait de faire connaissance avec les couteaux de Jo.

— Voilà qui est réglé, déclara Gray d'un ton signifiant que la conversation était terminée. J'ai hâte d'entendre tout ce qu'elle a à dire à propos de Brown et de son père.

Elliot était au moins aussi impatient que lui.

*

* *

Jo étudia son reflet dans le miroir et envisagea brièvement de mettre autre chose que sa robe de travail grise, pour son rendez-vous avec le supérieur d'Elliot.

— Qu'en penses-tu, Angus ? Ce vieux truc gris ou ma robe de bal ?

L'oiseau l'ignora, trop occupé par le rat qu'il avait réussi à capturer pendant qu'ils revenaient du théâtre. Elle fronça les sourcils devant les saletés qu'il faisait sur le journal qu'elle lui avait étalé par terre.

— Tu as intérêt à avoir terminé avant l'arrivée d'Elliot, déclara-t-elle en examinant ses cheveux.

Devrait-elle refaire sa tresse ?

— Arrête, maintenant, enchaîna-t-elle en se détournant du miroir. M'as-tu entendu, Angus ?

Ce qui était sa façon de dire au corbeau qu'il devait emporter son repas déchiqueté sur le toit. Elle fit coulisser la fenêtre, et il attrapa dans son bec la dépouille du gros rat avant de sauter sur le large rebord.

— Reviens avant la nuit, Angus.

On était en mai, et le soleil ne se couchait pas avant 20 h 30, ce qui lui laissait le temps de manger et de rentrer avant qu'elle parte. À la campagne, elle ne s'inquiétait jamais qu'il passe la nuit dehors, mais Londres était rempli de dangers.

Elle se détournait de la fenêtre lorsqu'elle entendit le bruit de pas familier. Elliot ouvrit la porte et lui adressa un regard contrarié.

— J'avais fermé à clef, mentit-elle.

— Vraiment ? Et qui l'a déverrouillée, alors ?

— Probablement Angus.

Elliot, qui retirait ses gants, plissa le front et leva les yeux.

— Sait-il réellement faire cela ?

Jo ne put s'empêcher de rire.

— Je vous aurais cru trop malin pour ajouter foi à ces mensonges.

Il jeta ses gants dans son chapeau et avança vers elle.

— Dès lors que vous êtes concernée, je deviens affreusement crédule, déclara-t-il en la prenant dans ses bras et en l'embrassant avec la passion dont elle commençait à avoir besoin.

Jo ferma les paupières et fit vagabonder ses mains sur son corps dur et musclé en se demandant brièvement s'ils avaient le temps pour qu'elle le débarrasse au moins de son gilet et de sa chemise et admire son torse. Mais quand elle sortit les pans de son pantalon, il s'écarta.

— Nous n'avons pas le temps, chérie, murmura-t-il, le souffle déjà court.

Jo le laissa aller en ravalant ses protestations.

— Comment ça va, à la Foire ? l'interrogea-t-il en rabattant quelques cheveux derrière l'oreille de Jo.

— Guy est revenu, mais Cécile et lui continuent à se voler dans les plumes, aussi Helen et moi avons décidé de mettre en œuvre notre plan demain soir.

Helen avait eu l'idée d'enfermer dans une pièce les amants querelleurs avec de la nourriture, du vin et une méridienne, et de ne leur permettre de sortir que lorsqu'ils auraient réglé leur problème. Jo n'était pas convaincue que le stratagème fonctionnerait, mais elle avait convenu qu'une opération radicale s'imposait avant que Cécile parte pour le continent la semaine suivante.

Elliot remit sa chemise dans son pantalon et ajusta ses vêtements devant le sourire réjoui de Jo.

— Ah oui, vous êtes fière de vous, n'est-ce pas ? dit-il en secouant la tête. De quoi aurai-je l'air si j'entre dans le pub avec une belle érection ?

Jo sourit d'une oreille à l'autre et ferma les yeux.

— Accordez-moi un instant pour me représenter la scène.

— Je suis ravi de vous amuser, ma chère.

En ouvrant les paupières, elle constata qu'il la regardait avec une expression d'agacement affectueux.

— Êtes-vous certaine que vous êtes prête à parler à Gray ?

— Absolument.

Il ne sembla pas tout à fait convaincu, mais il hocha la tête.

— Bien, et n'oubliez pas que nous avons un rendez-vous assez important demain à 16 heures.

— Comme si je risquais de l'oublier, répliqua-t-elle, son sourire soudain effacé. Pensez-vous que je puisse m'habiller ainsi ce soir ?

— Oui, dit-il sans hésiter. Il faut vous habiller normalement. Quant à demain...

Il soupira avant de rediriger la conversation sur le sujet qu'il voulait.

— Gray m'a expliqué que vos cousins ont donné congé à la plupart des domestiques. Seul le majordome sera là pour nous accueillir, et il est au courant de votre existence.

Il sourit.

— Apparemment, il travaillait déjà à Townshend House du temps de votre père et il est très impatient de faire votre connaissance.

Jo savait que ces paroles étaient censées la réconforter, mais le fait qu'un domestique ait hâte de la rencontrer, parce qu'elle était la fille d'un homme qu'elle n'avait jamais vu... ce n'était qu'une pièce troublante supplémentaire d'un puzzle qui ne faisait que s'agrandir.

Elliot lui souleva le menton et l'obligea à le regarder.

— Tout va bien se passer, je vous le promets.

Elle poussa un profond soupir et hocha la tête avec l'impression d'être un avorton stupide, pour céder ainsi à l'anxiété. Pourquoi était-il plus facile d'affronter une armée de mercenaires français hostiles que deux sexagénaires qui faisaient partie de sa famille ?

Elle se détourna et montra le lit.

— J'ai étalé là tout ce que Mungo a laissé à sa mort.

Jo vit à l'expression d'Elliot qu'il avait espéré davantage.

— Je vous ai bien dit qu'il n'y avait pas grand-chose. Allez-y, regardez, dit-elle en le voyant hésiter.

— Vous êtes sûre que cela ne vous ennuie pas ? J'ai l'impression d'être horriblement indiscret en fouinant dans ses affaires.

— Il n'y a rien là-dedans qu'il aurait voulu dissimuler.

Jo mit la bouilloire sur le feu pendant qu'Elliot s'asseyait sur le lit et examinait soigneusement chaque objet. Ce fut seulement devant les trois petits carnets reliés de cuir qu'il posa des questions.

— Vous dites que ces poèmes ont été écrits par John Townshend ?

— Oui, répondit-elle en mesurant six cuillerées de thé plus une pour le pot. Mungo racontait qu'il y en avait d'autres, mais qu'ils les avaient laissés en s'enfuyant.

Elliot feuilleta chacun des carnets, et s'arrêta à la fin du dernier.

— L'écriture est différente dans celui-ci.

Jo plaça le couvercle sur la théière et vint regarder.

— C'est l'écriture de Mungo.

Elle montra les dix ou douze dernières strophes.

Les lumières sont plus vives,
les nuits davantage fraîches,
Une vie peut être vécue, un cœur peut être vrai.

Elle fit un petit bruit de dérision et secoua la tête.

— C'est pitoyable. Je comprends que Mungo ne m'ait jamais avoué qu'il s'était mis lui aussi à la poésie. « Davantage fraîches » ? Est-ce même grammaticalement correct ?

— Les poètes ont leurs propres règles, murmura Elliot, le regard rivé à la page.

— Si vous le dites.

Elle entendit taper à la fenêtre et constata qu'Angus était revenu. Il faisait presque nuit. Jo ouvrit la fenêtre, soulagée de ne voir aucune trace de rat lorsque le corbeau sauta à l'intérieur et alla se jucher sur son perchoir. Un rapide coup d'œil à la pendule lui annonça qu'il était presque l'heure de partir.

— Avalons notre thé et allons-y, Elliot.

Comme il ne répondait pas, elle pivota vers lui.

— Elliot ?

Il leva lentement vers elle des yeux agrandis par une révélation.

— Ce n'est pas seulement de la poésie médiocre, Jo.

— Non ? demanda-t-elle en versant les ridicules quantités de lait et de sucre qu'il aimait ajouter à son thé.

— C'est une sorte de code.

Elle releva vivement la tête.

— Quoi ?

— J'en suis convaincu.

Il souleva le carnet qu'il étudiait.

— Je ne possède aucun indice, mais je suis prêt à parier ma vie que c'est la preuve que voulait donner Mungo à Wardlow.

— Comment pouvez-vous le savoir ? s'exclama Jo.

— Pour quelle autre raison Mungo finirait-il le poème d'un autre homme, Jo ?

Sa remarque la réduisit au silence.

— En outre, il y a quelque chose dans la structure qui rappelle fortement les principes du codage.

— Que voulez-vous dire ?

Elliot avait du mal à justifier ce que lui soufflait son instinct, car ce n'était que cela : un instinct.

— Je ne sais pas comment vous l'expliquer, reconnut-il enfin. Mais je suis prêt à parier que ces textes ont recours à un code de remplacement.

Malheureusement, pour le déchiffrer, il faut connaître la source des lettres ou des mots remplacés.

— Qu'est-ce qui peut constituer une source ?

— Un livre, une missive, n'importe quoi du moment que cela contient des mots, en fait. Et il faut également connaître la formule utilisée pour le décoder.

Il jeta un coup d'œil sur les quelques autres objets éparpillés sur le lit. Il y avait six livres, portant tous le nom de Packenham.

— Cela peut être un de ces livres, mais sans la clef qui m'indiquerait quelles lettres de quelles lignes, ou dans quels mots de quelles pages, par exemple, nous n'avons aucun moyen de le savoir.

— Seriez-vous capable de déchiffrer ?

— Si je passais beaucoup de temps à éplucher les livres, peut-être, mais j'en doute. Je ne suis pas spécialiste des codes secrets, Jo.

Elle réfléchit un moment, avant de dire :

— Je n'ai pas envie d'en parler à qui que ce soit pour l'instant.

— Vous ne voulez même pas le mentionner à sir Stanley ?

— Ni à lui ni à quiconque. Après tout, que savez-vous vraiment ?

— Rien, mais...

— Mais ?

— Vous ne souhaitez le dire à personne, mais il se trouve que je connais un cryptanalyste très brillant.

— Un quoi ?

— Un maître du déchiffrage des codes. Il ne travaille plus pour le ministère de l'Intérieur, car il a été grièvement blessé pendant la guerre. Mais si quelqu'un est capable de percer le mystère, c'est Daniel Morrison.

— Vous voulez lui donner ces carnets ?

— Si vous souhaitez savoir ce qu'ils disent réellement...

— Il faut que j'y réfléchisse d'abord.

En croisant son regard, Elliot comprit qu'elle n'était pas prête à négocier.

Le fait qu'ils s'apprêtent à rencontrer sir Stanley alors qu'il venait de faire cette découverte n'était pas idéal. Mais il aimait Jo, et c'était ce qu'elle souhaitait, aussi hocha-t-il la tête.

— Très bien. Prenez le temps qu'il vous faudra.

Son sourire reconnaissant et son soulagement visible lui servirent de récompense.

— Merci.

Avec un soupir, elle jeta un coup d'œil à la pendule.

— Bien, c'est l'heure de braver la tempête, je crois.

19

Sir Stanley était presque comiquement à l'aise sur sa banquette d'angle lorsque Jo et Elliot franchirent le seuil du Greedy Vicar peu après.

Son soulagement lorsqu'il les vit arriver était palpable. Il se leva, le regard rivé à Jo.

— Merci infiniment d'être venue, ma chère. Bonsoir, Wingate, ajouta-t-il distraitement sans quitter Jo des yeux.

L'expression de cette dernière était impassible et froide, celle qu'elle montrait toujours au reste du monde, excepté à Elliot.

— Mon Dieu, ma chère, dit sir Stanley, qui prit les mains de Jo entre les siennes sans savoir que c'était au péril de sa vie. Vous êtes tout le portrait de votre père.

Il lui adressa un sourire tremblant, son regard embué et affectueux. Jo remua les pieds, mal à l'aise devant son émotion.

— Mais je vous laisse debout, ajouta Gray en s'éclaircissant la voix et en lui lâchant les mains. Je vous en prie, asseyez-vous tous les deux, continua-t-il en montrant la table.

Quand ils furent tous installés, Gray fit signe à la serveuse, Dora.

— Bonsoir, Jo, Smithy, les salua-t-elle en s'approchant. Comme d'habitude pour vous deux ?

Il hocha la tête.

Après son départ, Gray sourit, mais Elliot constata sa crispation.

— Vous devez venir ici très souvent, si cette fille connaît votre boisson préférée, dit-il à Jo, une vague réprobation dans la voix.

Elle se hérissa aussitôt – encore qu'il aurait fallu la connaître très bien pour le remarquer –, n'appréciant pas d'être grondée, même gentiment, par cet inconnu.

— Elliot m'a indiqué que vous désiriez me parler de mon père et de Mungo.

Son ton sec fit tressaillir Gray légèrement, mais il se ressaisit vite.

— Et je mourais d'envie de vous rencontrer, bien sûr. Mais vous avez raison, ma chère, j'ai quelques questions.

Elliot voyait percer son émotion et regretta que Gray ne puisse être un peu plus... professionnel et moins sentimental.

— Je sais fort peu de choses, déclara-t-elle. Elliot vous l'a déjà dit, je crois.

— En effet. Mais ce dont j'aimerais vous parler, ce n'est pas de ce que vous pensez savoir, mais de ce que vous avez remarqué sans vous en rendre compte.

Jo haussa les épaules.

— Je vous écoute.

Gray chercha quelque chose dans son manteau, et Elliot sentit plus qu'il ne vit Jo se contracter. Un rapide coup d'œil lui montra qu'elle tenait un couteau à la main. Sir Stanley ne sembla s'apercevoir de rien et tira de sa poche un petit carnet peu épais.

— Cela vous ennuie si je prends quelques notes ?

— Non.

Gray parut interloqué par sa réponse abrupte, et Elliot devina qu'il réévaluait mentalement le travail nécessaire pour « raffiner » Jo avant qu'elle soit digne d'occuper son nouveau rang.

— Bien. Je pense que nous pourrions commencer par la fin, la dernière... disons, « mission » que Brown et vous avez exécutée ensemble avant sa mort.

— Je ne souhaite pas parler de mes anciens clients.

Gray en resta bouche bée, mais au bout d'un moment, il esquissa un sourire forcé.

— Ma foi, c'est tout à votre honneur.

Jo se contenta de le fixer des yeux. Il poussa un soupir, reposa son crayon et croisa les mains sur la table.

— Milady...

— S'il vous plaît, ne m'appelez pas ainsi.

— Mais vous êtes une lady, objecta Gray.

— Je n'ai pas très envie que cela s'ébruite dans un pub de Whitechapel, répliqua Jo.

Son reproche peu subtil fit s'empourprer Gray, qui fronça les sourcils, mais il hocha la tête et répondit :

— Très bien, mademoiselle Brown. Ce que je voulais dire, c'est que vous ne semblez guère disposée à m'aider à laver l'honneur de votre père et celui de Callum Brown.

— J'y suis extrêmement disposée, répliqua Jo. Mais je ne vois pas en quoi révéler des renseignements concernant de précédents employeurs vous aidera.

Elliot ne le voyait pas non plus.

— Il est possible que certaines des personnes pour lesquelles a travaillé Brown soient au courant de quelque chose. Après tout, comment a-t-il fait connaissance avec tous ces gens sinon à cause d'un lien en rapport avec son passé ?

À cet instant, Dora vint poser deux pintes de bière maison.

— Et voilà.

— Merci, Dora, répondit Elliot en cherchant sa bourse.

Gray secoua la tête en fouillant dans sa poche.

— C'est ma tournée.

— Il paraît que la Foire se met au repos prématurément, cette année, dit Dora à Jo pendant que Gray comptait la monnaie.

— Oui, avec quelques mois d'avance.

— C'est une drôle de période pour arrêter les activités, non ? insista Dora. Cécile est...

— Merci, mademoiselle, l'interrompit Gray avec un regard soutenu en faisant glisser ses pièces sur la table.

Surprise, Dora haussa les épaules et prit l'argent.

— À tout à l'heure, mes poussins, enchaîna-t-elle à l'intention de Jo et d'Elliot en décochant elle aussi à Gray un regard appuyé.

Après son départ, Gray s'adressa à Jo :

— Il est grand temps de changer vos habitudes, ma chère. Vous êtes une pairesse du royaume, puissante et riche, et...

— La seule relation que je connaisse de Mungo avec le passé, c'était un mercenaire prussien appelé Strauss. C'est l'homme qui l'avait embauché, initialement. Mais Mungo et lui se sont perdus de vue quand j'avais douze ans. Après cela, il a reçu plus de propositions de travail qu'il n'en pouvait accepter, grâce à des années passées à bâtir sa propre réputation d'efficacité et de discrétion.

Gray hésita, puis il reporta son attention sur son carnet et y inscrivit quelque chose, sans doute le nom du Prussien.

— Il n'a pas laissé de journal, de courriers... des témoignages de cet ordre ?

Jo ne sourcilla pas avant de mentir :

— Je n'ai rien retrouvé de tel.

— Se peut-il qu'il ait mis des objets de valeur dans une banque ? Souvent, ils conservent les documents les plus importants pour leurs dépositaires.

— Je ne l'ai jamais vu faire appel aux services d'une banque.

Elliot se demanda où elle gardait ses économies. Il savait qu'elle avait suffisamment d'argent pour investir dans l'achat de la Foire, ce qui n'était pas un mince montant, et il eut soudain la vision cauchemardesque de Jo le dissimulant dans son matelas. Il imaginait son corbeau curieux et voleur découvrir le butin et le cacher ailleurs, dans un lieu où personne ne le retrouverait jamais.

— Bien que votre grand-père maternel ait renvoyé la plupart des biens de votre père – des livres, quelques lettres échangées entre vos parents, et plusieurs volumes de sa poésie…

Gray marqua une pause et sourit à Jo.

— Saviez-vous que c'était un poète amateur à ses heures ?

— Non, je l'ignorais.

Elliot était stupéfait, et quelque peu mal à l'aise, de découvrir avec quel aplomb elle mentait. Il avait interrogé bien des prisonniers au fil des années, et jamais il n'en avait vu mentir de façon aussi convaincante. Cela le poussa à se demander : lui avait-elle toujours dit la vérité ?

*

* *

Malgré tout le mal qu'il se donnait pour le dissimuler, Jo devinait qu'Elliot était gêné qu'elle mente. Après tout, Gray était son supérieur, et elle était navrée de le mettre dans cette position, mais quelque chose chez cet homme ne lui revenait pas.

Depuis que tu sais que je ne suis pas ton père, ma poulette, tu es perturbée.

Jo eut une moue en entendant Mungo et fit la sourde oreille, trop furieuse contre lui pour parler à son ombre.

— Était-il doué ? s'enquit-elle auprès de Gray, préférant discuter avec lui plutôt que d'écouter les élucubrations d'un fantôme.

— Je vous demande pardon ?

— Les poèmes ? Était-ce un bon poète ?

Le visage de Gray se fondit dans un sourire sincèrement affectueux.

— Entre nous, il était médiocre.

Il rit, et Elliot sourit.

Constatant que cela n'amusait pas Jo, Gray reprit son sérieux.

— Ce n'était pas un grand poète, mais écrire de la poésie lui faisait du bien, cela lui offrait un dérivatif pour tous ces aspects de lui-même que son père avait toujours tenté de supprimer.

— Quels aspects ?

Il hésita, réfléchissant visiblement à ses parents.

— John avait une âme d'artiste, pas de guerrier. Cela dit, c'était un sacré bon soldat.

Il toussa.

— Euh, je vous demande pardon !

Jo ressentit sa première pointe d'amusement devant ses excuses. S'il croyait souiller ses délicates oreilles par la vulgarité de son langage, il arrivait plusieurs décennies trop tard.

— Mais contrairement à sa poésie, il était éblouissant au piano. Dans une autre vie, il aurait pu devenir concertiste professionnel.

— Son père n'a pas voulu l'autoriser à pratiquer la musique ?

Gray sourit avec tristesse.

— Non. Hélas, l'ancien comte était très à cheval sur les traditions et les principes. Jamais un de ses fils ne se serait lancé dans une carrière de chiffe molle. Pour son troisième fils, c'était l'armée, comme toujours dans sa famille.

Gray haussa les épaules.

— Je crois que John n'a plus jamais touché un piano, une fois que son père lui a interdit les leçons. Il s'est mis à la poésie peu de temps après. Il écrivait pour lui-même, pour les autres, et n'avait aucune intention de faire publier ses travaux.

Pour la première fois depuis qu'elle avait appris que John Townshend était son vrai père, Jo éprouva une pointe d'intérêt pour lui.

— Votre grand-père a également envoyé une caisse remplie d'affaires ayant appartenu à votre mère. Simms n'a pas eu d'autre enfant et il pensait – si vous aviez survécu – que la meilleure chance que vous auriez de récupérer les effets de vos parents serait par le biais de votre famille ici. Dois-je vous les faire livrer ?

— Vous les avez ? demanda-t-elle, perplexe.

Sa peau pâle et parcheminée se colora légèrement.

— Votre cousin Richard les a aussitôt apportés au ministère de l'Intérieur lorsqu'il les a reçus.

— Afin que vous les inspectiez à la recherche d'indices éventuels quant à ce qu'avait fait mon père ? devina-t-elle.

— Oui. Rien n'a été trouvé, mais je crains que depuis les objets ne soient simplement restés dans un coin, par notre faute, de sorte que les cartons sont toujours à Londres. Les voulez-vous ?

Jo se sentit étrangement mal à l'aise, presque au point d'en avoir la nausée, à la perspective de fouiller parmi les effets personnels de deux inconnus, mais ce n'était pas la peine de faire des chichis.

— Oui, veuillez me les faire envoyer.

Avec un petit sourire, elle ajouta :

— M. Wingate me dit que vous connaissez déjà mon adresse.

Gray rougit.

— Euh, oui, bien sûr... Je vais vous les faire expédier sur-le-champ. Certains bijoux de la famille de votre mère ont probablement beaucoup de valeur.

Jo n'avait jamais beaucoup pensé à la femme qui l'avait mise au monde ; cela faisait certainement d'elle une enfant anormale. Elle supposait à présent que les perles qu'elle portait avaient appartenu à sa vraie mère. Elle n'avait jamais imaginé qu'elles pouvaient avoir de la valeur, mais elle avait été naïve de croire que Mungo aurait pu s'offrir un tel collier avec sa paie de sergent.

Elle avait interrogé quelquefois Mungo au sujet de sa mère quand elle était plus petite, mais les larmes étaient venues aux yeux de ce dernier et ses réponses avaient été évasives et sa voix étranglée, aussi avait-elle fini par cesser. Elle se demanda soudain s'il était triste à cause des mensonges qu'il lui racontait ? À moins qu'il n'ait pleuré alors sa propre maîtresse ? Une femme qu'il n'avait jamais épousée et qui ne lui avait pas donné d'enfant.

Quoi qu'il en soit, quelle importance, maintenant ?

Comme elle ne répondait rien, Gray poursuivit :

— Y a-t-il une chose à laquelle vous pensez – si insignifiante vous semble-t-elle – qui pourrait constituer un indice quant à ce que Brown allait apporter à Wardlow lorsqu'il a accepté de le rencontrer ? Avez-vous une idée d'où il aurait pu cacher ce... cette preuve ? Peut-être l'avait-il confiée à un ami ? Ou voyez-vous un endroit où il aurait pu l'entreposer ? Vous n'imaginez pas à quel point j'étais excité d'apprendre qu'il détenait un moyen de laver le nom de John. C'est terriblement frustrant de savoir que cette preuve existe, là, quelque part !

Jo sonda son regard et y trouva une compassion et un intérêt sincère. Soudain, elle se sentit coupable d'être aussi intraitable. Il essayait de laver l'honneur de Mungo et celui de son vrai père. Gray n'y pouvait rien si elle avait passé toute sa vie à fuir à cause de leur supposée trahison.

— Malheureusement, je ne peux rien vous dire pour le moment, déclara-t-elle gentiment. Mais je vais tâcher de me remémorer quelque chose.

Un grand sourire éclaira le visage de Gray, puis il gâcha toute la bonne volonté qu'il venait d'accumuler en ajoutant :

— C'est bien, mon petit. Vous serez certainement plus détendue pour fouiller dans vos souvenirs lorsque vous ne vivrez plus dans la misère et que vous ne trimerez plus pour gagner de l'argent.

Jo se rembrunit et ouvrit la bouche pour répliquer quelque chose de cinglant, mais Elliot la devança.

— Merci, sir Stanley. Nous apprécions que vous ayez pris le temps et fait l'effort de venir ici rencontrer Mlle Brown ce soir, répondit-il précipitamment en posant discrètement une main sur les siennes – et sur son couteau – sous la table.

Gray sembla satisfait des paroles d'Elliot, et Jo se rendit compte qu'elle devrait probablement apprendre quelques-unes des tactiques de son amant en matière de communication.

Malheureusement, elle avait encore une chose à dire, et il n'y avait pas moyen de l'enrober de sucre.

— Je souhaiterais que vous rappeliez les deux hommes qui surveillent mon appartement.

Gray cligna des yeux, avant de les arrondir avec surprise et de les tourner vers Elliot.

— Il ne m'a rien dit, mentit Jo. Je les ai repérés il y a longtemps, et quand j'ai su que vous vouliez me parler, j'ai fait le rapprochement, c'est tout.

— Ces hommes ne sont pas là pour vous espionner, mais pour veiller à votre sécurité, milad... pardon, mademoiselle Brown.

Elle sourit, et Gray sembla stupéfait, comme s'il ne l'en aurait pas crue capable.

Une fois de plus, Elliot intervint avant qu'elle puisse lancer une réplique agressive ou choquante.

— Je veillerai à la sécurité de Mlle Brown, monsieur, mais nous vous sommes reconnaissants pour le soin que vous mettez à la protéger.

Gray souffla doucement, sarcastique, et continua :

— Très bien, je supprimerai votre service de protection.

Son expression tolérante se durcit.

— Mais uniquement si vous me donnez votre parole que vous allez emménager dans votre vraie maison et en finir avec cette comédie dans une semaine au plus tard.

Jo croisa brièvement le regard d'Elliot. Il n'avait pas souhaité la presser de déménager, mais elle savait bien ce qu'il pensait : elle ne pouvait pas atermoyer indéfiniment. Elle avait déjà décidé d'un délai d'une semaine – à quoi bon repousser l'inévitable ? –, cependant, son esprit de contradiction, généralement en latence mais virulent lorsqu'il était excité, pointa le bout de son nez.

— Deux semaines.

— Dix jours, transigea Gray.

Jo croisa le regard d'Elliot, et elle hocha la tête.

— Va pour dix jours.

20

La première chose que remarqua Jo à propos de son cousin et de sa femme fut leur âge et leur fragilité apparente. Curieusement, elle s'était attendue qu'ils aient une cinquantaine ou une soixantaine d'années, mais ils étaient manifestement beaucoup plus âgés.

De fait, le beau couple qui l'accueillit chaleureusement et avec enthousiasme dans le vestibule de Townshend House devait avoir près de quatre-vingts ans.

Mme Edith Townshend porta une main à sa bouche, les yeux luisants de larmes contenues.

— Oh, ma chérie ! Vous êtes le portrait craché de votre père. N'est-ce pas, Richard ?

Son cousin Richard, tout aussi ému que sa femme, hocha la tête et renifla, le regard dangereusement brillant.

— Absolument, ma chère, absolument.

— Enchantée, marmonna Jo, le cœur battant, la peau moite, le souffle saccadé.

L'envie de faire demi-tour et de s'enfuir en courant était presque insupportable. À cet instant, Elliot posa une main sur son coude.

— C'est un plaisir de vous revoir. Cela fait bien longtemps, depuis le mariage de mon frère Nigel, murmura-t-il, brisant le silence gêné qui s'était installé.

Richard Townshend se détourna difficilement de Jo et sourit à Elliot. Son expression se rafraîchit nettement.

— Ah, oui, Wingate, le benjamin des Norriton. Bien sûr que je me souviens de vous. Oui, la dernière fois, nous nous sommes vus au mariage de votre frère. Vous le rappelez-vous, Edi ?

Mme Townshend hocha la tête et essuya discrètement une larme avec un mouchoir en dentelle.

— Tout à fait. Ravie de vous revoir. J'étais navrée d'apprendre le décès de votre chère maman.

— Merci, dit Elliot.

— Mais que faisons-nous là debout dans le vestibule ? déclara-t-elle soudain, les joues cramoisies. Venez, allons nous installer dans le salon, et Wilmot va nous apporter du thé.

Elle hésita, avant d'ajouter :

— À moins que vous ne souhaitiez visiter votre maison et…

— Je boirai une tasse de thé avec plaisir, affirma Jo.

Elle n'avait aucune envie de visiter une maison qui avait l'air plus grande que le théâtre dans lequel se produisait la Foire.

Jo et Elliot retirèrent leurs chapeaux, manteaux et gants, puis tous les quatre montèrent l'escalier et son cousin Richard ouvrit la porte d'un salon dans lequel on aurait pu faire tenir dix appartements comme le sien.

— Prenez place, je vous en prie, dit Mme Townshend en montrant un ensemble de canapés et de divans devant une cheminée où brûlait une flambée, malgré la douceur de la température.

Jo s'installa sur le bord d'un petit canapé en soie exquis et fut infiniment soulagée quand Elliot s'assit à côté d'elle. Richard et Edith Townshend occupèrent le sofa, face à eux, et un nouveau silence embarrassé s'abattit sur la pièce.

Puis les trois autres se mirent à parler tous ensemble.

— D'après ce que j'ai compris…

— Sir Stanley nous a dit…

— Merci de m'autoriser à accompagner…

Ils se turent en même temps, et tout le monde pouffa.

— Essayons encore, intervint M. Townshend. Merci d'avoir accompagné notre cousine ici aujourd'hui, Wingate.

— C'est un plaisir, monsieur.

— D'après ce que nous a dit Stanley, vous avez tous les deux un… un arrangement ? demanda le vieux monsieur.

— Oui. Sans vouloir vous manquer de respect, monsieur, notre attachement s'est créé avant que Jo… euh, lady Packenham, connaisse la vérité à propos de son identité.

Mme Townshend se pencha en avant et la regarda avec intérêt.

— C'est donc vrai, vous n'avez appris qui était votre père qu'il y a quelques jours, milady ?

— S'il vous plaît, appelez-moi « Jo », insista-t-elle d'une voix plus sèche qu'elle n'en avait eu l'intention.

Mais cela la faisait frémir qu'on utilise « lady Quoi-que-ce-soit » pour s'adresser à elle.

— Ainsi, vous utilisez votre deuxième prénom, fit remarquer Richard. C'était celui de votre grand-mère.

Jo hocha la tête. Elle savait que Joséphine n'était pas son premier prénom. Elle avait toujours eu recours à des prénoms masculins – Mungo et elle changeaient souvent d'identité –, mais elle avait une affection toute particulière pour Jo.

Le silence retomba, et Jo se sentit assaillie par une vague d'agitation. Était-ce donc à cela qu'allait ressembler sa vie maintenant ? Une succession de conversations oiseuses entrecoupées de silences pesants ?

Au lieu de s'enfuir aussi vite que ses jambes voulaient bien la porter, elle rabattit une mèche derrière son oreille et se gratta la tête, vaguement amusée qu'Edith grimace. Apparemment, une dame n'avait jamais de démangeaison.

La porte s'ouvrit, et un homme imposant qui ne pouvait être que le majordome entra. Il posa immédiatement les yeux sur Jo, fasciné.

Depuis dix minutes, on s'intéressait plus à elle que lorsqu'elle exécutait son numéro sur scène. Elle s'éclaircit la voix.

— Hum, bonjour, dit-elle en souriant au domestique.

À voir les regards surpris de ses cousins, une comtesse n'était pas censée saluer un majordome.

— Voici Wilmot, dit Richard. Il connaissait votre père et travaille pour notre famille depuis qu'il est tout jeune. Wilmot, je vous présente lady Packenham.

— C'est un immense plaisir de vous rencontrer, Milady.

Les yeux du vieux domestique étaient aussi humides que l'avaient été ceux de ses cousins. Si Jo réussissait à s'échapper sans que quiconque verse des larmes aujourd'hui, ce serait un miracle.

— Merci, déclara-t-elle, gênée.

Après le départ de Wilmot, Edith désigna le plateau.

— C'est votre maison. Désirez-vous...

Jo se redressa avant même de se rendre compte de ce qu'elle faisait. Naturellement, son oncle et Elliot l'imitèrent.

— Ce n'est pas ainsi que je me représentais ma vie. Je n'ai pas été élevée pour tout cela, dit-elle en montrant la maison autour d'eux, mais Elliot m'a fait comprendre l'importance d'assumer mon rang, et mes responsabilités. Cependant, je vous serais reconnaissante si vous acceptiez tous les deux de poursuivre l'existence que vous avez toujours menée, du moins pendant quelque temps.

Les mains de la vieille dame s'agitèrent nerveusement, on aurait dit deux papillons.

— Mais bien sûr, ma chère, j'aimerais tant que vous m'appeliez Edith.

Jo hocha la tête.

— Edith.

Edith sourit.

— S'il vous plaît, asseyons-nous et prenons le thé.

Jo obéit, tout comme les deux autres.

— Comment prenez-vous votre thé ?

— Noir pour moi.

— Avec du lait et trois sucres, avoua Elliot en rougissant légèrement.

Il était gêné de préférer un breuvage sucré et additionné de lait, et cela donna envie à Jo de rire. Elle s'en abstint, car elle était certaine qu'elle ne pourrait plus s'arrêter, si elle commençait.

— Sir Stanley nous a parlé un peu de votre vie, enchaîna Richard pendant que sa femme faisait le service. J'ai l'impression que vous avez mené une existence passionnante.

— Et difficile, aussi, j'imagine, intervint Edith.

Sa vie avait-elle été difficile ? Jo n'avait pas cette impression.

— Mungo s'est très bien occupé de moi quand j'étais petite, et il m'a appris à me protéger et à gagner ma vie, déclara-t-elle comme elle voyait les autres attendre.

— Mais vous n'aurez plus besoin de continuer, enchaîna Richard. Vous êtes une jeune femme très riche.

— Plus si jeune, ne put-elle s'empêcher de corriger. J'aurai trente-deux ans l'an prochain.

Apprendre qu'elle était plus âgée qu'elle ne l'avait toujours cru n'avait pas étonné Jo autant que tout ce qu'elle avait découvert au cours des derniers jours.

— Tout ceci est nouveau pour nous, ma chère, poursuivit Edith en lui tendant une tasse et une soucoupe, que Jo se leva pour prendre.

— Edith et moi n'avons pas eu la chance d'avoir des enfants, annonça Richard sur un ton d'excuse, comme s'il devait à Jo des cousins.

La douleur qui traversa le visage d'Edith apprit à Jo que la vie n'avait pas été rose pour eux, malgré leur fortune.

— Ainsi, dit Edith en feignant d'être enjouée, vous vous produisez dans le cirque où travaillait autrefois la femme de Staunton.

Jo but une gorgée de thé et hocha la tête.

— Oui.

Ses cousins clignèrent des yeux tant sa réponse était brève, mais que pouvait-elle dire d'autre ?

— Jo et moi sommes récemment allés au bal des Staunton, ajouta Elliot d'une voix douce en remerciant sa cousine pour la tasse de thé.

Edith redressa la tête avec intérêt.

— Ah oui ? C'est... eh bien, c'est une relation tout à fait bienvenue que vous avez là. La duchesse est devenue très populaire cette année. Sa tante Julia et moi étions camarades de classe il y a quelques siècles.

Jo sourit de sa petite plaisanterie. Elle était profondément touchée de voir à quel point ces deux inconnus voulaient qu'elle les aime.

— J'ai rencontré Sa Grâce plusieurs fois. Elle est charmante et naturelle, ajouta Edith en s'éclaircissant délicatement la voix. J'imagine qu'elle est prévenue de votre changement de condition ?

— Pas encore, avoua Jo en évitant le regard réprobateur d'Elliot. Mais je vais le lui dire bientôt.

— Bien sûr, vous venez à peine vous-même de vous habituer à ce choc. Je comprends que vous ayez besoin d'y voir clair. Cela dit, nous espérons que vous emménagerez bien vite ici avec nous.

Jo s'étonna que sir Stanley ne leur ait pas fait part du marché qu'il avait négocié avec elle. Elle fut tentée de leur faire croire qu'elle avait prévu de s'installer après la fin de la saison des mondanités, mais Elliot la dévisageait de son regard d'aigle, aussi elle déclara :

— Il me faut encore un peu de temps pour régler certaines affaires.

En particulier avec Helen, qui s'attendait toujours que Jo soit l'un des numéros phares de la Foire lorsqu'elle rouvrirait, à peine un mois plus tard.

— Vendredi en huit, cela vous conviendrait-il ?

Edith hocha la tête.

— Neuf jours, ce sera largement suffisant pour que tout soit préparé pour votre emménagement.

Elle observa la robe de Jo, grise et sans prétention.

— Il vaudrait mieux que vous arriviez vêtue… euh…

Elle chercha les mots justes qui ne risqueraient pas de la froisser.

— J'ai des vêtements appropriés, mentit Jo.

Elle aurait neuf jours pour y remédier. Elle jeta un coup d'œil à Elliot. Certains des autres mensonges ne seraient pas aussi simplement réglés.

*
* *

La rencontre avec ses cousins laissa Jo épuisée et perplexe. Elle n'échangea aucun mot avec Elliot pendant le trajet qui les ramenait chez elle.

— Puis-je rester ce soir ? s'enquit-il après l'avoir accompagnée à la porte d'entrée, qu'il ouvrit pour elle. Ou préférez-vous être seule ?

Jo avait besoin de réfléchir, d'absorber tous les changements survenus et ceux qui s'apprêtaient à arriver. D'un autre côté, elle ne souhaitait pas demeurer seule, ce qui était étrange de sa part.

Lorsqu'elle croisa son regard soucieux, elle comprit qu'elle avait envie de la présence d'Elliot davantage que d'intimité.

— S'il vous plaît, restez.

Il hocha la tête et la suivit dans la pièce minuscule. Une fois de plus, elle se demanda ce qu'il pensait de sa façon de vivre. Partageait-il l'avis de sir Stanley ou de ses cousins, visiblement tous convaincus qu'elle subsistait dans une misère sordide ?

Jo écarta ses réflexions d'un haussement d'épaules et fit un petit bruit pour Angus, qui ouvrit un œil et lui adressa un regard avant d'enfouir son bec noir sous son aile et de reprendre sa sieste. Bien que le cirque soit fermé et qu'il n'ait plus à travailler la nuit, il ne s'était pas encore habitué à être éveillé toute la journée.

Jo vit Elliot observer les deux caisses posées devant le cagibi.

— Oh, elles sont arrivées aujourd'hui, de la part de sir Stanley, dit-elle. Je ne les ai pas ouvertes. Voulez-vous dîner, et ensuite nous découvrirons leur contenu ?

— Vous n'avez pas envie de le faire toute seule ? l'interrogea Elliot.

Elle sourit et le prit par la taille.

— Vous me créditez de plus de sensibilité que je n'en possède, Elliot. Je ne connaissais aucune de ces deux personnes, bien qu'elles m'aient apparemment conçue. S'il s'agissait de deux cartons renfermant les affaires de Mungo, cela ne me ferait pas le même effet. Mais ces choses appartiennent à des inconnus. En outre, ajouta-t-elle en embrassant légèrement son nez aquilin et élégant, vous êtes mon amant. Cela ne me dérange pas de tout partager avec vous.

Jo vit que ses paroles inhabituellement gentilles le touchaient.

— Allez, sortez tout pendant que je prépare le dîner.

Elle n'attendait rien de ce que son grand-père maternel avait jugé bon d'envoyer à Londres depuis les confins de l'Amérique plus de dix ans auparavant. Hormis un ravissant pendentif en diamants, une bague en or et un bracelet serti de pierres précieuses qui étaient probablement des grenats, les seuls autres éléments dignes d'intérêt consistaient en trois lettres d'amour de sa mère à son père, que Jo avait simplement vaguement survolées. À part cela, pas grand-chose.

Elliot avait tout disposé sur le lit, et ils avaient méthodiquement examiné l'ensemble à la recherche d'une chose pouvant constituer un indice. Il y avait une robe qui avait dû appartenir à sa mère, dont la coupe était à la mode une trentaine d'années auparavant. Le lourd brocart était froissé par les ans.

Il y avait une bible de famille du côté de sa mère, des fleurs séchées et d'autres babioles qui avaient dû représenter quelque chose pour l'un de ses parents.

— Excepté cela, déclara Elliot en tendant les trois recueils de poèmes reliés de cuir qui se trouvaient dans le carton de son père, rien là-dedans ne semble renfermer les renseignements que nous cherchons.

Jo souleva la théière d'un air interrogateur, et Elliot secoua la tête.

— Si je bois encore une tasse de thé, je vais me noyer.

Ils en avaient déjà avalé deux tasses chacun pendant qu'il examinait le contenu des cartons.

Jo montra le lit d'un geste.

— Ce n'est pas grand-chose comme souvenirs de deux vies, n'est-ce pas ?

De son côté, que laisserait-elle si elle devait disparaître le lendemain ? Parmi tout ce qu'elle possédait, seul Angus avait de la valeur, et l'idée de mourir avant son oiseau la terrifiait.

Elliot rangea les livres et la regarda.

— Qu'avez-vous pensé de vos cousins ?

Jo écarta les objets posés sur le lit et s'assit à côté de lui.

— Ils avaient l'air sincèrement heureux de me voir, bien qu'un peu perplexes quant à ce qu'ils allaient faire de moi.

— Il vous faut seulement un peu de temps pour apprendre à vous connaître mutuellement.

Du temps, Jo craignait d'en avoir en abondance. Elle ferma les paupières et prit une profonde inspiration en s'exhortant au calme.

— Ma grand-mère m'a écrit, elle me demande d'aller la voir, dit Elliot.

Jo ouvrit les yeux.

— Quand partez-vous ?

— Demain. Si vous n'avez pas d'objection, je pensais emporter certains des poèmes à l'homme dont je vous ai parlé, Daniel Morrison. Cela ne me fera faire qu'un petit détour de m'arrêter chez lui en allant chez ma grand-mère.

— Oui, bien sûr, apportez-les-lui, dit Jo en essayant de ne pas miser trop d'espoir sur le fait que le cryptanalyste trouverait un élément susceptible de disculper ses deux pères. Ne voulez-vous pas tout emporter ?

— Je prendrai juste les trois cahiers qui sont arrivés dans les cartons, pour le moment.

Jo comprenait ce qu'il voulait dire : ceux que sir Stanley connaissait déjà. Elliot s'attendait donc que son supérieur les fasse surveiller ?

— Combien de temps serez-vous absent ? s'enquit-elle, n'ayant soudain pas envie qu'il parte.

— Trois jours, tout au plus.

Il s'allongea sur le côté et prit sa joue dans sa paume chaude en lui souriant.

— Vous devez en avoir par-dessus la tête de moi, et vous rêvez de retrouver votre chambre et votre lit.

Jo poussa par terre tout ce qui était sur le lit, et il éclata de rire.

— Hmm, j'ai l'impression que quelqu'un est très impatient, la taquina-t-il en constatant qu'elle déboutonnait déjà son pantalon.

Il haussa un sourcil et retroussa les lèvres du côté droit, exhibant la fossette qui modifiait spectaculairement son visage, faisant du bel homme sérieux qu'il était un garçonnet espiègle.

— Cette subite démonstration d'affection signifierait-elle que je vais vous manquer ?

Elle émit un petit rire, le repoussa sur le dos et baissa son pantalon moulant. Il gémit lorsqu'elle enveloppa son sexe brûlant de ses mains.

— Jo, murmura-t-il en fermant les paupières.

Elle se gorgea de la vue de son membre long et épais tandis qu'elle s'affairait à le satisfaire.

Elliot roula les hanches, jetant son sexe dans le tunnel étroit de son poing, les narines palpitant tandis qu'il l'observait à travers ses yeux mi-clos.

— Je veux votre bouche.

Elle sourit, s'agenouilla et soutint son regard pendant qu'elle l'avalait lentement, infiniment lentement…

— Mon Dieu ! s'étrangla-t-il.

Son corps était contracté, mais sa main légère lorsqu'il la posa sur sa tête. Elle sentit la lutte à laquelle il se livrait, le désir de l'utiliser pour son plaisir rivalisant avec sa courtoisie innée. Le gentleman en lui remporta la bataille, et il la laissa agir à son propre rythme.

Au lieu de récompenser cette impulsion chevaleresque, Jo l'excita cruellement, l'emmena au bord de la jouissance non pas une fois, mais trois fois, jusqu'à ce qu'il grogne et lui lance un regard désespéré et furieux, toute sa noblesse volant en éclats pour révéler l'homme sauvage qui sommeillait en lui.

Ses longs doigts élégants se refermèrent autour de la tête de Jo, et il prit ce qu'il voulait.

Jo s'ouvrit à lui, l'absorba aussi loin qu'il le voulait, savourant son pouvoir tandis qu'il criait son nom, sa jouissance d'autant plus explosive qu'elle lui avait été refusée si longtemps.

Ce fut seulement lorsqu'il commença à se relâcher qu'elle le libéra, passant la langue sur les muscles de son ventre jusqu'à ce qu'un soupir d'aise émane de la poitrine d'Elliot.

— C'était si bon, murmura-t-il d'une voix pâteuse en la régalant d'un sourire repu et endormi. Merci, Jo.

Il se redressa sur les coudes.

— À moi de...

— Chut, chuchota-t-elle en le repoussant. Reposez-vous. Je vous veux en pleine forme et vigoureux. Nous avons toute la nuit, Elliot.

— Oui, dit-il en glissant les bras autour d'elle, son corps chaud et lourd contre le sien.

Il resserra son étreinte puis murmura dans ses cheveux :

— C'était merveilleux.

Il avait raison. Elle adorait lui faire plaisir, savoir qu'elle, la simple et modeste Jo Brown, pouvait bouleverser un homme intelligent, réservé et formidable. Au moins pendant un petit moment, il lui appartenait.

Jo enfouit son visage dans son cou, inspira son odeur masculine et la garda dans ses poumons le plus longtemps possible avant de relâcher son souffle pour répondre enfin à la question qu'il lui avait posé :

— Oui, vous allez me manquer.

21

En arrivant dans la maison de Cécile – qui était devenue celle d'Helen – quelques jours plus tard, Jo et Angus découvrirent la cuisine habituellement bruyante et agitée étrangement silencieuse, sans Cécile, Guy, Cat et son chien George.

Le plan d'Helen avait fonctionné : les amants entêtés avaient mis à plat leurs contentieux et s'étaient réconciliés.

Jo avait craint qu'enfermer deux personnes ensemble ne fasse qu'aggraver la situation, mais Cécile et Guy étaient sortis de la pièce au bout de six heures plus amoureux que jamais.

Ils étaient partis pour la France quelques jours auparavant et ne reviendraient pas avant plusieurs mois de cette visite prolongée dans la famille enfin retrouvée de Cécile.

Au lieu de l'habituel assortiment d'employés s'affairant autour de la table de cuisine marquée par l'usage, il n'y avait qu'Helen.

Elle leva les yeux de l'épais registre qu'elle examinait et sourit en voyant Jo entrer.

— Salut, vous deux.

Jo hocha la tête, et Angus croassa en allant aussitôt voler jusqu'au perchoir que lui avait installé Cécile longtemps auparavant ; celui-ci était assorti d'un petit bol d'eau et d'un autre contenant d'ordinaire les restes de nourriture que lui réservait la cuisinière.

— Je viens de préparer du thé, déclara Helen.

Jo se remplit une tasse et s'assit en face d'elle, rechignant à lui faire sa confession. Helen inclina la tête.

— Qu'y a-t-il, Jo ? On dirait que tu as quelque chose à m'avouer. As-tu changé d'avis à propos du cirque ? Ne t'inquiète pas, si c'est le cas. Tu n'as pas besoin…

— Je ne m'appelle pas Jo Brown, mais Élisabeth Joséphine Townshend.

Elle s'éclaircit la voix.

— Et je suis la comtesse de Packenham.

Helen la dévisagea, les yeux ronds.

Jo prit une grande gorgée de thé, s'ébouillanta le palais et maudit silencieusement sa stupidité. Le seul bruit qu'on entendait dans la cuisine était celui du bec d'Angus contre son bol tandis qu'il becquetait. Enfin, alors que Jo se demandait si elle devrait se lever et partir, Helen lui adressa un sourire narquois.

— Comment ? Tu n'es pas duchesse ? Cela rabaisse un peu le standing de la Foire, tout de même.

Jo s'étrangla sur un éclat de rire.

— Pardon, dit Helen, qui n'avait pas l'air désolée du tout, mais plutôt hilare. Je n'ai pas pu résister.

— C'est assez comique, n'est-ce pas ?

— « Comique » n'est pas le mot que j'aurais employé, plutôt « stupéfiant », sans parler de la coïncidence… à moins que tu ne connaisses ton illustre rang depuis des années, comme Cécile ?

— Non, j'ai été aussi ébahie que toi.

— Je vois. Tu n'es donc pas veuve ?

Jo fronça les sourcils avant de comprendre ce qu'Helen sous-entendait, puis elle pouffa.

— Non, j'ai hérité le titre grâce à un privilège royal – apparemment rarissime – qui permet au comté d'être transmis à une femme en l'absence d'héritier de sexe masculin.

— Eh bien... c'est fou que cela arrive si vite après la découverte de Cécile.

Jo lui sourit.

— La foudre frappera peut-être une quatrième fois ?

— Ha ! J'espère bien que non.

— Tu n'as pas envie d'être duchesse, ou comtesse ?

— Non ! répliqua Helen, qui fit suivre sa réponse emphatique d'un sourire penaud. Pardon, c'est maladroit de ma part. Ce que je veux dire, c'est que j'aime ma nouvelle vie de relatif anonymat.

— Je comprends, affirma Jo. C'est une chose que j'ai appréciée et qui me manquera.

Elle fut contente qu'Helen n'essaie pas de la convaincre du contraire. En tant qu'ancienne héritière ayant été fiancée non pas à un, mais à deux ducs, Helen avait bien conscience du prix associé au fait de rejoindre les rangs de la haute société.

— Ne te sens pas coupable de ne pas pouvoir investir dans la Foire et...

— J'ai toujours envie d'investir, l'interrompit Jo, si tu veux bien de moi.

— En es-tu certaine ? objecta Helen. Tu n'as pas besoin de le faire uniquement parce que tu t'inquiètes pour moi. Cécile m'a cédé la Foire en se montrant d'une générosité embarrassante. Je peux assumer toute seule l'achat.

— Si tu l'acceptes, j'adorerais être tout de même ton associée... mais tacite.

Helen sourit, et l'expression transforma radicalement son visage plutôt quelconque, qui devint adorable.

— Merci. Cela rendrait l'acquisition beaucoup moins... stressante, car j'aurais des fonds disponibles pour parer aux dépenses inattendues, ce qui ne manquera pas d'arriver.

Jo hocha la tête, soulagée de pouvoir aider son amie. Elle détestait faire une promesse et ne pas la tenir. Mungo lui avait dit une fois, et même cent fois, que le bien le plus précieux d'un individu était sa parole.

— Alors, continua vivement Helen, quand vas-tu démarrer ta nouvelle vie ? Auras-tu le temps d'auditionner de nouveaux numéros avec moi ? J'avais prévu de chercher une remplaçante pour Cécile, bien sûr, mais il va m'en falloir deux, maintenant.

Jo grimaça.

— Je suis déso...

— Je te taquine. Tu vas me manquer, et tu manqueras aussi aux spectateurs, mais la Foire va prospérer, j'y veillerai.

Après une hésitation, elle ajouta :

— J'imagine que tu n'as encore rien dit à Cécile ?

— Non, je préférais attendre qu'elle ait le temps de se poser.

— Guy n'est donc pas dans la confidence non plus ?

Jo acquiesça de la tête.

— J'ai bien fait de t'interroger à ce sujet, je ferai attention à ne pas gaffer dans mes courriers.

— Merci, dit Jo.

Helen sourit.

— Je t'en prie. Et maintenant, combien de temps peux-tu m'accorder, et quand peux-tu venir recevoir des candidates avec moi ?

*

* *

Le rendez-vous suivant de Jo se déroulerait dans un lieu beaucoup plus formel que la cuisine d'Helen, et le lendemain, elle dut mettre l'une de ses trois tenues autres que celles qu'elle utilisait pour le travail. Elle avait commandé les deux costumes lorsqu'elle était allée choisir une robe de bal avec Cécile. Il avait fallu plusieurs semaines avant qu'ils soient terminés – elle n'était pas l'une des clientes les plus importantes de la modiste – et la première des deux toilettes n'avait été livrée que quelques jours auparavant.

La robe assortie d'une veste courte était d'une nuance ravissante, entre l'or et le safran. La coupe était épurée à l'extrême, mais Jo trouvait que l'ensemble lui donnait une apparence très élégante, à défaut d'être à la pointe de la mode. Cécile avait essayé de la convaincre d'ajouter un galon turquoise pour contraster ainsi qu'un chapeau avec des plumes teintes, mais Jo avait sagement décliné, se fiant plutôt au conseil de la propriétaire de la boutique.

— Vous êtes de ce blond rare avec lequel le blanc va bien, lui avait affirmé l'intimidante modiste. Avec votre teint pâle, il est facile de passer inaperçu quand on se noie dans trop de couleurs. Mais vous pouvez opter pour du pastel, des jaunes et des roses, si vous vous contentez d'accessoires simples.

Cela convenait à Jo, qui détestait les fanfreluches, la dentelle et l'excès de rubans.

— Alors, qu'en penses-tu, Angus ?

Le corbeau qui somnolait leva la tête en entendant son nom. Jo aurait pu jurer qu'il ricanait.

Elle attrapa le réticule rebrodé de perles dorées que Cécile lui avait fait acheter, y mit un peu d'argent et un couteau supplémentaire. Elle était prête.

Angus s'anima lorsqu'il la vit se diriger vers la porte.

— Tiens, tiens, tu es intéressé, maintenant, le taquina-t-elle. Oui, tu peux venir.

Du moins, jusqu'à l'élégant magasin où elle avait rendez-vous avec la duchesse de Staunton.

Curieusement, c'était Jo qui avait eu l'idée d'aller faire ces courses redoutées tout en annonçant la vérité à Marianne.

Angus perché sur son épaule, elle descendit dans la rue. Elle levait le bras pour héler l'un des fiacres qui attendaient au coin lorsqu'un imperceptible mouvement attira son attention sur le trottoir d'en face. Un homme à la mise simple et modeste hélait à son tour un fiacre, une fraction de seconde après Jo.

C'était celui qu'elle avait vu traîner dans le quartier depuis qu'Elliot lui avait dit qu'elle était surveillée. Elle ne fut pas surprise que sir Stanley n'ait pas rappelé ses hommes, mais cela l'agaça. Elle savait qu'il ne la surveillait pas parce qu'il craignait qu'elle ne lui cache quelque chose ; il la surveillait pour le cas où elle déciderait de s'enfuir.

Elle s'apprêtait à grimper dans le véhicule lorsque le cocher se pencha et déclara :

— Dites, pas question d'emmener cet oiseau dans ma voiture.

— Dites ! cria Angus au chauffeur.

— Bon sang de bois ! Il parle ! s'exclama l'homme, les yeux ronds comme des soucoupes.

— Bon sang de bois ! répliqua Angus.

Jo tourna le dos au chauffeur sans rien dire et se dirigea vers un autre fiacre, dont elle reconnaissait le cocher. Elle aurait pu discuter avec le premier, mais elle était curieuse de découvrir ce qu'allait faire celui qui la suivait.

Il fit signe également à son cocher qu'il avait changé d'avis, et elle esquissa un sourire narquois.

— Bonjour, mademoiselle Brown, l'interpella le nouveau cocher en portant une main à sa casquette élimée. Bonjour, Angus.

— Bonjour, mon ami, répondit Angus, ce qui fit hurler de rire le vieil homme, comme chaque fois.

— Bonjour, monsieur Prichard. Nous allons à Bond Street, aujourd'hui, dans un endroit qui s'appelle Madame Silvia.

Le cocher siffla à travers ses dents de devant écartées.

— Mazette, c'est chic. Et puis-je vous dire que vous êtes belle comme un cœur ?

— Merci, dit Jo en grimpant sans s'embarrasser du marchepied, ce qu'elle n'aurait bientôt plus le droit de faire.

*
* *

Elliot observa l'homme chaussé de lunettes assis en face de lui tandis qu'il feuilletait les recueils de poésie écrits à la main, mais son esprit était ailleurs. Sa grand-mère lui avait paru plus fragile que jamais, et sa visite lui avait fait tellement plaisir qu'il était resté près de sept jours. Ses pensées ne cessaient de vagabonder vers Jo, qui lui manquait avec une férocité inquiétante.

Après avoir compris qu'il demeurerait plus longtemps que prévu avec la douairière, il avait rédigé un bref message à Jo pour la prévenir de son retard. De ce fait, ils n'auraient plus qu'une nuit ensemble avant qu'elle emménage dans sa nouvelle maison. Ce serait peut-être la dernière nuit qu'ils partageraient si elle finissait par décider de mettre un terme à leurs fiançailles factices.

Elle ne pouvait pas lui répondre, bien sûr. Comment expliquerait-il à sa grand-mère l'arrivée d'une lettre alors qu'il lui était impossible de mentionner leurs imminentes fausses fiançailles ? Il ne savait pas encore comment lui annoncer cette nouvelle. C'était une vieille dame, très figée dans ses principes. Il doutait qu'elle comprenne ce qu'impliquaient des fiançailles temporaires... d'autant plus qu'Elliot ne le comprenait pas lui-même.

Il avait conscience que Jo était attachée à lui, mais il pouvait difficilement la harceler pour mieux saisir ses sentiments alors que sa vie entière était bouleversée.

— Monsieur Wingate ?

Elliot se rendit compte que Daniel Morrison le regardait.

— Je vous demande pardon.

— Je disais qu'il y a de toute évidence quelque chose dans ces poèmes.

— Vous pensez qu'il s'agit d'un code secret ?

— C'est possible. Je l'espère, car autrement, c'est la pire poésie que j'aie jamais lue.

Elliot sourit malgré lui.

— En effet, c'est vraiment médiocre.

Morrison feuilleta plusieurs pages jusqu'à ce qu'il trouve ce qu'il cherchait.

— Vous voyez, ici... à l'endroit où l'écriture n'est plus la même ?

Elliot examina la page.

— Oui, c'est là que l'écriture de Packenham s'arrête et que commence celle de Brown.

Jo lui avait demandé de dire au cryptanalyste toute la vérité.

— Il faut absolument déchiffrer ce code, si c'en est bien un, avait-elle déclaré.

Morrison fit claquer sa langue.

— Eh bien, c'est très curieux. En fait, c'est ce qui me convainc qu'il s'agit probablement d'un message codé.

— Pourquoi ? Peut-être que Brown a soudain voulu se mettre également à l'art poétique ?

— Au milieu du poème d'un autre homme ?

— Ah, c'est au milieu ?

Elliot se pencha de nouveau vers la page, lut quelques strophes et s'aperçut que son interlocuteur avait raison.

— Hmm, en effet, c'est curieux.

— Très. Du moins, si Packenham ou Brown s'intéressaient réellement à la poésie.

— Alors, pouvez-vous en tirer quelque chose ? s'enquit Elliot.

— Je vais être honnête, monsieur Wingate, sans connaître la source du code, il y a fort peu de chances que je puisse vous être utile. Mais si vous n'avez pas besoin que je vous rende tout de suite les cahiers, j'y réfléchirai.

Jo n'avait rien précisé à ce sujet, mais Morrison habitait à moins d'une demi-journée de route de Londres, de sorte qu'Elliot pourrait aller récupérer les cahiers si elle décidait qu'elle les voulait.

— Vous pouvez les garder.

Morrison hocha la tête et continua :

— Vous me dites que ces hommes sont morts tous les deux ?

— Oui.

— Possédaient-ils de grandes bibliothèques, ou un accès à de grandes bibliothèques ?

— Ils étaient tous les deux en cavale depuis des années, alors j'en doute.

— Tant mieux, car le code serait impossible à déchiffrer s'ils avaient eu accès à beaucoup de livres. Ce sera déjà pratiquement impossible même s'ils n'en détenaient que quelques-uns.

— Je vais voir ce que je trouve dans leurs effets personnels.

— Si c'est effectivement codé, le livre de référence aura été très souvent feuilleté.

Elliot acquiesça de la tête.

— Peut-il y en avoir deux différents ?

— Si c'est le cas, nos chances sont réduites à zéro. Pour être honnête, je ne suis pas très optimiste. Cependant, poursuivit-il en soulevant celle de ses jambes à laquelle il manquait un pied, depuis ceci j'ai beaucoup de temps à tuer, alors je serai heureux d'avoir de quoi occuper ma matière grise.

Elliot éprouva une bouffée de pitié pour cet homme dont la blessure semblait avoir réduit sa vie jadis active et excitante à une existence sédentaire.

— Merci infiniment de relever ce défi pour moi, lui dit-il.

Morrison refusa ses remerciements d'un revers de la main.

— Je suis désolé d'avoir été absent lorsque vous êtes venu la semaine dernière. C'est le seul jour du mois où je quitte la propriété, pour aller chez mon médecin.

— Je me réjouis que vous puissiez examiner les cahiers, et si vous pensez qu'il y a une chance de les déchiffrer, nous ne sommes pas à une semaine près. Cela fait déjà plus de trente ans qu'ils attendent...

— Croyez-vous que Townshend était innocent ? demanda Morrison en accompagnant Elliot à la porte de chez lui, s'aidant pour marcher d'une béquille.

— Apparemment, Brown et lui ont affirmé jusqu'à la fin de leurs jours qu'il existait un agent double et qu'ils étaient en train de préparer un piège pour attraper celui qui vendait réellement les informations.

Morrison marqua une pause, la main sur la poignée.

— Si c'est vrai, le ou les coupables n'ont jamais été attrapés.

— Non.

— Ils sont peut-être encore en vie.

— C'est possible, oui. Tout ceci pourrait s'avérer dangereux, si cela s'ébruite. Êtes-vous toujours d'accord pour nous aider ?

Morrison sourit. C'était la première véritable expression joyeuse que lui voyait Elliot depuis qu'il avait mis les pieds dans sa maison.

— Plus que jamais, c'est ce qui rend ce travail encore plus passionnant.

*

* *

Ce serait la dernière nuit de Jo dans sa petite mansarde, et elle fut surprise de découvrir à quel point cette pensée l'attristait. Elle passa la soirée à emballer ses rares possessions et à faire le ménage. Au moment où elle commençait à croire qu'Elliot ne rentrerait pas à temps pour partager ces moments avec elle, elle entendit son pas familier et léger dans l'escalier, peu après minuit.

Pour une raison étrange, le cœur de Jo commença à battre la chamade, et sa peau fut soudain moite, comme si elle était nerveuse.

— Cesse tes bêtises, Joséphine, marmonna-t-elle dans sa barbe en s'arrêtant devant le miroir et en grimaçant devant sa mise poussiéreuse et hirsute.

Mais à part essuyer un peu de crasse de son nez, elle n'avait pas le temps d'arranger quoi que ce soit.

Elle ouvrit la porte en percevant le bruit du trousseau sur le palier. Elliot sourit, l'air las mais impatient tandis que son regard bleu la parcourait.

— Quel bonheur de vous retrouver, chérie ! Je pensais que vous seriez endormie, dit-il tandis qu'elle reculait en lui faisant signe d'entrer.

Jo lui prit son sac de voyage, le jeta de côté, l'enlaça avec ferveur et l'embrassa avant même qu'il puisse retirer son chapeau.

— Hmm, gémit-il contre elle, les bras tellement serrés qu'il faisait craquer ses côtes.

Lorsqu'il s'écarta, ils respiraient fort tous les deux.

— Vous m'avez manqué, déclara-t-il en cherchant ses yeux.

La chaleur qu'elle vit dans les siens l'emplit de joie et de honte.

De joie, parce qu'elle ressentait la même chose.

De honte, parce qu'elle était incapable de réussir à l'avouer.

À la place, elle l'embrassa encore, le serra contre elle, puis, enfin, elle recula et demanda :

— Du thé ?

— Avec grand plaisir.

— Retirez votre manteau et vos gants, et asseyez-vous, ordonna-t-elle.

— Avec plaisir. Comment vas-tu, Angus ?

L'oiseau se réveilla le temps d'un faible croassement, puis il enfouit la tête sous son aile et l'ignora.

— Je crois qu'il aime dormir la nuit, comme l'a prévu la nature pour les corbeaux, commenta Jo.

— Et vous ? Cela vous manque-t-il d'être sur scène et de rentrer tard le soir ?

— Un peu. C'était excitant, et j'appréciais d'utiliser mes compétences. Je suis plutôt un oiseau de nuit.

— Eh bien, vous aurez amplement l'occasion de vous coucher tard quand vous commencerez à sortir en société.

Jo n'avait pas envie d'y penser, et elle préféra ne rien répondre.

— Lui avez-vous sculpté un nouveau jouet ? s'enquit Elliot peu après en montrant l'os en bois de couleurs vives qui dépassait de la gamelle d'Angus.

Elle rit doucement en remplissant la bouilloire.

— Il n'est pas nouveau, mais enfin retrouvé. C'est celui que Mungo lui avait sculpté. Cela faisait une éternité qu'il était perdu, et je suis tombée dessus en faisant nos bagages. J'espère qu'avec cela, Angus va cesser de voler, parce que j'ai l'impression qu'il a commencé à le faire au moment où son jouet préféré a disparu.

— Où l'avez-vous déniché ?

— Dans le nécessaire de rasage de Mungo, imaginez-vous !

Elliot fronça les sourcils.

— Je croyais que nous avions fouillé toutes ses affaires.

— Il était au fond du cagibi, dans les miennes, c'est pourquoi vous ne l'avez pas vu. Ne vous excitez pas trop, ajouta-t-elle avec une grimace. C'était le seul élément intéressant de la petite pochette, à moins que vous ne trouviez que du savon, un rasoir et un peigne puissent permettre de déchiffrer ces poèmes ?

Il pouffa.

— J'en doute.

— Alors, comment se porte votre grand-mère ?

— Elle est âgée, et de plus en plus diminuée.

La tristesse dans sa voix serra le cœur de Jo.

— Je ne serais pas resté si longtemps, mais ma visite lui a fait tant de bien...

— Elle a dû être très heureuse de vous voir.

Jo, qui adorait avoir Elliot auprès d'elle, imaginait le bonheur d'une grand-mère.

— C'est gentil d'être resté, Elliot, dit-elle en sortant le pain, le fromage et le jambon qu'elle avait prévus pour le petit déjeuner, et en lui coupant des morceaux.

— Oui, je suis content. Malgré cela, continua-t-il avec une grimace, j'aurais préféré que cette visite ait lieu deux semaines plus tard, afin de ne pas manquer nos derniers jours de liberté.

— Il n'y a guère eu de liberté. Entre Helen et Marianne, j'ai été débordée.

— Ah, vous leur avez enfin tout raconté.

Jo grommela quelque chose, et Elliot rit devant sa moue grincheuse.

— Pardonnez mon hilarité, mais réjouissez-vous plutôt que Guy et Cécile ne soient pas là pour les aider à vous torturer.

— Certes...

Elle posa l'assiette devant lui.

— Donnez-moi votre pied.

Elliot hésita un instant avant d'obéir.

— Cela en dit long sur mon épuisement, que je vous laisse me servir de tire-botte, chérie.

Jo attendit pour sourire comme une niaise d'avoir tourné le dos et enfourché sa jambe. Elle adorait qu'il l'appelle « chérie ».

Après un peu d'effort, elle lui retira les deux bottes.

— Vous avez les chevilles enflées, dit-elle en plaçant la seconde botte à la confection exquise à côté de la première. Voulez-vous que je fasse chauffer de l'eau pour les baigner ?

Elliot éclata d'un rire tonitruant.

— Qu'est-ce qui vous amuse tant ?

— Je ne suis pas invalide, Jo.

— On n'a pas besoin d'être invalide pour apprécier un bain de pieds.

Il reposa le morceau de fromage qu'il s'apprêtait à manger et lui saisit la taille pour la prendre sur ses genoux.

— Ce n'est pas la perspective de m'immerger les pieds qui m'a fait galoper dans la nuit jusqu'à votre porte, chuchota-t-il contre sa gorge, la bouche brûlante tandis qu'il couvrait de baisers la peau sensible.

— Ah ?

Elle sentit son rythme cardiaque s'accélérer au contact de son sexe dur pressé contre ses fesses.

— Déboutonnez mon pantalon, Jo.

— Quelle autorité ! protesta-t-elle en obéissant néanmoins.

— Hmm, murmura-t-il en continuant ses baisers, qu'il additionna de mordillements tandis qu'il soulevait les hanches pour qu'elle puisse baisser sa culotte et son pantalon.

Elle avait l'intention de s'agenouiller pour le prendre dans sa bouche, mais il l'immobilisa.

— Non. Je sens la sueur et le cheval. Prenez-moi en vous et chevauchez-moi.

— Je vois, je vois, dit-elle d'une voix haletante en soulevant ses jupes et en s'installant à califourchon sur ses cuisses. Vous êtes paresseux, vous voulez que je fasse tout le travail.

— Mon plan diabolique est démasqué.

Il lui sourit et déboutonna sa robe de chambre. Il relâcha son souffle lorsqu'elle empoigna son sexe de sa main fraîche et le caressa en quelques mouvements fermes et efficaces.

— J'adore quand vous me touchez, Jo.

Elle se hissa sur la pointe des pieds et le positionna à l'orée de son sexe, se laissant lentement glisser le long de sa verge.

Ils gémirent tous les deux, et les paupières d'Elliot papillonnèrent.

— Vous m'avez manqué, déclara-t-il en baissant l'encolure de sa vieille chemise de nuit pour lui dénuder les seins et aspirer entre ses lèvres un téton dressé.

Jo jeta la tête en arrière en le chevauchant doucement, savourant la succion brûlante de sa bouche sur ses seins impatients. Elle avait vaguement conscience que la vapeur s'échappait du bec de la bouilloire, mais elle ne pouvait se résoudre à y prêter attention.

Elliot passa au sein suivant, tourmentant le nouveau mamelon plus vigoureusement que le premier, mordant et suçant tout en lui agrippant la taille pour l'enfoncer plus loin.

Quand il eut donné le rythme, il plongea une main entre leurs sexes et caressa du pouce son bourgeon engorgé.

— Jouissez avec moi, Jo, murmura-t-il en les soulevant tous les deux par la force de son coup de reins.

L'orgasme de Jo monta rapidement, l'exquise tension en elle menaçant d'exploser à tout moment. Derrière la volupté croissante, elle songea vaguement que le sexe d'Elliot s'était davantage épaissi, et que ses coups de boutoir étaient devenus saccadés.

— Maintenant, Jo ! siffla-t-il dans son oreille sans cesser de la caresser pendant que ses hanches allaient et venaient sauvagement plusieurs fois, avant qu'il se fige, enfoui au plus profond d'elle.

Jouir ensemble fut une merveilleuse expérience. Partager le plaisir ultime avec une personne à laquelle elle tenait sincèrement était plus intime que tout ce qu'elle avait pu vivre.

Jo aimait Elliot depuis longtemps, peut-être même avant de le secourir de Broussard, peut-être depuis la première fois qu'il avait affronté ses couteaux sans tressaillir sur scène, son regard bleu impassible et pénétrant déjà à l'époque, remarquant quelque chose de spécial en elle que personne d'autre ne semblait voir.

— Je vous aime, Elliot.

Son corps, qui venait de s'affaisser après l'extase, se raidit instantanément, et il la tint à bout de bras pour étudier son visage avec émerveillement.

Elle lui sourit et écarta une mèche de son front. Son expression surprise se transforma en sourire, et il demanda :

— Cela signifie-t-il que nous sommes fiancés pour de bon ?

L'espoir dans son regard lui fit l'effet d'un coup de poing dans le cœur, et elle hésita, pas longtemps, mais suffisamment pour qu'il grimace.

— Je suis désolé. J'avais promis de ne pas insister...

— Ce n'est pas que je ne le souhaite pas...

— Chut, murmura-t-il en l'embrassant avec légèreté et en lui caressant les épaules. Maintenant que je sais que vous m'aimez, j'attendrai le temps qu'il faudra. Tenons-nous-en à notre accord. Nous prendrons des décisions quand les choses se seront tassées, quand vous serez sûre de vous.

Jo l'embrassa en enfouissant la tête dans son cou. Elle avait peur qu'il ne discerne la vérité s'il la regardait davantage. Bien qu'elle l'aime sincèrement, ce n'était peut-être pas suffisant pour qu'elle l'épouse et accepte cette nouvelle vie.

Et si, une fois mariée, elle éprouvait le besoin de s'enfuir, la dernière chose qu'elle souhaitait, c'était rompre la promesse qu'elle lui aurait faite.

22

En découvrant Angus, les cousins de Jo restèrent littéralement pétrifiés.

— Ainsi, c'est un corbeau ? dit enfin Edith, rompant le silence gêné qui régnait depuis que Jo avait franchi le seuil de Townshend House une demi-heure plus tôt, vêtue de son costume jaune d'or, Angus sur l'épaule.

— Oui, madame.

— S'il vous plaît, appelez-moi Edi, la pria sa cousine.

— Merci, Edi. Et appelez-moi Jo tous les deux.

Elle ignorait complètement que les Townshend feraient mettre en rang d'oignons tous les domestiques de la maison, des plus impressionnants aux plus humbles, pour l'accueillir.

La réaction devant Angus – à l'exception de celle de deux filles de cuisine et d'un cireur de chaussures qui n'avait pas plus de huit ou neuf ans – avait été la même : ils avaient tous les yeux écarquillés, sous le choc.

Les enfants avaient été enchantés à la vue de l'oiseau géant qui les dévisageait avec fascination. Angus n'avait jamais passé beaucoup de temps en compagnie d'enfants, et Jo constata qu'il était tout aussi curieux de ces petites personnes qu'elles l'étaient de lui.

Malheureusement, ses cousins n'avaient pas eu l'air simplement choqués, mais horrifiés.

Jo avait salué chaque domestique avant de suivre Edi et Richard en haut de l'escalier jusqu'à un salon différent de celui où on les avait reçus la fois dernière. Combien de salons y avait-il dans cette maison ?

Wilmot et la gouvernante, Mme Wilmot, avaient été les deux seuls membres du personnel qui n'avaient pas paru remarquer le volatile de soixante centimètres perché sur son épaule. En domestiques exemplaires, ils n'avaient pas haussé un sourcil, et s'étaient comportés comme si les pairs du royaume arrivaient régulièrement à la maison accompagnés d'un animal sauvage.

Quant à Angus, il s'était très bien tenu. À l'exception de quelques croassements, il n'avait pas juré, sifflé ou imité qui que ce soit – sa grande spécialité. Sa troublante faculté à copier les voix humaines surprenait même Jo, parfois. Il avait considérablement étoffé son vocabulaire pendant l'année durant laquelle ils avaient travaillé à la Foire. Il avait également une propension à s'intéresser aux mots et aux expressions les plus inappropriés. Jo espérait sincèrement qu'il n'en ferait pas étalage aujourd'hui.

Wilmot avait apporté le plateau de thé, et le grand corbeau noir se redressa pour en examiner le contenu. Jo avait conscience qu'il s'attendait à une récompense pour sa conduite irréprochable.

Tout le monde regarda silencieusement Wilmot poser le plateau.

— Gâteau, dit Angus.

— Juste ciel ! hurla Edith en portant une main à sa poitrine comme si elle souffrait d'une attaque cardiaque. Ça parle !

— *Il.*

— Je vous demande pardon ? intervint la vieille dame sans quitter des yeux Angus, comme si elle ne savait pas à quoi s'attendre ensuite.

Jo avait hâte qu'il lui vole quelques petites babioles.

— C'est un mâle, et il s'appelle Angus, expliqua-t-elle patiemment.

— Oh.

Richard éclata d'un rire jovial forcé.

— Eh bien, figurez-vous que mon arrière-grand-mère Bethsabée – votre arrière-grand-tante – avait un perroquet. C'était une immense brute bleu et jaune au vocabulaire des plus vulgaires.

Ses yeux se posèrent sur Angus, et l'appréhension fit rosir ses joues pâles.

— Euh, est-ce qu'il...

— Rarement, mentit Jo.

Elle pivota vers Wilmot, qui s'était interrompu pour les regarder.

— Pourrais-je avoir un de ces petits gâteaux secs, je vous prie ? Celui au cassis, il adore ça.

Elle s'obligea à sourire à ses cousins.

— C'est une récompense, car il a été très sage en bas pendant la présentation à tous les gens de maison.

— Très sage, répéta Angus d'une voix un peu plus nasillarde que celle de Jo, mais qui lui ressemblait étonnamment.

Wilmot lui tendit une assiette avec au milieu un biscuit. Jo le prit et l'offrit à l'oiseau, qui le saisit avec une délicatesse qu'elle trouvait toujours touchante.

— Qu'est-ce qu'on dit, Angus ?

— Salut !

Ses cousins se mirent à rire, et même l'expression impassible de Wilmot sembla se muer en sourire.

— Merci, Wilmot, déclara Richard, abrégeant le spectacle.

Une fois le majordome reparti, Edi entreprit de servir le thé.

— Et où... où habite Angus ? l'interrogea Richard.

— Avec moi.

Edi redressa vivement la tête, la mâchoire pendante, et décocha à son mari un regard désespéré.

— Ne serait-il pas plus heureux dehors ? Dans un arbre ? s'enquit Richard.

— Il sort dans la journée, mais il n'a jamais vraiment vécu en liberté, c'est pourquoi il sait qu'il doit rentrer à la maison avant la nuit.

Richard remplit ses poumons, retint son souffle, puis il le relâcha lentement et hocha la tête. Edith tendit à Jo une tasse de thé noir et se tourna vers Angus avec anxiété.

— Il prend du lait et deux sucres dans le sien, précisa cette dernière, avant de sourire en remarquant les yeux exorbités de sa cousine.

— Ah, vous plaisantiez, dit la vieille dame, passablement soulagée.

— Oui. Angus n'aime guère le thé. Sa boisson préférée, c'est le whisky.

— Whisky, répéta Angus en picorant son biscuit.

Jo sourit de nouveau.

— Je plaisantais, là aussi.

Ses cousins pouffèrent nerveusement. La journée s'annonçait longue, très longue.

*

* *

— Mon Dieu, comme vous m'avez manqué, Jo, marmotta Elliot dans sa barbe en réussissant miraculeusement à ne pas remuer les lèvres.

Au même moment, son beau visage affichait un sourire aimable et aristocrate.

— Ravi de vous revoir, madame Townshend, monsieur Townshend, dit-il lorsque les cousins de Jo fondirent sur lui telles deux frégates tous canons dehors.

— Joséphine ne nous avait pas dit que vous seriez des nôtres ce soir, déclara Edith en le scrutant comme s'il était un caillou dans sa chaussure.

Jo détestait qu'ils le traitent de la sorte, mais elle pouvait difficilement les gronder. À cet instant, le duc de Staunton vint à côté d'eux. Lui, en revanche, pouvait le faire, et il ne s'en priva pas.

— Wingate et moi-même étions ensemble à Eton, et nous partagions la même chambre à Oxford, dit-il. Il est l'un de mes plus chers amis.

Il dévisagea froidement les Townshend en levant son nez aquilin parfait. Les cousins de Jo n'étaient pas insensibles au dédain aristocrate de Sin, et ils affichèrent tous deux des expressions moins belliqueuses.

— Vraiment ? demanda Richard. Quant à moi, j'étais à Harrow.

Il adressa un clin d'œil à Jo et ajouta :

— N'ayant jamais eu l'intelligence de votre père, je ne suis pas allé à l'université.

Elle sourit, les autres gloussèrent, et la conversation se poursuivit. Chacun parla de ceux ou de celles qu'ils connaissaient, on évoqua une pièce de théâtre, quelqu'un d'autre mentionna un récent voyage d'agrément à Richmond.

À l'intérieur de sa tête, Jo hurlait.

Au bout d'un moment, Marianne se joignit au groupe et s'immisça entre elle et Elliot.

— Jo ne connaît pas la galerie des portraits, Elliot, mentit-elle, car elle l'avait elle-même montrée à son amie. Il nous reste du temps avant le dîner. Si vous la lui faisiez visiter ?

Jo se tourna vers elle avec gratitude, et Elliot lui tendit le bras.

— Puis-je ?

Les cousins de Jo les regardèrent quitter l'immense salon comme des rapaces voyant un repas leur échapper.

— À droite, murmura Elliot en l'emmenant dans cette direction. Vous êtes tout bonnement à croquer, dans cette robe, Jo.

Elle haussa un sourcil.

— Tiens, vous aimez la mousseline, maintenant ?

Il rit, et le son chaud et grisant lui réchauffa les veines aussi sûrement que le whisky écossais qu'adorait tant Mungo.

— Je viens de vivre les dix journées les plus longues de ma vie, Jo.

Elle eut un petit rire de dérision peu féminin, dont Edith essayait de la débarrasser.

— Cela ne fait que dix jours ? J'aurais dit facilement une centaine. Vous, au moins, vous étiez en liberté.

Il s'approcha d'elle et chuchota :

— J'ai perdu ma liberté depuis que vous avez capturé mon cœur.

Jo éclata de rire.

— Je crois que vous devriez vous mettre à la poésie. Vous pourriez reprendre le carnet à l'endroit où Mungo l'a laissé.

— Froide et cruelle créature, se plaignit-il en faisant signe à un valet, qui bondit pour leur ouvrir une lourde double porte.

À peine s'était-elle refermée qu'Elliot pivotait vers elle et l'embrassait à pleine bouche en la plaquant contre le mur. Un tableau s'enfonça dans son épaule, mais Jo n'en avait cure. Ils s'embrassèrent comme s'ils pouvaient se consommer mutuellement, se rassasier du goût, du contact, de l'odeur de l'autre.

Jo pressait les doigts dans les muscles durs de ses épaules avec tant de ferveur que c'en était douloureux, et malgré cela ils n'étaient encore pas assez proches.

Ce fut Elliot qui s'écarta. La longue galerie résonnait de leurs respirations haletantes. Il ondula des hanches, frottant son érection contre son ventre.

— Voyez ce que vous m'avez fait ?

Dans le cœur de Jo la fierté le disputait au désir.

— Vous êtes fiers de vous ? ricana-t-il.

Elle ne pouvait pas le nier. Il se rajusta avec une grimace de douleur.

— Devrons-nous endurer encore dix jours avant de nous revoir ?

Elle secoua la tête en passant une main à travers ses boucles, qui semblaient avoir poussé en à peine une semaine et demie ; de l'autre main, elle caressait le renflement brûlant de son pantalon en satin noir.

— Jo, siffla-t-il en avançant les hanches pour mieux se frotter contre sa paume. Je ne vais bientôt plus pouvoir me maîtriser.

— Alors, laissez-moi faire ! s'écria-t-elle en s'affairant déjà sur son pantalon.

Avec un bruit qui tenait à la fois du cri et du rire, il ordonna en lui prenant les deux poignets entre les mains pour l'emprisonner :

— Non. Et maintenant, comportez-vous bien. N'est-ce pas ce qu'on vous a appris ? À vous conduire comme une dame ?

— Est-ce ce que vous souhaitez ? Que je me conduise comme une dame ?

Il poussa un soupir exaspéré.

— Vous savez bien que je vous aime exactement telle que vous êtes.

— Peu importe, marmonna-t-elle avant de l'embrasser de nouveau.

Elle persista jusqu'à ce que le corps d'Elliot se mette à réagir, puis elle s'écarta.

— Où allez-vous ? s'exclama-t-il en tendant une main.

— Je me conduis comme une dame.

— Comme une tentatrice, vous voulez dire, fit-il avec un rire frustré.

— C'est l'une des rares leçons qu'on ne m'a pas encore enseignées.

— Croyez-moi, vous n'avez pas besoin de peaufiner votre art en la matière. Allons, racontez-moi comment tout se passe avec votre nouvelle famille. Nous n'avons que quelques minutes en tête-à-tête, il faudra bientôt retourner là-bas.

— Ou bien nous pourrions utiliser cette issue, là-bas, dit-elle en montrant le bout du couloir, dont je sais qu'elle conduit à l'escalier de service, et de là nous pourrions nous enfuir pour le continent.

— Jo.

Elle gémit.

— Que voulez-vous que je vous dise ? Que je m'amuse ? C'est une torture, Elliot, pure et simple.

— Rien ne vous a fait plaisir ?

— Non.

— Pas même de faire des courses avec Marianne ?

— S'il n'y avait que Marianne, ce serait supportable. Et si nous cherchions à acheter des choses intéressantes, comme de nouveaux couteaux ou un cheval, là, ce serait amusant. Mais il y a aussi ma cousine, et la tante de Marianne, et une modiste exaspérante et autoritaire qui m'asticote en permanence, sans parler des essayages interminables de vêtements, de chapeaux, les litres de thé avalés, les conversations insipides et… au secours !

Elliot reprit possession de sa bouche, et cette fois, le baiser fut passionné, langoureux et sensuel. À défaut de calmer sa respiration, cela l'apaisa un peu.

Il s'écarta au moment où la température dans la galerie fraîche commençait à grimper, et Jo se rembrunit.

— Quel est le terme pour une tentatrice au masculin ?

— Dans ce registre, le seul mot que vous avez besoin de connaître, c'est « Elliot ».

Elle leva les yeux au ciel.

— Je vois que vos cousins ne m'ont pas encore adopté.

— Ils trouvent que je devrais rencontrer d'autres « bons partis ». Quelle expression ! ricana-t-elle. Plutôt manger une branche d'arbre que de rencontrer des hommes, qu'ils soient ou non de bons partis.

— Vous devriez peut-être, non pas manger une branche d'arbre, précisa-t-il, mais rencontrer des jeunes gens.

Elle arrondit les yeux.

— Essayez-vous de vous débarrasser de moi ?

Il lui saisit les bras durement et la plaqua contre lui.

— Ne dites pas de bêtises !

Il s'empara de sa bouche et y déposa un baiser à la fois brûlant et brutal, comme s'il voulait la marquer ; cela eut pour effet de faire palpiter encore plus fort le sexe déjà douloureux de Jo.

Quand il mima crûment le désir qu'il éprouvait pour elle, Jo lui lécha la langue. Elle se pressa contre lui, glissant les mains sur son postérieur bien ferme moulé de satin. Elle passa les doigts sous son gilet et sous la ceinture de son pantalon, effleurant sa peau satinée.

Naturellement, il choisit ce moment pour s'écarter. Encore une fois.

— Tss, allons, gronda-t-il d'une voix qu'elle eut le plaisir de trouver haletante.

Elle grommela.

— Ne pouvons-nous pas faire comme chez Sin et Marianne, et nous esquiver discrètement ?

Il sourit de sa frustration.

— À propos de bal, quand irez-vous à votre premier en tant que comtesse ?

— Par chance, pas avant plusieurs semaines, car je ne suis pas encore suffisamment raffinée ou civilisée pour qu'on m'offre en pâture à la haute société pour l'instant. Mon premier bal sera un événement très couru, paraît-il, donné par un certain Castleton, ou Castleby...

Elliot éclata de rire.

— Vous parlez du bal annuel de la duchesse de Castleford, pour lequel les mères de famille ayant des jeunes filles à caser sont prêtes à en venir aux mains afin d'obtenir une invitation ? Ce bal-là ?

Elle lui lança un regard acerbe.

— Je suis ravi que vous trouviez tout cela amusant.

— Moi aussi.

Elle souffla bruyamment et secoua la tête, mais elle ne pouvait pas rester en colère contre lui. Et c'était en effet assez drôle, bien qu'elle soit au supplice.

— Alors, que ferez-vous en attendant le bal des Castleford ?

— Encore des leçons de danse, j'apprendrai à tenir une tasse de thé, à marcher comme une dame de qualité, à parler comme une dame de qualité, à faire semblant de trouver intéressantes des conversations ennuyeuses, à flatter des hommes assommants en prétendant qu'ils sont fascinants au lieu de les menacer d'un couteau...

Elle s'interrompit en voyant qu'il ravalait difficilement son hilarité.

— Vous vous vengez pour toutes les fois où Angus vous a humilié sur scène, c'est cela ?

— Peut-être, admit-il avec un grand sourire éhonté. Comment va-t-il, ce vieil Angus ?

— Il s'est remis à voler des objets.

— Je ne savais pas qu'il avait cessé.

— Après qu'il eut retrouvé son os, cette manie lui avait passé, mais il n'a pas beaucoup apprécié cet emménagement dans une nouvelle maison. Angus a toujours été du genre à chaparder, mais ces derniers temps, c'est encore pire que lorsque nous travaillions à la Foire. Il ne prend même pas la peine de dissimuler ses larcins, il jette tout sur le sol de ma chambre. Oh, vous pouvez rire, dit-elle, constatant qu'il s'esclaffait. On voit que ce n'est pas vous qui devez vivre dans une pièce qui ressemble à la caverne d'Ali Baba.

— Qu'est-ce qui le chiffonne, à votre avis ?

— Dieu seul le sait. J'ai l'impression qu'il n'aime plus rien, pas même son précieux os. Il est positivement belliqueux, ces derniers temps. Il s'est pris d'aversion pour Edi, et c'est réciproque. Il déteste ne pas être le chef de la maison, surtout pendant les repas, et se met à bouder chaque fois que je descends manger. J'ai pensé qu'une solution serait de picorer avec lui à la cuisine avant le petit déjeuner et le dîner, ainsi je pourrais satisfaire à la fois Angus *et* Edi. Mais quand je l'ai emmené en bas, on aurait dit que j'avais fait irruption là-dedans en agitant un couperet dans tous les sens. Les domestiques sont restés figés comme des statues, et quelqu'un est allé prévenir Edith, qui...

Jo vit qu'Elliot essayait de ne pas rire, et secoua la tête.

— Ce n'est pas drôle.

— En fait, si.

Elle produisit un bruit irrité, et il lui prit les mains pour l'attirer à lui.

— Vous êtes *chez vous*, ma douce. Ce sont *vos* domestiques. Si vous souhaitez emmener votre oiseau dans la salle à manger ou à la cuisine, personne ne peut vous en empêcher.

— Vous ne connaissez pas Edith. Elle m'adresse des regards tellement chagrinés, comme si j'étais la plus grande désillusion de sa vie. Et Angus s'est mis à l'imiter. Vous voyez ce que je veux dire ?

Elliot rit.

— Il a cette faculté inouïe de répéter les mots les plus ridicules, dit-elle en riant malgré sa frustration. Ce n'est pas sa faute si Edi énonce des banalités. Mais il aime bien la faire enrager et il a fait une fixation sur le mot « vulgaire », qu'il lui crie dans les oreilles chaque fois qu'il la croise.

Les larmes ruisselaient le long des joues d'Elliot.

— Oui, en attendant, j'espère que vous vous amusez bien, dit-elle avec aigreur. Pff... Suis-je obligée de rester dans cette maison jusqu'à la fin de cette maudite saison, Elliot ?

— Cela vaudrait mieux.

— Mais suis-je « obligée » ?

— Quand a lieu votre présentation à la reine ? Je pense que c'est le seul événement auquel vous devez réellement vous rendre, mais votre cousine répondrait mieux que moi à la question.

— Dieu merci, je ne suis pas obligée de faire la queue devant la reine affublée d'une de ces robes ridicules. Apparemment, on me fait l'honneur d'une rencontre avec le prince régent.

Elle partit d'un rire amer.

— Je me demande bien sur quoi va porter la conversation.

— Ne vous inquiétez pas pour cela, Jo : ce que Prinny préfère, c'est s'écouter parler. Tout se déroulera très bien.

— J'ignore pourquoi il prend cette peine, alors que je n'ai même pas le droit de siéger à la Chambre des lords.

— Le souhaiteriez-vous ?

Elle frémit.

— Non !

Il rit.

— Pardonnez-moi, je sais que c'est cruel de m'esclaffer, mais le supplice tire à sa fin. Et vous avez connu tant d'épreuves…

— Curieusement, je ne m'en rappelle aucune, marmonna-t-elle. Et vous, qu'avez-vous fait ? s'enquit-elle, cessant de s'appesantir sur sa vie.

— Je suis retourné voir ma grand-mère.

— Comment va-t-elle ?

— Je l'ai trouvée mieux que la dernière fois.

Il sourit.

— Elle était très réconfortée d'apprendre que je ne devrai me rendre sur le continent qu'une fois – je le lui ai promis – et qu'ensuite je serai disponible pour danser jusqu'à l'aube pendant les semaines qui restent de cette saison.

À ces mots, le cœur de Jo se serra.

— Je croyais que vous n'aviez pas à retourner à Paris.

Avec un petit sourire contrit, elle ajouta sans lui laisser le temps de répondre :

— Pardon de me plaindre avec cette remarque. J'avais l'air d'une pleurnicharde.

— Cela m'a plu. Cela signifie que je vais vous manquer, n'est-ce pas ?

— Bien sûr que oui, comment pouvez-vous en douter ?

Il lui adressa un regard tendre.

— Il n'empêche, c'est agréable à entendre.

Le visage de Jo s'enflamma devant l'affection – non, l'amour – qu'elle perçut dans ses yeux.

— Quand partez-vous ? Et combien de temps resterez-vous absent ?

— J'embarque dans quelques jours. On a dit que la visite serait brève, pas plus d'une semaine.

— Mais sir Stanley avait promis de vous garder près de lui jusqu'à la fin de l'année.

— En effet, et il s'est excusé. Je ne sais pas pourquoi il m'envoie là-bas, ajouta-t-il avant que Jo puisse lui poser la question.

— Et si vous étiez au courant, vous ne pourriez ou ne voudriez pas me le révéler, de toute façon ?

Il se contenta de lui adresser ce sourire mystérieux qui lui donnait envie de l'embrasser.

— Vous serez tellement occupée que vous ne remarquerez même pas mon absence.

C'était exactement l'inverse, et Jo ne souhaitait pas penser aux dix journées qui allaient encore s'écouler loin de lui. Elle aurait largement le temps de se lamenter quand il serait parti.

— Oh, j'oubliais de vous informer que je suis retourné voir Morrison, pour lui apporter les livres que vous m'aviez donnés.

— Qu'a-t-il dit ?

— Qu'il y en avait un peu trop à son goût, d'autant plus qu'ils semblaient tous les six avoir été énormément feuilletés et lus.

— Il n'est guère optimiste, alors ?

— Disons que cela ne l'a pas beaucoup aidé. Mais cet homme est doué pour déchiffrer les codes, et il en a élucidé de bien plus obscurs que celui-ci. Ce n'est qu'une question de temps.

— Je commence à croire que prouver l'innocence de mon père n'est pas aussi crucial que je l'avais pensé, soupira Jo en essayant vainement de ne pas se sentir découragée. Mes cousins semblent avoir recouvré leur réputation, malgré le scandale.

Elle avait appris cependant que certaines personnes leur battaient froid. C'était Marianne, ces jours-ci, sa meilleure source de renseignements.

— Laver leur honneur et faire éclater la vérité, c'est ce que souhaitaient votre père et Mungo. C'était leur raison de vivre à tous les deux, n'est-ce pas ?

— Vous avez raison, admit-elle. Je ne me rappelle pas mon père, mais la recherche de la vérité n'a jamais rendu Mungo heureux. Je n'ai pas envie que cela consume ma vie également.

Elle leva les yeux vers lui.

— Est-ce grave pour vous si mon nom reste souillé ?

— Vous savez bien que non, répondit Elliot aussitôt. Cependant, si ce qu'ils affirmaient est vrai, non seulement ils ont été victimes d'une terrible erreur judiciaire, mais un traître est peut-être toujours à l'œuvre dans notre gouvernement.

— C'est une chose qui tenaillait également Mungo.

Elle hésita, puis elle posa la question qui la tracassait :

— Pensez-vous que cette personne, si elle est encore en vie et occupe un poste au gouvernement, se souciera de sa sécurité ?

— Cela m'inquiète. J'avoue être soulagé que vous ne viviez plus seule, bien que vous soyez parfaitement capable de vous protéger, s'empressa-t-il d'ajouter. Je n'aurais pas poursuivi cette enquête si je considérais que vous couriez un vrai danger. Mais vous ne savez rien, et vous l'avez clairement dit à sir Stanley, de sorte que si ce félon a encore accès à des renseignements au ministère de l'Intérieur, au moins il aura conscience que vous ne pouvez rien contre lui.

— Et les cahiers de poésie ?

— Les seules personnes à être au courant qu'ils existent sont vous, Morrison et moi.

— Vous ne pensez pas que sir Stanley soupçonne quelque chose ?

— Si c'était le cas, il ne me les aurait vraisemblablement pas donnés.

Jo hocha la tête.

— Et vous avez confiance en Morrison ?

— Entièrement. Nous avons souvent collaboré par le passé. Bien que je ne sache pas grand-chose sur sa vie privée, j'ai eu maintes occasions d'être impressionné par sa loyauté et son sens de l'éthique.

— Pourquoi ne travaille-t-il plus pour le ministère ?

— Il est tombé dans une embuscade l'année dernière – à l'époque où nous étions en France – et on l'a torturé. Son pied a été... eh bien, il a dû se faire amputer. Je pense qu'il pourrait toujours trouver un travail épanouissant, mais il est un peu amer à la perspective de demeurer derrière un bureau.

— Je comprends cela.

La cloche du dîner retentit, et Jo poussa un grognement. Elliot l'attira à lui et l'embrassa avec ferveur.

— Nous devons y aller, murmura-t-il lorsqu'il la laissa enfin aller.

— Je sais.

— C'est un mauvais moment à passer, Jo, dit-il en lui caressant la joue. Dès que la saison des mondanités sera terminée, vous trouverez la vie à la campagne beaucoup moins... structurée. Votre propriété familiale, Briarly, figure parmi les plus belles d'Angleterre. Vous adorerez habiter là-bas.

Jo acquiesça de la tête et s'obligea à sourire. Elle voulait bien le croire, mais elle savait aussi que leurs fausses fiançailles se concluraient à la fin de la saison. Sa maison de campagne serait peut-être charmante, mais Elliot n'y serait pas avec elle.

23

Trois interminables semaines plus tard sans Elliot, allongée dans son immense lit à baldaquin, Jo fixait un rai de lumière matinal qui passait à travers les rideaux en essayant de trouver l'énergie de se lever pour vaquer à ses occupations. À cause d'un des dîners – assorti d'une partie de cartes – les plus ennuyeux de toute l'histoire de l'Angleterre, elle n'était rentrée qu'à 2 heures du matin. Il était déjà 6 h 30, et elle qui se levait toujours avant 6 heures avait la tête alourdie et embrumée par moins de quatre heures de sommeil.

Au lieu de bondir de son lit comme d'habitude, Jo resta quelques minutes de plus à lézarder dans les draps chauds et doux. Le bal des Castleford avait lieu ce soir-là, et la journée allait être redoutablement longue. Ce serait le seul bal auquel elle assisterait cette saison, car elle avait refusé à Edith le droit de lancer un bal de bienvenue en son honneur.

— L'année prochaine, cousine Edi, lui avait-elle répété en s'efforçant laborieusement de garder un ton aimable.

Edi avait fini par accepter son décret, mais Jo savait que la vieille dame essaierait de l'obliger à assister à plus d'un événement par jour pendant les dernières semaines de la saison.

Le seul point positif du bal de ce soir était qu'Elliot revenait enfin aujourd'hui, et qu'elle le retrouverait là-bas.

Jo avait espéré qu'on la laisserait un peu tranquille après son misérable dîner avec le prince de Galles – ainsi que quarante de ses courtisans les plus proches – mais sa cousine Edith était déterminée à presser comme un citron tout ce qu'offrait la saison comme événements.

La rencontre avec le Régent n'avait pas été aussi terrible qu'elle l'avait craint. Elliot avait eu raison en disant qu'elle n'aurait pas à parler beaucoup. Il y avait eu tant d'autres gens, qui cherchaient tous à s'attirer l'attention du prince, qu'il lui avait suffi de hocher la tête, de sourire, et d'essayer de ne pas manger avec la mauvaise fourchette ou d'insulter quelqu'un par inadvertance.

— Vous n'avez qu'à poser des questions à vos voisins de table, lui avait conseillé Elliot. S'il y a bien une chose dont vous pouvez être sûre, c'est que les gens adorent parler de leur sujet préféré : eux-mêmes.

C'était la dernière fois qu'ils avaient eu l'occasion de discuter, et cela remontait à presque trois semaines, en raison de la prolongation de son voyage à Paris.

Trois. Longues. Semaines.

La vie avait perdu son lustre sans la perspective de voir régulièrement Elliot, ne serait-ce que pour lui jeter un coup d'œil par-dessus la table d'un dîner. Heureusement, ils avaient pu au moins échanger des courriers.

Si horrifiée qu'en ait été sa cousine Edith, Elliot avait contourné l'interdiction empêchant les hommes et les femmes non mariés – ou du moins non fiancés publiquement – de s'envoyer des lettres, en ayant eu l'idée d'en adresser une à Angus Brown.

Amusée et enchantée, Jo lui avait répondu en employant le même nom. Elle avait mis au défi sa cousine de trouver une règle de l'étiquette interdisant qu'une personne écrive à l'animal de compagnie d'une autre.

Sa lettre lui ressemblait tellement qu'elle l'en avait aimé davantage encore. En vérité, elle rêvait de le revoir au point d'en ressentir une douleur presque physique. Et ce manque qui la vrillait jusqu'au plus profond de l'âme avait forcé Jo à admettre la vérité : elle ne voulait pas vivre sans lui. Même passer une partie de l'année à endurer des mondanités serait supportable si elle pouvait avoir Elliot à ses côtés – et dans son lit toutes les nuits.

Jo avait envisagé de lui écrire pour lui dire qu'elle acceptait sa vraie demande en mariage. Après tout, elle était lâche, dès lors qu'il s'agissait d'effusion de sentiments, et cela lui aurait épargné un moment de gêne. Mais même Jo savait que professer son amour et son désir pour lui par correspondance n'était pas correct. Elliot méritait une déclaration d'amour et l'acceptation de sa demande les yeux dans les yeux.

Avoir réglé cela dans son esprit lui rendit la dernière semaine plus facile à supporter.

Plus tôt elle épouserait Elliot, plus vite elle mettrait un terme au fantasme absurde auquel se cramponnait sa cousine Edith : que Jo rencontre et épouse un riche héritier titré et qu'elle oublie Elliot, afin de grimper dans l'échelle sociale.

Tolérer la haute société serait moins stressant en compagnie d'Elliot. Elle avait rencontré le Régent, et ses responsabilités politiques étaient réglées, de sorte qu'elle pouvait désormais quitter Londres et passer le reste de l'année à Briarly la conscience tranquille, et tant pis si Edi voulait qu'elle accepte des parties de campagne ou une excursion à Brighton.

Toc toc toc.

— *Croa, croa.*

Jo sourit en entendant le son familier et matinal, repoussa les couvertures et mit les pieds par terre.

— J'arrive, Angus.

— *Croa, croa.*

— Je sais, je sais, marmonna-t-elle en chaussant ses mules avant d'aller à la fenêtre, où elle avait installé son perchoir.

Il donnait sur le square, ce que sa cousine Edith détestait, parce que les gens pouvaient apercevoir le corbeau aller et venir, mais Angus aimait bien regarder ce qui se passait dehors.

Jo lui fit une petite caresse et posa un baiser sur sa tête avant de soulever la guillotine. Elle l'observa un moment et sourit en constatant qu'il se dirigeait vers Hyde Park. Elle referma la vitre presque entièrement, la laissant seulement entrouverte pour qu'il puisse se faufiler s'il rentrait en son absence.

Elle bâilla et réfléchit à ce qu'elle allait faire. Elle pouvait s'habiller et essayer de sortir se promener discrètement sans domestique, ou elle pouvait retourner se coucher et dormir encore quelques heures.

Le lit l'attirait.

Elle avança d'un pas et faillit se tordre la cheville en marchant sur quelque chose qui se brisa avec un bruit sec sous sa mule. Jo se pencha en fronçant les sourcils.

— Oh, zut, murmura-t-elle en s'accroupissant pour ramasser l'os d'Angus, qui était fissuré sur toute sa longueur.

Elle se rendit à la fenêtre et le tint à la lumière pour inspecter les dégâts. C'est alors qu'elle s'aperçut qu'il était creux. Elle retira une grande écharde de bois et découvrit une chose ressemblant à un parchemin.

Le cœur soudain battant, Jo alla chercher l'un de ses plus petits couteaux dans le réticule qu'elle avait porté la veille et s'en servit pour écarter précautionneusement le bois fendu et extraire le parchemin.

Elle sortit plusieurs feuilles de papier presque translucide sur lesquelles étaient inscrites des rangées de chiffres séparés par des virgules.

Elle déglutit et étala de ses mains tremblantes les pages délicates sur le secrétaire. Elle n'était pas experte en déchiffrage, mais elle n'avait pas besoin de s'y connaître pour deviner ce que représentaient ces papiers : le code nécessaire pour déchiffrer les manuels de poésie que Mungo avait transportés avec lui pendant des décennies.

Elle relâcha son souffle et contempla les feuillets. Certains semblaient plus anciens que d'autres, plus jaunis. Si c'était ce que Mungo s'apprêtait à emporter au ministère de l'Intérieur, pourquoi avait-il attendu si longtemps ? Il avait sculpté cet os pendant qu'ils étaient encore en France, peut-être un an avant qu'ils retournent en Angleterre. Il avait certainement dissimulé les papiers à l'intérieur à la même époque.

Il avait dû apprendre quelque chose ce jour-là, lorsqu'il était allé s'adresser à l'ancien patron d'Elliot. Ou, plus vraisemblablement, il avait appris quelque chose *avant* leur rendez-vous, ce qui l'avait convaincu de rendre visite à cet homme.

Cela avait été la découverte la plus étonnante : le fait que Mungo ait volontairement approché un responsable gouvernemental alors qu'il avait passé une si grande partie de sa vie à les éviter.

Jo reprit l'os et l'examina attentivement. C'est alors qu'elle remarqua une chose : le bois n'avait pas été collé sur la longueur, comme elle l'avait cru à l'origine. La jointure était au milieu. Bien que l'objet soit abîmé, il suffisait de le manipuler un peu pour l'ouvrir. Mungo avait gravé une série d'encoches de chaque côté, qui permettaient de fermer l'os lorsqu'elles étaient rapprochées et tournées dans des directions opposées. Ce n'était pas du tout scellé. Il avait pu l'ouvrir à n'importe quel moment pour y glisser les papiers, apporter des modifications, ou ajouter de nouvelles feuilles.

Elle se renfonça dans le fauteuil, l'esprit en ébullition. Qu'avait découvert Mungo pour qu'il aille voir Wardlow, l'ancien patron d'Elliot ?

Elle sourit en songeant à la réaction d'Elliot lorsqu'elle lui ferait part de cette découverte.

Elle retourna les papiers en réfléchissant. En eux-mêmes, ils ne lui apprendraient rien. Il serait plus intéressant de lui présenter de vrais renseignements.

C'est alors qu'une idée se forma dans son cerveau, une idée exaltante.

Elliot lui avait précisé que Daniel Morrison vivait tout près de North Road, dans un cottage situé à côté du relais de poste des Three Brothers.

C'était un petit peu avant Edgware, à moins de dix miles de Londres.

Jo jeta un coup d'œil à la pendule. Il n'était pas encore 7 heures. Elle avait amplement le temps de faire l'aller-retour, mais pas en voiture. Il faudrait qu'elle loue un fiacre, et qu'elle s'habille en homme, ce qu'elle ne pouvait pas faire de chez elle, du moins pas sans attirer l'attention d'Edith et déclencher une scène.

Elle comptait donc se rendre à la Foire et partir de là. Ainsi, elle en profiterait pour expliquer à Helen où elle allait.

*

* *

Après un petit stratagème auprès de sa servante – que Jo refusa d'emmener à la Foire sous prétexte qu'elle serait absente toute la journée à emballer des affaires qu'elle avait laissées chez son ancienne employeuse –, elle partit sur un assez bon cheval qu'elle avait trouvé dans une écurie au bout de la rue. À 10 heures, elle traversait déjà Clerkenwell.

Angus était ravi de reprendre la route, et il volait de-ci de-là, en se conduisant exactement comme un jeune corbeau lors de son premier vol. Il avait plu la veille, mais sans doute pas beaucoup, car si cela avait tassé la poussière, la route n'était pas trop boueuse. En résumé, c'était une journée idéale pour une promenade à cheval à la campagne.

Jo aussi avait l'impression d'être un jeune oiseau. Cela faisait bien longtemps – plus depuis l'année précédente en France – qu'elle n'avait pas porté ses vieux vêtements. Elle serait partie plus tôt si elle n'avait pas embauché Helen pour recopier avec elle le contenu des six feuilles de papier, par précaution.

Helen l'avait aidée à tout retranscrire sans poser une seule question. La conséquence la plus triste de la nouvelle vie de Jo était peut-être qu'elle ne pourrait pas gérer la Foire avec sa nouvelle amie. Helen Carter était une femme intéressante qui avait tout abandonné alors qu'elle était l'une des héritières les plus fortunées du pays, pour devenir mi-gouvernante mi-directrice de cirque, et, malgré les nombreux soucis et responsabilités que cela entraînait, elle semblait adorer sa nouvelle existence.

Jo lui avait raconté qu'elle allait rendre visite à une connaissance commune d'Elliot et elle-même, mais elle n'avait pas cité le nom de Morrison.

Certes, elle était probablement excessive dans ses précautions, mais elle ne souhaitait pas donner à son amie des renseignements susceptibles de la mettre en danger. Jo essayait de se comporter comme l'aurait fait Mungo. Elle ne pensait pas réellement que quelqu'un la suivait, excepté les pitoyables espions de sir Stanley, qu'elle avait aisément semés ce matin-là en empruntant l'entrée de service de la Foire au lieu de passer par la maison d'Helen, ni même qu'elle était en danger.

S'il y avait vraiment eu un traître au ministère de l'Intérieur pendant la guerre coloniale, cela remontait à plus de trente ans. Son père était mort. Mungo était mort. Il était tout aussi probable que cet espion soit mort également.

Cependant, malgré son scepticisme, elle avait agi prudemment. S'il devait lui arriver quelque chose aujourd'hui, Elliot aurait l'information de l'os d'Angus et saurait également où elle se rendait et pourquoi.

La légèreté dans sa poitrine se transforma lentement en excitation à mesure qu'elle s'approchait de la maison de Daniel Morrison. S'ils pouvaient décoder ces cahiers, et si la vérité y était écrite, cela signifiait que son père et Mungo n'étaient pas seulement innocents, mais qu'ils étaient des héros, parce qu'ils avaient essayé toute leur vie d'attraper le traître qui vendait des secrets à l'étranger. Elle pourrait épouser Elliot sans culpabilité. En effet, bien que Jo soit à présent riche et titré, elle avait passé assez de temps parmi les gens de la bonne société pour savoir que la tache assombrissant le passé de son père continuait à ternir son nom de famille. Elle avait été snobée par un nombre étonnant de personnes, compte tenu de toutes les invitations que ses cousins et elle recevaient.

Jo fut incrédule en apercevant l'enseigne de l'auberge des Three Brothers.

— L'heure et demie s'est écoulée bien trop vite, pas vrai, Angus ?

Le corbeau, qui était revenu à tire-d'aile lorsqu'elle avait ralenti son cheval, acquiesça d'un croassement.

Elle bifurqua sur la première route après le relais de poste et chevaucha encore un kilomètre avant de tomber sur une petite maison dont le jardin, quoique bien entretenu, n'avait rien de très intéressant. Les rideaux étaient fermés, mais de la fumée s'échappait de la cheminée.

Jo fit contourner à son cheval une flaque boueuse avant de mettre pied à terre. Elle attacha sa monture au poteau en fer forgé décoratif et remonta l'étroite allée de graviers menant à la porte d'entrée.

Elle frappa sur la jolie porte fraîchement repeinte et attendit. Puis elle frappa encore, au bout d'un moment.

Comme personne ne répondait, elle écarta la haie de buis qui poussait sous les fenêtres, et regarda à travers une fente entre les rideaux. La maison était minuscule, elle ne devait compter que deux pièces, et avec les rideaux tirés, il faisait très sombre à l'intérieur.

Elle plissa les yeux. Seule la lumière de la cheminée éclairait la grande pièce, qui servait à la fois de salon et de cuisine.

Soudain, quelque chose attira son attention, par terre, était-ce... des jambes ?

Elle martela la fenêtre, mais rien ne bougea.

Elle s'extirpa de la haie et courut vers le côté de la maison. Le jardin à l'arrière était aussi soigné que devant. De toute évidence, quelqu'un s'en était occupé récemment : elle repéra un petit tabouret à trois pieds, un seau de mauvaises herbes, et des gants de travail en cuir jetés à l'extrémité d'une rangée de courges.

Quelqu'un se trouvait à l'intérieur. Elle savait que Daniel Morrison avait été sévèrement blessé, qu'il avait perdu un pied ou une partie de la jambe. Était-ce lui qui gisait là, blessé ?

Angus se posa sur son épaule.

— Qu'en penses-tu ? Est-ce que j'essaie d'entrer ? murmura-t-elle en se dirigeant vers la porte. Reste dehors, toi. Attends-moi.

Angus comprenait le mot « attendre », et il s'envola pour aller se percher au-dessus de la porte. Il n'y avait pas de fenêtre à l'arrière de la maison, et Jo actionna la poignée de porte en se tenant sur le côté. Ayant déjà elle-même tiré sur quelqu'un à travers une porte, elle préférait ne pas prendre de risque.

La porte n'était pas fermée à clef, et s'ouvrit lentement, dans un craquement sinistre.

— Monsieur Morrison ? cria-t-elle en observant la silhouette allongée.

La première chose qu'elle aperçut fut sa tête, puis son torse. Malgré l'envie de se précipiter, elle pénétra précautionneusement dans la maison, en examinant les rares endroits où quelqu'un aurait pu se cacher. Après s'être assurée qu'il n'y avait pas de placard assez grand pour dissimuler un humain dans aucune des pièces, Jo retourna vers le corps et s'accroupit à côté de lui. Âgé d'une trentaine d'années, l'homme avait des cheveux blonds coupés en brosse. Elle remarqua du sang sur sa tempe, et sa peau claire montrait déjà des signes d'ecchymose.

Elle chercha son pouls et poussa un soupir de soulagement. Il était vivant, et son cœur battait régulièrement. Elle se releva et inspecta rapidement les trois pièces qui constituaient la petite maison. Le lit étroit avait été retourné, le matelas éventré. On avait tiré les tiroirs et éparpillé leur contenu.

Un sifflement d'abord discret s'accentua, et Jo pivota brusquement, le cœur battant. La bouilloire suspendue au trépied dans le foyer bouillait. De la vapeur sortait du bec.

Quelqu'un l'avait mise là récemment. Celui ou celle qui avait assommé Morrison devait encore être...

— *Croa ! Croa !*

Une ombre tomba dans la pièce au moment où Jo s'élançait vers la porte de derrière. Un homme immense se trouvait dans l'embrasure, à contre-jour du soleil qui plongeait son visage dans l'obscurité. Il tenait un gros bâton dans sa large main, et une corde dans l'autre.

— Pas de mouvements brusques, ma petite demoiselle, et je ne vous ferai pas de mal, déclara-t-il. Je suis seulement censé vous emmener parler à...

Le premier couteau de Jo pénétra dans sa cuisse, et elle sut immédiatement qu'elle aurait dû viser la tête, car il se contenta de jeter un coup d'œil vers la lame de cinq centimètres enfoncée dans sa jambe, comme si c'était un simple insecte importun.

Il sortit le couteau en pouffant.

— Allons, qu'est-ce qui t'a pris ?

Il laissa tomber le couteau et s'élança vers elle.

Dehors, les cris d'Angus augmentaient en fréquence et en volume, et Jo n'hésita pas à saisir son plus grand couteau, la lame de dix centimètres. Cette fois, elle visa la gorge.

L'homme était un colosse, mais il était lent et ne parvint pas à esquiver le couteau. Il produisit un bruit étranglé et chercha le manche du couteau.

— Vous vivrez plus longtemps si vous le laissez planté, lui recommanda Jo.

Pas beaucoup plus longtemps, mais à ce stade de son existence, chaque seconde était précieuse.

Ignorant son conseil, il sortit la lame ; le sang gicla de l'artère comme un geyser.

— Bon Dieu ! s'exclama-t-il en portant la main à sa gorge, puis en examinant le sang qui rougissait ses doigts. Je vais mourir !

Il tituba sur le côté, et le soleil éclaira son visage pour la première fois. Ses petits yeux noirs étaient agrandis par la stupeur, sa mâchoire lourde pendait.

— Je... je crois que...

Il trébucha en avant, et Jo enfonça encore deux couteaux dans la silhouette massive qui continuait à avancer pesamment vers elle. Tandis qu'elle s'écartait pour échapper au monstre, elle se rappela au dernier moment que Morrison était allongé par terre derrière elle.

Ses deux derniers couteaux ne valaient guère mieux que des cure-dents et ne l'arrêteraient certainement pas si les autres n'y étaient pas parvenus, mais Jo les lança tout de même. Le colosse ne s'en rendit pas compte.

Il l'accula contre la porte d'entrée et souleva sa matraque, la respiration courte et laborieuse. Mais le bâton glissa de sa large main et tomba bruyamment. Il baissa les yeux, perplexe.

Jo en profita pour lui donner un violent coup de pied dans le genou.

Il laissa échapper un cri qui ressemblait à un gargouillis, et s'inclina de côté comme un arbre en train de chuter. Elle n'attendit pas de voir s'il était encore en vie et courut vers la porte et ce qu'elle apercevait derrière : Angus attaquant un autre individu qui se défendait en agitant son pistolet de tous les côtés pour essayer de viser l'oiseau.

— Angus ! Sauve-toi ! s'époumona-t-elle.

Mais ses mots furent couverts par une détonation assourdissante et un croassement sinistre.

— Non ! hurla Jo tandis que la large silhouette du corbeau tombait du ciel en piqué dans un enchevêtrement maladroit d'ailes suivi d'un nuage de plumes, dans le potager de Morrison.

Un éclair de fureur crépita dans son cerveau, et Jo se tourna vers celui qui tenait à la main un pistolet fumant.

— Espèce d'ordure ! cria-t-elle.

Sa voix se brisa dans un sanglot. Elle avait lancé son dernier couteau et n'avait pas pris le temps de tous les récupérer, aussi se jeta-t-elle vers l'homme hébété – beaucoup plus petit que le géant mais tout de même plus grand que Jo –, et ils chutèrent tous les deux brutalement.

— Vous l'avez tué ! Vous l'avez tué, hurla-t-elle en martelant de coups toutes les parties de son corps accessibles.

Une fois de plus, une ombre s'abattit sur eux, mais cette fois la tête de Jo explosa dans un éclair aveuglant de lumière et de douleur avant qu'elle ait l'opportunité de se retourner.

— Angus..., chuchota-t-elle.

Puis les ténèbres se refermèrent sur elle.

24

Les neuf derniers jours avaient été parmi les plus déplaisants qu'Elliot ait jamais vécus, et le trajet jusqu'à Londres ce jour-là avait été le pire d'entre eux. Comme si passer presque trois semaines inutiles en France ne suffisait pas, la diligence postale de Douvres avait été arrêtée pendant qu'il dormait à poings fermés.

Elliot et un autre passager, qui étaient tous deux armés, avaient aidé les éclaireurs à cheval, et il avait pu rentrer indemne. Les bandits de grand chemin n'avaient pas eu cette chance ; il voyait encore leurs trois corps allongés à côté de la route, en guise d'avertissement silencieux et macabre pour quiconque les apercevrait avant que le cocher prévienne les autorités.

Grâce à leur intervention rapide et précise, la malle-poste eut à peine une heure de retard.

Mais c'était une heure qu'il ne pouvait pas se permettre de perdre, et Crisp dut le raser pendant qu'il se baignait pour gagner du temps.

Le travail qu'il devait faire à Paris, à savoir interroger un agent détenu là-bas par la petite délégation britannique officieuse, s'était révélé infructueux. Il aurait dû rentrer au moins huit jours plus tôt, mais sir Stanley avait envoyé un messager pour qu'il se renseigne sur diverses autres affaires.

Elliot commençait à se demander si son nouveau chef divisionnaire était à la hauteur pour diriger les Services secrets. Les trois affaires auxquelles il avait consacré son temps à Paris auraient été mieux gérées en passant par les voies officielles, en particulier concernant l'agent qu'il avait interrogé, qui aurait dû être livré aux autorités françaises.

Cela avait peut-être toujours été un aspect frustrant et bureaucratique de son travail, et il ne le remarquait que récemment, parce que Jo lui manquait avec une intensité qui le rendait irritable et agité.

À moins qu'il n'ait perdu le goût d'accomplir ce travail...

Outre ses missions vaines, Paris avait été affreusement chaotique et dangereux. Malgré le retour du monarque Bourbon, la capitale essuyait encore terriblement les effets de celui de Napoléon l'année précédente. Les gens avaient faim, souffraient, et la criminalité proliférait. Elliot avait été agressé deux fois pendant son séjour.

À cause de l'échauffourée survenue durant le trajet qui le ramenait de Douvres, il était arrivé trop tard ce jour-là pour rendre visite aux Townshend, et il savait que le bal des Castleford, au milieu de centaines d'invités, ne serait pas l'occasion idéale pour converser en privé avec Jo.

À vrai dire, Elliot était excédé et à deux doigts de publier l'annonce de leurs fiançailles dans les journaux. Ce serait odieux de sa part mais en faisant valoir ses droits publiquement, il pourrait officiellement rendre visite à Jo chez elle sans que sa cousine Edith le regarde de travers. Au moins, il avait pensé à demander à Jo de lui réserver la valse du souper ainsi qu'une deuxième, plus tard, bien qu'il n'ait pas eu de réponse à sa nouvelle lettre. Il espérait qu'elle l'avait reçue, et qu'il n'avait pas eu de retour à cause de la lenteur des services postaux jusqu'à Paris. Il désirait de tout son cœur profiter de quelques minutes en sa compagnie ce soir-là.

— Sinon, je devrai la kidnapper, marmonna-t-il en finissant de nouer son foulard.

— Je vous demande pardon, Monsieur ? dit Crisp en revenant avec la redingote d'Elliot.

— Rien, je...

On frappa à la porte, et il regarda son valet en fronçant les sourcils.

— J'attends quelqu'un ?

— Non, Monsieur.

— Aidez-moi à passer cette veste et allez voir qui c'est.

Après une brève bagarre avec sa redingote ajustée, Crisp quitta la pièce.

Elliot mit à son doigt la chevalière de son grand-père. Sa grand-mère en avait fait deux fois cadeau : une fois à son cher mari plusieurs décennies auparavant, puis à Elliot à la mort du vieux comte. Il choisissait une épingle de cravate lorsque Crisp revint.

— Vous devriez descendre sur-le-champ, Monsieur, dit son valet de chambre, visiblement agité.

— Qui est-ce ?

— M. et Mme Richard Townshend, Monsieur. Ils sont venus vous parler de leur cousine, lady Packenham.

*

* *

— Rien du tout ? s'enquit Elliot pour la troisième fois, impoli mais incrédule.

Edith Townshend se tordit les mains d'une manière qu'il aurait pu trouver touchante si elle ne l'avait pas traité de haut systématiquement au cours des dernières semaines.

— Rien du tout. Ni message ni billet. Sa bonne a voulu l'accompagner dans cet endroit où elle travaillait avant, mais Joséphine l'a renvoyée en prétextant qu'elle y passerait l'après-midi à emballer des affaires. Comme elle n'était pas rentrée à l'heure du dîner, nous avons envoyé un domestique la chercher.

— Avec qui s'est-il entretenu ?

Edith et Richard se regardèrent et haussèrent les épaules.

— Nous n'en savons rien, hélas, avoua Richard Townshend. Mais d'après ce qu'on lui a dit, Joséphine n'a pas passé toute la journée là-bas. Ils l'ont seulement vue brièvement ce matin.

— Angus est-il à la maison ? demanda-t-il sans grand espoir.

— Non, répondit Richard. C'est ce qui nous a fait nous inquiéter. Habituellement, cette créature entre et sort de la chambre par la fenêtre plusieurs fois par jour.

— Les gens ont commencé à le remarquer, ajouta Edith d'un ton réprobateur qui fit grincer les dents d'Elliot.

— Mais personne ne l'a vu aujourd'hui, ni sa bonne, qui était occupée dans le vestiaire de lady Packenham, ni même à la cuisine, où elle l'emmène parfois pour lui donner à manger.

Si Angus avait disparu, ils étaient tous les deux allés quelque part.

— Ses vêtements sont-ils toujours là ? Ses bagages ?

Edith secoua la tête.

— Oui, nous y avons pensé.

Elle fit une grimace.

— Je sais qu'elle n'était pas... heureuse, ces dernières semaines, mais elle ne se serait pas enfuie comme cela, tout de même ?

Elliot fit la sourde oreille, non pour punir cette femme inquiète, mais parce qu'il ne pouvait pas supporter d'envisager lui-même cette éventualité.

— Que devrions-nous faire ? questionna Richard. Nous préférerions ne pas prévenir les autorités. Croyez-vous que nous devrions en informer sir Stanley ? Il semble apprécier Joséphine... Peut-être nous aiderait-il ?

— Voici ce que nous allons faire, déclara Elliot. Mme Townshend et vous-même allez vous rendre au bal et présenter des excuses de la part de Jo. Dites qu'elle est à la maison, alitée, grippée.

Le couple hocha la tête avec hésitation.

— Quant à moi, je pars à la Foire rencontrer la propriétaire. Si Jo s'y est rendue ce matin, Helen aura eu connaissance de sa visite. Et si je fais chou blanc là-bas, j'irai trouver sir Stanley pour requérir son aide. Il comprendra qu'il est nécessaire d'agir avec discrétion.

— Et vous nous ferez savoir ce que vous avez découvert ? demanda Richard.

— Je vous ferai prévenir dès que j'aurai du nouveau.

Elliot les rassura de son mieux, avant de terminer :

— À présent, plus vite je serai parti, plus vite nous serons renseignés.

*

* *

Elliot n'eut pas longtemps à attendre au guichet avant que l'un des employés de la Foire, un garçon bon à tout faire appelé Ricci, vienne le chercher pour l'emmener voir Helen.

— Il est arrivé quelque chose à Jo ? s'enquit la nouvelle propriétaire de la Foire aux Femmes Fantastiques Farnham dès qu'ils furent seuls dans son petit bureau.

— Je l'ignore, avoua Elliot.

Il avait consacré tout le trajet à réfléchir à la meilleure façon de se confier à Helen. Il ne la connaissait pas très bien, elle était arrivée après la période qu'avait passée Elliot à la Foire l'année précédente, mais il savait qu'elle était calme, pondérée et pragmatique.

— Elle est venue brièvement ce matin, déclara Helen sans avoir besoin qu'il s'explique, ce qui plaidait encore plus en sa faveur. Elle m'a laissé un message à vous transmettre au cas où il arriverait quelque chose.

Le cœur d'Elliot bondit, en partie d'allégresse, en partie d'angoisse.

— Oui ?

— Elle m'a dit qu'elle allait voir une connaissance que vous aviez, que pour cela elle devait louer un cheval afin d'être rentrée à temps pour un bal ce soir. J'imagine qu'elle n'est pas revenue ?

— Non. Si elle a loué un cheval, je présume qu'elle l'a monté à califourchon ?

Helen acquiesça de la tête.

— Elle s'est déguisée ici. Pour être honnête, je ne l'ai même pas reconnue quand elle a eu fini, ajouta-t-elle avec un sourire inquiet.

— Cheveux gris, vêtements qui lui donnent l'air trapu, lunettes à verres épais ?

— C'est cela.

— Et c'est tout ce qu'elle a dit, une connaissance mutuelle ?

— Oui. D'après elle, vous comprendriez ce qu'elle sous-entendait.

— A-t-elle emporté quelque chose ? Une sacoche, peut-être ?

— Je n'ai rien vu. Elle m'a dit que la totalité du trajet ne faisait qu'une vingtaine de miles, et qu'elle devrait être revenue au plus tard vers 17 heures.

La seule connaissance mutuelle qu'ils avaient vivant à cette distance était Daniel Morrison. Tous les autres gens qu'ils connaissaient habitaient à Londres, à présent, excepté Guy et Cécile, mais ils étaient en France et non dans les environs de la capitale.

Si elle était partie rencontrer Morrison, cela signifiait forcément qu'elle avait découvert quelque chose de nouveau.

Mon Dieu, Jo... Qu'avez-vous appris ?

Helen s'éclaircit la voix, et il releva les yeux de ses réflexions angoissées.

— Oui ?

— Elle m'a confié quelque chose avant de partir.

Helen choisit une clef sur la châtelaine qu'elle portait, ouvrit un tiroir de son bureau et le tira au-delà de la butée.

— Il a une double paroi, expliqua-t-elle en écartant le côté pour révéler une étroite cachette.

Elle en extirpa plusieurs feuilles de papier soigneusement pliées et les lui tendit.

— Cela vous éclairera peut-être ?

Les doigts tremblants, Elliot les déplia et comprit aussitôt de quoi il s'agissait.

— Bon Dieu ! marmonna-t-il en relevant les yeux. Vous a-t-elle dit où elle a trouvé cela ?

Helen secoua la tête.

— Elle m'a seulement demandé de les recopier pendant qu'elle se préparait. Elle a emporté les originaux avec elle.

Où diable avait-elle déniché la source du code ?

— Est-elle en danger, monsieur Wingate ?

Elliot croisa le regard inquiet d'Helen.

— Je n'en sais rien, reconnut-il. Mais je vais le découvrir.

— Y a-t-il quelque chose que je puisse faire ?

Elliot sourit.

— À vrai dire, j'aurais plusieurs services à vous demander.

— Je vous en prie, je serais ravie de me rendre utile.

— Pourriez-vous me procurer du papier et de quoi écrire ? Je dois envoyer deux messages avant de partir.

*
* *

Elliot chevauchait sans précaution, à peine éclairé par un croissant de lune, mais c'était soit risquer sa peau en galopant ventre à terre, soit perdre l'esprit en restant plus prudent.

Lorsqu'il atteignit la maisonnette isolée de Daniel Morrison, il était un peu plus de 23 heures. Au lieu de se précipiter à l'intérieur, il laissa sa monture à l'auberge des Three Brothers et parcourut en courant les sept ou huit cents mètres qui le séparaient du cottage.

Une lumière était allumée à l'intérieur, mais il n'aperçut pas de cheval attaché au poteau. Morrison n'avait pas de visiteur.

Elliot avait demandé à l'auberge si quelqu'un correspondant au déguisement de Jo leur avait confié une monture plus tôt dans la journée, mais le palefrenier et les garçons d'écurie n'avaient vu personne répondant à cette description.

Elliot avait emporté sa lanterne miniature, dotée de différents caches afin d'en varier l'intensité. Il laissa passer assez de lumière pour vérifier que Jo était bien venue ici. Il reconnaissait les traces de ses bottes, celles qu'elle avait portées en France. Il y avait aussi d'autres empreintes, d'humains et de chevaux, et au moins deux autres personnes étaient venues depuis la dernière pluie. Les marques de pas ne trahissaient pas d'échauffourée apparente, mais cela ne signifiait pas qu'aucune n'avait eu lieu.

Il baissa tous les caches de la lampe et contourna la maison. Il n'y trouva qu'une cahute, et elle était trop petite pour contenir un cheval. Une brève inspection à l'intérieur ne révéla rien de particulier, seulement un râteau, une pelle et quelques outils de jardinage. L'arrière du cottage ne possédait pas de fenêtre, aussi souleva-t-il un des caches pour mieux regarder la façade. Il ne savait pas ce qu'il espérait découvrir, mais son instinct lui interdisait d'aller directement dans la maison.

Un bruit sur sa droite attira son attention, et il se tourna vers le jardin. La dernière fois qu'il avait rendu visite à Morrison, ce dernier s'occupait de ses légumes dehors. Elliot cligna des yeux en reconnaissant le tabouret de jardinage au bout d'une rangée. Il repéra aussi des gants et des outils éparpillés autour.

Daniel Morrison était un homme méticuleux ; jamais il n'aurait laissé de coûteux gants de travail en cuir et des outils dans la boue et la terre.

Elliot était en train de pivoter vers la maison lorsqu'il entendit encore un bruit provenant du même coin du jardin. Faisant fi de toute prudence, il retira deux caches supplémentaires de la lanterne.

— Qui va là ? dit-il doucement, son pistolet dans l'autre main.

— Elliot !

— Jo ? s'écria-t-il en agitant la lampe et en plissant les yeux dans la pénombre.

— Elliot !

Quelque chose remua dans les feuillages, et Elliot baissa sa lampe. Il poussa un petit cri devant la silhouette noire familière.

— Bon Dieu, Angus, c'est toi !

Il referma vivement les caches de la lampe et se précipita vers l'oiseau. Malgré la pénombre, il constata que quelque chose n'allait pas avec l'aile du corbeau.

— *Croa, croa.*

L'oiseau sautilla vers lui en traînant son aile blessée.

— Que s'est-il passé ? demanda stupidement Elliot.

— Elliot ! cria Angus d'une voix ressemblant tellement à celle de Jo que cela le fit frissonner.

— Chut, ordonna-t-il en s'accroupissant. Temps silencieux, ajouta-t-il tout bas, utilisant l'expression qu'il avait entendu Jo utiliser.

Il fit claquer sa langue.

— Viens là, que je te regarde, mon pauvre vieux.

Le corbeau sautilla plus près, et Elliot approcha la lumière.

— Je vais vérifier ton aile.

Il se sentit idiot de s'adresser à un animal comme à un humain, mais Jo racontait toujours au corbeau ce qu'elle faisait, et l'oiseau semblait trouver apaisant le son de sa voix. Heureusement, il ne donna pas de coups de bec à Elliot lorsque celui-ci déploya son aile.

Il retint son souffle en découvrant les plumes déchiquetées.

— Tu as dû souffrir le martyre, murmura-t-il. Mais ce n'est pas aussi grave que cela en a l'air, n'est-ce pas ?

Le silence du corbeau était éloquent.

La blessure n'avait pas beaucoup entamé la chair de l'oiseau en elle-même, mais quelque chose avait déchiré plusieurs des grandes plumes qui lui étaient probablement nécessaires pour voler, ce qui expliquait pourquoi Angus se cachait dans les feuillages.

Elliot termina rapidement son examen, soulagé de ne pas constater d'autre blessure.

— Bien, j'imagine que tu ne peux pas me raconter ce que je vais trouver dans cette maison, pas vrai ?

Angus garda le silence, et Elliot ravala la nausée qui lui montait à la gorge. Jo n'aurait jamais laissé seul son corbeau dans cet état. Un oiseau à terre était une cible facile pour des prédateurs comme des chiens sauvages, et même un chat domestique pouvait constituer une menace pour lui dans ces conditions.

— Bon, ce n'est pas la peine de se mettre la rate au court-bouillon. Allez, Angus, monte sur mon épaule. Nous allons te trouver un lieu sûr où attendre.

Le corbeau grimpa obligeamment sur son bras, puis son épaule, et Elliot poussa un grognement. Il pesait au moins deux livres ! Comment Jo supportait-elle ce poids ? se demanda-t-il une fois de plus.

— Il faut croire qu'elle t'aime, hein ? chuchota-t-il en se levant.

Angus lui donna un délicat coup de bec sur l'oreille.

— Je vais la retrouver, promit Elliot. D'ici là, on va te poser dans un arbre.

Quand le corbeau fut en sécurité sur l'une des branches basses d'un grand if, Elliot éteignit la lampe et la plaça au pied du tronc. Mieux valait ne pas risquer de la faire tomber et mettre le feu à la maison.

— Attends-moi ici, Angus. Pas bouger.

Le corbeau croassa doucement et commença à lisser ses plumes. C'était bon signe, songea Elliot. S'il s'intéressait à son hygiène, il ne devait pas être si mal en point.

Il avait parcouru quelques pas vers la maison lorsque la porte de derrière s'ouvrit. La lumière de l'intérieur se répandit et éclaira suffisamment l'environnement pour que, si quelqu'un regardait dans sa direction, il distingue aisément Elliot debout comme un poteau au milieu du jardin. Craignant d'attirer l'attention en remuant, il se figea.

— ... ne viendra pas ce soir, dit l'un des hommes en sortant. Mais tu devrais attendre ici, au cas où, et moi je vais retourner demander ce qu'on doit faire maintenant.

— Tu ne veux pas te rendre dans ce théâtre ? s'enquit l'homme qui se trouvait à l'intérieur, qu'Elliot ne pouvait voir. Je crois qu'une de ces greluches du cirque l'a aidée à nous échapper, ce matin. On devrait y aller leur donner une leçon.

L'autre s'esclaffa d'un rire qui donna froid dans le dos à Elliot.

— Ouais, excellente idée, on va leur apprendre les bonnes manières. Mais d'abord, il nous faut Wingate.

Il sursauta en entendant son nom, et quelque chose, une brindille, craqua sous sa botte. L'homme qui était dehors pivota sur ses talons et afficha un air de surprise comique en découvrant qui se tenait devant lui.

— Ça alors ! Regarde qui est là ! s'exclama-t-il en cherchant un pistolet dans son pantalon.

Elliot n'hésita pas. Il braqua son revolver, visa le torse et appuya sur la gâchette.

25

Jo se réveilla avec un mal de tête épouvantable, et il lui fallut quelques instants pour se rappeler pourquoi.

Les souvenirs revinrent en masse : le cottage, Daniel Morrison inconscient, les deux hommes qui l'avaient visiblement agressé...

Elle poussa un petit cri.

— Angus !

Le mot était éraillé, comme si elle n'avait pas parlé depuis des années. Elle essaya de se lever, mais se rendit compte qu'elle avait les poignets ligotés dans le dos à la chaise sur laquelle elle avait dormi.

Elle cligna des yeux pour chasser sa vision floue et observa la pièce. C'était une simple chambre à coucher, comme on aurait pu en voir dans un couvent. Pendant ses années en France, un jour, elle s'était cachée dans une de ces cellules.

Une cheminée se trouvait contre un mur, mais elle était vide et froide, et aucun outil ne pendait du crochet en métal fixé au mur par quatre clous.

Elle chercha autour d'elle quelque chose qu'elle pourrait utiliser comme une arme, en tirant sur la corde autour de ses poignets.

Mais la personne qui l'avait attachée avait bien fait son travail. Et il n'y avait dans la pièce qu'un lit, une seconde chaise en bois et un paravent, derrière lequel était probablement caché un pot de chambre.

Le crochet, rustique et en fer forgé, semblait être sa meilleure option. Si elle n'arrivait pas à le desceller, elle irait voir s'il y avait un pot de chambre en espérant qu'il serait en céramique afin de pouvoir l'écraser sur... Elle chercha des yeux une chose capable de briser un objet épais en céramique. À l'exception du crochet en fer, il n'y avait que le foyer de la cheminée, mais cela ferait beaucoup de bruit.

Elle aviserait le moment venu. Chaque chose en son temps.

Jo inspira profondément et relâcha lentement son souffle plusieurs fois, jusqu'à ce qu'elle ait l'impression d'avoir les idées plus claires. Ses pieds étaient ligotés également, mais pas à la chaise. Elle sourit et se redressa précautionneusement, puis elle avança courbée en deux à petits pas minuscules, les pieds joints, vers la cheminée. Elle dut s'arrêter deux fois pour reposer ses jambes tremblantes, mais elle réussit à atteindre son but sans faire trop de bruit, et retourna prudemment la chaise jusqu'à ce que son dos soit du côté du crochet.

Elle ravala un cri de douleur en levant les bras et en s'apercevant que quelqu'un avait dû lui tordre l'épaule, à un moment donné.

Après quelques contorsions, elle parvint à rapprocher ses poignets et à placer la corde contre le métal, et entreprit de la scier en faisant de petits mouvements verticaux.

Une partie rugueuse du métal accrochait la corde en sisal, mais ce serait interminable. Elle s'apprêtait à faire une pause lorsqu'elle perçut un bruit de pas lourds derrière la porte.

Elle eut juste le temps d'abaisser les mains et de s'écarter du crochet avant de fermer les paupières et de courber la tête, comme si elle était inconsciente.

— Ben, qu'est-ce qu'elle fait là ? marmotta une voix qu'elle ne reconnut pas.

Elle entendit qu'on s'approchait d'elle, sentit qu'on lui secouait l'épaule.

— Réveille-toi, la môme !

Elle n'eut aucun mal à jouer le rôle d'une personne blessée à la tête qu'on avait réveillée brutalement.

— Que..., bafouilla t elle en clignant des yeux et en dévisageant un grand homme aux cheveux noirs qu'elle avait déjà vu plusieurs fois.

C'était l'un de ceux que sir Stanley avait envoyés pour surveiller son appartement.

Jo faillit éclater de rire tandis que tout devenait douloureusement clair.

Au lieu de cela, elle ramassa les genoux aussi haut que possible et les enfonça dans l'entrejambe de l'homme au moment où il passait les mains derrière elle pour vérifier la corde ou faire quelque chose de ses mains liées.

Il poussa un cri étouffé par sa chute en avant sur ses genoux, la bouche sur sa cuisse. Jo recula vivement sur sa chaise. Lorsqu'il tomba sur le sol en gémissant et en posant les paumes sur ses parties intimes, elle utilisa la corde qui lui retenait les chevilles pour lui clouer le cou à terre.

Il s'étrangla et gesticula si bruyamment que, s'il y avait quelqu'un d'autre dans...

Jo entendit la porte se rouvrir et claquer contre le mur, derrière elle.

— Eh bien, que se passe-t-il ici ? dit une voix familière et patricienne.

Avant qu'elle puisse se retourner, elle reconnut le son d'un chien qu'on armait, puis un éclat de rire assourdi.

— Par exemple, quel plaisir de vous retrouver, milady ! Si vous laissiez respirer ce pauvre Wilmer avant qu'il s'évanouisse ?

*
* *

Quinze minutes plus tard, Jo était ligotée à un autre siège, dans une autre pièce. Cette fois, sir Stanley avait ordonné à ses hommes de lui lier les chevilles et les poignets aux accoudoirs et aux pieds du fauteuil en bois.

— Là, vous ne bougerez plus, j'espère.

Il la garda en joue et n'alla s'asseoir que lorsque Jo fut solidement attachée. Puis il lui sourit, tel un vieil oncle affectueux.

— Vous ressemblez énormément à votre père, ma chère.

Jo le scruta en se représentant tout ce qu'elle lui ferait dès qu'elle aurait les mains libres, même une seule suffirait pour ce qu'elle avait en tête.

Il pouffa.

— Oh là là, si vous pouviez me foudroyer du regard, je ne serais plus qu'un petit tas de cendres par terre.

Il adressa un sourire narquois et condescendant à son acolyte, qui demeurait près de la porte, le visage rouge et l'air mécontent.

— Comme ce pauvre Wilmer, qui a bien failli y rester. J'ai cru comprendre que vous aviez même éliminé Big Jack avec vos couteaux.

Il secoua la tête, fasciné.

— Ce gaillard a un jour combattu cinq assaillants en même temps, et voilà qu'il se fait tuer par un simple bout de femme.

— Que voulez-vous de moi ?

— Qu'est-ce qui vous fait imaginer que je veuille quelque chose ?

Son visage se fendit d'un sourire suffisant.

— Vous m'avez déjà donné les clefs du royaume, pour ainsi dire.

Jo serra les dents, furieuse d'avoir été assez stupide pour qu'il ait raison.

— Dans ce cas, qu'est-ce que je fais ici ? Pourquoi ne pas vous être simplement débarrassé de moi ?

Ses épais sourcils blancs se haussèrent, il avait l'air d'un grand-père indulgent et amusé.

— Êtes-vous donc si pressée de mourir ?

— Si cela signifie que je n'aurai plus à vous écouter déblatérer.

Son sourire se durcit, ainsi que ses yeux bleu délavé.

— Je crains que vous ne deviez supporter encore un peu de verbiage, ma chère. M. Morrison est occupé à décoder les cahiers que je possède, mais je sais qu'il en manque. Il est regrettable que vous n'ayez pas apporté l'autre recueil.

— L'autre recueil ?

Sir Stanley poussa un soupir agacé.

— L'autre recueil de poèmes.

Jo arqua les sourcils.

— Quel autre recueil ? Si vous avez ceux qui étaient en possession de Morrison, alors vous avez tout ce que je possède, mentit-elle.

Gray la considéra d'un œil sceptique, comme s'il pouvait lui extorquer la vérité en la clouant du regard.

— Savez-vous ce que j'ai fait pour le gouvernement de Sa Majesté pendant onze des quarante dernières années, ma chère Joséphine ?

— Vous voulez dire, en plus de vendre les secrets de votre pays à ses ennemis ?

Cette fois, elle perçut bien la rancœur dans ses yeux.

— Pendant plus de dix ans, j'ai été en charge des interrogatoires.

Il esquissa un sourire.

— Faites-moi confiance quand je vous dis que je pourrais extorquer des réponses à une pierre. Cela fait un bon bout de temps, mais je pense que cette compétence-là ne s'oublie pas.

Jo ignora la menace.

— J'espère que vous avez été bien payé pour trahir non seulement votre pays mais aussi votre ami.

Gray se pencha en avant, serrant les poings sur ses cuisses.

— Vous avez l'arrogance de la jeunesse, pourtant cela aurait dû vous passer, maintenant.

— Je ne savais pas qu'il était arrogant de croire à la loyauté envers son pays et ses amis.

Il ricana.

— Vous parlez de sujets que vous ne pourrez jamais comprendre. Vous n'étiez même pas née quand les colons se sont révoltés. Vous n'avez pas idée de la façon dont le conflit a déchiré ce pays. Les pères se battaient contre les fils, les frères se battaient entre eux. Des dizaines de milliers de personnes partageaient ma conviction : que les colonialistes étaient notre famille et non nos esclaves, que se battre contre eux était une atrocité contre notre propre peuple.

— Ah, vous agissiez donc par pur altruisme. Vous ne receviez aucun argent en échange des renseignements que vous vendiez ? Vous avez trahi votre gouvernement à titre gracieux ?

Il rougit violemment, et elle comprit qu'elle avait fait mouche.

— Certains d'entre nous ne sont pas nés avec une cuillère en argent dans la bouche. J'ai grandi au-dessus d'une boucherie, milady, non dans le luxe comme votre père. John pouvait soutenir toutes les causes qu'il voulait parce qu'il savait qu'il pourrait toujours compter sur une fortune, au bout du compte. L'honneur est facile, dans ce cas-là.

— Vous parlez de lui avec un tel dédain, Gray... Pourtant, mon cousin Richard m'a dit que c'est grâce à mon père que vous êtes allé à Harrow et que vous avez gravi les échelons si vite dans le gouvernement du pays que vous avez choisi de trahir. Sans lui, vous habiteriez encore au-dessus de cette boucherie.

— Et croyez-vous qu'on m'ait laissé l'oublier plus d'une minute ? riposta-t-il avec ardeur.

— Êtes-vous en train de dire que mon père vous a recommandé auprès de ses supérieurs, puis qu'il vous a constamment rappelé vos origines ?

— Pas lui, reconnut Gray, mais tous les autres, dans cette maudite école, et ensuite à Londres. Ils m'ont rebattu les oreilles quant à qui j'étais et d'où je venais. Ils ne m'ont jamais autorisé à pénétrer dans le premier cercle.

— Ils ont peut-être senti sur vous la puanteur de la trahison, sir Stanley. Cela ne vous a jamais passé par la tête ?

Il se leva et marcha jusqu'à elle.

— Bien avant que je choisisse de poursuivre mes idéaux, j'étais traité comme un intrus. Je ne me suis jamais marié, car les femmes de ma condition auraient été malheureuses dans mon monde, cependant celles que je fréquente à présent ne m'ont jamais accordé leur attention. Je mourrai sans descendance, sans personne à qui laisser mon héritage.

— Pourquoi ne pas voir le bon côté des choses, sir Stanley ?

Il plissa les yeux, soupçonneux.

— C'est-à-dire ?

— Au moins, personne ne souffrira de l'ignominie frappant votre nom lorsque la vérité concernant votre trahison éclatera.

Gray était un vieil homme, et il tremblait comme un vieil homme. Jo vit sa main venir et aurait pu atténuer l'impact du coup, mais elle savoura la douleur presque autant que son expression horrifiée devant la brutalité de sa réaction.

— Mon Dieu ! Je... je n'arrive pas à croire que j'ai fait cela. Pardon, dit-il, hébété, en contemplant sa main comme s'il ne l'avait jamais vue. C'est la première fois de ma vie que je frappe une femme.

— Tuer une femme est assurément plus honorable.

Il redressa vivement la tête et l'observa avec un mélange de haine et d'incrédulité.

— Vous avez la langue bien pendue pour une femme ligotée à un fauteuil. Une femme intelligente essaierait d'apaiser son ravisseur et de lui plaire.

— Pourquoi ? Vous sous-entendez que vous seriez disposé à ne pas me tuer ? Que vous me laisserez partir si je dis ce qu'il faut ?

— Mon plan consistait en fait à vous envoyer dans un endroit où personne n'écouterait rien de ce que vous dites, milady.

Elle eut un petit rire amusé.

— Ah, la déportation. Cela n'équivaut-il pas à une condamnation à mort pour une femme ?

— Je suis sûr qu'avec vos compétences, vous arriveriez toujours à survivre.

— Mes compétences me sauveront difficilement de la faim ou de la maladie dans la cale d'un navire de transport.

Avec un sourire narquois, il déclara :

— La vie n'est pas rose tous les jours, ma chère.

— Vous croyez que j'ai eu une existence de luxe et de facilité, sir Stanley ? Vos actes de trahison ont précipité la mort de mes deux parents, obligés qu'ils étaient à fuir la persécution dans les contrées sauvages de l'Amérique. Et le seul à s'être occupé de moi pendant la plus grande partie de mon existence a dû passer son temps à changer de lieu comme un animal traqué, regardant toujours derrière son épaule, courant jusqu'aux derniers jours de sa vie pour un crime qu'il n'a... pas... commis.

Jo était si furieuse qu'elle parvint à peine à articuler les derniers mots. Elle se débattit assez violemment pour faire grincer la chaise en bois, et Gray recula, avant de rougir de sa lâcheté instinctive.

— Vous feriez bien de m'éliminer tout de suite, sir Stanley, parce que sinon, mon unique but sera de vous traquer pour vous débiter lentement en petits morceaux.

Il plissa les yeux, et le sourire qu'il lui adressa la glaça.

— Vous ne craignez visiblement pas pour votre vie, mais peut-être seriez-vous plus coopérante pour sauver celle de votre amant ?

Sa menace lui souleva l'estomac. Gray sourit et hocha la tête, satisfait.

— Oui, je constate que vous me comprenez. J'avais espéré récupérer le dernier recueil sans recourir à ces… vilenies, mais là où vous l'avez caché, même mes meilleurs hommes n'ont pas pu le trouver.

— Il n'y a pas d'autre recueil ! Vous avez vu les cahiers que mon grand-père a envoyés, et j'ai donné les autres que possédait Mungo à Morrison.

— Vous mentez, mais je soupçonne que M. Wingate sera plus coopératif.

Comme si on avait voulu ponctuer ses propos, une porte claqua, et on entendit des pas à l'extérieur de la pièce. Gray inclina la tête.

— Quand on parle du loup…

La porte s'ouvrit, et Elliot se dressa sur le seuil, le visage meurtri et ensanglanté. Un homme massif le tenait par le bras.

Jo eut envie de pleurer.

Au lieu de cela, elle lui adressa un sourire ironique en déclarant :

— Tiens donc, vous ici ?

Il lui rendit son sourire, mais ses yeux étaient de glace.

— Vous a-t-il fait mal, Jo ?

— Non, mais son sous-fifre a tué Angus.

Jo jeta un regard venimeux à Wilmer, qui essayait de se fondre dans le décor.

— Angus va bien. C'est juste le bout de ses ailes qui...

— Comme c'est touchant ! coupa sir Stanley. Vous a-t-il dit où était le cahier ? demanda-t-il au ravisseur d'Elliot.

Le géant, qui s'agitait aussi nerveusement qu'un chat sous la pluie, hocha la tête.

— Oui, je l'ai.

— Eh bien, qu'attendez-vous, imbécile ? Faites-le entrer et refermez...

L'homme poussa Elliot si durement qu'il fit irruption dans la pièce en trébuchant. Ce fut seulement lorsqu'il se heurta à sir Stanley et lui saisit les bras que Jo constata qu'il n'était pas ligoté.

— Ce serait une très mauvaise idée, retentit une voix familière sur le seuil de la pièce.

Dans l'embrasure de la porte, le duc de Staunton braquait un pistolet sur Wilmer, qui avançait discrètement vers le revolver posé par sir Stanley sur la table.

— Les mains en l'air, ordonna le duc en entrant.

Quatre colosses et un homme plus mince soutenu par une béquille le suivirent. Ce dernier était l'homme que Jo avait aperçu inerte sur le sol. Elle sourit à celui qui ne pouvait être que Daniel Morrison.

— Je me réjouis que vous soyez debout et indemne, monsieur.

Il lui rendit timidement son sourire.

— Et moi de même pour vous, milady. Vous faisiez peine à voir pendant le trajet qui nous a amenés ici.

Il lança un regard noir à sir Stanley.

— Pardon de ne pas avoir pu vous aider alors, mais j'étais pieds et poings liés avant que mon ancien employeur, quand nous sommes arrivés ici, m'oblige à travailler sous la menace d'un revolver.

— Qu'est-ce que vous fabriquez ? protesta sir Stanley tandis qu'Elliot le mettait debout et que l'un des géants – « sans doute des valets du duc », se dit Jo – lui saisissait les bras et les attachait dans son dos.

Sans répondre, Elliot s'adressa à l'un des autres domestiques de Sin :

— Fouillez-le avant de le ligoter, s'il vous plaît, Phillip.

Puis il se tourna vers Jo, s'accroupit devant elle en secouant la tête et déclara en tranchant la corde qui lui liait les pieds :

— Tss, vous ne pouviez pas attendre quelques heures que je rentre, n'est-ce pas ? Il a fallu que vous vous précipitiez toute seule dans l'inconnu ?

Elle afficha un sourire penaud.

— Je voulais vous réserver une bonne surprise pour votre retour.

Il rit doucement et jeta la corde.

— Pour une surprise, c'en était une.

— Vous n'avez rien ! Aucune preuve, lança sir Stanley tandis qu'Elliot se levait pour délier les poignets de Jo.

Morrison partit d'un petit rire moqueur et montra le dernier recueil de poésies, celui dans lequel Mungo avait écrit peu de temps avant sa mort.

— Je n'ai pu regarder que les dernières pages, mais je crois que nous avons là toutes les preuves nécessaires, monsieur.

— Vous affirmiez qu'il n'y avait rien !

Morrison sourit de toutes ses dents.

— Je mentais. Mungo Brown est allé rendre visite à votre prédécesseur, et Wardlow était disposé à l'écouter. Il lui a aussi donné une liste d'agents et leurs positions respectives pendant…

— C'est de la trahison de partager ces renseignements, protesta sir Stanley.

Il y eut un silence, puis tout le monde, excepté sir Stanley, éclata de rire.

— C'est gonflé de votre part, dit Elliot quand ils se furent calmés.

Il massa les poignets de Jo et lui pressa la main avant de venir se placer à côté d'elle.

— Vous n'avez rien pour étayer vos accusations, insista Gray. La plupart de ces agents sont morts depuis longtemps. De toute façon, vous divaguez. J'exige que vous me relâchiez. Vous n'avez aucun pouvoir pour m'appréhender.

— Nous n'allons peut-être pas vous livrer aux autorités, continua Elliot, songeur. Peut-être épargnerons-nous à Sa Majesté le coût de vous héberger, de vous juger et de vous exécuter.

Un sourire éclaira son visage tandis qu'il pivotait vers Jo.

— Qu'en pensez-vous, ma chère ?

— C'est une excellente idée, déclara-t-elle.

Écumant, Gray se tourna vers Staunton.

— Vous êtes duc, pour l'amour de Dieu ! Allez-vous laisser tranquillement ces deux fous se conduire comme des miliciens ?

Sans même le regarder, Sin traversa la pièce et tendit quelque chose à Jo.

— J'ai deviné que vous seriez contente de les récupérer.

— Mes couteaux ! s'écria-t-elle. Je les croyais perdus. Où les avez-vous retrouvés ?

— Sur l'un des hommes de Stanley, pouffa Sin. On me les a lancés à la tête assez souvent pour que je les reconnaisse, Jo.

Elle glissa quatre des couteaux dans leurs étuis mais garda les deux plus longs qu'elle fit tournoyer dans ses paumes, absurdement soulagée.

— Merci, dit-elle en tenant l'une des lames dans sa main gauche et en s'approchant de sir Stanley.

Elle dirigea la pointe vers son visage et y laissa une cicatrice si fine que les gouttelettes de sang qui apparurent ne se voyaient quasiment pas. Gray glapit, même s'il avait à peine dû sentir la coupure.

— Cela vous apprendra à me gifler, continua-t-elle.

Sir Stanley se recroquevilla contre l'homme qui le retenait, observant alternativement le duc et Elliot.

— Juste ciel, vous n'allez pas lui permettre...

Un *croa croa* merveilleusement familier parvint à Jo du couloir, et un domestique en livrée entra, tenant à bout de bras un corbeau qui battait pitoyablement des ailes.

— Angus !

Jo rengaina son couteau, écarta Gray et attrapa son oiseau. Elle le serra si fort contre elle qu'il piailla :

— Elliot !

Jo éclata de rire.

— Ben voyons... Tu sais quand retourner ton plumage, toi, hein ?

Elle libéra le corbeau, qui grimpa sur son épaule, puis elle se tourna vers l'homme qui les avait secourus, elle et son oiseau chéri.

— Merci, dit-elle doucement.

Elliot sourit, et son amour pour elle brilla dans ses yeux bleu foncé.

— Ce fut un privilège, Jo.

Elle battit des cils rapidement et se détourna vivement avant de commencer à raconter n'importe quoi. Elle se trouva face à son tortionnaire, et son couteau sembla soudain prendre vie tout seul, car elle le découvrit sorti de son étui dans sa paume.

Les yeux bleu clair de sir Stanley voletèrent de la lame à son visage, et il lança d'un ton railleur :

— Débarrassez-vous de moi si vous voulez. De toute façon, rien dans ces cahiers ne sera valable dans un tribunal.

— Peut-être avez-vous raison, concéda-t-elle, un mauvais sourire ourlant ses lèvres tandis qu'elle effleurait sa mâchoire de la pointe de la lame.

Jo devina le calcul dans les yeux de Gray, et comprit que ce n'était pas la mort qu'il craignait le plus, mais la révélation de sa trahison, et l'opprobre.

— Mais peut-être vous trompez-vous, déclara-t-elle en renfonçant le couteau dans son pantalon et en reculant d'un pas. Je ne vais pas vous tuer, sir Stanley. Je pense qu'il vous sera beaucoup plus douloureux de continuer à vivre.

26

En apprenant la présence du duc de Staunton, le magistrat local accourut toute affaire cessante. Il se montra très désireux de faire ce que lui demandait Sin, et emmena rondement sir Stanley et ses hommes de main au poste de police.

— C'est l'un des avantages d'être duc, plaisanta Elliot quelques heures plus tard, tandis qu'ils se tenaient dehors tous les trois et regardaient la cavalcade de gendarmes et de prisonniers s'éloigner dans l'allée criblée d'ornières.

Alors qu'ils retournaient dans la maison qui avait été la prison de Jo, elle dit à Sin :

— Merci d'avoir fait accompagner sir Stanley par votre valet Justin. Ce serait dommage si ce vieux grigou réussissait à se supprimer et échapper à la justice.

Sin hocha la tête.

— Vous avez raison, mieux vaut le surveiller étroitement. Il ne voudra pas affronter la honte d'une révélation au public.

Il avait fallu presque quatre heures pour expliquer qui était qui et pourquoi ils étaient là, et pour fournir les dépositions de circonstance au magistrat. Ils auraient pu attendre, pour ce dernier point, mais Jo avait affirmé que le récit de la trahison de Gray devait être entendu par autant de témoins que possible, pour le cas où il parviendrait tout de même à se suicider.

Quand tout cela fut terminé, la journée tirait à sa fin.

— Je suppose que vous allez repartir à cheval avec moi tous les deux ? demanda Sin en se laissant tomber dans un fauteuil du petit salon où ils avaient pris place. La maison était assez jolie, bien que sommairement meublée.

Un grognement échappa à Jo, et Elliot se tourna vers elle.

— Qu'y a-t-il ?

— Je ne me sens pas de taille à affronter Edith et Richard pour le moment.

Ils avaient envoyé un messager rassurer ses cousins. Le vieux couple s'attendrait certainement à ce qu'elle rentre bientôt, mais Jo désigna la maison autour d'eux.

— Ne pouvons-nous pas rester jusqu'à ce soir, et même cette nuit, et rentrer demain matin ? Je sais qu'il y a trois chambres ici, parce que dans la pièce où je me suis réveillée, il y avait un lit.

Elliot rit et comprit qu'elle était sérieuse. Il scruta le salon spartiate mais propre, et échangea un regard avec Sin, qui les observait d'un air amusé.

— Où sommes-nous, d'ailleurs ? demanda Sin. On dirait que personne ne vit ici.

— À mon avis, c'est l'une des maisons que garde le gouvernement pour… hum, pour interroger les gens, parfois.

Sin pinça les lèvres.

— Ah.

— Gray a reconnu qu'il avait commencé sa carrière comme tortionnaire, dit Jo en caressant distraitement Angus sous le menton.

Elliot grimaça.

— Le terme correct est « interrogateur ».

Jo partit d'un petit rire railleur, et Elliot se tourna vers Sin.

— Si nous restions, voudrais-tu bien...

— Concocter un mensonge crédible pour les cousins de Jo ? devina le duc.

Le visage d'Elliot s'enflamma.

— Eh bien, oui, quelque chose comme cela.

— Bien sûr.

Il regarda Jo.

— Je vous laisse Marcus et Neil, pour le cas où des... visiteurs inattendus surviendraient.

— Merci, répondit Elliot, heureux que son ami leur propose les services de ses solides valets de pied avant qu'il lui en fasse la demande.

Il ne pensait pas que sir Stanley agissait avec des complices, mais prudence était mère de sûreté.

— Souhaitez-vous que je vous fasse apporter des vêtements propres avec votre voiture, demain ? s'enquit Sin auprès de Jo.

— J'imagine que je ne peux pas rentrer à Londres habillée ainsi, dit-elle en contemplant son vieux pantalon.

Elle esquissa un sourire et déclara :

— Oui, merci, je veux bien une toilette de rechange. Nous voilà revenus au bon vieux temps, à l'époque où vous étiez à mon service, Votre Grâce.

Les joues de Sin rosirent.

— Ma foi, eh bien, comme se plaît à le répéter ma femme, même un duc doit se rendre utile.

Elliot éclata de rire. Il imaginait très bien Marianne prononcer cela, imperturbable et caustique. Sin se leva, hésita et l'interrogea :

— M'autorisez-vous à lui annoncer la nouvelle ? Que vous détenez la preuve de l'innocence de votre père ?

— Bien sûr, s'il vous plaît, répondit Jo.

Sin prit congé, et quand la porte fut refermée derrière lui, ils se retrouvèrent seuls.

— Ne m'abreuvez pas de reproches, Elliot, supplia Jo alors qu'il ouvrait la bouche. Je sais déjà que j'aurais dû attendre notre retour au lieu de me précipiter chez Morrison, mais tout est bien qui finit bien, n'est-ce pas ?

Elliot la cloua d'un regard sévère, mais il ne parvint pas à le conserver longtemps.

— Je *devrais* vous abreuver de reproches. Me promettez-vous de ne plus jamais aller vous jeter dans la gueule du loup ?

— Entendu, fit-elle avec beaucoup trop de légèreté pour être convaincante. Et merci d'avoir retrouvé Angus, ajouta-t-elle doucement, redevenant sérieuse. Si vous ne l'aviez pas secouru, je préfère ne pas songer à ce qui lui serait arrivé.

— Inutile de faire travailler votre imagination pour cela. Avez-vous examiné son aile ?

Elle hocha la tête.

— Une balle a touché ses rémiges, et le rachis de ses plumes est mutilé, mais je ne pense pas que ce soit trop grave.

— Combien de temps leur faudra-t-il pour repousser ?

— Assez longtemps. Cela ne va pas lui plaire, mais ce n'est pas la première fois qu'il est privé de vol. Une année, il a mué et perdu toutes ses rémiges. Tu te souviens, mon grand ? demanda-t-elle à l'immense corbeau, qui se rapprocha de son cou et essaya de prendre un air pitoyable.

Elle pouffa.

— Il est très doué pour me faire la comédie du grand blessé.

Jo se leva et traversa la pièce.

— Descends, Angus, lui ordonna-t-elle en se baissant à côté de la fenêtre pour qu'il saute sur le rebord. Tu es trop lourd aujourd'hui.

Le corbeau produisit un petit *croa* pathétique, et Jo rit en ouvrant la fenêtre.

— Ne sors pas. Je reviendrai te chercher tout à l'heure.

Étonnamment, le corbeau sembla satisfait d'observer dehors l'après-midi se transformer en soir. Jo retourna s'asseoir en poussant un soupir et en massant distraitement l'épaule où avait été posé l'oiseau. Elliot se pencha et attrapa son autre main.

— Mais vous êtes blessée. Comment est-ce arrivé ?

Elle haussa les épaules, grimaça et répondit :

— Sincèrement, je ne m'en souviens plus très bien. Tout s'est passé très vite.

— Mais qu'est-ce qui s'est passé, précisément ?

À cet instant, on frappa légèrement à la porte.

— Entrez, lança Elliot.

Crisp pénétra dans la pièce, porteur d'un grand plateau à thé, son regard perçant sur Jo.

— Oh, dit-elle, j'ignorais que nous n'étions pas seuls. Êtes-vous venu avec Sa Grâce ?

Elliot toussota.

— En fait... il est venu avec moi, ou plus exactement après moi. Je vous présente Bevil Crisp, qui est à mes côtés depuis des années. Crisp, voici la comtesse de Packenham.

Crisp posa le plateau sans faire de bruit et s'inclina avec assez de grâce pour impressionner une dame d'honneur de la reine.

— Enchanté, Milady.

Jo sourit et hocha la tête.

— C'est lady Packenham qui m'a secouru en France l'année dernière, expliqua Elliot.

L'impassible valet de chambre haussa imperceptiblement un sourcil, ce qui, chez lui, équivalait à une acclamation.

— Je vous en suis extrêmement reconnaissant, Milady. M. Wingate étant un employeur exemplaire, j'aurais été très marri de le perdre.

Jo éclata de rire, et Elliot ne put s'empêcher de sourire devant l'humour pince-sans-rire de son domestique.

— Elliot, intervint Angus.

Crisp pivota la tête, et Elliot eut le plaisir singulier de voir cet homme au flegme imperturbable abasourdi pour la première fois depuis des années qu'il le connaissait.

— J'ai l'impression qu'il dit souvent votre nom, fit remarquer Jo.

— C'est grâce à cela que je l'ai trouvé dans le jardin de Morrison. Je crois qu'il considère maintenant mon nom comme un mot de passe magique pour obtenir tout ce qu'il veut.

Elliot se leva et prit une tartine beurrée sur le plateau pour l'offrir à Angus.

Comme toujours, le corbeau saisit la nourriture avec délicatesse.

— Et voici l'associé de lady Packenham, il s'appelle Angus, annonça Elliot en souriant à son valet médusé. Il aime beaucoup le fromage et les pommes, si jamais vous en trouvez.

— Ah. Je m'apprêtais précisément à vous demander quels étaient vos projets pour la nuit, Monsieur. Je crains que le garde-manger ne soit presque vide. Mais si vous restez, je suis passé devant une auberge en arrivant. Je peux me procurer de la nourriture pour vous et… combien d'autres personnes, Monsieur ?

— Nous serons cinq, en vous comptant, Crisp. Et oui, nous resterons jusqu'à demain matin.

— Très bien, Monsieur. Je vais m'occuper du dîner et des chambres. Je me suis permis d'explorer le dernier étage et j'ai trouvé quatre chambres, Monsieur. Elles sont modestes, mais étonnamment propres.

— Vous n'auriez pas par hasard découvert une baignoire dans vos explorations ? s'enquit Elliot, amusé de constater que Jo s'animait à cette perspective.

— Justement, Monsieur, il y a une baignoire sabot dans la cuisine. Je vais demander aux deux messieurs qu'a laissés Sa Grâce de la monter dans la plus grande chambre.

— Merci, Crisp.

Le valet parti, Elliot désigna le plateau.

— Souhaitez-vous du thé ?

— Merci, j'en rêve.

— Allez-vous bien, Jo ? Vous semblez éreintée.

— J'ai seulement faim.

— Vous avez pris un coup sur la tête. Vous devriez vous reposer.

— Je me reposerai après le thé, promit-elle. Et quand vous m'aurez raconté votre histoire.

— Je croyais que j'aurais droit à la vôtre en premier.

— La mienne est ennuyeuse. Je veux la vôtre d'abord.

Il rit.

— Je doute que le mot « ennuyeux » soit adéquat pour ce que vous avez vécu, mais vos désirs sont des ordres, déclara-t-il en soulevant la théière.

Après une brève réflexion, il dit :

— En apprenant votre disparition, je suis allé trouver Helen...

— Je savais que vous feriez cela.

Il sourit devant son expression satisfaite.

— Elle m'a expliqué où vous étiez partie, et je l'ai priée d'envoyer des messages à Sin et à Crisp pour les prévenir tous les deux de ma destination et de demander à Sin de me rejoindre avec des renforts...

— N'était-il pas au bal des Castleford ?

— Si. D'ailleurs, je dois des excuses à Marianne pour avoir subtilisé son mari à peine la soirée commencée.

— Elle sera probablement furieuse qu'il ne lui ait pas demandé de l'accompagner.

— Probablement. Quoi qu'il en soit, à mon arrivée chez Morrison, j'ai fureté un peu et compris que vous étiez venue, car j'ai reconnu les traces de pas de ces bottes-là, dit-il en désignant les siennes, partout...

Elle souleva un pied et regarda affectueusement la botte hideuse avec une semelle de corde.

— Très reconnaissable, en effet. Je suppose que je ne devrais pas commettre de crime en les ayant aux pieds.

— Non, c'est certainement une bonne idée pour différentes raisons, en convint-il en remplissant une assiette de pain beurré et en la lui apportant.

— Ah, merci.

Elle mangea une tranche en trois bouchées et lui jeta un coup d'œil gêné.

— Pardon, dit-elle, mais je n'ai rien avalé depuis hier matin.

Elliot apporta un autre morceau au corbeau, qui semblait également affamé, puis il reprit sa place et poursuivit son histoire.

— Angus et moi venions de fêter nos retrouvailles dans le jardin de Morrison quand la porte de derrière du cottage s'est ouverte et deux malfrats en sont sortis. J'ai immédiatement reconnu celui qui surveillait votre appartement.

— Avant cela, soupçonniez-vous Gray ? souhaita-t-elle savoir.

— Non, admit-il. Et je m'en veux terriblement que cela ne m'ait même pas traversé l'esprit.

— Je ne le soupçonnais pas non plus, avoua Jo. Après tout, cet homme était censé être le meilleur ami de mon père. Mais poursuivez.

Elliot déglutit puis ajouta, pour le cas où elle s'interrogerait à ce sujet :

— J'ai tiré sur l'homme... un coup fatal.

Jo reposa le morceau de pain.

— Je suis désolé, Elliot. Je sais que vous aviez réussi à éviter cela pendant toutes ces années sur le continent.

— Oui, il est un peu ironique que je tue quelqu'un précisément le jour où j'ai démissionné.

— Quoi ?

Il hocha la tête.

— Si vous étiez en danger, je savais que je ne pourrais pas rester dans le cadre de la loi, aussi ai-je rédigé précipitamment une lettre de démission pendant que j'envoyais mes autres messages dans le bureau d'Helen.

Il grimaça.

— Il est doublement ironique que l'homme à qui j'ai adressé la lettre se révèle être le méchant.

Il soupira et croisa son regard pâle.

— Pardonnez-moi d'avoir fait entrer Gray dans votre vie, Jo. Si j'avais refusé de...

— Il aurait trouvé un moyen de m'aborder, Elliot. Vous le savez bien.

— C'est possible, mais je m'en veux de ne pas l'avoir percé à jour.

— Moi non plus, je n'ai rien deviné, jusqu'à ce que je reconnaisse un de ses hommes de main, comme vous. Il nous a bien bernés tous les deux. Quel genre d'existence a-t-il dû mener, avec ce secret sur la conscience depuis toutes ces années ?

— Une existence pitoyable. Il ne s'est jamais marié, n'a pas eu d'enfant et a consacré sa vie à son travail.

Il marqua une pause, puis ajouta :

— Bien que je n'en aie pas la preuve, je parierais qu'il s'est conduit en homme d'honneur, concernant tout le reste.

— Il affirme que, pour lui, vendre ces secrets aux rebelles était honorable. Et il n'a aucun remords d'avoir mis cela sur le compte de mon père.

— C'est difficile à croire, en particulier après tout ce que votre père a fait pour lui. Quant à sa conviction qu'il agissait équitablement, ma foi, il n'aurait pas été le seul de cet avis au gouvernement ou chez les militaires, à l'époque, mais le fait d'avoir tranquillement sacrifié deux hommes... C'est impardonnable !

— Pensez-vous que nous possédons suffisamment de preuves pour le faire inculper ?

— Morrison avait l'air convaincu par ce qu'il a déjà décodé, alors qu'il vient juste de commencer un des cahiers.

— Gray semblait tout aussi convaincu qu'il n'y en avait pas assez, fit-elle remarquer.

— Je ne sais pas s'il le croyait sincèrement ou s'il fanfaronnait.

Il lui adressa un sourire qu'il souhaitait rassurant.

— Attendons que Morrison ait fini toutes les transcriptions avant de tirer des conclusions hâtives.

Jo hocha la tête, mais il devinait son impatience, et il ne pouvait pas lui en vouloir. Elle avait espéré si longtemps la preuve de l'innocence de Mungo.

Ils avaient renvoyé le cryptanalyste avec le magistrat, qui avait accepté de poster plusieurs gardiens devant chez lui pendant qu'il terminait son travail à l'aide des parchemins. Sir Stanley était peut-être dans de bonnes mains, mais comment savoir s'il avait travaillé en solitaire toutes ces années ? En outre, il avait le bras long.

— Poursuivez votre histoire, demanda Jo.

Elliot resservit du thé et dit :

— Après que j'ai tiré sur l'homme, le deuxième, Mick, bien qu'il soit costaud et intimidant, s'est rendu et a craqué : il m'a avoué qu'il avait été accusé de désertion et que Gray l'avait tiré d'affaire en lui proposant un moyen d'éviter la prison. Il était censé quitter l'Angleterre et disparaître après avoir terminé sa mission, mais Mick n'est pas totalement idiot et il a commencé à comprendre – après avoir vu « disparaître » pas mal d'autres gens – que le seul endroit dans lequel il disparaîtrait serait un trou dans la terre.

Elliot tendit à Jo sa tasse de thé noir et ajouta à la sienne un peu de sucre, à défaut de lait.

Il but une gorgée du liquide brûlant et poussa un soupir de satisfaction.

— Mick m'a expliqué quels étaient ses ordres et m'a révélé à quel endroit vous aviez fait emmener Gray. Sin, ainsi que Crisp, sa cohorte de domestiques et le dernier cahier de Mungo sont arrivés peu après ma confrontation avec les hommes de Gray. Nous avons décidé de procéder prudemment pour nous approcher de la maison et vous libérer, car nous ne savions pas combien d'autres gardes pouvait avoir Gray.

Il se tut et haussa les épaules.

— Le reste, vous le connaissez. À votre tour, maintenant, racontez-moi votre aventure.

*

* *

Jo mit beaucoup moins longtemps à lui faire son récit.

— L'homme que j'ai tué était-il toujours chez Morrison à votre arrivée là-bas ? s'enquit-elle auprès d'Elliot après avoir terminé.

— Non, les hommes de Gray avaient fait un vague ménage, et je n'ai pas demandé où ils l'avaient emporté. Apparemment, ils avaient retiré vos couteaux du cadavre et se les étaient partagés.

— Les vautours, gronda Jo, les sourcils froncés.

— On ne peut pas leur reprocher d'apprécier la qualité.

Elle pouffa.

— Non, vous avez raison.

Elle finit son thé, posa sa tasse et sa soucoupe, puis elle s'étira et bâilla en grimaçant, endolorie par ses nombreuses contusions.

— Ce qu'il vous faut, déclara Elliot, c'est un bon bain chaud et du repos.

— Oh oui !

— Dans quel ordre les souhaitez-vous ?

Elle aurait aimé se baigner d'abord, mais Crisp était parti depuis à peine trois quarts d'heure. En outre, Angus voudrait certainement sortir bientôt.

— Il faut qu'Angus…

— Chut, murmura Elliot. Je vais l'emmener faire un tour, ne pensez qu'à vous. Bain ou repos ?

— Je vais dormir un peu en premier, je crois.

Elliot vint lui tendre la main. Jo s'en saisit, et un gémissement lui échappa lorsqu'elle se leva.

— Ma pauvre chérie, chuchota-t-il en passant les mains autour de sa taille. Vous a-t-on malmenée ?

— J'étais inconsciente, mais j'imagine qu'ils n'ont pas péché par excès de délicatesse pendant qu'ils me transportaient jusqu'ici.

Sans parler de sa bagarre avec Wilmer, avant ce coup sur la tête. Mais elle préférait qu'Elliot ne s'inquiète pas pour ses blessures. Ils n'avaient qu'une nuit à passer ensemble avant qu'elle retourne dans la maison de Berkeley Square sous stricte surveillance. Jo avait l'intention de profiter pleinement de leur trêve.

— Avant de vous laisser vous reposer, je souhaitais vous dire à quel point vous m'avez manqué, déclara Elliot en lui embrassant le bout du nez. Immensément.

— Vous m'avez manqué aussi, affirma-t-elle en se demandant pourquoi il était si difficile de prononcer ces mots affectueux alors que son cœur débordait d'amour pour lui.

Il sembla se satisfaire de cette tiède déclaration et, après lui avoir donné encore un baiser beaucoup trop chaste, il lui prit la main et l'emmena vers la porte du salon.

— Montez vous installer, et je vais trouver Crisp pour qu'il prépare votre bain. Disons dans trois heures, cela vous va ?

— Je crois que cela me laisse amplement le temps de récupérer.

Il se détourna, et elle lui saisit le bras.

— Oui ? fit-il, un sourcil haussé.

— Je parlais sincèrement tout à l'heure. Merci... de m'avoir sauvée.

Il parut surpris.

— C'est normal, Jo.

Avec un petit rire, il ajouta :

— D'ailleurs, je pense qu'il me reste encore un peu de sauvetage en retard par rapport à la dette que j'ai envers vous depuis la France.

Jo secoua la tête, soutint son regard et lui ordonna silencieusement de discerner ce qu'elle avait dans le cœur, de comprendre la vérité de ce qu'elle éprouvait et qu'elle était incapable de formuler.

— Pas seulement de m'avoir sauvée de Gray, mais de... d'avoir changé ma vie, de croire que je vaux la peine qu'on se donne du mal pour moi. Je... je vous aime, Elliot. Beaucoup.

Il entrouvrit les lèvres, et elle l'entendit inspirer, mais il ne dit pas un mot.

Elle l'embrassa maladroitement et ouvrit la porte sans laisser à Elliot le temps de le faire pour elle. Ses yeux s'embuèrent soudain tandis qu'elle promenait son regard alentour en cherchant l'escalier dont avait parlé Crisp.

Alors qu'elle gagnait hâtivement sa chambre, Jo maudit son émotivité inhabituelle et essuya vivement du revers de la main les larmes qui coulaient sur sa joue. Elle se sentirait beaucoup plus calme, après s'être reposée.

Oui, c'était ce dont elle avait besoin, de repos.

27

Grâce à l'inestimable Crisp et aux vigoureux valets de Sin, Elliot était allongé dans un bain fumant à côté du fourneau.

Pendant que Jo se reposait, il n'avait pas perdu de temps.

Il avait fait prendre l'air à Angus et rédigé plusieurs messages urgents qu'il avait envoyés à son ancien employeur aux Services secrets, sir Wardlow. Il avait composé une lettre circonstanciée à son frère aîné, le comte, ainsi qu'une autre, plus brève et plus circonspecte, pour sa grand-mère, lui assurant qu'il lui rendrait visite d'ici quelques jours.

Crisp n'avait pas chômé non plus. De bonnes odeurs venaient de la cuisinière, et deux miches de pain refroidissaient sur la table de la cuisine. Elliot dégustait un délicieux vin rouge, et deux autres bouteilles étaient prévues pour accompagner le dîner, sans parler de fleurs sauvages coupées apparues miraculeusement çà et là.

Sin avait envoyé un de ses hommes chercher à Londres une grande malle d'affaires pour Jo, ainsi qu'une bouteille du whisky préféré d'Elliot.

Il y avait même tellement de vêtements qu'on aurait pensé que Jo et lui resteraient une semaine dans l'ancienne maison d'interrogatoires, et non une seule brève nuit.

Elliot trempa un linge, se nettoya les pieds et songea à la soirée à venir. Ce n'était pas le moment de se montrer insistant vis-à-vis de Jo. Maintenant que la réputation de sa famille allait être lavée, et que son père serait déclaré héros national pour tout ce qu'il avait enduré, elle aurait une perspective très différente de la vie dans la haute société. Elliot avait remarqué la façon dont certaines personnes les tenaient à distance, ses cousins et elle, et il se rendait compte du fardeau qu'avait signifié être la fille d'un traître. Maintenant qu'elle n'était plus frappée d'opprobre, Jo serait assaillie de prétendants.

Il serait injuste de lui faire maintenant une cour assidue, d'autant qu'il n'avait même plus de travail, encore que ses modestes revenus étaient dérisoires pour une femme aussi riche que Jo.

— Encore de l'eau chaude, Monsieur ?

Il leva les yeux et aperçut Crisp qui attendait, un grand arrosoir rempli d'eau fumante prête à être versée. Comme il hésitait, Crisp montra une rigole qui partait du milieu du sol de la cuisine.

— Si vous craignez de tout inonder et de m'ajouter du travail, rassurez-vous : l'eau va s'écouler.

À cet instant, la porte de la cuisine s'ouvrit et Jo, qui ne portait que son pantalon, des bas et une ample chemise en lin, apparut sur le seuil. Elliot se redressa vivement, renversant de l'eau sur le côté.

— Vous êtes levée, dit-il stupidement.

Elle lui adressa un long sourire sensuel, les paupières alourdies.

— Oui. Je suis venue voir si vous étiez… levé aussi.

Il éclata d'un rire étranglé et regarda aussitôt vers Crisp. Les pommettes écarlates, son valet de chambre contemplait le mur opposé en se demandant de toute évidence ce qu'il était censé faire à présent.

Jo le délesta de ce souci. Elle avança vers lui, une main tendue.

— Je vais finir de baigner M. Wingate.

Crisp s'éclaircit la voix, jeta un coup d'œil désespéré vers Elliot – qui hocha la tête –, puis il remit à Jo l'arrosoir.

— Il y a encore de l'eau chaude sur le fourneau, murmura t il. Si vous voulez bien m'excuser, Milady, Monsieur.

— Je crois que vous avez choqué mon valet, dit Elliot quand le pauvre homme eut disparu.

— C'était méchant de ma part ? s'enquit-elle, visiblement peu émue.

— Probablement, mais je préfère largement être baigné par vous que par Crisp.

Elle haussa les sourcils.

— Vous avez donc besoin d'aide ?

— Je suis très... sale, dégoûtant même.

Elliot posa ses mains – qui dissimulaient son sexe déjà enflé – sur le rebord de la baignoire.

Jo baissa aussitôt les yeux vers son pénis dressé, et la chaleur qui enflamma son regard donna à Elliot l'impression qu'il durcissait encore, si toutefois c'était possible.

— Qu'avez-vous là ? demanda-t-elle, moqueuse, en versant le contenu du récipient dans le bain, prenant garde à ne pas l'ébouillanter.

Elliot contempla son sexe rigide.

— Quoi donc ? Ce vieux truc ? s'exclama-t-il en le saisissant d'une main.

Le grognement sourd et animal qu'émit Jo accentua encore son érection.

— Et quel âge a votre... truc, d'ailleurs ?

Elle poussa un petit éclat de rire surpris et l'observa dans les yeux.

— Comment se fait-il que je ne connaisse même pas votre âge ?

— Peut-être parce que vous ne me l'avez jamais demandé ? répondit-il avec un regard espiègle. J'aurai trente-cinq ans à mon prochain anniversaire.

— Et quand cela aura-t-il lieu ?

— Le 22 février.

— Hmm, fit-elle en observant l'endroit où il se caressait doucement.

Il constata que ses pupilles se dilataient, le noir empiétant sur le gris.

— C'est charmant, dit-elle d'une voix enrouée. Allez-vous vous faire jouir pour moi, Elliot ?

Elliot aurait pu jurer que la pièce avait chaviré en entendant sa requête érotique.

— Vous...

Sa voix se brisa ; il se racla la gorge et réessaya.

— Vous voulez que je... euh, que je me satisfasse tout seul ?

Elle hocha la tête lentement, les yeux rivés aux siens tandis qu'elle attrapait du pied le tabouret qu'il avait utilisé pour poser sa serviette. Elle jeta celle-ci et s'assit.

— Oui, s'il vous plaît.

Il avait conscience que son visage était en feu. Bien qu'il ait eu quantité de maîtresses, jamais aucune ne lui avait demandé de contempler un acte aussi intime, aussi honteux.

— S'il vous plaît, répéta-t-elle en le voyant hésiter.

Il acquiesça de la tête.

— Comme vous voulez.

Il écarta les cuisses et glissa un peu plus bas, ce qui exposa davantage ses jambes hors de l'eau.

— Touchez-moi, Jo.

Elle plongea aussitôt une main dans l'eau, et son regard fasciné passa de la verge d'Elliot à son visage, lui caressant une cuisse, et, du bout des doigts, une bourse.

Il gémit, et ses paupières papillonnèrent sous le plaisir sensuel rare de sentir quelqu'un d'autre toucher une partie si intime de son corps.

— Oui... exactement comme cela.

Sa réticence initiale s'évanouit à chaque mouvement lent de son poing, et devant la chaleur du regard affamé de Jo.

Jo ne se rappelait pas avoir vu quelque chose de plus érotique que son amant habituellement réservé se débarrassant de ses inhibitions et faisant ce qu'elle lui demandait pour la satisfaire. Non seulement c'était un homme magnifique, mais il possédait les qualités qu'elle respectait et admirait : il était solide, tenace, vif et intelligent. Sans parler de son corps, musclé exactement là où il le fallait.

— Faites durer le plaisir, ordonna-t-elle quand il commença à remuer la main plus vite, vision extraordinaire qu'elle grava dans son esprit.

Il grogna et lui lança un regard implorant.

— Cela fait des semaines que nous sommes séparés, chérie. C'est déjà un miracle que j'aie tenu si longtemps. S'il vous plaît, Jo...

Il afficha une moue si adorable qu'elle eut envie de lui mordre la lèvre inférieure.

— S'il vous plaît, continua-t-il d'une voix enrouée. C'est un supplice de résister...

Ces paroles firent l'effet d'une explosion de désir en Jo, et elle eut un mal fou à s'interdire d'entrer dans la baignoire, à se mettre à califourchon au-dessus de lui et à le chevaucher jusqu'à ce qu'il hurle son nom. Au lieu de cela, Jo remonta les doigts le long de sa cuisse et les replia autour des testicules poilus.

— Alors, jouissez pour moi, Elliot.

À peine avait-elle dit cela qu'il se cambrait au point que ses hanches sortirent de la baignoire.

— Jo ! cria-t-il en se caressant encore deux fois avant de se répandre sur son ventre.

Son corps tout entier fléchit sous la force de son orgasme, puis il rit faiblement et retomba dans l'eau.

— Eh bien, dit-il d'une voix essoufflée en lui souriant, voilà une activité que je n'avais jamais trouvée aussi agréable.

*

* *

Jo s'écarta de la table en poussant un soupir de plaisir.

— C'était absolument délicieux, Crisp, merci infiniment, dit-elle lorsque le valet vint demander s'ils désiraient autre chose.

Elliot devina aux yeux de son domestique qu'il appréciait le compliment. Il adorait faire la cuisine et serait probablement chef s'il n'avait pas été si fidèle à Elliot toutes ces années.

— Tout le plaisir fut pour moi, Milady, déclara-t-il avant de se tourner vers Elliot. J'ai posé la bouteille de Sa Grâce dans le petit salon qui donne sur votre chambre à coucher, comme vous me l'avez demandé, Monsieur.

Il hésita, puis ajouta :

— Je me suis permis de faire du feu, car la chambre est un peu humide.

— C'est parfait, Crisp. Je n'aurai plus besoin de vous ce soir.

— Très bien, Monsieur. Milady.

Il s'inclina et sortit.

Elliot se leva et tendit le bras à Jo.

— Je crois que mon valet est déjà à moitié amoureux de vous.

— À moitié seulement ?

Il éclata de rire.

— Vous avez dû perdre la main, mais je ne vois pas comment. Vous ai-je dit que vous étiez éblouissante ce soir ?

Ce fut à Jo de rire.

— Plusieurs fois, mais merci encore.

Elle désigna son ensemble bleu turquoise.

— Je suis stupéfaite que ma bonne ait emballé cette robe. Je soupçonne que Marianne n'a pas été pour rien dans ce choix.

— Et moi, je soupçonne que Marianne *et* Sin jouent aux entremetteurs, de même que Crisp.

— Hmm, fit-elle malicieusement. Croyez-vous que leurs efforts seront couronnés de succès ?

— Jusqu'à présent, la soirée n'a été que ravissement.

Elle s'empourpra sous son regard brûlant, et avec ses joues roses, elle était encore plus adorable. Il n'avait pas exagéré : la robe aigue-marine lui donnait l'air d'un ange. Quelque chose lui disait cependant qu'elle lèverait les yeux au ciel s'il lui en faisait le compliment.

Elliot ouvrit la porte de sa suite et l'accompagna dans le salon où Crisp avait non seulement allumé une flambée, mais disposé des fleurs et un petit tapis de couleur qu'il avait dû trouver quelque part dans la maison. Elliot fut à la fois amusé et reconnaissant à son valet d'avoir planté un décor propice à la séduction.

— Combien existe-t-il d'endroits comme celui-ci dans Londres et ses environs ? demanda Jo en s'installant dans la causeuse devant la cheminée.

— Vous voulez dire des maisons qui appartiennent au gouvernement ?

Elle acquiesça de la tête.

— Je ne sais pas vraiment. Des dizaines ? Peut-être des centaines.

— Je suppose que le gouvernement saisit les biens utilisés dans le cadre d'entreprises criminelles ?

— Essentiellement, oui. Il y a aussi des propriétés qui sont transmises à la Couronne, bien sûr, quand une lignée s'éteint.

Elliot remplit deux verres et vint s'asseoir à côté d'elle.

— Merci, dit-elle avant de goûter le breuvage et de lui lancer un regard appréciateur. C'est très bon.

— C'est Sin qui nous l'a fait envoyer. Il a un goût excellent et les moyens de se faire plaisir.

Elle inclina la tête, son expression joueuse redevenue sérieuse.

— Comptez-vous réellement cesser de travailler pour le gouvernement ?

Il fit tourner le liquide ambré dans son verre.

— Oui. Ma démission n'était pas un geste impulsif.

— Ah bon ?

— Ma grand-mère m'a demandé de gérer sa propriété. Elle s'affaiblit beaucoup trop vite et désire me léguer le domaine à sa mort.

— Ah. Vous devrez y passer beaucoup de temps, dans ce cas ?

— Elle a un régisseur compétent, mais elle aimerait que je vienne pour me familiariser avec la future succession.

Jo hocha la tête en contemplant le contenu de son verre, pensive.

— Il y a certaines choses que je dois vous dire, Elliot, des choses que je me sens plus à l'aise de vous confier maintenant que vous n'êtes plus obligé de rapporter à vos supérieurs tout ce que je vous révélerai.

— Je ne l'aurais pas fait, Jo.

— Oh, j'en ai conscience, mais je ne voulais pas vous placer dans cette position délicate. Cependant, maintenant... eh bien, il est important que vous les entendiez.

Elliot ne put s'empêcher d'éprouver de l'appréhension, en particulier après ce qu'il avait appris dans le dossier du ministère de l'Intérieur au sujet de Jo. Mais elle avait raison, il n'avait plus besoin de rendre des comptes aux autorités. Bien sûr, il serait toujours lié moralement par son devoir de citoyen, mais ce n'était pas le moment de le lui rappeler.

— Que souhaitiez-vous me confier ?

— Cela remonte à l'époque où le ministère de l'Intérieur m'a convoquée pour m'interroger, en 1814.

— Je n'ai pas besoin de tout savoir, Jo. Vous m'avez dit n'avoir pas été déloyale vis-à-vis de l'Angleterre, et je vous crois.

— Votre confiance me va droit au cœur. J'aurais bien aimé vous rassurer plus vite, mais une grande partie du travail que Mungo et moi-même accomplissions était en réalité *pour* le gouvernement britannique. Nous travaillions pour l'amiral Hastings pendant l'époque qui intéresse tellement vos supérieurs. Hastings nous avait prévenus qu'il le nierait si jamais nous le révélions à l'occasion d'un interrogatoire.

Elliot fut soulagé par cet aveu.

— À vrai dire, cela ne m'étonne pas, déclara-t-il avec une petite grimace narquoise. Certains, au sein de notre gouvernement, prennent autant de plaisir à cacher des secrets aux autres services qu'à les dissimuler à nos ennemis. Merci de me l'avoir avoué, Jo. Mais ce qui m'intéresse réellement, c'est de parler de nous deux. Qu'est-ce qui vous a décidé à accepter de m'épouser ? Ce qui me comble de joie, comme vous le savez.

Il lui embrassa la main, presque brutalement, comme s'il avait voulu y imprimer l'empreinte de ses lèvres plus que pour faire un petit geste intime.

— J'allais vous kidnapper et vous séquestrer à Corton, dans ma chaumière, si vous n'acceptiez pas de m'épouser. J'avais pris cette décision à Paris en m'apercevant que je deviendrais complètement fou si je devais m'infliger la présence de vos cousins chaque fois que j'avais envie de vous voir.

Il lui adressa un regard sévère et possessif.

— Et j'étais malade de jalousie en vous imaginant vous promener dans le parc, pique-niquer et valser avec tous les messieurs célibataires que compte Londres.

Jo eut un rire amusé, roula des yeux et l'embrassa. Lentement. Sensuellement. Passionnément. Et cela lui donna aussitôt envie d'elle.

— Gros bêta, ne savez-vous pas que je n'ai jamais, de toute ma vie, rencontré quelqu'un qui vous arrive à la cheville ?

Elliot leva la tête vers le plafond et déclara :

— Merci, mon Dieu. À l'avenir, je serai un homme meilleur et plus vertueux.

— Pas *trop* vertueux, j'espère.

— Quand allez-vous m'épouser ? s'enquit-il en soulevant sa jupe et en l'attirant à califourchon sur ses cuisses.

— Je suis sûre qu'Edi va prévoir quelque chose dans les trois mois, quatre tout au... Hmm !

Elle fondit dans ses bras et dans son baiser. Elliot ne la laissa reprendre son souffle que lorsqu'il fut lui-même un peu étourdi.

— Vilaine créature provocatrice. Vous allez m'épouser sur-le-champ.

— Oh non, moi qui rêvais d'un mariage en grande pompe à la chapelle Saint-Georges devant l'intégralité des membres de la haute socié... Mmmph !

Cette fois, lorsqu'il l'autorisa enfin à respirer, elle éclata de rire.

— Si ce baiser était destiné à me punir de faire la forte tête, eh bien, il a l'effet inverse.

Elle redevint sérieuse.

— Dans quel délai pourrions-nous nous marier, et dans la plus stricte intimité possible ?

— Je pourrais envoyer un message à Sin ce soir, qui obtiendrait peut-être une licence spéciale en intimidant son cousin demain, et nous retrouverait à l'église de votre choix.

— Qui est le cousin de Sin ? s'enquit-elle entre deux baisers.

— L'archevêque de Canterbury.

— Hmm, murmura-t-elle en lui mordillant la lèvre et en faisant des choses peu recommandables à son érection emprisonnée sous son postérieur merveilleusement arrondi. C'est un homme très important, dirait-on.

Elliot rit en la voyant écarquiller de grands yeux mièvres et ingénus.

— Pas vraiment, il est seulement le gouverneur suprême de l'Église anglicane.

Il prit entre ses dents sa lèvre inférieure pulpeuse.

— Alors, voulez-vous m'épouser demain ? demanda-t-il.

— Pouvons-nous le faire sans le dire à Edith ?

Elliot étouffa un rire.

— Vous êtes diabolique. Cette pauvre femme n'a pas d'enfant, et si vous la privez de cette cérémonie, elle ne vous le pardonnera jamais.

Jo protesta, bougonna et grommela, mais il devina qu'elle capitulerait.

— Entendu, déclara-t-elle en retirant la cravate qu'il avait soigneusement nouée pour elle quelques heures plus tôt. Mais si elle dit un mot en voyant qu'Angus est mon témoin...

Épilogue

Malheureusement, Elliot et Jo ne se marièrent pas le lendemain, qui était un dimanche. L'archevêque de Canterbury avait beau être très désireux de satisfaire son riche cousin, même lui ne pouvait accorder une licence spéciale le jour du Seigneur.

Puisqu'ils devaient de toute façon attendre encore vingt-quatre heures, Elliot avait plaidé sa cause auprès de sa future femme.

— Mon désir le plus fervent est que vous puissiez vous marier à Londres dans les plus brefs délais, avec pour seuls témoins Sin, Marianne et Angus, mais je sais de façon certaine que ma grand-mère – vous n'ignorez pas que je suis la prunelle de ses yeux – ne m'adresserait plus jamais la parole si elle n'était pas invitée à la cérémonie.

— Et j'imagine qu'elle ne peut pas venir à Londres dans deux jours ? avait demandé Jo sans grand espoir.

— Hélas, non. Je devrais également vous préciser que je possède une famille assez élargie, mon amour.

Non sans moult palabres supplémentaires, Jo finit par se résigner à l'idée qu'ils ne pourraient pas convoler en justes noces avant une dizaine de jours et que la cérémonie ne se déroulerait pas à Londres, car la comtesse douairière de Norriton ne pouvait pas voyager.

C'est ainsi qu'ils se marièrent exactement deux semaines plus tard dans l'église de Spire, le village le plus proche de la maison de sa grand-mère, Foxglove.

Après toutes ces concessions, Jo avait espéré en obtenir une pour elle, mais malgré ses supplications, Elliot refusa de céder.

— Je suis navré, chérie, mais nous ne pouvons pas rester les deux semaines précédant le mariage dans la Petite Maison des Tortures, avait-il déclaré.

C'était le surnom affectueux qu'ils avaient donné à leur cachette après l'arrestation de Gray, où ils avaient passé un séjour aussi bref que merveilleux.

Jo avait tout de même réussi à le garder pour elle dans la Petite Maison des Tortures pendant trois jours, avant qu'Elliot convoque l'artillerie lourde sous la forme de Marianne, Helen et, oui, même Cécile, rentrée plus tôt que prévu avec Guy, grâce au message qu'Elliot leur avait envoyé.

— Comment faites-vous pour obtenir toujours ce que vous voulez ? l'avait interrogé Jo, médusée.

Elliot avait prudemment esquivé.

Outre la comtesse douairière de Norriton, tous les frères d'Elliot ainsi que leurs femmes et leurs enfants, une douzaine d'autres parents, Helen, quelques employés de la Foire, Sin, Marianne, la tante Julia de Sin, Cécile, Guy et leur fille adoptive Cat et, oui, même Richard et Edith avaient assisté au mariage.

Sans oublier Angus, naturellement, bien que sa cousine Edith ait essayé d'en dissuader Jo. À défaut d'être son témoin, dignité qui était revenue à Helen, il avait été l'invité d'honneur des festivités.

Il ne pouvait pas recommencer à voler, aussi était-il resté sur l'épaule du témoin d'Elliot, Guy, et il avait apporté une petite digression comique en lui taquinant l'oreille pendant que ce dernier cherchait avec affolement l'alliance.

— Ce fut une belle journée, n'est-ce pas ? demanda Elliot à celle qui était sa femme depuis à peine sept heures tandis qu'ils se détendaient dans la grande suite de maître de Foxglove.

Malgré leurs protestations, la grand-mère d'Elliot avait insisté pour la libérer pour eux.

Jo bâilla et s'allongea sur le canapé, qui n'avait probablement pas été retapissé depuis le règne du premier roi de Hanovre. Elle se sentait étrangement bien dans cette chambre à coucher désuète.

— Oui, une journée merveilleuse. Et la confession de sir Stanley... a été le cadeau de mariage parfait !

La veille seulement, le ministère de l'Intérieur les avait prévenus que le vieux traître avait reconnu toutes les accusations portées contre lui, afin d'éviter un procès pour trahison, très public et à rallonge.

— Il a bien fait. Il savait sûrement dans quel sens souffle le vent, avec toutes les histoires qui circulent déjà dans les journaux, dit Elliot en tendant à Jo un verre de whisky avant de s'installer à côté d'elle. Désirez-vous être présente lors de son châtiment ?

Jo fit une grimace de dégoût.

— Non, assister à une exécution publique ne m'attire pas du tout. Il me suffit que mon père et Mungo soient blanchis.

Ils ne seraient pas seulement réhabilités, de l'avis d'Elliot. Jo serait peut-être même élevée d'un rang, et elle bénéficierait indubitablement d'une compensation financière, mais ils verraient tout cela en temps et en heure.

— Je n'ai pas pu m'empêcher de remarquer qu'Helen et M. Morrison semblent beaucoup s'apprécier, ces derniers jours, dit Jo avec un petit sourire en coin à Elliot.

Il pouffa.

— Maintenant que vous voilà mariée, vous allez grossir les rangs des entremetteurs ?

— Helen est une jeune femme charmante, et même si elle est contente de la vie qu'elle mène, je ne pense pas qu'elle soit heureuse.

— Mais si elle épousait Daniel Morrison, elle romprait avec la tradition.

— Quelle tradition ?

— Que les propriétaires de la Foire aux Femmes Fantastiques Farnham découvrent qu'elles appartiennent à l'aristocratie.

Jo éclata de rire.

— J'ai déjà eu cette conversation avec Helen, figurez-vous. Elle est catégorique, c'est la dernière chose qu'elle souhaite voir arriver ! Je lui ai déclaré que parfois, on n'avait pas le choix.

— Est-il si épouvantable d'être comtesse ?

Elle pinça les lèvres et soupira.

— Avec vous à mes côtés, c'est mieux.

Elliot se demanda s'il cesserait un jour d'éprouver ce soudain afflux d'émotion chaque fois que Jo disait une chose de ce genre, une chose aussi... affectueuse. Il espérait ne jamais s'y habituer.

Elle posa son verre et prit sa main libre dans la sienne.

— Votre grand-mère m'a raconté une chose intéressante, tout à l'heure, pendant le déjeuner de noces.

— Ah oui ?

Elliot était enchanté que toutes deux semblent s'entendre aussi bien alors qu'elles étaient si différentes, ou plus exactement qu'elles attachaient de l'importance à des choses très différentes.

— Elle m'a raconté qu'elle vous avait donné une liste de jeunes filles bonnes à marier agréées par elle, au début de l'année.

Elliot gémit. Évoquer cette horrible période de sa vie était la dernière chose qu'il voulait faire le jour de son mariage.

— Non, attendez, continua Jo en lui pressant la main. Je dis cela uniquement parce que mon nom ne figurait pas sur cette liste ; il n'y avait aucun risque, à l'époque, ajouta-t-elle en pouffant. Votre grand-mère m'a précisé qu'il y serait, maintenant. Bref, vous m'avez demandé de vous épouser sachant que notre mariage vous empêcherait d'hériter Foxglove.

Elliot haussa une épaule.

— Et alors ?

— « Et alors ? » Pour moi, vous auriez renoncé à cette merveilleuse propriété et auriez fait de la peine à votre grand-mère adorée ! Je ne m'étais pas rendu compte du sacrifice que cela exigeait de vous.

Elliot fit un bruit agacé, posa son verre et prit sa femme par les épaules.

— Vous ne comprenez donc toujours pas ? Même maintenant ? Renoncer à Foxglove pour vous avoir n'aurait pas été un sacrifice, Jo. Si vous m'aviez épousé, nous aurions pu partir sur le continent et gagner notre vie en faisant ce que vous faisiez avec Mungo, où nous aurions pu acheter une roulotte et ouvrir notre propre cirque avec un seul, mais ô combien spectaculaire, numéro de lancer de couteaux. Il y a beaucoup de lieux où on peut vivre et beaucoup de façons de gagner sa vie, chérie, mais en trois décennies et demie, il n'y a qu'une femme dont je sois tombé follement et profondément amoureux.

— Oh, Elliot...

Et soudain, son amante si stoïque, si impassible, jeta les bras autour de son cou et ravala un sanglot.

— C'est la chose la plus gentille qu'on m'ait jamais dite.

Elliot rit, touché par cette réaction émotive inhabituelle.

— Eh bien, chérie, j'espère que vous aimez ce genre de déclaration, car j'ai l'intention de vous en faire – avec quelques variantes – tous les jours jusqu'à la fin de nos vies.

Note de l'autrice

Je m'amuse toujours beaucoup à effectuer des recherches pour mes romans, mais celui-ci était tout particulier, à cause d'Angus.

Alors même que j'écris ces lignes, un couple de corbeaux se pavane dans le jardin, juste devant la fenêtre de mon bureau. Tous les ans, un couple arrive à la fin de l'hiver et prend ses quartiers dans l'énorme sapin qui trône devant notre jardin. Dans un mois, il y aura un ou deux immenses oisillons qui trébucheront sur leurs grandes pattes, embêteront mes chiens et mes poules, et apprendront tout simplement à devenir adultes. Ils resteront jusqu'à la fin de l'automne, volant chaque jour un peu plus loin, jusqu'à ce qu'ils ne reviennent pas.

Le cycle reprendra, je l'espère, l'année d'après, quand je travaillerai sur un autre livre.

Les corbeaux sont des oiseaux intelligents, fidèles, et ils se souviennent de ceux qui leur font des gentillesses. Une étude récente a découvert qu'ils sont capables d'être rancuniers vis-à-vis des gens ou des animaux qui leur font du mal. Alors, soyez gentils avec eux !

Les humains ont failli causer l'extinction des corbeaux au cours du XVIIIe siècle et du début du XIXe. Les corbeaux les plus célèbres d'Angleterre, ceux qui vivent à la Tour de Londres, sont arrivés récemment. On pense qu'ils ont été importés durant l'ère victorienne, bien que leur origine soit sujette à caution.

Quant à Jo, comment ai-je eu l'idée de son personnage ? Elle est un amalgame de deux authentiques espionnes, qui n'apparaissent essentiellement que dans des notes en bas de page de travaux académiques que j'ai consultés à propos des différents réseaux de services secrets durant l'ère napoléonienne.

La première s'appelait Rose Williams, c'était une agente de l'abbé Ratel, un homme qui supervisait un réseau d'espions proroyalistes. Ratel procurait des renseignements tant aux royalistes français qu'au gouvernement britannique. Il existe peu de références officielles à Rose autres que le fait qu'elle se déguisait parfois en moussaillon, transportait des renseignements et de l'argent, et offrait son appartement parisien comme planque pour d'autres agents.

Ma seconde inspiration est Nymphe Roussel de Préville, la maîtresse de l'agent secret Pierre Marie Poix, âgée de vingt ans. On trouve encore moins d'informations concernant Nymphe ; on sait seulement qu'elle était réputée pour l'accompagner durant ses « aventures ».

C'est une tragédie que tant d'histoires comme celle de Rose n'aient jamais été racontées. J'aime à penser que mon personnage de Jo, avec son caractère bien trempé, sa capacité à se défendre et son mode de vie nomade et dangereux, brosse un assez bon tableau du courage de ces femmes oubliées.

Ce qui m'a amusée quand j'ai écrit les trois romans de cette série, c'est que les héroïnes étaient roturières (ou du moins, ont commencé leurs existences ainsi), de sorte qu'elles jouissaient d'une liberté dont les femmes des classes supérieures n'auraient jamais pu rêver.

Jo possède son propre appartement et est maîtresse de sa vie, elle décide quel emploi elle accepte et où elle veut vivre. Je soupçonne qu'il y a eu des femmes de son envergure, capables de trouver du travail grâce à leurs talents et en l'absence de toute recommandation, mais probablement pas beaucoup.

Le major Townshend et le réseau d'espionnage de cette histoire sont le fruit de mon imagination. Cependant, il existait certainement à l'époque des gens dont l'allégeance était soit flexible soit suspecte. Songez à Benedict Arnold, dont le nom est devenu synonyme de haute trahison.

Remerciements

Merci infiniment à Vanessa Kelly, qui m'aide si je bloque sur l'intrigue. Et merci à Jeffe Kennedy, qui endure inépuisablement mes jérémiades. D'ailleurs, dans ce domaine, je peux également remercier Vanessa, sans parler de Brantly, George, Linda et Shirley, qui m'écoutent tous me plaindre régulièrement de mes problèmes d'intrigue sans jamais me demander de me taire. Au contraire, ils m'aident patiemment à sortir de mes impasses.

Merci à mon éditrice, Alicia, pour ses corrections gentilles et délicates. Merci, Alicia, de ne pas m'avoir étranglée lorsque j'ai complètement transformé l'histoire, deux fois, puis trois fois. Je le mets en grande partie sur le dos des personnages eux-mêmes, mais curieusement, personne ne me croit.

Je réserve un immense merci, comme d'habitude, à mon meilleur ami et compagnon de cœur, Brantly. Il m'écoute me prendre la tête (et geindre, je l'avoue), suggère des changements dans l'intrigue (que je rejette presque systématiquement), et m'apporte à manger quand la muse décide enfin d'apparaître – et qu'elle a la vacherie de me faire travailler jusque tard dans la nuit. Et il me soutient de toutes les manières possibles avec une grâce époustouflante.

Pour conclure, je souhaite remercier du fond du cœur les lecteurs et les lectrices qui ont pris le temps de m'écrire pour me dire à quel point mes histoires les ont touchés. Beaucoup des e-mails que j'ai reçus sont arrivés alors que je croyais le puits à sec. C'est fou – et réconfortant – de voir à quel point une gentille lettre d'un ou d'une inconnue peut parfois remplir ce puits... et même le faire déborder.

J'AI LU POUR elle

Si vous souhaitez être informée en avant-première
de nos parutions et tout savoir sur vos autrices préférées,
retrouvez-nous ici :

www.jailu.com

Abonnez-vous à notre newsletter
et rejoignez-nous sur Facebook !

14098

Composition
FACOMPO

Achevé d'imprimer en Italie
par GRAFICA VENETA
le 1er avril 2024

Dépôt légal : mai 2024
EAN 9782290397770
OTP L21EPSN002589-617632

ÉDITIONS J'AI LU
82, rue Saint-Lazare, 75009 Paris

Diffusion France et étranger : Flammarion